1 苍天冥瞳

英雄联盟

步渊亭 ☆ 著

广东旅游出版社
GUANGDONG TRAVEL & TOURISM PRESS
悦读书·悦推介·悦享人生

中国·广州

图书在版编目（CIP）数据

英雄联盟 . 1，苍天冥瞳 / 步渊亭著 . — 广州：广东旅游出版社，2015.5
ISBN 978-7-5570-0089-9

Ⅰ . ①英… Ⅱ . ①步… Ⅲ . ①长篇小说－中国－当代 Ⅳ . ① I247.5

中国版本图书馆 CIP 数据核字（2015）第 066535 号

出 版 人：刘志松
总 策 划：邹立勋
责任编辑：梅哲坤
文字编辑：苏　盉
版式设计：郭　颂
封面设计：刘芳英

广东旅游出版社出版发行
（广州市天河区五山路 483 号华南农业大学公共管理学院 14 号楼三楼）
邮编：510642
邮购电话：020-87348243
广东旅游出版社图书网
www.tourpress.cn
湖南新华精品印务有限公司印刷
（湖南省望城湖南出版科技园）
710 毫米 ×1000 毫米　16 开　　印张：18　　字数：225 千字
2015 年 6 月第 1 版第 1 次印刷
印数：10000 册
定价：25.00 元

目录

目录

第一章 从天而降

原来，梦馨只是一场温馨的梦啊！

林雷看了看场上，发现赵亮也惊愕地傻愣在那里，而其他人的目光，则是有嘲笑、有同情、有幸灾乐祸……所有人的目光，都齐刷刷地投在他的身上。

林雷总感觉这个繁华的大都市就像一场繁华的梦魇，而他自己站在梦魇之外，孤独得像是一匹受伤的野狼。而这一刻，他的这种感觉尤甚。

直到多年以后，林雷都还清晰地记得他八岁那年的某个傍晚，他告诉父亲那头公牛马上要死了，父亲一巴掌拍在他的后脑勺上。父亲用一种"我懒得理你"的眼神看着他，分明觉得自己的儿子越来越白痴了，简直无可救药，只会说胡话。

结果第二天，那头公牛真的死了。

这虽然让父亲感到惊奇，但是并没有引起他对林雷的特别关注。

直到隔几天，林雷对父亲说那只猫马上也要死了，而第二天那只猫果真死了，父亲这才震惊地瞪着他，有些不知所措。

而当林雷第三次指着一只公羊说它也快死了，果然公羊真的死了的时候，他惹的麻烦就来了。整个村子的人看他的眼神，都变成了仿佛是在打量一个怪物，目光中充满了警惕与不可思议。

眉头皱得最紧的当然是他的父亲，于是，林雷被当成了怪物，从那个半封闭的落后村庄中送了出去，来到了中海这个大都市，他的姑妈家里。

林雷当然不会承认自己是个怪物，他只是读懂了那头公牛和猫临近死亡时的眼神而已。当然，从某个角度来说，他的确是个怪物，但显然不是父亲所认为的那类不祥的怪物。

事实上，一直以来，他都能读懂动物的眼神，这让林雷自己也觉得莫名其妙。他从心底不由自主地生出了一种自卑感，也许自己真的是个怪物？

就比如现在，林雷站在大笼子前面，看着大笼子里的那只猴子，他就读懂了那只猴子的眼神。

于是，他用手指戳了戳站在他身边的赵亮，说："你知道这只猴子为什么会一直盯着你看吗？"

"因为它在惊叹，怎么会有长得这么帅气的人类。"赵亮臭屁地甩了甩额前的刘海，还一只手比着枪，一只手叉着腰，摆了个自以为很帅的造型。

"No，No，No，"林雷摇起食指，在赵亮的眼前晃了晃，"它不是在惊叹你的长相，在猴子的眼中，人类的长相是没有美丑之分的，它是在惊讶你身上怎么这么臭。你小子一个星期没洗澡了吧？"

"你去死。"赵亮气急败坏，一拳打在林雷的胸口上，"哥身上可是喷了香水的，卡尔文·克莱恩，是420元一瓶的！你小子就羡慕我吧。"

林雷在中海市第十三中学只有一个死党，还是个含金汤匙出生的死党，那就是赵亮。平时林雷在赵亮的身上没少占便宜，坦白地说，当初林雷会费尽一切心思让赵亮变成自己的死党，就是希望可以从他身上蹭蹭免费的夜宵，搭搭免费的小车。

赵亮生得好命，虽然还只是一个高中生，但是他那有钱的老爹已经送了他一辆小车作为生日礼物。小车虽然不贵，但他还是成了学校的闪亮人物。在他因为成绩差被迫留级的时候，刚好到了十八岁，他索性考了驾照，时常载着林雷到处招摇。

有时候，林雷坐在赵亮的车上，看着车窗外这个繁华的大都市，他脑子里就会冒出一种诡异的感觉：眼前这个繁华的大都市就像一场巨大的梦魇，而自己身在梦魇之外，始终无法融入这个梦魇之中。这种感觉会让他倍感孤独，令他感觉自己如同一个孤独的苦行者，浩大的世界只有他一个人，没有同伴。

他就这样孤独地走啊走，带着一个他始终无法融入的梦魇。而这种来自内心深处的孤独，倒是让他身上仿佛笼罩上了一种贵族气质，再加上他那好看的眉眼，在一些女生的眼中，的确有着某种难以抗拒的吸引力。

因为林雷的故乡在遥远的乡下，父母每隔半年才会打一次钱过来，且数目从来不会超过1500，这等于他在姑妈家里白吃白住。这让姑妈在每次面对他的时候，脸上厌弃的神色溢于言表，绝对不亚于厌弃一个街头的小乞丐。每次听到姑妈在厨房里将盆子摔得乒乓作响的时候，林雷就只能在房间里无奈地吐舌头，的确，在姑妈家里，他就是一个"小乞丐"。

也就是在赵亮这个神经大条的死党面前，林雷的忧郁才会消失殆尽。

"啧啧，在一个星期没洗澡的身上再喷上卡尔文·克莱恩，这味道，难怪连猴子都被惊动了。"林雷咂了咂嘴，接着却是一怔，"咦？那猴子已经无法忍受你身上的味道了，它要冲过来了。"

"林雷，我今天做你的绿叶，你不请我吃饭也就算了，还这样损我，太不够意思了吧。"赵亮暴跳如雷，脸憋得通红。结果他话刚说完，身后那大笼子里的猴子果然冲了过来，抓着笼子对赵亮挥动着毛茸茸的手臂，还在那里龇牙咧嘴，发出不满的"吱吱"之声。

"啊，这畜生果然不是在欣赏我帅气的外表啊。畜生，给老子安静一点！"猴子的表现令赵亮非常不满，他对猴子愤怒地挥了挥手臂，还模仿另一只叫齐天大圣的大猴子在那里跳来跳去，嗷嗷怪叫，并对笼子里的猴子做出各种"击杀"的动作，模样说不出的滑稽。

"吱吱！"笼子里的猴子叫得更欢了，还抓起地上的小石子，不由分说就朝赵亮扔去。

"天哪，这死猴子太邪门了，我不就喷了点卡尔文·克莱恩吗，这也招惹你了不成？"赵亮被一颗石子击中脑门，他捂住脑门不满地大叫，"死猴子，你等着，居然拿石子扔顾客，我要投诉你。"

而一旁的林雷看着那猴子，却微微地愣了愣神，有那么一瞬间，他进入了一种恍惚的状态，他能够异常清晰地感受到猴子的愤怒，他甚至感觉自己跟那猴子是心意相通的，他还诡异地看到了一扇世界的大门，正无声无息地对他敞开了……

然后，他进入到了那个世界。那是一个离奇的世界，他看到了扭曲的森林、远古的龙族、铺天盖地的军队，他看到了一只眼睛悬浮在虚空之中，很大，大得像一个归墟的旋涡……

"林雷，林雷，你在干吗？看到女神来了，也不用花痴成这样吧？"

林雷感觉腰间猛然一痛，他立刻从那种离奇的感觉中醒来，这才发现赵亮正在用手指使劲地戳自己。而赵亮的身边，不知何时已经站了一个女孩，线条柔美的容颜，素白的裙子套在她那笔直的身体上，亭亭玉立，美得令林雷有些呼吸急促。

"啊，邓梦馨，你好！想不到你也会来这种破动物园玩。"林雷立即来了精神，对邓梦馨笑了笑，露出一口洁白的牙齿。其实,这时的他，已紧张得手心都出了一层汗。

一旁的赵亮暗暗地朝他挤眉弄眼，一副"小子，好好把握你的小美人吧"的欠抽表情。

邓梦馨是班花，也是林雷的梦中情人。事实上，林雷第一次见到她的时候，就被她那婉约的气质吸引住了。他一直认为，拥有这种气质的女生，心灵都是干净剔透的，同时和他一样也都是孤独的。

他曾无数次地幻想过这样一个画面：陌生的湖泊，湖畔上是绿莹莹的青草，红色的夕阳将这里涂抹得仿佛是一幅美好的油画，而他拉着邓梦馨那柔嫩的小手，踏着夕阳，缓慢地走过湖畔。

"我每个周末都会到这里来的，我觉得这些动物好可爱哟，它们能让人感到愉快。"邓梦馨浅笑着，右边的脸颊上露出一个迷人的小酒窝，"倒是你们两个，怎么这个周末会来这里呢？好奇怪哦，男生不是应该对游戏更热衷一些吗？"

看着林雷讪讪的表情，赵亮差点笑出声来。

好吧，我承认，我是观察了你好长一段时间才决定在这动物园制造这场偶遇的，林雷心想。他搓了搓手，轻轻地咳嗽了两声，然后说："其实，我们是刚刚才知道这里有一个动物园……"

赵亮直接就笑喷了，林雷瞪了他一眼，他又连忙将嘴巴死死闭上。邓梦馨抿了抿小嘴，心里只觉得好笑，这么大一个动物园你们才发现？这借口还真不是一般的烂呢。

"哦，你觉得这些动物可爱吗？我告诉你，我还能读懂这些动物的眼神。"林雷知道自己表现的机会来了，他将邓梦馨嘴角那丝不屑的神色直接略过，急忙说道，"你看这只猴子，它刚才正在对赵亮发怒。因为赵亮在他那一个星期都没有洗澡的身体上喷了卡尔文·克莱恩，这种味道让它很不舒服。但是你来了之后，它突然变得愉快了，它很喜欢你。"

"林雷，你想干吗？快闭嘴啊。"一旁的赵亮愤怒地瞪着他，要被班花知道自己一个星期没有洗澡，他堂堂一个少爷的面子往哪儿搁！

"是吗？"邓梦馨却疑惑起来。

"是的，这只猴子很喜欢你。"林雷点头，"它正在渴望你过去逗它，不信你过去逗它试试，它会很开心的。"

邓梦馨看了林雷一眼，半信半疑地走过去，试着将手伸进笼子里。果然，那猴子立即握住了邓梦馨的手，不停地摇晃，甚至咧着嘴朝邓梦馨露出了一个"微笑"。

"啊啊啊，这死猴子原来好女色！"瞧见这情景，赵亮跳起来叫道。

握住猴子的爪子，邓梦馨却是惊喜不已，她从没想过自己居然可以这样亲近一只猴子。邓梦馨转过头，用一种不可思议的眼神望着林雷："林雷，你是从哪里看出这只猴子喜欢我的？"

"眼神。我不是说了我能读懂动物的眼神吗？"林雷微微一笑，又指向了旁边的一只孔雀，"邓梦馨，你没发现那只孔雀一直在看着你吗？它是在嫉妒你的裙子好看。"

"嫉妒我的裙子好看？"邓梦馨觉得有些不可思议，她看看林雷，又看看那只孔雀。

林雷摸了摸鼻子，点头说道："是的，你若不信，它马上就要开屏和你比一比是你的裙子好看，还是它的尾巴好看了。"

结果林雷的话刚说完，那只孔雀果然一下子将它那漂亮的尾巴张了开来，五颜六色，煞是好看。那孔雀甚至还站在那里歪着脑袋看着邓梦馨，眼神中充满了不屑。

"天哪，这太不可思议了！"邓梦馨吃惊地张大了嘴巴，这只孔雀竟然真的照林雷说的做了，这种离奇的事情就发生在眼前，这让邓梦馨感觉跟做梦一般。而这个时候的赵亮也终于意识到之前林雷不是在损他，当即，也是仿佛看到怪物一样错愕地看着林雷。

"林雷，你太棒了，竟然真的可以读懂动物的眼神，简直就是一个天才呀！"邓梦馨非常崇拜地看着林雷。

林雷只是咧嘴一笑，心中暗自叹了口气，也许只有老天才知道，他到底是一个天才还是一个妖怪，反正他天生就能读懂动物的眼神。若非如此，当初父亲也不会将他丢到中海市这儿来了，弄得他在这个大城市中如同一个小乞丐一般。

不过对于邓梦馨那崇拜的目光，他倒是十分地享受。他知道这绝对是个良好的开端，以后和邓梦馨的缘分就慢慢来了。想到这些，林雷不禁心花怒放。

"今天其实是我的生日，现在正好在这里撞上你们，看来真是有缘。你们两个今晚可以参加我的生日晚会吗？"邓梦馨说这话的时候，他们三人已经出了动物园，说完，她还朝林雷露出甜美的一笑。她没想到，她的这个笑让林雷顿时产生一种"她在向我暗示什么"的想法。想到刚才邓梦馨对自己所流露出来的崇拜之情，林雷的心脏忍不住一阵怦怦直跳。

邓梦馨离开以后，林雷立马兴奋地搓了搓手，他用胳膊捅了捅赵亮说："赵亮，借五十块钱给我。"

"干吗？你已经欠了我三千多块钱了。"

"晚上买玫瑰啊。三千多块钱都借了，还在乎这五十块钱吗？"

中海市秋天的傍晚还是有些凉意的。西街两旁的枫树在秋风里稀里哗啦地往下掉着火红的树叶，透着无尽的萧瑟，像是一场盛大的别离，让人的心中总是悠然地升起一股莫名的哀愁。

不过秋天的萧瑟并没有影响到林雷的心情，此时的他正踩着满地的枫叶雄赳赳地冲进一家花店，他在花店里精心地挑选了一枝红玫瑰。

上午从动物园出来之后，他去网吧搜索了一下，找到了一种能变出一朵玫瑰的小魔术。这种小魔术操作起来其实十分简单，只需要隐线一根、玫瑰一朵、戒指一枚便可以操作。

林雷将操作的方法牢牢地记在心中，他准备在邓梦馨的生日晚会上，以变魔术的方式将玫瑰送给邓梦馨。到时候，相信邓梦馨一定会惊喜地叫起来的，然后，林雷准备趁机邀请邓梦馨跳上一支舞。在跳舞的过程中，他会深情地注视着邓梦馨，伴随着舞姿与音乐缓缓地向她表白……毫无疑问，这将是一个非常美妙的夜晚，更是一个非常美妙的开始。

"要30元一枝吗？有点贵了啊，不过……不用找啦。"心情大好的林雷，从裤兜里套出皱皱巴巴的五十块钱，大方地塞到眼前这个长着一对可爱虎牙的小女孩手里。

"啊。"小女孩略微地错愕了一下，接着便开心地将钱接了过去，用清脆的声音说道，"谢谢哥哥！哥哥，你女朋友一定非常漂亮吧，看你心情这么好。"

"嗯？我心情好就说明我女朋友漂亮吗？我想，每一个前来买玫瑰送给女朋友的人，心情都应该很好的吧？"

"不一样的哦，"小女孩眨着眼睛朝他微笑，"一般人买玫瑰，幸福只

英雄联盟①
苍天冥瞳

会表现在眼神中的啦，只有那些女朋友特别漂亮又正处在追求阶段的人买玫瑰，才会像哥哥一样满脸都溢着笑意的哦，而且他们的眼中只有玫瑰，没有价钱，只要能够将玫瑰送到对方的手中，多少钱他们都不在乎。哥哥加油，一定要将那位漂亮的姐姐追到手哦。"

原本心情就已经大好的林雷，又被小女孩的一番话说得更是激动不已："会的，不信你就等着瞧吧，我很快就会拉着她的手一块儿来你们店里买玫瑰的。"

告别小女孩，怀揣着玫瑰出了花店，林雷忽然想起，邓梦馨的家底可是不错的，再加上今天是她的生日，今晚的她绝对会是个光彩夺目的公主。

想到这一点，林雷又感觉事情有些棘手，既然要邀请光彩夺目的公主共舞，那么他也总要穿得体面一点吧，可问题是，他是个穷光蛋，所谓的体面，又从何谈起？现在他身上的这件白色衬衫，都已经穿了两年了，旧得跟张报纸似的。

"怎么办？"林雷沉吟起来，刚刚才借了赵亮50元钱，再向他借，林雷实在放不下面子再开口了，再说赵亮现在已经回了家，而自己除了赵亮这个死党以外，向别人借只怕会碰一鼻子灰。

林雷双手插在兜里，迎着秋风，郁闷地前行。漫天飞舞的枫叶滑过他有些单薄的背影，让他看上去分外孤独。他朝天空微叹了口气，那独特的鸽子灰的瞳仁里倒映着这个萧瑟的秋天，仿佛是倒映着一个盛大的悲情传说。

其实，他手头上还是有一些钱的，就在上个星期，他父亲才从那个遥远的贫穷村庄打了1200块钱生活费过来。如果将这1200块钱拿去买一套体面些的衣服，那么就意味着他必须身无分文地度过这个学期。

"整个学期都将身无分文地度过啊……光想想就觉得很恐怖！"林雷舔了舔嘴唇，他知道自己在做一个艰难的选择，要么，他风风光光地去参加邓梦馨的生日晚会；要么，就为了这个学期的生活而放弃这个绝好的机会。

看着四周渐渐落下的暮色，林雷知道自己已经没有时间犹豫了。他站在原地怔了很久，最终，拔腿往姑妈家赶了过去……

林雷从服装店出来的时候，赵亮刚好开着车来接他。见了西装革履的林雷，赵亮咂了咂嘴："啧啧，我咋就没看出来啊，你小子还挺人模狗样的嘛。成，就你这副模样，拿下邓梦馨绝对没问题，我敢打包票。"

林雷只是微笑，心里充满着最美好的愿望。

和林雷先前想象的完全一样，邓梦馨的生日晚会气派极了。场面热闹不已，几乎全班的同学都受到了邓梦馨的邀请，又因她是班花，所以但凡受到邀请的同学都屁颠屁颠地跑来捧场了，甚至有一些其他班的并没受到邀请的同学，也都主动买了礼物前来参加这个生日晚会。

林雷知道，这些前来参加生日晚会的男生中，有相当一部分和他一样是对邓梦馨倾慕已久的，说不定今晚的生日晚会会演变成一个浪漫的表白之夜。

不过林雷并没有丝毫的危机感，反而有着一股莫名的骄傲。因为他想到今天中午在动物园里的时候，邓梦馨对他的暗示已经说明了一切，今晚他才是这场晚会的男主角。若有其他男生想趁机表白，都将非常不幸地沦为小丑。

邓梦馨在一众家属的簇拥之下出场了。今晚的邓梦馨分外耀眼靓丽，一袭雪白的连衣裙套在她那娇好的身躯上，立刻凸显出她那玲珑有致的曲线，再加上那双在灯光下闪耀着光芒的水晶高跟鞋，将她装扮得如同天上的仙子一般。

"谢谢同学们赏脸前来参加我的生日晚会，我好幸福啊，谢谢，非常谢谢你们……"邓梦馨微笑着对大家说，漂亮的双眼缓缓扫过全场，惹得全场的男生顿时像打了鸡血一样兴奋地嗷嗷怪叫。

"哇，真美啊！"赵亮觉得自己的口水都快流下来了，他碰了碰身边同样目瞪口呆的林雷，"林雷，我可得先警告你了，追到这么漂亮的女朋友，你可不能重色轻友啊，不然向我借钱我得收利息，还是高利贷的那种哦。"

"你看我像重色轻友的人吗？"林雷目不转睛地看着邓梦馨，完全忘了他早已身无分文。

就在这时，邓梦馨在人群中发现了林雷，她朝他微微一笑。邓梦馨的这一笑不打紧，林雷的整颗心却彻底沦陷了。

"啊，看来你小子这人模狗样的，果然是特别惹眼啊，邓梦馨在人群之中一眼就发现你了。"赵亮也发现了邓梦馨的目光，当即从林雷的背后推了他一把，"男主角，该上场啦，你借老子五十块钱买的玫瑰呢，还不快送上去。哈哈，今晚不知道有多少男生心中揣着早已经拟好的表白词呢，等他们发现你才是邓梦馨倾慕已久的人时，真不知道他们的表情会有多精彩，好期待哦。"

林雷暗暗地摸了摸袖洞里的玫瑰，下意识地挺了挺胸脯，一股从未有过的优越感油然而生。

他确实该登场了。

为了让接下来表演的小魔术效果更好，他已经将玫瑰从袖洞里探出了一点点，然后手里拿了一方手帕将其遮挡住。

玫瑰枝上的刺将他的手腕刺得生疼，他甚至感觉已经刺出血来了。不过，他硬是忍住手腕上传来的疼痛，雄赳赳地朝邓梦馨走了过去。他知道，这一刻所有人的目光都集中在了他的身上，这让他紧张得手心都出了一层汗。

"咦……"见林雷朝自己走来，邓梦馨惊奇地看向他，嘴角也随即浮现一抹微笑。

而此时的林雷，感觉自己正在走向一扇通往幸福的大门。只要他将小魔术一变，班花女友啊、温馨浪漫啊、孩子啊什么的都有了，他忽然感觉邓梦馨这个名字起得可真好啊，梦馨梦馨，一场温馨的梦！

望着邓梦馨越来越近的面孔，林雷紧张得心脏都几乎要跳出胸口，拿着手帕的手心不停地冒着汗，不过情况不算太糟糕，他顺利地站在了邓梦馨面前，途中并没有因为紧张而被椅子绊倒。

"林雷，谢谢你能来参加我的生日晚会，你准备送给我的礼物呢？"邓梦馨很直接，有些撒娇似的翘了翘小嘴，瞄了一眼林雷手上的那块方手帕。

林雷微笑着，没有说话，他的左手已经暗暗抓住了那根从戒指中穿过来的隐线，他只要将隐线轻轻一拉，玫瑰就会猛地弹出来，那么一切就大功告成了。

"嘭！"

就在林雷抓住隐线正欲一拉之际，身后突然传来爆炸之声。林雷愣了愣神，不由得转过身去，于是他看见了一大团细碎的彩纸被猛地炸了开来，班长华舟身穿一套白色的西装，手捧一大束玫瑰，顶着漫天的细碎彩纸微笑着走来。有那么一瞬间，林雷感觉那是一个从宫殿中走出来的王子，光芒四射。

就在林雷愣神之际，华舟已经来到了邓梦馨的面前，并将一大束玫瑰送给了她："梦馨，生日快乐！"

邓梦馨完全被这突然出现的一幕惊到了，她将玫瑰紧紧地抱在怀里，脸颊有些娇红，半晌回不过神来："华舟，是你？"

华舟没有说话，只是拉起邓梦馨的手，深情款款地凝望着她："是我，梦馨，祝你永远都这么漂亮。"

而在邓梦馨欢喜地依靠在华舟肩膀上的那一刻，林雷感觉自己的脑子里一直安装的一枚定时炸弹，在这一刻轰的一声猛地炸了开来，炸得他脑子里一片空白，整个人傻傻地愣在那里。

原来，梦馨只是一场温馨的梦啊！

他看了看场上，发现赵亮也惊愕地愣在那里，而其他人的目光，则是有嘲笑、有同情、有幸灾乐祸……所有人的目光，都齐刷刷地投在他的身上。

林雷总觉得这个繁华的大都市就像一场繁华的梦魇，而他自己站在梦魇之外，孤独得像是一匹受伤的野狼。而这一刻，他的这种感觉尤甚。

林雷傻傻地站在邓梦馨和华舟的身边，全场所有人的目光在这一刻都聚集在了他们三个人的身上。

林雷紧紧抓着手中的那方小手帕，由于太用力的缘故，他的指骨有些泛白。他感觉此时自己的胸腔中仿佛被塞了一大团水藻，必须用力才能呼吸。他感觉这个夜晚那些华丽的霓虹灯正闪烁着刺眼的光芒，就像在嘲笑他，又像锥子一样，狠狠地扎进了他的心窝。

迷迷糊糊中，他隐约听到场上传来一阵阵幸灾乐祸的嘲笑："哈哈，真过瘾，林雷这小子难道不觉得他这个电灯泡太亮了一点吗？还不快回来。"

他看见赵亮在惊愕之后抓起一只杯子，"啪"的一声狠狠地摔在地上，然后又跳到椅子上，脸颊憋得通红，愤怒地朝大家挥动手臂："你们吵什么吵？林雷只是单纯地作为同学上去献礼物而已，你们瞎起什么哄啊。林雷是动物方面的天才，再加上他那人模狗样的外表，就算他真喜欢哪个女生，那也只有一个人有资格啊，必然是校花南央啊！"

说实话，对于赵亮的仗义执言，林雷很感动，但是对他大嘴巴的毛病却有些顶不住，这些都是什么乱七八糟的啊？

果然，赵亮的这番话一出，立即惹来一大片嘘声。

"哦？林雷，你给梦馨准备了什么礼物呢？"华舟微笑着站在邓梦馨的身边，看了看林雷手里的那方小手帕，对他说，"是这方小手帕吗？虽然现在很少有人送这种东西，但是我知道，手帕可是个特别的礼物哦。有人说'手帕横也是丝，竖也是丝'，这可是代表思念的最佳礼物。但是也有人说，手帕代表眼泪和悲痛，那可是向人暗示自己有多么不高兴哦。林雷，你说你这是在向邓梦馨传达一个什么样的意思呢？"

林雷没有看华舟，只是目不转睛地注视着邓梦馨，心底传来的阵阵剧痛，让他有种天旋地转的感觉。

可是即便如此，他还是想将人生的第一枝玫瑰送出去。林雷苦涩地笑了笑，再次将那根绑着玫瑰的隐线抓住。然后，他故作轻松地对华舟说："当然不会是手帕了。"

可惜，人生有时候总是充满了戏剧，就在林雷第二次想要完成他的小魔术时，身后却突然传来一阵轰隆隆的车鸣声，一辆红色的法拉利猛地冲了过来。

车子停下来了，车门被缓缓打开，包括林雷在内的所有人都将目光投了过去，然后，他们全都愣住了，因为车上下来的竟然是校花南央。

只见她一米七的修长身材，搭配着精致无瑕的脸蛋，挺直的鼻梁，还有那伴随着步伐缓缓飘动的一头酒红色的秀发，这样的风姿，简直将电视剧里大部分的女明星都狠狠地比了下去。

太耀眼了，耀眼得林雷都认为她是故意跑来这里出风头的，而下一刻南央说出来的话，令林雷迅速地意识到，她不仅仅是来出风头这么简单。

"林雷，你怎么来参加同学的生日晚会也不事先和我说一声，害得人家整整等了你几个小时，你不知道在秋风中站几个小时很容易着凉的吗？"南央径直来到林雷的身边，温柔地挽起他的手臂，撒娇地说道。

林雷蒙了，在这一刻，林雷感觉南央像是一个挥着翅膀朝自己飞过来的天使。全场的人也都蒙了，他们傻傻地看着林雷，目光中充满羡慕和嫉妒。

那紧拥着邓梦馨的华舟，嘴角明显轻轻地抽了抽，而邓梦馨更是错愕地张着嘴，不可思议地看看林雷，又看看南央。刚刚赵亮那大嘴巴还在说只有校花南央才能配得上林雷，难道他说的是真的？

　　"看看你都出汗了，参加同学的一个生日晚会而已，用得着紧张成这样吗？"南央扯过林雷手中的手帕，温柔地帮他擦了擦额头，如同一个乖巧的小媳妇一般。

　　"各位同学好，我和林雷还有别的事情要办，抱歉，我们先走啦，你们慢慢玩，玩开心一点。"南央朝众人微微欠了欠身，而后挽着林雷的手臂，径直走向不远处的那辆红色法拉利。整个过程，林雷的腰板都僵直得如同一具尸体一般，任由南央拽着向前塞进车里，然后绝尘而去。

　　"不是被我说中了吧，这小子是什么时候和校花在一起的？"赵亮使劲地眨了几下眼睛。

　　"南央原来早就和林雷这小子在一起了！"众人回过神来，议论纷纷。

　　邓梦馨和华舟愣愣地站在那里，两人的心中都似乎被什么东西堵住似的，而华舟的脸色更是阴沉。

英雄联盟 ①
苍天冥瞳

第二章　龙族血脉传承者

原来在这座城市里，他早就一无所有了。

阳光透过车窗照在他的脸上，他却只感到一阵冰冷。沉默了半晌，林雷闭上眼睛，轻轻地对南央说："我们去光明学院吧。"

通常，一无所有的人才最有勇气做出不可思议的事。

穿着黑衣服、戴着墨镜的高大男人目不转睛地驾着车，载着林雷如同脱缰的野马一般冲出邓梦馨的生日晚会现场，飞驰在中海这个迷离的繁华大都市中，路两旁灯火通明。南央坐在副驾驶座上回头调皮地看着后座上吓得一动也不敢动的林雷。

"不用紧张啦，绝对不会出现车毁人亡的现象，你要相信莫特的驾车技术。"南央对林雷微微一笑。

林雷不知道南央嘴里的这个莫特是谁，但是看着一辆接一辆的车被他们甩在后面，他只是紧紧地抓着后扶手不敢动弹。直到现在，林雷对今晚发生的一切都还有些发蒙，一切恍然如梦，让他不敢相信。他微微地叹了口气："我可从没想过会遇到这种事。"

"什么事？花去全部积蓄买了一套西装，精心准备一个变玫瑰的小魔术，想趁晚会之际向倾慕已久的女生表白，结果却成了一个小丑？"南央微笑着瞟了林雷一眼。

"不是啦，是从没想过会被校花接走，真拉风。"林雷耸了耸肩，忽然神色一暗，"嗯？你怎么对我调查得那么清楚？"

南央转过头对林雷眨了眨眼睛："我的确一直在注意你，对你做过详细的调查。你在八岁那年，因说中了一头公牛、一只猫和一只公羊会死，结果被你父亲当成怪物远远送到这中海来。你天生能够读懂动物的眼神，这让你感觉自己是个怪物，平时心里感到格外孤独，从高一到高三只有赵亮这么一个死党。"

南央的话音还没落，林雷的眉毛就皱成了一团。虽然他认识校花南央，但是他对驾车的这位像黑道打手一样的莫特却很陌生，现在加上南央的这番话，林雷一下子愣住了。

"你到底是谁？竟然连我内心深处的东西都知道，现在你准备带我去哪里啊？"

南央没有正面回答林雷的问题，只是嘻嘻一笑道："难道，你就没感觉今晚的我特别像一个天使吗？没错，我就是一个天使哦，一个将你从黑暗中带出来走向光明的天使。哦，至于他——"南央看了一眼专心开车的

英雄联盟
①
苍天冥瞳

莫特，"他是一个很称职的司机，你不用担心。你只要知道我是你的天使就行了！"

"得，你还天使？我还是奥特曼呢！别玩了，你到底想干吗？"对于南央的神秘，林雷十分不舒服，他有种踩在云端落不到地面的感觉。

"很快你就知道啦，我只是奉命行事而已。"南央笑道。而这时莫特猛地一踩刹车，法拉利"吱"的一声停了下来，巨大的惯性让林雷差点一头撞在挡风玻璃上。

"你想谋杀我啊？"林雷惊得一身冷汗，"你们到底要把我带到哪儿去？"

"出来看看不就知道了。"南央说着已经率先下了车。

拉开车门，下了车一看，林雷才发现这是一家网吧的门口。南央向林雷招了招手，然后自顾自走进了网吧。林雷犹豫了一下，还是决定跟进去看看这位校花将自己从邓梦馨的生日晚会中硬拽出来，到底准备搞什么鬼。

网吧的生意似乎并不怎么好，只有几个人在玩游戏。南央拉着林雷的手来到一个角落里，开机，登录QQ。直到今晚林雷才知道，这个万人倾慕的校花，QQ昵称居然就叫做"万年校花"。

万年校花？还真不是一般的臭美！林雷差点直接笑喷，不过他终究还是忍住了，只是困惑地问道："校花姐姐，你将我从邓梦馨的生日晚会中拽出来，不会就是要我在这里看着你聊QQ吧？"

"唔。"南央点了点头，纤长的十指在键盘上噼里啪啦地操作着，也不看林雷，"我说过我是你的天使嘛，我这是在向你敲开一扇通向光明的大门。"

林雷想再说点什么，但又觉得这个话题十分无聊，便什么都没有说，只是开始饶有兴趣地看南央聊QQ。

南央的QQ上面一个好友的头像在闪动，南央轻轻点开，一个名叫"真实世界纵横者"的家伙的聊天窗口弹了出来："表妹，终于等到你上线了，你那边情况怎么样，进展如何？你说的那个叫林雷的人带来了吗？"

"咻，原来是你表哥，我还以为是什么地产大亨之子呢。"林雷有些失望，同时对南央表哥的问话中出现自己的名字又十分疑惑，"你和你表哥到底在搞什么鬼，你表哥干吗要让你把我带来这里？"

"很快你就知道啦，不用紧张，我表哥是将你引入光明世界的另一个天使。"南央一边说，一边噼里啪啦地敲着键盘，一行字很快在她的纤纤十指下敲了出去："来啦，他现在就在我身边，要不我让他跟你聊。"

南央从椅子上站起来，拉过林雷，不由分说地将他按坐在椅子上。林雷无奈地苦笑了一下，觉得南央着实太过霸道了。

微微吐了口气，林雷的十指开始敲打着键盘。

万年校花："你好，我是林雷，你表妹将我从同学的生日晚会中不由分说地拽了出来，请问你们到底在搞什么鬼？"

真实世界纵横者："我表妹一向比较顽皮，我在这里代她向你道歉。我必须核实一下，请问你是否天生可以读懂动物的眼神？"

这一直是个让林雷敏感而又困惑的问题，他望着电脑屏幕不由得一愣。

万年校花："是的。"

真实世界纵横者："很棒，真的很棒！现在我基本可以断定，你平时内心特别孤独，甚至有时会觉得你身边的城市就像是一场巨大的梦魇，而你身在梦魇之外，始终无法融入进去。是这样吗？"

太厉害了吧，仅仅知道一个人能够读懂动物的眼神，就能够揣测出他内心最深处的东西！林雷转过头看向身后的南央："这太玄乎了吧，你表哥到底是谁，神仙？或者说是从我肚子里爬出来的蛔虫？"

南央微微一笑："我表哥只不过是根据某些依据，推断出你有这样的心理而已。"

林雷继续打字："是的，不过这看起来太不可思议了，我是说你能知道我内心深处的一些东西。请问你是根据什么依据来推断出这一点的？"

真实世界纵横者："《龙族秘辛》！"

万年校花："《龙族秘辛》？"

真实世界纵横者："是的。现在我基本上可以很确定地告诉你，你是远古龙族血脉的传承者，确切地说，是青龙。只有远古龙族的血脉传承者才能读懂动物的眼神，而你觉得你身边的世界就像是一场巨大的梦魇，这其实是远古龙族的血脉传承者的一种潜意识。"

万年校花："我是远古龙族的血脉传承者，还是远古四大神兽之一的青龙？哦，天哪，这个世界太疯狂了！"

林雷被南央表哥的话彻底惊到了，嘴巴张得老大。上一刻他还在班花的生日晚会上扮演着小丑，估计到现在那场气派不凡的生日晚会都还没有结束，而下一刻自己却已经坐在网吧里，被南央神秘的表哥告知自己是四大远古神兽之一青龙的血脉传承者，这个世界到底是怎么了？

而且，青龙应该是只存在于传说中的一种生物吧，怎么自己一下子就成了传说中的生物了呢？

真实世界纵横者："林雷，这是千真万确的事情！你想想看，不然我怎么知道你内心深处的孤独与幻想？不，不能说幻想，应该说是远古龙族的血脉传承者的潜意识。"

林雷敲下一行省略号。

真实世界纵横者："林雷，也许你现在对我的真实身份感到非常困惑，我在这里给你透露一下，但是你必须保证要帮我保密。我是光明学院的学员。根据《龙族秘辛》这本古老典籍的提示，天地间存在着一个拥有远古青龙血脉的人类。一直以来，我们学院都在寻找这个人，非常幸运，我们将你找到了！"

还没等林雷回复，南央表哥已经激动地对他进行劝慰了。

真实世界纵横者："林雷，加入我们学院吧，你拥有高贵的血统，拥有无限的潜力，只有我们学院才能够将你的潜力挖掘出来。"

林雷已经被南央表哥的言论惊得不知所措起来，他呆呆地对着电脑屏幕，对方的每一句话都狠狠地冲击着他的神经。哦，等等，光明学院在哪里，他怎么对这座学院没有半点印象？

他茫然地回头望向身后的南央，南央对他浅浅一笑："我表哥所说的每一句话都是真的。"

林雷不屑地撇了撇嘴，只觉得他们是一伙的，问了也是白问。

真实世界纵横者："林雷，光明学院存在的意义，是你目前无法想象的，它肩负着不可思议的重大使命，而且，你若是加入，光明学院将会给你一笔数额不小的奖学金……"

与南央表哥的谈话整整持续了半个小时，内容无非就是南央表哥在尽力游说林雷加入光明学院。直到被南央拉着出了网吧，将他塞进车，飞驰在中海这座繁华的大都市中，林雷的脑子里都还是晕乎乎的，这一切太玄乎了，玄乎得让他感觉是一场梦。

"林雷，出于仁义与道德，我必须提醒你：当你加入光明学院之后，你面临的，将会是一场场浩大的战争。这些战争不但无比激烈，而且恐怖。也许你将来会死在战场上，但是，你是在为你的亲人、朋友而战，你若不挺身而出，有一天他们将彻底消亡。"南央朝他挑眉道，"比如这座繁华的城市，你若不战，有一天它将彻底消失。"

林雷沉默不语地坐在后座，今晚他接收到的信息量太大了，而且这些信息都透露出诡异，诡异得让他一时半会根本不可能消化掉。

他看了看眼前的南央，又将目光投向车窗外，麻木地看着迷离的霓虹灯快速地往后倒退着。

"好吧，知道你一时半会儿也接受不了，没关系，我会给你时间思考的。"南央说着拍了拍莫特的肩膀，"走，我们先送这位神志有点不清的家伙回家休息休息！也好让他有时间思考一下，嘻嘻……"

林雷没空和她打趣，目光自始至终都没从窗外离开过一下。

回到家的时候，姑妈一家人已经睡下了，没有给他留灯，屋子里清冷而漆黑。林雷非常疲惫，他连澡都没洗就爬到床上呼呼大睡起来。

这天晚上，林雷睡得非常不踏实，整个晚上都在做梦。他梦见自己去了一个神秘的地方，他在那里与一条巨龙战斗，打得天昏地暗。他不断使出各种炫目的招数，但是那条巨龙实在太强悍了，就在那条巨龙要将他杀死之时，他突然被一阵喝骂声吵醒了。

"林雷，你这套西装是哪里弄来的钱买的？难怪前两天我放在抽屉里的两千块钱不见了，原来是你这个臭小子拿走了！你个野孩子，竟然偷钱偷到我身上来了！我现在就打电话给你父亲，让他过来把你接回去！"

姑妈叉着粗壮的腰站在床边，将林雷昨晚买的那套西装狠狠地甩到他的脸上。她心里早就对这个整天白吃白喝的孩子厌恶到了极点，这么好的一个机会，她哪里会犹豫，当即掏出手机按下一串号码，对着电话噼里啪啦地说起来。

林雷顶着一个鸟窝般的头，斜坐在床上冷静地看着姑妈。他心里有些悲哀，姑妈应该知道父亲的钱已经打过来了，那她为什么还要故意捏造事实呢，明摆着就是要找个借口赶他走啊！

或许现在的她，心中还在窃喜，觉得自己聪明极了吧。

林雷懒得辩解什么，因为这已经毫无意义了。他默默地将昨晚那套新买的西装套在身上，下了床，去卫生间洗漱，丢下姑妈一个人在房间里对着远方的父亲大喊大叫。

"林雷，你去哪儿？回来，你父亲叫你接电话。"见林雷洗漱完便闷不吭声地朝门口走去，姑妈拿着电话在身后叫道。

"不用接了，我是不会回去的。"

林雷连头都没回，"嘭"的一声将姑妈的吼叫声关在屋子里。姑妈在屋子里傻愣着，胸口一阵起伏，她猛地将手中的手机狠狠地砸向关闭的大门，手机从大门上弹回来，在空中四分五裂，零件四射。

"你这是在给我摆脸色吗？你这个小兔崽子！"

巨大的声响令林雷的身躯微微一抖。他耸了耸肩，iPhone5甩起来都一点不心疼，找两千块赶我出家门的借口，听起来不是很滑稽吗？

"不好意思，看来我来得真不是时候，撞见了你最尴尬的时刻。"

大门之外，南央吐了吐舌头，又颇为同情地看了看脸色阴沉的林雷。对于南央会出现在这里，林雷一点儿都不意外，当时在网吧自己没有答应她表哥，他知道他们两是一定不会善罢甘休的。

"走吧，带我去兜兜风。"

"我也觉得你现在的确需要兜兜风。"

南央浅浅一笑，拉开车门，对林雷做了一个"请"的动作。林雷钻进车厢，身子往软绵的椅子上一靠，一阵无尽的疲惫之感顿时铺天盖地地向他袭来。莫特这个自始至终没有说过一句话的穿着黑衣服的男人，猛地一踩油门，车子便猛蹿了出去。

"林雷，现在你的情况是这样……"南央这次也坐到了后座，她双手托着下巴对林雷微笑道，"你倾慕已久的班花已经投进了别人的怀抱，你就别想着将她争夺回来了。华舟的父亲是地产大亨，而你，只是一个从贫困村庄来的穷小子，你拿什么去跟他争呢？我想邓梦馨就算再怎么超凡脱俗，在你与华舟之间，她都会选择华舟，而你唯一翻盘的希望，就是变得比华舟强大……"

"你是想告诉我，加入光明学院是让我强大的最佳途径？"

"真聪明！"南央打了个响指，"光明学院不仅会让你变得有钱，还会将你身上所有的潜能都发掘出来，让你成为一个力量上的强者。这世上，有哪个女孩是不崇拜英雄的？"

"继续说。"

"好，眼下最严重的问题是，你姑妈的家对于你来说，已经相当于不存在了，也许你在想可以去你的死党赵亮家里居住，但是，你觉得你欠他的还不够多吗……"

"你还是别继续说了。"林雷陷进软绵的座椅里，挥了挥手，打断了南央的话。当他走出姑妈家门的那一刻，他就知道自己已经无路可走了，唯一的选择就只有光明学院！

其实若是可以，他会选择留下来，哪怕是举步维艰。可是南央说的没错，他欠赵亮的已经太多了，即便他的脸皮再厚，都已经撑不下去了。

这一刻，林雷忽然觉得有一种前所未有的悲伤。

原来在这座城市里，他早就一无所有了。

阳光透过车窗照在他的脸上，他却只感到一阵冰冷。沉默了半晌，林雷闭上眼睛，轻轻地对南央说："我们去光明学院吧。"

通常，一无所有的人才最有勇气做出不可思议的事。

第三章　光明学院

看着眼前这座被黑色深深笼罩的繁华大都市正在以不可思议的速度往后倒退着，林雷的心中突然涌起一种奇特的感觉。他感觉这辆列车的前方是一扇新世界的大门，列车正载着他快速地离开原来的世界，冲向一个充满了奇幻色彩的陌生世界。

是的，林雷的感觉没有错，一扇新世界的大门已经悄然地向他打开了。

　　林雷知道是到了要为自己过去的生活画上一个句号的时候了，这是他迫不得已的选择。从此以后，他将彻底告别死党赵亮，告别梦中情人邓梦馨，告别对他厌恶至极的姑妈，开始一段充满未知的神秘旅程。拿南央的话来说，这就是一个英雄故事的开始，一个热血沸腾却又生死未卜的开始。

　　其实林雷对自己迷离的未来并没有多少畏惧，在心底深处甚至还隐隐有些期待，青春时期的孩子，谁不曾豪情万丈过？

　　只是在莫特径直将车开到火车站，拿出火车票的时候，林雷还是非常吃惊的。南央似乎早就为林雷准备好了火车票，而且吃定他一定会答应。

　　"光明学院到底在什么地方，为什么在此之前我从来都没有听说过呢？"看着列车票上"光明学院"四个清晰的字，林雷有些精神恍惚，感觉像是在做梦。

　　"去了你就知道了。"南央朝他甜甜一笑，拽起林雷上了列车。

　　而在他们刚踏上火车的时候，林雷看到身后的法拉利超速奔驰起来，似乎开进了虚幻的空间，眨眼间便消失得无影无踪。林雷的脸上不禁冒起了冷汗。他还没来得及询问南央关于莫特的一些疑问，却在扭头看到列车的内部时，再次怔住了。

　　"这列车倒是很豪华，但是这陈设，怎么这么像我在电影里看到的那些工业革命时代西方列车中的陈设？"林雷皱了皱眉头。

　　"这是光明学院的专属列车，一切的奥秘，都在这张票上。"南央得意地扬了扬手中的列车票，"这里有一套电子指纹密码。当你抓住这张列车票的时候，这套电子指纹密码就通过你的指纹控制了你的基因，让你进入到……"

　　"呜……"

　　一声巨大的汽笛声突然响起，打断了南央的话，然后，列车以不可思议的速度冲了出去。巨大的惯性，让林雷的背脊重重地甩靠在豪华的真皮椅背上。他好一会儿才在椅子上重新坐直，咂了咂嘴说道："这是什么列车，我怎么感觉比飞机都快呢？咦？南央，你也要和我一起去光明学院吗，难道你也是远古龙族的血脉传承者？"

英雄联盟①
苍天冥瞳

直到现在，林雷才突然想到这个问题，南央的表哥不是在QQ上说，他是这片天地间唯一的远古龙族的血脉传承者吗？

"我吗？当然不是远古龙族的血脉传承者了。"南央浅笑着，扬了扬下巴，露出一股傲然之色，"我是朱雀的血脉传承者。"

"朱雀的血脉传承者？"林雷使劲地眨了眨眼睛，他感觉自己的脑子有些发蒙，中海市第十三中学大名鼎鼎的校花，竟然是个朱雀的血脉传承者！

"是的。所以呢，你的旅程并不孤单。"南央朝他挑了挑眉，"光明学院所有招收到的学员，都是血脉传承者，但是未必都是同类血脉传承者，各类血脉传承者都有，比如我表哥，他是白虎的血脉传承者，并且血统十分纯粹，和你一样有着无限的潜力。我相信，你们将来一定会成为很好的朋友，就如同现在你与赵亮那样。不过嘛，我表哥可不会像赵亮那么'二货'，任由你在他身上蹭吃蹭喝。"

"什么'二货'，那是义气，义气，你懂吗？"林雷撇了撇嘴。

南央吐了吐舌头，看着林雷不爽的表情有点想笑："好吧，赵亮不是'二货'，是讲义气的好哥们儿。其实，我表哥也是很讲义气的，不过没赵亮那么'二'。"

林雷无奈地朝南央翻了一个白眼，脑子里一时想起赵亮，不由得有些难过。一直以来，他就只有这一个朋友。而现在，他却不告而别，连句"再见"都没向赵亮说。不知道赵亮发现他这样莫名其妙地消失以后，会不会难过。

林雷怔怔地望向车外，他这才发现，天色已经黑了下来，无数迷离的霓虹灯如同流星一般划过车窗。

看着眼前这座被黑色深深笼罩的繁华大都市正在以不可思议的速度往后倒退着，林雷的心中突然涌起一种奇特的感觉。他感觉这辆列车的前方是一扇新世界的大门，列车正载着他快速地离开原来的世界，冲向一个充满了奇幻色彩的陌生世界。

是的，林雷的感觉没有错，一扇新世界的大门已经悄然地向他打开了。

但林雷的这种沉默并没有持续多久，就见他忽然从椅子上蹿起来，而夜色也在这一瞬间突然消失了，迎面而来的另一辆列车，正在飞快地撞向他们的这辆列车！

"这是怎么回事？你没说去光明学院要先死啊！"

前面那辆列车的速度再加上他们这辆车的速度，那相撞的激烈程度简直离谱。林雷只看见前方那辆列车在地平线上刚冒出一个头，便狠狠地撞了过来，他只来得及喊出一句话："这种死法太窝囊了！"然后他就只能瞪着眼睛，眼睁睁地看着两辆列车的车头即将撞在一起。

不，并没有撞在一起，而是在眼看就要相撞的时候，两辆列车突然间变形了，变得宽度不到一米，又窄又高，而且车轮也突然变成了单车的模式。

"呜……"

两辆列车各自碾着铁轨的一边，鸣着震耳欲聋的汽笛声擦身而过。列车内，林雷发现自己与并排而坐的南央，在这一刻双双因为列车的变形而变形了，与列车一样变得又高又窄，而列车内的一切陈设也都跟着变形了。

林雷瞪着眼睛看着突然变得又高又窄的自己和南央，嘴巴张得几乎可以塞进一个鸡蛋，他傻愣着站在那儿，几乎一句话都说不出来。两辆列车擦身而过后，又恢复了各自的原样，而列车中的一切也跟着恢复了过来。速度之快，恍然如梦。

不过，林雷的神态还没有恢复，他依旧瞪着眼睛，惊愕地张着嘴，身边的南央用手摸了摸他的脑袋，嘻嘻一笑："林雷，该回魂了。"

"南央，你必须告诉我，你到底将我带到什么鬼地方了，梦魇中吗？你为什么不提前告诉我一声会发生这样的情况，好让我有个心理准备，你不知道我刚才真的被吓得灵魂快出窍了吗？"惊得一身冷汗的林雷气急败坏地看着一脸平静的南央。

望着林雷那张气急败坏的脸庞，南央却笑得更加开心："你表现得已经很不错了。若是换了一般的人，只怕会被这一幕吓得直接昏死过去，但是你不会，因为你是远古龙族的血脉传承者，天生拥有无与伦比的心理素质。还有，你恰好说反了，我不是将你带入梦魇，而是将你从梦魇中带出来。"

要是远古龙族的血脉传承者有去承受各种惊吓的义务的话，这狗屁的血脉传承者我宁可不要了，林雷在心中狠狠地想着，但他却无奈地重重叹了口气："南央，我刚刚被邓梦馨狠狠地甩到一个阴暗的角落里，说实话，我心底的确非常渴望从此过上你和你表哥描述的那种热血沸腾、生死未卜的生活。我必须依靠这个来麻醉自己，让我彻底忘掉邓梦馨，但是我不是来这里受惊吓的。"

南央撇了撇嘴，旋即又无奈地摊了摊双手："好吧，是我的错，之前没跟你说清楚。"

"你说你是将我从梦魇中带出来的，这是什么意思？"林雷皱了皱眉。

"这个问题，等到了光明学院之后，你们会有一场新生晚会，在新生晚会上，雷尔夫校长会向你们详细说明的。我想有些话从雷尔夫校长的嘴巴里说出来会更具权威性和说服力。"而就在南央的话音刚落，列车骤然刹车停下，南央微微一笑道："好了，列车到站了，我们下车吧。"

林雷怎么都没有想到，在下车的那一刻，呈现在他眼前的，会是那样的一幕——

一排排哥特式的尖顶建筑高耸入云，以青灰色的颜色呈现在他的眼前。放眼望过，他觉得自己仿佛置身于西方的中世纪时期。

"我们现在确实来了中世纪。事实上，真正的时间已经在中世纪停止了，也就是说，我们的时代已经永恒地停留在了中世纪。"见林雷脸露震撼之色，一旁的南央解释道。

事实上，南央这一解释，却让林雷越发觉得困惑了，"永恒地停留在了中世纪"，那南央的那辆红色法拉利又是怎么回事，中世纪有这玩意儿吗？

"作为光明学院的学员，会开车算什么！以后你会发现，面对强大的敌人，我们无所不能。"似乎一眼便看出了林雷的疑惑，南央朝他解释道。

然而，还没等林雷继续提出新的疑惑，他便大惊失色。在川流不息的人群中，一头巨大的白色老虎正向他们缓缓走来。他正欲惊呼，一眨眼，那头老虎又变成了一个身材修长，脸庞分外英俊的青年男子。

"你好，林雷，欢迎你来到这里。我是南央的表哥肖成天。"青年男子来到林雷的面前，握住林雷的手，脸上漾起如阳光一般灿烂的笑容。

肖成天，如果林雷没记错的话，他便是南央嘴里所说的白虎的血脉传承者。刚刚他从虎变身成人的样子实在给了林雷不小的震撼。林雷感觉肖成天握住自己的手掌分外有力，但是却很冰凉，如同一块冰似的。

肖成天也意识到自己冰冷的手会让林雷感到非常不舒服，所以只是握了一下便迅速撤离了，他转过头对南央说道："表妹，这趟辛苦你了。走吧，我们去光明学院。"

光明学院庞大恢宏，气派非凡，同样是由各种哥特式建筑组成的，林雷一站到它前面，心中就有一种蝼蚁一般渺小的感觉。他站在那里久久回不过神来。这种来自内心的震撼，是难以用语言来描述的。光明学院的大门口摆设着几座人像雕塑，而更让林雷吃惊的是，这几座雕塑居然像在那里互相交流一样，当然他们只是做着各种表情、口形、手势，并没有发出声音。

"这四大雕塑，雕刻的是光明学院的四大创办人，只是直到现在，都无人能剖析他们在交流什么，光明学院将其称之为'亘古密码'。"南央甩了一下一头酒红色的头发，对林雷解释道。

进入光明学院，里面的环境倒也优雅别致，偶尔可以看见身穿铠甲的学生，而这些铠甲，林雷从南央的口中得知，就是光明学院的校服。这让他瞬间有种陷入铮铮铁血沙场的感觉。

他分别看了看身边的南央和肖成天，发现他们两人的体表也各自浮现出了铠甲，南央的铠甲是红色的，而肖成天的铠甲则是银色的。

"这些铠甲校服其实不是学院发的，而是血脉传承的一级基因变身。"肖成天微笑道，"林雷，走吧，我已经跟校长雷尔夫说了，让他把我们安排在一个宿舍，A903室，我们现在就上去。表妹，你也回到你的宿舍去继续做你的功课，你已经将林雷带来了，校务处将会奖励给你一大笔贡献值。"

南央点头，冲林雷甜甜一笑后转身离去了。

林雷随着肖成天在宽敞的西方中世纪风格的走廊里转来转去，偶尔遇到一两个身穿铠甲的学员，都会和肖成天打招呼，然后又好奇地打量着林雷。

等从肖成天和林雷面前悠然转出来一条盘旋而上的石阶梯时，林雷顿时惊愕地张了张嘴巴。

"光明学院中所有的一切，对一个初来乍到的学员来说都是那么的不可思议，就如同学院大门口的'亘古密码'一样，但是慢慢你就习惯了这里的神奇。"看着林雷那惊愕的样子，肖成天一边拾级而上，一边对他微笑着解释道。

肖成天对林雷解释的时候，那银色铠甲罩在他的身上，让他整个人看上

英雄联盟 ❶ 苍天冥瞳

去分外英武，这令林雷颇有些羡慕。他随即也跟上肖成天的脚步拾级而上。不多时，来到一处石阶断裂处，两人停了下来，在等待着另一段石阶转过来接上的时候，肖成天拍了拍林雷的肩膀："你不用羡慕我的铠甲，要是没有弄错的话，你的教授东门燕会帮你打开血脉第一级基因变身，到时候，你的铠甲应该是青色的。"接着，他又补充道，"嗯，你的教授东门燕是东方人，但是为人严肃，脸上终日没有什么表情。"

林雷暗自想象了一下一张石雕一样没半点表情的脸庞，不由得吐了吐舌头，真倒霉！

他只顾着吐槽，却没有发现在一个隐蔽的角落里有一双眼睛，从他踏进光明学院的那一刻，自始至终都在观察着他。

也许，准确地说，应该是两双眼睛。

"他的身子很弱，虽然表面看不出来。"穿着黑色紧身裤、紧身衣的由静一边用牙签剔牙，一边对身边的人说。

"身子弱没关系，Boss（指电子游戏里的大怪物）需要的是他的心不要太弱。"身边的人淡淡地回应，声音冰冷如常。

"多经过几场战斗，身子就锻炼出来了。就怕他撑不过几场哟。"由静幽幽地望着林雷快要消失的身影用缥缈的声音哀叹道。

"你就这么没信心？"身边人的目光也没从林雷身上移开半秒。

"我有没有信心没用呀，关键是Boss要我有，我就有喽。我这个人在Boss面前一向没原则，你又不是不知道。"

"那你还抱怨，行动吧。"说完，她从由静身边转身离开，化成了一只红色的燕子消失在拐角处。

A903室内的环境还不错，两张红木床，一个红木书架，书架上摆满了书。林雷将行李放在其中一张空床上，然后铺好床，躺在床上长长地舒了口气。现在，他知道自己已经彻底离开了原来的那个世界，来到一个时间永远停留在中世纪的离奇世界里，他知道，自己的另一种人生已经完全开启了。

"吃饭的时候，你只要在这张卡片上面的菜单印上自己的指纹就可以了，到时候会有服务员为你送食物过来。而你的指纹在你抓住前来光明学院的车票时，已经通过那张车票输送到了光明学院的系统中。"

肖成天取出一张金黄色的卡片，随意丢到林雷的面前。林雷拿起卡片看了看，觉得它和原来那个世界的IC卡没什么区别。

但肖成天却说："这张卡片你必须保管好，它是你在光明学院的通行证，你的奖学金、贡献值等一切，都将会打到这张卡片之中。"随后，他指了指一旁的书架继续说道，"这些书籍都是光明学院的，你可以慢慢阅读它们。你先了解一下光明学院，这里的一切都记载在这些书籍之中。有不懂的地方，等我复习完功课之后，你可以问我。对了，晚上是新生典礼，所以晚餐你可以选择不吃，等到新生典礼的时候猛吃一顿。要知道，这里的消费可不便宜。"

说着，肖成天来到自己的床上双腿盘坐下来，合上双眼，一连串古老的语言便从他嘴里缓缓地吐了出来。随着他吐出这一连串的古老语言，只见他的银色铠甲由下而上缓缓地浮现出一层冰，将他整个人慢慢地覆盖起来，覆盖得严严实实。顿时，一股刺骨的寒气也随之散发而出，令隔床的林雷不由得打个冷战。

不过很快，肖成天的四周又浮现出一个银色的结界，将这股寒气隔离了起来。

"啧啧，还真猛！"林雷咂了咂嘴，心里惊叹不已。

观察了肖成天好一会儿后，林雷才开始浏览起书架上的书籍。他很快对光明学院有了大概了解，基本上和南央与肖成天说的差不多，而光明学院的创办时间倒是令林雷吃了一惊，因为那居然是在公元前……这个太远古了！

而光明学院之所以在经历过无尽岁月后能保持如此的完整，主要是因为在光明学院的地底下存在着一块光明镇魔石。而光明镇魔石是远古光明龙皇的三宝之一，蕴含着不可思议的力量。在那遥远的过去，光明龙皇与黑暗世界的苍天冥皇展开了一场生死大战。这场大战一直持续了三年，最后的结局是两者同归于尽了。后来光明世界中有四名贤者，在昔年光明龙皇陨落的地方建造了这座光明学院。

光明学院的来由基本上就是这样了，林雷看得有些回不过神来，兀自感叹："三年的激战啊，那将会是怎样的情景，难道他们都不吃饭睡觉吗？"

晚饭时分，林雷果然没有叫晚餐，在肖成天的带领下，林雷来到一个宽敞的巨大的殿堂之中。

而事实上，这个时候，大殿中已经聚集了不少人，有上千之多。

大殿中摆着九张长长的桌子，每一张桌子旁都坐满了人，正在吃着各种美食。

这些人的身上都穿着各种各样的铠甲，这表明他们是各种血脉的传承者。突然置身于这样一个大殿中，林雷有点呆愣，有种突然置身于一个远古军营中的错觉。

"嘿，林雷，我以为我表哥把你这个新生遗忘了呢。"人群之中，南央抬起头，对林雷展颜一笑，指了指一张桌子，"你的桌子在那边，那是新生们的桌子。"

林雷循着南央手指的方向看去，果然发现那张桌子旁坐的人都和他一样没有穿铠甲。那桌子旁只有一个空位置了，上面立了一个牌子："林雷"。

来到那个位置旁，林雷刚刚坐下，就感觉光线突然一暗，他不由得抬头一看，顿时吃了一惊，只见一只老鹰"嗖"的一声从他们这些新生的头顶上飞过。不，不是老鹰，老鹰不可能有这么大，应该是一种奇怪的大鸟。

"哦，天哪，那是什么动物？又大又丑的！"

许多新生抬头望着那飞掠而过的大鸟，忍不住惊呼，手中的刀叉都掉下来，砸得盘子叮当作响。而其他餐桌上的学员，则是忍不住发出一阵窃笑，他们刚来到这光明学院的时候，也是经历过这一幕的。

这时，那只又大又丑的怪鸟已经飞到了一张讲台上，迅速化成一位头戴尖帽，下巴留着一大片邋遢白须的老头。老头目光有些深邃且混浊，这个白须老头并不介意一帮新生说他又大又丑，脸色如常，因为他早就习惯了。

"诸位新生，你们好，欢迎你们来到光明学院。我是这座学院的校长雷尔夫。"

雷尔夫校长的声音听上去分外深沉，混浊的目光缓缓扫过新生的那张餐桌，说道："你们都是光明学院从世界各地邀请来的，因为你们都拥有最优秀的血脉传承。你们选择来到光明学院，这一点足以证明你们不是傻瓜，因为光明学院能够将你们的最大潜力发掘出来，让你们成为这个世界的最强者。"

"雷尔夫校长！"

林雷身边的一个新生这时突然将手高高地举起来，这是一名小女孩，看上去只有十一二岁，她怯生生地说道："我有个很重要的问题，我觉得身为校长的您有义务回答我，我们这是在哪里，为什么我会感觉进入到了一场离奇的梦魇之中？"

"这个问题问得好。"雷尔夫校长点了点头，继续说道，"我想在座的所有新生脑子里都有和你一样的疑问。而我要告诉你们的是，你们并没有进入到一场离奇的梦魇之中，事实上恰恰相反，你们是从一场离奇的梦魇之中走了出来，进入到了真实的世界之中！"

"哦，天哪，这个世界到底发生了什么事？实在太疯狂了！"新生餐桌上顿时爆发出一片惊呼，而林雷也是困惑到了极点，雷尔夫校长所说的话，居然真的跟南央在列车上说的完全一样。

"没错，这个世界的确发生了许多事情，的确太疯狂了。"雷尔夫校长微笑着，接着滔滔不绝地说了开来，"事实上，你们原来的那个世界仅仅是一场梦魇，一场龙的梦魇，说得确切一点，其实是龙的结界。而现在的你们，才是置身在真实的世界当中。我们这个真实的世界，已经遭受到了严重的破坏，比如时间，它已经永恒地停止了，停止在了中世纪。现在更糟糕的是，有人想要破坏龙的梦魇，甚至想要彻底毁掉龙的梦魇，杀死你们那些生活在龙的梦魇中的亲人和朋友。而光明学院的任务，就是培养出一批拥有远古血脉的传承者，让他们成为强者，然后去阻止那些试图破坏龙的梦魇的人，杀死他们，保护龙的梦魇，保护你们的亲人和朋友。"

雷尔夫校长的这番话令周围几乎是落针可闻，每一个新生都被深深地震撼到了。林雷傻傻地坐在那里，嘴巴错愕地张着，眼睛一眨不眨地望着雷尔夫校长。太不可思议了，原来这个离奇的世界才是真实的世界，而原来那个世界中的赵亮、邓梦馨等等的一切，都仅仅是生活在一场龙的梦魇中而已！

望着新生们惊愕的表情，雷尔夫很满意自己这番话的震撼力，于是他缓缓地点了点头，说道："新生们，请继续用餐，这可是免费的晚餐，这在光明学院来说是极为难得的，我觉得你们不应该浪费。等你们用完餐之后，你们各自的教授会将你们领走。光明学院已经将你们每十人安排了一名教授，只有某些特别者才会一人拥有一名教授。"

他这话刚一说完，只见他身后原本挂着的一幅巨大的人物油画仿佛活了一样，从那油画中走出来了一个个人，这一幕，又是让林雷他们这帮新生看得目瞪口呆。

这些人，无疑就是新生们的教授了。林雷一眼望过去，想从中寻找肖成天说的面无表情的东门燕，可是他发现，他们不论男女，一律面无表情。林雷不由得暗自吐了吐舌头，小声地说道："这些到底是些什么鬼教授，笑一笑又不会掉块肉。"

结果林雷的话音刚落，就见一只红色的燕子猛地飞至他的面前，然后化成一名身穿红袍的年轻女子。这名年轻女子的五官倒是长得十分精致，但是因为一脸的严肃而让人感觉有些不舒服。

"林雷，你这是在说我吗？"红袍女子冷冷地看着林雷，这让林雷感觉周身的空间一下子就被冻结了，只觉得冷风飕飕，"身为你的教授，我有权力终止你的这顿晚餐，你马上跟我走。"

林雷挠了挠头，心中大呼晦气，怎么自己说得这么小声都被她听到了，顺风耳来着？到了这个时候，虽然他对这顿免费的丰盛晚餐十分不舍，但也只能从椅子上站起来，耷拉着脑袋，跟着东门燕往大殿的门口走去。

瞧着林雷离去的背影，大殿中传来一阵哄笑。几乎每一届的新生典礼，都会有不知死活的新生犯这样的错误，然后丢掉一顿丰盛的免费晚餐。

南央和肖成天坐在餐桌旁，只能望着林雷离去的背影哭笑不得。

"听说，这位林雷是你表妹南央从龙的梦魇中一个叫作大华国的地方带来的，还是一位远古神兽青龙的血脉传承者。"一名学员来到肖成天的身边，与肖成天身边的那个人换了座位，坐下来对肖成天说道。

此人有着一张刀削般的脸庞，给人一种坚毅的感觉，那对明亮的眼眸中，更是透着一股子野性，锐利得如同刀锋一般。他身穿一件土黄色的铠甲。他的名字叫瓦尔特。

"情况似乎正如你所说的那样，事实上他还和我表妹是同校。至于他是不是真的远古龙族的血脉传承者，还必须等到明天的血脉传承测试才知道。"肖成天拿起一颗红色的水果，塞进嘴里咬了一大口。

"很好，我希望他是。"瓦尔特点了点头，嘴角露出一抹邪恶的笑意。

"瓦尔特，你为什么总是对所有人都那么不服气呢？"肖成天无奈地叹了口气，"事实上远古四大神兽之中，玄武最厉害的一直都是防御，而不是攻击，更不是速度。若是比攻击与速度，其他的三大远古神兽中任何一个都足以胜过你。你就那么想挑战他？"

对于一向很爱挑衅的瓦尔特，肖成天已经习以为常。

"那要看他有没有这个本事了。"瓦尔特的眼里突然浮现起一抹残忍，"作为龙的梦魇的守护者，如果他不行，与其将来死在强大的敌人手里，还不如让他死在我的手里，让我吸收他的传承灵匙来强大我自己。"

听完瓦尔特的话，肖成天和南央面面相觑，他实在太可恶了！

英雄联盟 ①
苍天冥瞳

第四章　真实世界

　　在他的心灵深处，他感觉有一个声音在召唤他，召唤的声音越来越大，最后甚至弥漫了整个天际。他仿佛看到了一条青龙横亘在天地之间，铺天盖地，对，只能用"铺天盖地"这个词来形容它的庞大。它在那里疯狂地翻腾着，无尽的威力在蔓延、在浩荡，充斥着天地之间的每一寸空间，山河都随着它的翻腾直接崩碎了……

这个时候，林雷当然不知道瓦尔特已经决定向他宣战了。此时的他已经被东门燕带到了一间石室之中。石室很宽敞，也很干净，甚至还有床铺与办公桌椅，那办公桌上堆满了书籍，桌上还蹲着一只猫。

在东门燕将林雷带进来的时候，那只猫竟然张口说起了人话："现在还没到新生典礼结束的时间，看来这一届新生中的倒霉蛋是这位叫林雷的同学了。哦，天哪，失去一顿免费的丰盛晚餐，那是一件多么不幸的事情。"

经历了诸多不可思议的事之后，林雷对于猫会讲人话这件事，已经没什么可惊愕的了。

但是东门燕朝那只猫挥了挥手，冷冷地看了它一眼之后，那只猫识相地跳下桌子，一溜烟地跑了出去。

东门燕让林雷坐下。林雷刚一坐下，一个茶杯和一把茶壶就自动移到了他的面前，然后只见那茶壶慢慢地飘起来，接着缓缓地往茶杯中倒水。

"看来，你不喜欢严肃的老师。"东门燕看着林雷淡淡地说道，还没等林雷解释些什么，东门燕又重新开口，"可惜这由不得你。"

说完，她原本冷漠的面上忽然生出一丝担忧。

"虽然你是新生，但是进了光明学院，你便成为其中的一分子，我想你有必要知道当前我们所面临的情况。"东门燕自顾自地说，"前段时间光明之主韦伯斯特来到光明学院找雷尔夫校长谈过一次话，他说远在万恶罗城的恶魔封印已经松动了，苍天冥瞳已经有重临于世的迹象。"

"你知道'苍天冥瞳'是什么吗？"东门燕看向林雷。

林雷一个新生，当然不知道那是什么鬼东西了，只好挠挠脑袋："听上去似乎很厉害的样子。"

"他是地狱之门，是召唤地狱中一切恶魔力量的邪恶存在。"东门燕抿了抿嘴，说。

"果然……不仅仅是很厉害。"林雷咂了咂嘴。

"所以，很快就会有一场远征之战。"东门燕摇了摇头，端起桌面上本是给林雷喝的茶喝了一口，"当然了，这场远征之战到底和你有没有关系，一切都必须等到明天的血脉传承测试的结果出来才能下定论。现在，你回去吧。其实我若是你，倒是会暗暗祈祷自己不是青龙的血脉传承者。

"啊？为什么？"林雷不解地看着东门燕，怎么说她也是自己的教授，难道她太讨厌他了，根本不想要他这个学生？

然而，东门燕却望着窗外，冷冷地说："因为这场远征之战将会相当的艰难，我总感觉这场战争将会失败。"

出了石室，林雷脑子里不知道为什么会突然浮现出一个个遍地尸骨的画面，这让他不由得打了个冷战。东门燕的话，依旧一字一句地响在耳边，苍天冥瞳、远征之战，这些东西深深地震撼到了他，他知道，现在的自己，当真已经彻底脱离了原来的那个世界。邓梦馨、赵亮等等的一切，都已经彻底消失了，当然也包括那个厌恶他就像厌恶一个街头小乞丐一样的姑妈。

现在展现在他眼前的，是一条由厮杀与血腥铺就而成的道路，但是他没有退路了，除非在明天的血脉传承测试中测试出他其实并不是远古龙族的血脉传承者，这样，他就可能被遣送回那个龙的梦魇之中，但是，不知道为什么，从踏进光明学院的那一刻起，他就知道这种可能性极小。

在原本那个世界，他生而为怪物，但这里才是真正属于他的地方。他知道，他从心底里还是渴望这样的铁血生活。

"林雷，晚上没吃饭，还被教授教训了一顿，你还好吧？"一道温柔甜美的声音从身后传来。林雷回头看了一眼，只见身穿红色铠甲的南央正笑吟吟地朝自己走来，在月光下显得越发的英姿勃勃。

"还好啦。"林雷笑了笑，"其实我觉得这个教授还不错，除了神色严肃了一点，其实还是非常漂亮的。"

"是吗？她本来就是一个大美女好吧！"南央跟上林雷，与林雷并肩漫步在月色之中。此时的光明学院已经彻底地安静下来了。

"只不过，教授的一番话确实震撼到我了。"林雷摸了摸鼻子，"她说，前段时间光明之主韦伯斯特来到光明学院找雷尔夫校长谈过一次话，韦伯斯特告诉雷尔夫校长，远在万恶罗城的恶魔封印已经松动了，苍天冥瞳已经有了重临于世的迹象。她还说一场远征之战即将拉开序幕，而且这场战争很可能会以失败告终。"

"哦，是吗？"南央虽然略微有些吃惊，但她却微笑着拍了拍林雷的肩膀说道，"不用担心，她仅仅是在吓唬你而已，看你有没有勇气去坦然面对战争甚至坦然面对死亡。"

因为脑子里塞满了乱七八糟的东西，整整一个晚上，林雷都没有睡好，他做了一个晚上的光怪陆离的梦——

梦里似乎一直有个声音在喊他的名字。

"林雷，林雷。你起来陪我玩，好不好？"那声音虽小，但不知道为什么，他却听得异常清楚，仿佛就在他耳旁一样。

他睁开眼，在他睁开眼的那一刻，他分明觉得自己还在梦中。是的，他睁开了眼，但他清楚地知道自己没有醒来。下一幕，让他感到惊慌不已——他一转身，就看到自己的枕头边站着一个只有半尺高的小人。而那个小人，明明就是缩小版的自己！

"你，你是谁？"林雷觉得自己背脊一阵阵发凉。

"林雷，你醒了？我是林雷呀。你不记得我了？"缩小版的林雷眨着眼睛调皮地看着林雷。

虽然从遇到南央来到光明学院以后，诡异的事情接二连三地发生，但当看到一个缩小版的自己时，林雷还是吓了一跳。好在他很快调整了自己。

"好吧，你说是我就是我吧。你喊我干吗？"林雷只当自己还在做梦。就算不是做梦，光明学院也已经给了他太多不可思议的事。所以遇到缩小版的自己，也不是什么值得他大惊小怪的事。

"我想和你好好聊聊天啊。用了十几年的时间你才被唤醒，从龙的梦魇中回到真实的世界里。怎么样，十几年不见，有没有想我啊？"缩小版的林雷朝林雷挑了挑眉。

"呃……"林雷完全不知所措，十几年不见，难道他们是一直认识的？刚有这个想法，林雷就被自己的这个想法吓了一跳。他们明明长得一模一样，只不过一个大一个小，不是双胞胎就是什么高科技克隆的，不认识不是鬼话吗！

"我到底是谁啊？你在哪里看过我？我怎么从来没有看到过你？"

"你是青龙的血脉传承者啊，你不记得了？"说到这里，缩小版的林雷像是想到了什么一样，"哦，对了，你还没有参加测试，还不确定是不是青

英雄联盟①
苍天冥瞳

龙的血脉传承者。"接着，缩小版的林雷朝林雷挑眉一笑，"至于你怎么从来没有看见过我，没关系啦，我能看到你就好啦。来到真实的世界，大概以后就能常常看到了。"

"那我们……"林雷思考着该用怎么样的措辞才显得他不那么蠢，"那我们……到底是什么关系？双胞胎？"

"哎呀，看来在龙的梦魇里待久了，人真会变蠢啊。"缩小版的林雷叹口气，道，"我就是你，你就是我啊。"

"你就是我？我就是你？"林雷大跌眼镜，"那我们怎么……是两个分身呢？"

"嘿嘿，这个嘛，等你真正醒来的那一刻，就会知道的！"缩小版的林雷说着，就从他的枕头旁边转了转，"好了，今天就聊到这里吧，天好像快亮了，我也困了，回去补个觉。"

第二天一大早，林雷顶着两只熊猫眼迷迷糊糊地被肖成天叫醒的时候，他只觉得头很疼。梦里的一切异常的清晰，但他揉了揉双眼，发了一会儿愣，觉得有点茫然。随即他摇了摇头，挣扎着起床。

唉，这光明学院真是太怪了，在这里还会做些乱七八糟的梦。

眼前放着一份早餐，昨晚没有吃晚餐的他，肚子当即咕咕直叫。

"你的奖学金必须等到测试之后，学院才会将它打入你的卡中，这是我用我的卡帮你买的早餐。将这份早餐吃完之后，你下楼，然后往左拐大约五十米，你的教授东门燕将会在那里等你。她将领你去昨晚那个开新生典礼的大殿去进行测试。"肖成天说道。

"好的。谢谢你的早餐！"林雷试了试那份绿色的玩意儿，顿时觉得无比爽口，当即也不客气，大口吃起来。

吃完早餐，林雷擦了擦嘴，与肖成天挥手告别。

沿着那些不断移动的石阶刚走到楼下，林雷就看见东门燕正在那里向他招手。林雷挠了挠后脑勺，走了过去。

东门燕还是一脸严肃，她看了一眼林雷的两只熊猫眼，淡淡地说道："作为一名优秀的战士，睡眠好是非常关键的一个环节。要是今天你通过了测试，以后我不希望再看到你这副模样。走吧，祝你好运。"

　　林雷朝着东门燕的背影吐了吐舌头，心里有些搞不明白，东门燕祝他好运到底指的是通过测试还是不通过。两人来到昨天晚上的那个大殿。大殿之中，这个时候已经聚齐了好多学员与教授，林雷暗想，看来新生测试也是挺隆重的。

　　他朝那些学员望了望，霍然发现肖成天和南央也在其中，于是朝他们两人笑了笑。

　　东门燕将林雷领到新生一列中，便没有再理会他，自顾自地走向了教授那一列中。林雷站在新生群中，顿时，所有新生的目光都集中在了他的身上，因为昨晚新生典礼的时候，林雷是被东门燕教授单独领走的；而他们这些新生，则都是十人一名教授，也就是说，林雷是雷尔夫校长口中那类特别的人。

　　"唔，是个东方人，这光明学院中东方人可是比较少的，没想到他竟然还是我们这群新生中极为特别的一个。"

　　"真看不出，他除了有些弱不禁风外，哪里有特别之处。"

　　"我不服，凭什么他是一人一名教授，而我们却是十人一名教授？我必须挑战他！以此证明能单独拥有一名教授的人是我。"

　　…………

　　身后传来一阵窃窃私语，林雷无奈地耸了耸肩。突然，他看见一只用纸折成的小鸟正扇动着翅膀朝他飞过来，然后落到他的肩膀上，对着他的耳朵说着人话，而且那声音跟南央的简直一模一样："林雷，用你的实力，让你身后的那些新生闭嘴！"

　　林雷错愕地张了张嘴，抬头朝南央张望过去，只见红色盔甲下的南央正在朝他吐舌头扮鬼脸，林雷笑了笑，心里微微一暖。他伸手将纸鸟取了下来，只是那纸鸟瞬间又展翅飞回了南央的手中。

　　这时，雷尔夫校长用混浊的目光扫了扫全场，然后清了清嗓子说道："新生都到场了吧，不耽搁大家的时间了，现在开始新生测试吧。"

　　他取出一根魔法杖往空中一抛，那根魔法杖在空中划出一道优美的弧线后便直接插在了大殿的中央。那是一根看上去十分古朴的魔法杖，上面雕刻满了魔法符文，在魔法杖的顶端镶嵌着一颗蓝色的水晶球体，从外面可以看到蓝色的魔法元素在里面缓缓游动。

"这根魔法杖的顶端镶嵌着的蓝色水晶球，大家看见了吗？"雷尔夫校长说道，"那是一颗可以照穿人的灵魂的魔法球，叫作'窥灵之眼'，若你的灵魂是血脉传承者的原体，它可以将你的灵魂完全倒映出来。"

接下来，雷尔夫校长开始点名，被点到名字的新生按照顺序一一来到魔法杖前，将手按在魔法杖顶端的那个蓝色水晶球上，然后，蓝色水晶球就会倒映出对方的血脉传承原体。

一切都在有条不紊地进行着，整个大殿上鸦雀无声，只有被魔法杖证实是血脉传承者的新生才会喜悦地轻笑两声。当然，也有些倒霉蛋，魔法杖无法倒映出他们的血脉传承原体。那么这些人将被送回龙的梦魇之中，无法得到奖学金，只是享用了一顿丰盛的晚餐。其实，这也是光明学院为什么会将新生典礼设在新生测试前面的原因。那顿丰盛的晚餐，算是对那些被送回龙的梦魇的人的补偿。

当然，在送回龙的梦魇的途中，这些人在光明学院的记忆会被抹去。

"林雷！"

随着雷尔夫校长喊出他的名字，在场所有人的目光，一时间都集中到了林雷的身上，因为他是这群新生中唯一单独拥有一名教授的新生。雷尔夫校长苍老的脸上隐隐浮现一抹希冀，林雷，那是他要求肖成天和南央两人从大华国弄到光明学院来的。而林雷的教授东门燕，此刻那五官精致的脸上依旧是什么表情都没有，一如既往的严肃。

对面的南央和肖成天，两人则是明显有些紧张，尤其是南央，两只手甚至都紧紧地握在了一起。而他们身边的瓦尔特，原本昏昏欲睡的眼眸则是突然亮起来，放射出两道锐利的光芒。

林雷看了看南央和肖成天，又将目光转向另一边，看了看自己的冷面教授，然后缓缓地吐出一口气，直往大殿中央的那根魔法杖走去。

来到魔法杖前，林雷伸出右手轻轻按在魔法杖顶端的那颗蓝色水晶球上，时间一分一秒地过去了，那蓝色水晶球上却是一点反应都没有。

见到这样的情景，整个大殿中的人都不由得愣住了，雷尔夫校长和东门燕对视一眼，同时疑惑地蹙起了眉头。

南央和肖成天的脸上更是充满了不可思议的神色，而他们身边的瓦尔特，却是不屑地冷笑一下："我就说有可能搞错了，青龙的血脉传承者，哪有那么容易就被找到的。"

结果他话音刚落，却见那魔法杖顶端的蓝色水晶球猛地一阵爆亮，一束耀眼的巨大的蓝色光芒直射大殿之顶。在那光芒之中，只见一条青龙正在那里张牙舞爪，不停地翻腾着。那青龙身躯十分庞大，足足有百丈长。

这里所有的学员都没有看过真正的龙，此时瞧见大殿之顶突然出现的一条巨大的青龙影子，一时间个个都看得目瞪口呆，彻底地傻愣在了那里。

整个大殿一下子变得安静极了，每个人都仰着脑袋，呆呆地望着大殿顶部的那条青龙。

"哦，天哪，是远古四大神兽之一的青龙！"

不知是谁惊呼一声，接着整个大殿中的人都回过神来，一下子喧哗起来。雷尔夫校长激动得浑身哆嗦，而那东门燕却是无奈地摇了摇头："真不知道这小子是幸运还是不幸。"

听着大殿中四起的惊叹之声，林雷拍回手，无辜地耸了耸肩，然后转过身，朝那边嘴角挂笑的南央一笑。然后，他的眼睛缓缓地眯起来，因为他看见一名脸如刀削、身穿土黄色铠甲的家伙已经朝他缓缓走了过来。那家伙的目光太锐利了，与他对视的那一瞬间，林雷甚至都感觉到灵魂微微一痛。

"林雷，表现不错哇。"瓦尔特朝林雷冷冷地笑了笑，"我给你一年的时间，一年之后，我瓦尔特将向你挑战，到时候你若打不过我，也许我会直接杀死你。"

他的声音冷若冰霜，眼神更如刀锋一般锐利，还没等林雷回应，他又讥笑道："不要告诉我你不接受。身为四大远古神兽的传承者之一，若是连这点勇气都没有，我觉得你还是回到龙的梦魇中去吧，做一枝温室里的花朵比较好。"

林雷有些茫然地转过头，望了望南央与肖成天，又望了望雷尔夫校长与东门燕教授。不过，这几人皆脸色如常，显然是见惯了这种挑战，接不接受挑战要林雷自己拿主意。

林雷只得重新将目光落在眼前这个身穿土黄色铠甲的家伙身上，心中暗道："这家伙是谁呀？开什么玩笑，仅看他的气势就一副很强大的样子啊！身为四大远古神兽的传承者之一，就一定要接受你的挑战吗？这是谁规定的？"

然而，就在林雷要拒绝眼前这家伙的挑战之时，东门燕教授那听不出丝毫情绪的声音却突然在大殿中响起来："林雷，你若是在一年之后将瓦尔特打败，将可以获得一大笔学院贡献值，你可以用这些贡献值兑换金条，可以买昂贵的葡萄酒，可以兑换精美的食物，甚至，你还可以用它来兑换回龙的梦魇中的时间。"

"可以兑换回龙的梦魇中的时间？"

林雷眉头微微一蹙，他有些心动了，龙的梦魇，就是原来的那个世界。说实话，若是可以，他的确很想回去看一看。这里的时间永恒地停留在了中世纪，几乎没什么时间概念，不知道中海市的时间已经过去多久了。他想回去看看赵亮这个"大嘴巴"过得怎么样，想看看邓梦馨过得幸不幸福，他还想去那个遥远的贫穷村庄看看自己的父母，尽管当初他们将他当成不祥的妖孽送到中海。

"当然可以。"东门燕教授淡淡地说道，"不过，若是没有某些特殊原因得到学院的特许而私自回去的话，那可以说是最昂贵的消费了，一天必须要一万点贡献值。一万点贡献值，可以兑换二十根金条了。"

"若是一年后我将瓦尔特打败的话，我将获得多少点贡献值？"林雷有点不好意思地看着东门燕。

这个问题瓦尔特回答了林雷，他刀削般的脸庞上扯出一丝淡淡的笑意，不过这丝笑意怎么看都给人一种残酷的感觉："我进入光明学院已经一年多了，再过一年也就是两年多，而你只有一年，在这种情况之下，若是你将我打败，你将可以获得十万点贡献值。"

瓦尔特这话一说出，林雷便没再犹豫什么，当即点了点头："好，我接受你的挑战，一年之后，我将全力以赴！"

既然可以获得整整十万点的贡献值，也就是可以在原来的那个世界待上足足十天，这么好的机会，林雷无论如何都不想错过。

那瓦尔特在听到林雷答应了挑战之后，脸上的表情反而缓和了许多。

他伸手拍了拍林雷的肩膀，笑道："好，这才像远古四大神兽的血脉传承者嘛。一年后我们之间的战斗，我也会全力以赴的。你小子在这一年内最好给我用心修炼，否则，到时候我真的会杀死你的，绝不留情！"

林雷不置可否地淡淡一笑。

其实，林雷觉得自己是幸运的，刚来到这个光明学院，他就获得了一个得到十万点贡献值的机会。

他没有想过瓦尔特那锐利得如刀锋一般似乎可以直接刺穿人的灵魂的眼神，他更没有想过瓦尔特已经拥有玄武血脉传承二级基因变身的实力，而且再过一年，瓦尔特很可能还会升到三级血脉基因变身。

因为林雷太渴望得到十万点贡献值了，确切地说，是太渴望回一趟龙的梦魇之中。他还记得东门燕教授说过，一万点贡献值就可以兑换二十根金条，他还记得龙的梦魇中，那个遥远故乡的小镇上有一座孤儿院，那里收留了上百名孤儿。

在还没有被父亲当成不祥的怪物送往中海市的时候，他有事没事总是喜欢往那里跑。他看见冬天薄薄的阳光照在那些孩子冻得发红的脚丫子上，那时候他就在想，等他将来有钱了，一定要修一座像皇宫一样的孤儿院。

被送到中海市之后，姑妈指桑骂槐的咒骂声曾将他这个梦想一度掩盖，现在又突然间冒了出来。当南央找到林雷的时候，林雷正双手插在兜里，嘴里愉快地吹着口哨，他觉得瓦尔特将会帮他实现童年的梦想。

月光如水银一般流淌在光明学院上。

林雷走在一条用蓝色岩石铺成的小路上，路两旁的小树都在不停地向他点着头，像是两队训练有素的士兵。

东门燕教授那只叫作"猫缨"的红色小猫在前面引路，一会儿跳到树上追小鸟，一会儿又摘下一两枚果实，看看之后又扔掉，但是嘴里从来没停下过和林雷唠嗑。

"我说林雷，你觉得我的主人漂亮吗？你觉得是我比较漂亮还是她比较漂亮？

"林雷，你别看你的教授整天搞得那么严肃，其实私底下一点都不严肃呢。嘻嘻，你知道吗，昨天，对，就是昨天，她将一瓶红墨水当水喝啦，因为她是红色的燕子，所以对红墨水情有独钟。我绝不骗你，那是我亲眼所见哦。

"还有一次哦，你的教授还错进了男厕所啦，嘻嘻嘻！"

从猫缨嘴中蹦出来的话，无一不让林雷目瞪口呆。他脑子里想象了一下东门燕教授的各种窘态，顿时抑制不住地笑出了声。当这一人一猫来到石室的时候，东门燕正趴在办公桌上阅读资料。她的手不停地将一张张阅读完的资料随意丢出去，那些资料在空中一张连着一张，然后像变魔术似的自动在书架上堆好了。

不过让林雷惊奇的不是这个，而是东门燕教授嘴角上的一抹红墨水，她居然又将红墨水当水喝了！猫缨别过脸，使劲地朝林雷眨了眨眼睛，那意思是说，是不是，我没说错吧，这下你亲眼所见了吧。

"林雷，到我面前来，我终于找到了远古青龙血脉传承的龙灵之匙。也就是说，我现在就可以打开你的青龙血脉传承的基因锁，让你进入血脉第一级基因变身状态，拥有一件漂亮的铠甲。你的铠甲应该是青色的。你做好拥有一件漂亮铠甲的心理准备了吗？"东门燕一边低着头认真研究资料，一边向他招手。

等她抬起头来，脸上已经没有了平时的严肃，取而代之的是一片狂热，而她嘴角那抹红墨水则显得格外生动，这让林雷差点笑出声来。

不过林雷最终还是忍住了，他走到东门燕的面前，然后严肃地点了点头："嗯，我准备好了，教授！"

"好，非常棒！"东门燕满意地点了点头，她从桌面上取过来一大张写满了密密麻麻红色符号的纸。林雷往那上面瞄了一眼，只感觉那上面的符号就像密密麻麻的红色蚯蚓。

"这些都是远古龙语。现在你闭上眼睛，仔细聆听我的朗读，要是你听懂了，就照我所说的去做。相信自己，你是青龙的血脉传承者，一定可以听懂的。"东门燕看了林雷一眼，开始吟诵那些远古龙语。

林雷闭上眼睛，仔细聆听着，开始他只觉得东门燕是在唱一支莫名其妙的歌，但是渐渐的，他开始一点一点地沉迷于这些奇怪的声音之中，他感觉自己的身体已经消失了，或者说进入一种深度昏迷的状态。

在他的心灵深处，他感觉有一个声音在召唤他，召唤的声音越来越大，最后甚至弥漫了整个天际。他仿佛看到了一条青龙横亘在天地之间，铺天盖地，对，只能用"铺天盖地"这个词来形容它的庞大。它在邦里疯狂地翻腾着，无尽的威力在蔓延、在浩荡，充斥着天地之间的每一寸空间，山河都随着它的翻腾直接崩碎了……

时间不知道过去了多久，当林雷从那种极度逼真的幻觉中清醒过来，缓缓睁开眼睛的时候，一条青龙的影子正从他的双眸中缓慢地掠过。这让他的双眸看上去像是燃烧起了一片青色的火苗，看起来十分邪异、吓人。

而后，林雷看见了一双明亮的眸子正在急切地望着自己，嘴角还有一抹生动的红墨水。

"似乎成功了！林雷，这个时候，你应该能够感受到你体内的青龙血脉了。青龙的烙印已经打在了你的心灵深处。你快催动你的青龙血脉试试看，我想青龙铠甲应该形成了。"东门燕眨巴着双眼，眼神中是抑制不住的喜悦，像是在打量着自己手中的一件价值连城的完美艺术品一般。

林雷也十分期待，拥有一件帅气的铠甲，当真是件颇为令人愉快的事情，他已经不止一次看着肖成天的银色铠甲，露出毫不掩饰的羡慕的目光。

他没有犹豫，通过心念缓缓将体内的青龙血脉催动起来，紧接着，一切都如同东门燕教授所说的那样，林雷的体表先是出现一片淡淡的青色光芒，看上去颇有些炫目。看着林雷体表上浮现出来的青色光芒，东门燕教授知道自己果然成功了，一向严肃的她，眼睛里也透露出抑止不住的兴奋。

而那只趴在桌面上的红色小猫更是惊愕得张着嘴："哦，天哪，主人太了不起了，竟然在这么短的时间内就找到了青龙的龙灵之匙，这足以载进光明学院的史册之中。"

随着林雷体表上薄薄的青色光芒慢慢地散去，他整个人除了脸庞和手指之外，其他的每一寸肌肤都被一件青色的铠甲覆盖住了，胸前是龙鳞状态的青色，而其他部位也是由不同状态的金属色覆盖着。随着林雷动了动身，青色铠甲上发出一阵铮铮之响。

"很好。"东门燕打了一个响指，这个动作让她看上去显得分外男性化，但她似乎早已经习惯了这样，围着林雷，她仔细地打量着自己的杰作，

"嗯，林雷，你的铠甲真是完美，我相信你将会成为光明学院一名非常出色的学员。但是很快你就要与瓦尔特进行决斗了。我告诉你，他就是个疯子，若是你无法将他打败，他真的会杀死你……"

"哦，主人，我可以打断一下你的话吗？"桌面上的猫缨突然奶声奶气地叫起来，"你的嘴角上有红墨水。这种情况在你身上已经不止发生一次了！"

"什么，我的嘴上有红墨水？你的意思是说，我将红墨水当水喝了？"东门燕皱了皱眉头，探着脑袋看了看桌面上的那个空墨水瓶，顿时羞得转身跑出了石室。

望着东门燕的背影，林雷无奈地笑了笑，而桌面上的猫缨却在那里笑得直打滚，一不留神从桌面上直接掉到了地上。它急忙爬起来，接着捧腹大笑。但片刻之后，笑声突然戛然而止，因为东门燕已经回来了。她那精致的脸庞上已经恢复了一贯的严肃，嘴角的红墨水自然也是消失不见了，除此之外，她的手上还拿了一幅古卷。

"看到我出丑，你们两个小家伙很开心，是吗？"东门燕教授走到了林雷的面前，将古卷不由分说地塞进了他的手中，"我不想将时间浪费在无聊的问题上。林雷，我也希望你不要将时间浪费在无聊的事情上，因为事实上你的时间已经非常紧迫了。如果你不想让自己还没有见识一下对于万恶罗城的远征就死在了瓦尔特的手中，我建议你好好研究、修炼这幅古卷上的功法。这是你打开第二级青龙血脉传承基因锁的方法，你唯有打开第二级青龙血脉传承基因锁，才有可能不被瓦尔特杀死。"

林雷抓住古卷，脑子里想象了一下当自己打开第二级青龙血脉传承基因锁时与瓦尔特战斗的画面，不由得有些热血沸腾。

是的，他必须努力，努力打败瓦尔特，争取到十万点贡献值，然后去一趟龙的梦魇，实现童年的那个梦想。

当林雷拿着古卷走到石室门口的时候，东门燕教授的声音又从背后传来："你的技能是分身，你的武器是你的铠甲之灵。接下来的一切就看你自己的了。你回去后好好修炼吧，有不懂的地方再过来找我。"

林雷回到A903宿舍，他看到肖成天正盘腿坐在床上默默修炼，一个晶莹剔透的蓝色结界将他整个人笼罩在里面，不让那刺骨的寒气泄出来。

"我终于也可以修炼了。"林雷淡淡一笑，来到自己的床上，将古卷打开来看，这才发现里面全都是一些打坐的姿势和一些像蚯蚓一样的文字，顿时傻了眼。

他知道这些是远古龙文，必须进入到某种特殊的状态中才能够看懂，可是现在……

林雷绝望地看向肖成天，却发现他正聚精会神地修炼着，林雷根本不好意思去打扰他。东门燕教授倒是说有不懂的地方就去找她。可是他刚回来就去找她，何况这么点困难也不想总麻烦教授，他才不想被她看不起。

林雷正犹豫着要不要去找南央帮忙时，一个熟悉的声音骤然在他的耳边响起。

"是不是看不懂？"

缩小版的林雷不知道什么时候出现在他的身边，正靠在桌子上的书堆旁悠闲地吃着一个同样很小的苹果。

那夜在梦中，林雷忘记他是怎么消失不见的，就像他不知道他是怎么凭空出现的一样。但这些已经不能引起他的兴趣了。

"你来了，你真是上帝派来的福星。"林雷激动地看着缩小版的自己，"这些都是远古龙文，我根本看不懂。你一定能看得懂，你读给我听？"

"你这么依赖我，不怕离开我就挂了？"缩小版的林雷吃完最后一口苹果，走到古卷的旁边，眼睛轻轻扫了一遍之后，朝林雷撇了撇嘴，"我帮你可以呀，但是，我有什么好处呢？"

"好处？"林雷被缩小版的自己那副无耻的嘴脸吓了一跳，"你不是说你就是我，我就是你，你帮我难道不是帮你自己吗？"

"我可没那么蠢哦，连这些普通的龙文都看不懂。"缩小版的林雷不吃他这一套。

"那……你想要什么好处？"林雷咬了咬牙，反正他知道，他可是一个身无分文的穷光蛋，谁也休想敲诈他！

"至少三个大苹果！"缩小版的林雷朝林雷诡异地一笑。

"就……这么简单？"林雷不可思议地看着缩小版的自己。为了避免缩小版的林雷反悔，林雷还没等他回应，立马答应，"好好好，一言为定。三个苹果。"

想到肖成天平时喜欢吃水果，他立马往肖成天的桌子上看了看，果然，那里不止有苹果，还有葡萄！

交易达成以后，缩小版的林雷便坐在书堆上跷着二郎腿一边吃着苹果，一边悠闲自得地读着一些修炼秘诀。他似乎有过目不忘的本事，根本不用看古卷就读得异常顺畅。而林雷在那些秘诀下，慢慢修炼起来。

随着时间的推移，他的身上一片淡淡的青色光芒再次涌现了，将他整个人彻底包裹住。这种现象和肖成天完全一样，只不过林雷的是青色光芒而且没有寒气。

当林雷的身上隐隐浮现出另一个林雷虚影的时候，已经是半年之后了。这半年来，他在缩小版的林雷的帮助下进步神速。而令林雷奇怪的是，缩小版的林雷似乎只有他一个人能看见，有时候肖成天没有修炼的时候，居然从来没问过林雷桌子上的那个缩小版的林雷。他不知道是不是每个进入光明学院的学生都会有这样一个缩小版的自己，所以肖成天才没有大惊小怪。反正，肖成天没问，他也没说。

身上出现另一个虚影，这也就是说，林雷终于打开了青龙血脉第二级基因锁。而这个时候，距离与瓦尔特的决斗已经只有一个月左右的时间了，所以当发现自己终于能够成功分身了之后，林雷并没有多少的喜悦。只有一个月的时间了，他还能够做什么？唯一能做的就是修炼，努力修炼。

现在，他仅仅只是掌握了分身而已，至于东门燕教授口中的武器——铠甲之灵，他还是一点头绪都没有，这让南央和肖成天急得团团转，但又爱莫能助。

第五章 龙的变身

瓦尔特仰躺在地上，天空中的太阳光刺得他眼前发白。他使劲地眨了眨眼睛，结果将眼帘上的一滴鲜血眨入到眼中，他只能扬起手将眼中的鲜血擦掉。然后他看见了阳光下一张少年的脸庞，那张原本英俊的脸庞此刻因流淌着一道道鲜血而变得有些狰狞可怖，但却笑得很明媚，甚至很温暖和善，那洁白的牙齿刺得瓦尔特眼睛有些发痛。

"瓦尔特，认输吧！"

时间犹如白驹过隙，而对于那些专注做着一件事情的人来说尤其如此。时间便在林雷的努力修炼中很快过去了。

这天瓦尔特来到了A903宿舍，看了一眼仍在修炼状态中的林雷，忍不住摇头叹息："没想到，作为四大远古神兽之一的青龙血脉的传承者，你还是令我失望了。我想，今天之后，四大远古神兽的血脉传承者，将彻底变成三人。"

而这个时候，光明学院偌大的广场四周已经聚集了密密麻麻的学员与教授，场面热闹不已。东门燕挤在教授队伍里，精致的脸上仍是一贯的淡漠与严肃，倒是她肩膀上的猫缨一直在那里叽叽喳喳地说个不停。

光明学院每当有学员之间进行决斗的时候，总是会将整个学院的师生都吸引过来，爱凑热闹，毕竟是大部分人的性格。

"瓦尔特，我说你能不能不要上来打扰林雷，就在广场上好好待着。拿着你的武器，威风凛凛地站在那里，难道你不觉得这是件非常拉风的事情吗？"南央的口气非常不友好，将手中的烈焰长枪横拿着挡在瓦尔特的身前，那对眼眸分外明亮。

烈焰长枪是南央的武器，她使长枪英姿飒爽。

望着南央担忧的样子，瓦尔特没有说话，也没有动，只是定定地看着她，突然他嘴角微微扯起一个笑意，然后意味深长地说了四个字："我明白了。"

瓦尔特转过身，一言不发地朝下面偌大的广场走去，土黄色的铠甲在他步行之间发出"咔嚓咔嚓"的声音，在空旷的走廊里被无限地放大。

"南央，你直接拿着武器挡住瓦尔特，是不是有点过了！。"肖成天伸手拍了拍南央的肩膀，"毕竟，瓦尔特很快就会在冲向万恶罗城的途中与我们并肩作战。"

"并肩作战？"南央的嘴角扯出一丝凛冽的气息，"若他真的将林雷杀死了，只怕我们没有并肩作战的机会了。你觉得我会放过他吗？"

望着南央那突然变得如刀锋一般锋利的眼神，肖成天露出一个苦涩的笑容。殷实的家境，让南央从小到大都是随着性子做事。他这个做表哥的，没少吃她的亏。

瓦尔特已经走到了广场上，他已经展示出了自己的武器。那是一把巨大的斧头，斧口整整有八寸宽，在阳光的照射下，散发着令人窒息的寒光。这把惊世的斧头拥有一个同样惊世的名字——黄天斧，斧柄长一米五，上面雕刻着各种古老的花纹。现在，这把黄天斧就被瓦尔特紧紧地握在手中，一切都像南央所说的那样，果然分外拉风。

他抬起头来，静静地仰望着A903宿舍，随着时间一点一点地流逝，他的心中也是越来越失望。说实话，他心里非常渴望一场激战，一场可以证明他的攻击力并不是最弱的激战。事实上，四大远古神兽的血脉传承者，体内都是充满了好战的因子。

而四周的围观者，也逐渐骚动起来，唯有东门燕教授，如往常一般始终冷漠如冰。

就在瓦尔特要失去最后一丝耐心，高呼"林雷，你这个菜鸟给我滚出来"的时候，他的眸子突然间变得熠熠闪亮，然后，那如刀削一般的脸庞上瞬间布满了如野兽一般的狂野。因为他看到了身穿青色铠甲的林雷，他甚至还看见林雷朝偌大的广场上咂了咂嘴："怎么会有这么多人观看，我可是从来都没有经历过大场面的哦，这不是要让我怯场吗？"

事实上广场上所有人都听到了林雷说的话，于是，整个广场突然爆发出一阵哄笑。南央和肖成天也差点直接一头栽倒在地上。东门燕肩膀上的猫缨则是使劲地眨巴了几下眼睛，奶声奶气地叫嚷道："哦，天哪，身为青龙的血脉传承者，居然会说出这样的话，这是我的幻觉吗？"

东门燕直接扬手在它头上"咚"的一声敲了一记："你这唠叨的毛病，什么时候能改掉。"

"哦，对不起主人。"猫缨用一只前爪摸摸被东门燕敲疼的地方，委屈地说道，"是林雷的出场太过惊艳了，我一时间情不自禁。"

虽然林雷非常紧张不安，但到底还是来到了喧哗不已的广场之上，万众瞩目之下，他缓缓地站在了瓦尔特的面前。

炽热的午后阳光穿过云层，虽以一种迷幻一般的金黄色洒在拥挤的广场，但却并没有让人感觉到有多少温度。

林雷静静地站在离瓦尔特大约二十米的位置，头顶着金色的阳光，他微眯着眼眸望着不远处的瓦尔特，那铠甲下面的手心已经有一些细汗。

"呼……要镇定！要镇定！"林雷轻吐出一口气，不停地在心里给自己打气。没错，他是有些怯场了，这是他从来都没有想过会出现在自己身上的决斗，而如今，南央将他引到了一条完全不同的人生轨迹上。

"不用紧张，事实上你已经超出了我的预料，仅仅一年的时间，就打开了远古血脉传承的第二级基因锁，这是一件让人热血沸腾的事。"瓦尔特单手平举黄天大斧，遥遥指向林雷，"来吧，亮出你的武器，让大家看看远古青龙的铠甲之灵到底是什么！"

他这话一出口，广场上所有人的目光中，都有着殷切的期待之色。林雷也确实感受到了覆盖在身上的这件青色铠甲的铠甲之灵，当他抬起头望着上空铠甲之灵的形成过程时，还有些发蒙。

林雷转头望了望广场边上的南央和肖成天，又望了望另一边的东门燕教授，他看见东门燕教授冷漠的脸庞上第一次流露出了殷切之色。

"好吧。"

林雷将手在铠甲上蹭了蹭，他想蹭掉手心上的汗水。这个细微的动作，让原本紧张不安的南央和肖成天都忍不住轻笑出声来。广场上更是再次爆发出一阵哄堂大笑，这个少年实在有些滑稽。

但是很快广场上的大笑声就戛然而止了，因为随着林雷将青龙血脉灌输到右臂中，只见他右臂的铠甲上猛地爆发出一片青色的光芒，如同一个青色的太阳一般璀璨夺目，一道道青色光芒直射入高天。

而后这些炫目的青色光芒快速地聚拢到一起，凝聚成一条足有三十米长的巨大青龙虚影，在高空翻腾不已。最后这条由青色光芒凝聚成的青龙虚影便好像真龙一样发出一声巨大的龙啸，猛然从高空中俯冲下来。林雷一扬手，青龙虚影便落在了他的手上，化成了一把足足两米长、将近一尺宽的青色大刀，大刀的刀体上镶嵌着一排五颜六色的宝石。

包括瓦尔特在内，广场上所有的人都错愕地张着嘴，怔怔地看着林雷手中的青色大刀。瞧见众人那发愣的表情，林雷有些无辜地耸了耸肩，说道："此刀名叫'破天'，镶嵌了七颗元素宝石，好像、似乎、大概可以削铁如泥。"

"天哪，能不能不要这么拉风啊！"

不知道是谁惊呼出了声，这句话仿佛是一根引线，整个广场一下子炸开了锅，一片惊叹的咂嘴之声突然间弥漫开来。

东门燕的嘴角更是在不轻意间弯出一个弧度。这让她肩膀上的猫缨情不自禁地又唠叨了："哦，主人，其实你平时该多笑笑，知道吗？你笑起来的时候比花更美，比月亮更迷人，比太阳更温暖……"

它的话最终在东门燕突然变冷的眼神中停了下来。

"林雷，不得不说，你将我震到了，你的武器的确分外拉风。"瓦尔特从错愕中回过神来，眯起眼睛，远远地看着林雷，"不过你必须认清一个事实，武器拉风并不代表实力强悍。来吧，希望你不会让我失望，不会辜负了你的'破天'。"

说完，他脚掌猛地一蹬地面，整个人借助这股蹬力如同豹子一般掠出，眨眼间便冲到了林雷的面前。他没有丝毫的犹豫，双手举起黄天大斧朝林雷狠劈下来，这一斧犹如开天辟地一般，斧头尚未劈到，林雷就感觉到了一股强大无比的威力，令他有些喘不过气来。

林雷下意识地催动体内的青龙血脉，然后奋力一涌，脚下急忙往后滑去，结果他的身形刹那间就滑出了二十多米。而瓦尔特的黄天大斧"轰"的一声巨响，狠狠地劈在了地上。对于这么快的滑速，林雷没有丝毫的心理准备，顿时惊得大叫："啊啊啊，怎么会滑得这么快，比法拉利都快多了啊！"

结果他这一叫嚷，整个广场又爆发出一阵哄笑。原本为他捏了一把汗的南央都被他那滑稽的样子逗得腰都笑弯了。这家伙实在太有趣了，比一只呆鹅还要有趣得多。

林雷好不容易稳住了身形，脸色有些煞白，他扬手狠狠地抹了一把脸上的汗水，大口喘气，他从来没有想过青龙血脉居然会这么生猛，眨眼间就滑出了二十多米。

"林雷，你这是在嘲笑我的迟钝吗？哼，我会让你知道玄武血脉传承者绝对不会是一名弱者。"

瓦尔特怒喝一声，土黄色的铠甲上散发出一股暴戾之气。他高大的身躯再次勇猛地冲向林雷，手中的黄天大斧不停地挥动着，每挥动一下，空中就

英雄联盟①
苍天冥瞳

出现一条巨大的斧芒，破空直往林雷斩杀而去。

在经过之前的惊吓后，林雷再次催动体内的青龙血脉时，已经有了心理准备。他很快思索出了其中的奥秘，不再一上来就猛催体内的青龙血脉，而是小心翼翼地催动着，不断躲避着瓦尔特挥斩过来的斧芒。

两人在广场上一来一往地打斗着，一时之间竟难分高下。而四周观战的众人，也由最先感到好笑逐渐转变成了惊讶。因为他们发现林雷的身影由开始的狼狈，慢慢变得娴熟灵巧起来，身着青色铠甲的他在瓦尔特的四周划出一道道的青色芒影。

十多分钟过后，瓦尔特已经有些气喘吁吁，林雷目前的力量虽然无法将他的土黄色铠甲斩裂，却也能将他斩劈得晕头转向。

"重力空间！"恼怒的瓦尔特突然大吼一声，左手猛地打了个响指。

随着他这一声吼声，林雷顿时觉得自己四周的空间充满了无尽的重力，仿佛一座大山将他狠狠地挤压着，而他的动作也随之变得缓慢起来。

重力空间是玄武血脉传承者的一种技能，可以说是天生的技能。因为在远古四大神兽之中，玄武是以防御见长的，而防御的本源就是土系元素，再将土系元素演化，就可以形成重力空间。这是一种极度可怕的攻击手段，但凡陷入里面的人，都会感觉到四周空间中存在着惊人的重力，不够强悍的人甚至会被这股重力直接压成一摊肉泥。

"该死的，怎么会有这么可怕的技能？"林雷在瓦尔特的重力空间之中，身躯被一股不可思议的巨大力量碾压着，他感觉自己的身躯几乎都要被压得龟裂了，每一个动作都变得十分艰难、吃力。

瓦尔特大吼一声，双手高举黄天大斧奋力劈下，那威力之大，使得四周的空间都微微地扭曲起来。林雷身陷重力空间之中，动作变得十分迟钝，想躲开这一斧已经是不可能了，他忙举起"破天"一挡，两件武器相撞，顿时撞出一片璀璨的星火。

这一斧，瓦尔特可是用尽了全力。林雷只觉得双臂发麻，连虎口都震裂了，一片血肉模糊，传来阵阵钻心的剧痛。瓦尔特的脸庞在这一刻变得十分狰狞，他双手握着黄天大斧奋力向下一压。那巨大的力量压得林雷单膝"嘭"的一声重重地跪在了地上，地面顿时裂了开来，一条条裂痕如同蜘蛛网一般向远方延伸。

"青龙血脉传承者，给我去死！"瓦尔特大吼一声，双臂的力量大得不可思议，锋利的斧刃一点一点压向林雷的头颅。林雷只觉得仿佛有一座大山往自己直压而下，他脸庞上青筋暴起，双手握着"破天"战刀死死顶住。

这一幕，让四周观战的众人的心都提到了嗓子眼，连呼吸都忘记了，南央更是紧紧握住双手，紧张得不停地咬着嘴唇。

"给我开！"林雷狂吼一声，体内的青龙血脉被催动到了极致，他双手握着"破天"使劲全力往上一挑，那爆发出来的巨大的力量差点将瓦尔特的黄天大斧直接挑出了手去，而他整个人则噔噔噔地往后退了好几大步。

林雷单膝跪在地上，大口喘息，在这一刻他的眼眸放射出令人忍不住要战栗的冰冷光芒，嘴角已经溢出了一丝鲜血。瓦尔特的那一斧太生猛了，将他的内脏都震伤了。

他缓缓举刀，战刀向天！

"破！"

下一个瞬间，林雷那覆盖着青色铠甲的身躯猛然爆发出一股可怕的气息。他双手高举的"破天"战刀上突然爆发出万道青芒，一条巨大的青龙虚影在那里翻腾不已，似乎要搅碎一方虚空。四周的空间被这股气息压得猛烈地扭曲起来，随即传来一阵"沙沙"的声音，似乎有什么看不见的东西一下子碎裂开了。

瞧得这一幕，瓦尔特的嘴角猛烈地抽了抽，自己施展出来的重力空间，竟然被林雷直接崩碎了。他刀削一般的脸庞上突然浮现出一抹狂热："林雷，你没有令我失望，很好！"

他抡起黄天大斧急蹿出去。然而，前方的林雷却猛然间一分为二，变成两个一模一样的林雷皆手握"破天"战刀，同时迎了上来。分身，这是青龙传承者天生所拥有的技能，就跟瓦尔特的重力空间一样。瞧见林雷突然将分身术展示了出来，瓦尔特那高大的身躯不由得停滞了一下，旋即嗷嗷大叫着迅速迎了上去。

这是一场罕见的决斗，两大远古血脉传承者皆毫无保留地将自己所有的实力施展了出来。一时间，斧芒和刀芒交织成了一张大网，大地龟裂了，整个广场刮起一阵阵飓风。

这样炫目的战斗，林雷只在动漫中看到过，他万万想不到自己有一天真的会陷入这样的战斗之中。第一次面对这样激烈的大战，他体内的每一个细胞都几乎被燃烧起来，胸中充满了滔天的战意。在这一刻，他忘记了邓梦馨，忘记了赵亮，忘记了一切，他脑子里只有一个念头：战！

当其中一个林雷狠狠一脚踢在瓦尔特的胸口，直接将他踢出了十多米远，而另一个林雷拼尽最后一丝力气快速冲上然后一刀架在瓦尔特的脖子上的时候，也就意味着这场惊心动魄的决斗接近了尾声。两个林雷露在铠甲外面的脸庞上都流淌着一道道鲜血，甚至连身体都如醉汉一般摇摇欲坠。

而后，两个重创的林雷缓缓地重叠在了一起，重新变回了一个。

"瓦尔特，你认不认输？"

林雷一手用"破天"死死顶住瓦尔特的脖子，一手抹了一把脸上的鲜血。结果血肉模糊的虎口却让他的脸沾上了更多的血迹，模样看上去惨烈到了极点，但是这一刻林雷却咧嘴笑了笑。他很开心，因为他赢了，现在只要他将"破天"轻轻一压，瓦尔特的头颅就会滚下来。

偌大的广场安静了下来，所有人的目光都一眨不眨地看着地面上的瓦尔特，脸庞上写满了焦急。按照光明学院的惯例，只要其中一方不认输，另一方一般都会接着战斗，直到对方认输为止。而现在，林雷的"破天"已经架在了瓦尔特的脖子上，下一秒钟瓦尔特就可能会尸首分家。

瓦尔特仰躺在地上，天空中的太阳光刺得他眼前发白。他使劲地眨了眨眼睛，结果将眼帘上的一滴鲜血眨入到眼中，他只能扬起手将眼中的鲜血擦掉。然后他看见了阳光下一张少年的脸庞，那张原本英俊的脸庞此刻因流淌着一道道鲜血而变得有些狰狞可怖，但却笑得很明媚，甚至很温暖和善，那洁白的牙齿刺得瓦尔特眼睛有些发痛。

"瓦尔特，认输吧！"

广场边上，一个满脸大胡子的中年男子突然高声叫起来。那是瓦尔特的教授夕巴斯汀，一个玄武考古学家，对四大远古神兽之一的玄武的热衷达到了疯狂的地步。两年前瓦尔特进入光明学院的时候，夕巴斯汀教授将他当成一张玄武的甲壳手舞足蹈地领走了。

这两年来，夕巴斯汀教授在瓦尔特身上倾注了他所有的心血，并立志要将他培养成一个傲视强者。现在，见林雷的"破天"已经抵在了瓦尔特的脖子上，甚至将瓦尔特的脖子割出了一条血口，夕巴斯汀教授那臃肿的身躯不住地打着战，生怕林雷的"破天"一不小心就会压下去。

"瓦尔特，你认输吧！"

"瓦尔特，你认输吧！"

…………

随着夕巴斯汀教授的喊声，整个广场上的人都跟着喊起来，那声音犹如滔天大浪一般一浪高过一浪，直掀九天。

林雷没有抬头看四周的众人，脸上始终带着暖和的微笑俯视着瓦尔特，手中的"破天"也未曾离开过瓦尔特的脖子半分，嘴里说出的话，被四周的喊叫声冲击得有些飘忽不定："瓦尔特，据我所知，攻打万恶罗城的远征之行很快就要拉开序幕了，我们能并肩作战吗？"

"攻打万恶罗城的远征……"

瓦尔特的眼睛微眯起来，那锐利的目光在这一刻变得有些深邃，鲜血无声无息地从他的额头流出，流至他的眼睑，令他的眼睑猛然抽了抽。

他嘴角突然扯出一丝淡淡的笑意："好，就让我们在远征之行中比试谁杀死的敌人多，我们之间的较量，还没有结束！"

"好！"林雷突然灿烂一笑，将压在瓦尔特脖子上的"破天"战刀缓缓地抽离。他将手伸向瓦尔特，瓦尔特抓住他的手，从地上一弹而起。

"他居然打败了瓦尔特。"南央嘴角噙笑，不可思议地看着广场上的林雷，握着的拳头也不禁松开了。

这一仗虽然看似只是学生之间的切磋，但是光明学院有个不成文的规定，学生之间的挑战就是真正的战斗，生死由命！

南央虽然一直很担心林雷，但也只能暗自为他祈祷。如今他居然以新生的身份赢得了这场战斗，着实太不容易！

"林雷赢了，太不可思议了！"许多人都在振臂高呼，既激动又惊奇，林雷这个入校仅一年的新生居然战胜了瓦尔特。他明明在决斗的前一刻还在努力感悟铠甲之灵"破天"的！

人群中，雷尔夫校长已经来到东门燕教授面前。虽然她一脸平静，但眼神中暗涌不止的激动却暴露了她的情绪。她肩膀上的那只猫缨此刻仍惊愕地张着嘴巴，一副不可置信的表情。雷尔夫校长看了看这一人一兽，然后眨了眨眼睛说道："东门燕教授，不得不说，你创造了一个奇迹，一个光明学院前所未有的奇迹，你的名字将会载入光明学院的史册。"

"主人，你看，我的预言没错吧，现在雷尔夫校长已经站到你面前，亲自跟你说要将你的名字载入光明学院的史册了。"猫缨奶声奶气地高呼起来。

"你这唠叨的毛病到底什么时候能够改掉？"东门燕教授随手直接在猫缨的头上敲了一记，猫缨急忙将嘴巴闭上，满不在乎地用爪子摸了摸被东门燕教授敲的地方。

东门燕教授摸了一下猫缨那光洁饱满的额头，说道："雷尔夫校长，我觉得这并不是我的功劳。其实真正优秀的人，应该是我的学员林雷才对，所以我想我们现在更应该关心要不要奖励他十万点贡献值的问题。"

"这个当然。"雷尔夫校长点头说道，"我马上就会去教务处，通知他们往林雷的卡上打十万点贡献值。"

当林雷以一万点贡献值从教务处兑换了二十根金条，并将剩下的九万点贡献值全部兑换成前往龙的梦魇也就是他原来的那个世界的时候，南央正立在夕阳下，这一刻的她已经隐去了那身红色的铠甲，露出以前在中海市时的着装。

见林雷走来，南央歪着脑袋调皮地看着他。

"你怎么在这儿？"林雷愣了愣。

"我来恭喜你呀。"南央双手抱臂，"现在就打算回去？"

"嗯。"林雷不好意思地笑了笑，"说起来虽然那里是龙的梦魇，但是我还挺想回去看看的。"

"是想看看某些人吧？"南央一副看穿他的样子，"走吧，我现在就带你回去。"

"你带我回去？"林雷愣了愣，"回到那里，可是要一天一万点的贡献值的。你……有必要浪费吗？"

"是我带你回来的，当然要带你回去啦。"南央不在乎地笑了笑，"我也刚好趁机旅行一下。旅行对我来说，在任何时候都是很有必要的。"

南央说着已经迈开了步子朝前走去："走吧，我们现在就去火车站，我们必须乘坐来时的那辆列车才能回到中海市。"

"嗯，好。"

他们走得很快，所以并没有发现身后不远处那两双躲在暗处的眼睛。

"看来这小子艳遇不浅啊，他不是在龙的梦魇里刚失恋嘛，Boss就给他安排了一个这么拉风火辣的女生？"由静缥缈的声音露出些许羡慕的意味。说完，她看了一眼身边的人。

她穿着一身红色的旗袍，目光清冷。没错，她就是被分派给林雷当教授的东门燕。

"也不一定就是Boss安排的。"东门燕淡淡地说，"虽然时间不长，但据我这段时间对他的观察，林雷是一个挺单纯阳光的男生。他也差不多有十八岁了。这个年纪，这样的男生，吸引女孩子也是很正常的。"

"哎哟，这太不像你的风格了，我没听错吧，你……居然是在夸人？"由静露出惊讶的表情，"这几百年来，我可从来没有听你夸过任何一个人啊！"

"我没有夸任何人，只是实事求是。"东门燕不急不慢地反驳道。

"不过，他倒进步神速，一年的时间就突破了二级，确实让人没有想到。"由静说着转头看向东门燕，"那我们现在该怎么办啊？跟着他回到龙的梦魇看看？"

"真正考验他的时刻快要到了，也许这是他最后一次回到他熟悉的世界。我们就不打扰他了吧？"看着林雷快要消失的身影，东门燕平静地说。

"好吧，Boss这次任命你为我们这个二人组的组长，你是老大，你做主。我回去继续玩游戏去。"由静说着，便消失不见了。

第六章　铠甲战士

南央："林雷，不管怎么样，我都会保护你到万恶罗城，绝对不会让你死在半途！那些黑暗战士想杀死你，必须先从我的尸体上踩过去！"

肖天成："我也是，我会以我手中的审判之轮，为你杀去一切敌人！"

瓦尔特："林雷，我说过了，我们之间的较量还没有结束！那么，就看看这一路上我们谁杀的敌人多吧。"

火车站，南央拽着林雷再次踏上了那辆曾教林雷备受惊吓的列车。长长的列车车厢内，只有他们两个人，空旷而又浪漫。列车正以一种极快的速度冲向遥远的地平线。列车启动还没到两分钟，天色就突然暗了下来。林雷知道这不是真正的天黑，而是进入到了一种空间转换的模式，列车载着他们开进了一个世界的大门中。

"久违的中海市，我又回来啦！"望着漆黑如墨的窗外，林雷的心中有种难以抑制的激动。

"林雷，我们的铠甲校服是连接着光明学院的中央系统的。回到中海市之后，要是你的铠甲突然自动浮现，那就意味着学院在召唤你。"南央坐在林雷的身边，对他说道，"若真出现了这种情况，不论你身在何处，都必须立即赶向最近的一处火车站。那里会出现一辆开往光明学院的列车，你上车直接赶回光明学院就好。"

"任何一个火车站都有一辆通往光明学院的列车？"林雷惊愕地望着南央，"为什么我以前没有发现这种情况？"

南央抿了抿嘴："因为你之前不是光明学院的学员，自然不会在你面前出现光明学院的列车了，可是现在不一样，你已经是光明学院的学员了。呃，我这么说你能明白吗？就是我们原来的那个世界仅仅是个龙的梦魇，而光明学院才是处在真实世界中的，而且光明学院的中央系统事实上是覆盖着整个龙的梦魇的，它可以让通往光明学院的列车出现在任何一个火车站。"

"哦……"林雷听得云里雾里，就在他还在思索着南央的那番话时，列车外突然一片大亮，确切地说，是一片迷离的霓虹灯，一片久违的熟悉的霓虹灯。

林雷知道，久违的中海市，他又回来了！

林雷激动得跳起来，他曾一度以为自己会永远地消失在许多人的视线之中，没想到，他现在真的重新回到了中海这个国际大都市。那种熟悉的感觉，一时间令林雷的鼻子有些发酸。

离开整整一年了，这一年来，他感觉自己就像做了一场光怪陆离的梦，现在梦醒了，他的双脚重新踩在了中海市的地面上。

　　列车刚一到站，林雷就迫不及待地取出行李，跳下列车，兴奋地张开双臂跑起来。南央紧跟其后，也对这座久违的城市感到万分亲切。

　　他们都完全将自己的注意力集中在四周的环境中了，所以没有注意到，当他们在人行道上奔跑时，一个刚从商场出来的高个子男生看到他们时那惊讶的样子。

　　"林雷？南央？"

　　这个久违而又异常熟悉的声音让林雷骤然一愣。他怔了半晌才转过头去，赵亮那张如同昨日才刚见过的脸一下子映入眼帘。

　　"你真的是林雷！"赵亮眨了眨眼睛，旋即大笑着在林雷的胸口上打了一拳，"你小子真厉害啊，在邓梦馨的生日晚会上不告而别，一走就是三个月。怎么，现在知道回来了？"

　　"三个月？"林雷愣了愣神，喃喃地说道，"我们不是走了一年了吗？"

　　"一年？！"赵亮狐疑地将目光移到南央身上，"林雷，你脑子是进水了还是想再走几个月呀，不会是被南央虐待变傻了吧？"

　　林雷也疑惑地看向南央，眉宇间一片不解。虽然真实世界的时间法则一直停留在中世纪，但龙的梦魇中的时间竟然与之相差这么大。

　　南央朝赵亮微微一笑，然后凑到林雷耳边轻声地说："龙的梦魇中的时间要比真实的时间过得缓慢得多。所以我们虽然离开了一年，但在这里仅仅只过了三个月。"

　　林雷点了点头，然后不动声色地看向赵亮："可能是我玩糊涂了。赵亮，这三个月你过得还好吧？看你手中提这么多东西，这是要去哪儿啊？"

　　"对了，你不提醒我，我都忘了。"赵亮一拍脑袋说，"邓梦馨前几天生病住院了，同学们基本都去看过她了，我也正准备去看看她。怎么样，回来得早不如回来得巧，一起去看看？"

　　提到邓梦馨这个名字，林雷一怔。离开前，在华舟和她面前的尴尬仿佛又重新出现在眼前。这一年来，他不是没有偷偷想过她。可是他下意识地看了看身边的南央，支支吾吾的，半晌还没说出一句完整的话来。

　　"林雷，你这表情不是在害羞吧，哎哟，走啦，本姑娘陪你一起去。"南央大方地拍了拍林雷的肩膀，"有姐姐在，不怕哦。"

"哈哈，林雷，三个月没见，你还是这么怂啊。"赵亮爽快地搂了搂林雷的肩膀，"还是你这个怂样看着亲切啊。怎么样，不告而别这么久，有没有想我啊？"

"你们两个大男生也太酸了，对了，好像你们以前就是这么酸。那我就识相点，留点时间给你们酸个够吧，哈哈。"南央说着已经朝前走去。

"呃……"林雷原本是挺想念他这个唯一的朋友。可是被南央这样一说，他也瞬间觉得……这时候说想念不太好吧！

邓梦馨住的医院离得不远，三人很快就来到了邓梦馨的病房。当赵亮正要推开病房门的那一刻，林雷却喊住了他。

"怎么了？你不会又紧张了吧？"赵亮朝他调侃道。

但等他看清林雷的眼神时，却发现他正透过窗户看向房间里。赵亮顺着他的目光望去，只见病房里人群早已散去，只剩下华舟坐在邓梦馨的床边。他们不知道在说些什么，但看着邓梦馨满脸甜蜜的样子，赵亮忽然明白了林雷的意思。

"我和南央还是不进去了吧，"林雷像泄了气的皮球，他对赵亮说道，"我还有别的事。你进去看看她，也快点出来。我还需要你帮忙。"

身边的南央微笑着不说话。

赵亮虽然平时大大咧咧，但是此时看着他和南央的样子，倒是会心一笑，说了一句"你小子就是好福气啊，等我一会儿就好"这种意味深长的话之后，便推门进去了。

从医院里出来，林雷一直沉默不语。他的神情有些落寞，完全没有了刚下火车时的激情。

"哎呀，看来有人很失落啊。"南央挑了挑眉，朝他嬉笑道。

但林雷完全没有心情和她调侃。原本他以为经过这段时间的离开，他对邓梦馨那年少懵懂的小心思会淡化掉，但是在隔着玻璃窗户看到她的那一刻，他却觉得落寞，浑身像是被抽空了一般无力。

林雷不禁在心里嗤笑了一声——哎呀，在邓梦馨面前他到底依旧这么怂呀，连和她说话的勇气都被华舟握着她的手的样子给吓没了。

赵亮说只待一会儿，没想到真的只待一会儿。他们才刚走出医院没多久，赵亮已经追了上来。

"林雷，你说你要一直这么怂下去可怎么办哦。不就是一个华舟嘛，你有什么好怕的。幸好有南央在你身边，要不然……"话说到这里，看到了林雷失落的表情，头都快垂到了地上，他又马上改口，"好了，我们分开这么久，不说这些了。走，我请你去学校门口那家小吃店吃你最爱吃的小吃！这么久没吃到，有没有想得要流口水？"

林雷却依旧垂着头，不说一句话。

"两位久别重逢，看来一定不需要我这个电灯泡，我就不打扰二位的欢乐时光了。"南央拍了拍林雷的肩膀朝他调皮一笑，"珍惜时间哦，我们的时间可很贵哟。"

说完她就潇洒地转身离开。

"你去哪里啊？"林雷朝她喊道。

"别忘了，我也在这里生活了十几年。"南央头也不回地摆了摆手，"你不要忘记我在火车上跟你说的话就好。有事随时联系。"

"喂……"

"好了好了，你们不是天天在一起嘛，分开这么一会就受不了了。"赵亮打断他，"真是重色轻友的家伙。不告而别就算了，这三个月竟然连个电话都不打给我！"赵亮假装生气，算起了旧账来，说完还摆了一张不高兴的脸。

这让林雷顿时觉得十分不好意思。

"赵亮，我也不是不想联系你，是……"

"是怎么样啊？"赵亮嘟了嘟嘴，"我跟你讲，林雷，你不好好给我讲讲这三个月跑哪里去了，我是绝对不会放过你的！走，边吃边给我讲！"

赵亮说完，便不由分说地拖着林雷上了他的车，直接开向了学校门口旁边的小吃街。

璀璨的中海市第十三中学因为周末和夜晚的原因已经关了大门，虽然侧门可以进去，但是林雷只是站在学校大门外，朝学校里面默默地看了一会儿。三个月前，他不辞而别的时候并没有引起学校的注意。很多同学都能证明他是和几个月前就离开学校的校花南央一起离开的，加上他原本就是一个成绩一般、可有可无甚至曾被班主任遗忘的小人物，校方也就默认他是自动退学的，对他的离开不闻不问。

林雷知道他在同学和老师心目中的地位，可是他没想到自己站在这座学校大门前时，心里竟然有一丝的难过。他还是挺怀念和赵亮"狼狈为奸"在学校挥霍的时光的。

小吃街上人群拥挤，处处飘来林雷熟悉的味道。赵亮见到好吃的也不走了，两人在小摊上买了些炸鸡翅、臭豆腐、爆鱿鱼。

"怎么样，味道有没有变？"赵亮一边往嘴里塞鱿鱼一边用胳膊碰了碰林雷。林雷吃得满嘴是油，腾不开嘴说话，只是一个劲地点头。那些小吃确实好吃，那是光明学院食堂不可能有的味道。他当然没有和赵亮讲关于光明学院的事，只是委婉地编了一个他和南央一起去外地的某个学校学习的故事。

"你倒是好了，有校花陪着你，你走了，我可就每天一个人混了。"赵亮的声音有些落寞，看得出来，赵亮是真的舍不得林雷。赵亮虽然神经大条，但也正因为他的这种性格，能和他玩到一块的朋友并不多。如今曾经每天厮混在一起唯一的死党忽然离开了，这难免让赵亮觉得感伤。

其实林雷又何尝不想念赵亮，在光明学院为了应对瓦尔特的挑战，他每天刻苦练习，忙得都没有空玩过。原本一个好吃懒做的家伙变得那么勤快，是因为林雷知道，若他不努力，等待他的只有死亡。所以他在拿到兑换回到这里的时间时，第一时间就赶了过来。

"长大了总是要分别的。"林雷朝赵亮尴尬地耸了耸肩。他也不知道自己怎么会说出这种话，也许是他在真实世界这一年的经历，让他这个对世界一无所知的小孩明白了一些课本上没有的知识。

"真看不出来，几个月没见，你小子成长不少呀。看来你待的那个什么鬼学校把你修理得很好。"赵亮满意地搂了搂林雷的肩膀，"但是不管怎么样，以后我们都要常联系。你要多回来看看我，知道吗？你要是回不来我也可以去看你呀，我有车，找你那还是很方便的！"

对于赵亮的热情，林雷只能尴尬地笑了笑。他没有说话，是因为他不知道下一次究竟什么时候才能回来，或者，他是否还能回得来。

毕竟林雷的时间不多。第二天，林雷让赵亮送他回趟老家。而他原本打算从老家回来再和南央会合的，但令他没想到的是，正当他们启动车子准备出发的时候，南央却像一个精灵一样出现在他们的车旁。

"你去哪儿了？"南央刚坐上车，林雷就迫不及待地问。

"这需要向你汇报吗？"南央朝他挑了挑眉，"怎么样，你们这么久没见，好朋友有没有来个抱抱以表示想念啊？"

"去你的，还抱抱呢。"赵亮一想起和林雷抱在一起的画面，就觉得恶心无比。

结果惹得南央一阵嬉笑。

赵亮开车的速度很快，他算了算，从中海市到林雷的老家，至少要两天。其实当林雷告诉他要回老家的时候，他怔了一下。他一直都知道，在老家，林雷是所有人眼中的"怪物"。也正是因为这个原因，他才被父亲送到了中海市的姑妈家。他没有问林雷回去的原因，反正林雷有求于他时他从来都是必应。

可是令他们没有想到的是，在两天后赶到林雷的老家时，他们却发现了一件让所有人都震惊的事。

虽然已经离开了好多年，但是那座破旧的三间平房以及包围它的小院，还有屋内普通的家具都还是林雷八岁时记忆的模样。除了越加破旧，这个家几乎没有任何的改变。林雷以前住的房间早已经被改成了杂物间。而他父母的房间连摆设都是老样子，最醒目的要数床头那张他们家里唯一的一张全家福。

那时林雷五六岁，还是一个愣头愣脑的孩子，站在父母中间，露出阳光般的微笑。父母的目光和蔼而温暖。林雷忽然想起八岁以前，在没发现他是个"怪物"以前，他们一家是多么幸福啊。想到这些年在姑妈家受的委屈，他不禁鼻子一酸。

南央随着林雷的目光也看到了那张全家福。她好奇地将照片拿起来，仔细地看了一下。原本林雷以为南央看到那么土的他会笑话他，没想到南央却一直沉默不语。她的眼神平静，却闪烁着一丝不易察觉的羡慕之情。

"哎，林雷，这就是你家啊？确实够破的啊。你爸妈呢？不会知道你要回来，吓跑了吧！"—路奔波的赵亮虽然有些累，但还是不忘朝林雷打趣。

林雷也很疑惑，他记得以前父亲经常外出工作或者有别的什么事不在家时，母亲一般都会待在家里。没什么事，她基本不出门。何况家里的房门都还没锁呢。就在他疑惑的时候，一个尖厉的声音响起。

"林雷，是你回来了吗？"

林雷急忙走出去，却见是隔壁的王婶。虽然多年没见，但王婶还是一眼就认出了他。

"林雷呀，你可回来了。"王婶不由分说地抓着林雷的手，着急地看着他说，"这到底是怎么回事啊？就算是你父亲当年把你当成'怪物'送到你姑妈家，可是他们毕竟是你的亲生父母，你怎么能惹上事连累他们啊？"

"什么事啊？"—股不祥的预感在林雷的脑海升起，"我爸妈他们怎么了？"

"他们被抓走了呀，还说什么只有你能救他们。"王婶急得满头大汗，"你在外面到底惹什么事了？"

林雷与南央对视一眼："这到底是怎么回事啊？"

原来，在林雷他们一行三人回来的前一天，林雷家里突然出现一群身着黑袍的佩剑武士，将林雷的父母带走了，还留下话来只有林雷能救他们。

可是林雷在外这么多年，虽然偶尔会逃课打游戏，但是从来没有惹过事啊，谈不上连累到他的父母，更何况还是身着黑袍的佩剑武士！

"是不是他们弄错了呀？这到底怎么回事啊？"林雷着急起来。

"你不知道？"王婶也是一愣。

"这不会是你爸妈不想见你，故意制造的恶作剧吧？"赵亮神经大条地愣了愣，随即大笑起来，"哈哈，林雷，你混得真是太不行了。父母不愿意见你都出这种招，佩服佩服，哈……"

然而，赵亮的话还没说完，一直观察着房内有无异常的南央打断了他的话，只见她望着墙角放着的椅子的方向，紧皱着眉头说："我知道是谁带走你父母了。"

林雷和赵亮顺着她的视线望去，只见那把椅子上放着一张莺鸟鬼符。

"这到底是怎么回事啊？"等林雷追上了拿起莺鸟鬼符就往外跑的南

央，他的眉头已经皱成了一团。

"莺鸟鬼符不是龙的梦魇这个世界的东西。"南央站在一处高岭上四下里谨慎地张望着，"这是属于真实世界里的东西。可是怎么会在这里？"

"这代表了什么？"林雷越发觉得不安起来，"他们是什么人，为什么要带走我爸妈？"

"这正是我疑惑的地方。他们为什么要带走你的爸妈呢？"南央思考着，"莺鸟鬼符我也没有真正见过，只在光明学院的图书馆里一本书上看到过。它是属于光明之主世代秘卫行事的指令。但是在新任光明之主韦伯斯特继位时，它明明被韦伯斯特设了禁忌，几百年来都没有出现过，怎么会这个时候突然出现在龙的梦魇中，带走了你的爸妈？"

"你的意思是说，是光明之主派人带走了我爸妈？"林雷皱起了眉头。林雷知道光明之主韦伯斯特，刚去光明学院的时候，东门燕教授提起过他。但是当她说起韦伯斯特的时候，是一副十分尊敬的样子。可是光明之主韦伯斯特为什么会派人带走他爸妈呢？

"事出蹊跷。我觉得一定没有我们看到的这么简单。莺鸟鬼符既然早就被光明之主韦伯斯特设了禁忌，他不可能会这么明目张胆地下达这个指令，派人带走你的爸妈。"南央冷静地分析道。

"你的意思是……有人将此事嫁祸给韦伯斯特？"

"我不知道。但既然他们留话只有你能救你的父母，就说明你的父母目前没事。我们看看他们下一步会干什么。"说到这里，南央忽然朝林雷撇了撇嘴，"林雷，你爸妈不会也是血脉的传承者吧？"

"呃……"林雷愣了愣，"这……不可能吧？"

然而，还没等他们对林雷的父母被带走的原因再作猜测，忽然发现彼此的手臂上，一青一红两件铠甲正在浮现。一青一红两件铠甲浮现的速度极快，眨眼间就将他们覆盖得严严实实，只留下了脸庞和手指在外面。

这是光明学院在召唤他们！

这一幕正好被赵亮看得一清二楚，他十分惊愕，愣了半天才说出话来。

"这……这是什么情况？你们居然穿着铠甲？"

"赵亮，这是二十根金条，麻烦你帮我捐给孤儿院。"林雷答非所问，说着将自己的背包丢给了赵亮。

"二十根金条？喂，你在哪儿弄这么多根金条啊？林雷，你……你不会去抢劫了，然后惹了什么可怕的人物，人家才带走你爸妈的吧？"赵亮不可思议地看着手上的背包。

"你不要问那么多了。我会再回来看你的。"林雷拍了拍赵亮的肩膀，"时间太急，我也没办法向你解释清楚了。你能不能先开车把我们送到最近的火车站，然后再回来把金条交给孤儿院？"

"当……当然可以。"赵亮完全被林雷和南央的这种铠甲造型惊呆了。

"你们不会是传说中的铠甲战士吧？"一路上，赵亮像看外星人一样看着他们两个，"你们这是怎么回事啊？怎么身上会有铠甲？哦，天哪，幻觉，我看到的一定是幻觉！"

"不是幻觉，一切都是真实的。"南央催促着赵亮，"你能再快点吗？时间真的很紧。"

"当然。"赵亮一踩油门，汽车如飞一般极速前进。

来到火车站时，赵亮控制不住好奇心，正想再对林雷说两句话时，南央却已经拉开车门猛地冲了出去，接着，身边的林雷也同样是拉开车门冲了出去。

赵亮的嘴巴此时张成了大大的"○"形，因为他看到前方突然凭空出现了一辆列车，车牌上写着"光明学院"四个大字。赵亮傻愣愣站在那里，不知所措。这个时候，紧跟在南央后面的林雷却转过头来，冲着赵亮微微一笑道："赵亮，别把你今天看到的事说出去。记住，我们永远是好哥们儿。我一定会再回来看你的。"

说着，林雷追上前面的南央，两人快速地冲上了那辆列车。他们两人一上去，那辆列车就立即发动起来了，然后，以不可思议的速度消失在了地平线。

只留下赵亮一个人傻站在原地。他使劲地眨巴了几下眼睛，嘴里喃喃自语："这三个月你们不会都变成超人了吧？"

当林雷和南央赶回光明学院的时候，这座学院已经沸腾起来了，学院的大门口列着一排排骑士，有上千人。而这些骑士全都身披着铠甲，佩带着利剑。

走进光明学院，林雷看到了这些骑士的领头。那是一个长得十分健硕的中年男子，穿着一身金色的铠甲，手中拿着一把黄金圣剑。他的铠甲上布满了刀痕，给人一种身经百战的感觉。

林雷曾经听肖成天提起过他，他叫奥格斯格，是一位英武的大将军。

除此之外，林雷还看到了光明之主韦伯斯特，他的样子和学校大堂壁画上画的一样。所以虽然之前没有见过他的真身，但是林雷还是一眼就将他认出来了。此时他正在与雷尔夫校长交谈着什么，那嘴上雪白的胡须，随着他说话的嘴唇而不停地颤动着。

看到韦伯斯特，林雷下意识地将手握成了拳头。他的脑海里都是他的秘密侍卫带走他父母的情形。但是他们根本就是第一次见面。林雷想不通，他是哪里得罪他了，他为什么要带走他的父母？不过按照南央的分析，即使真的是韦伯斯特做的，他也不可能这么明目张胆。

林雷心里一直在劝说自己要冷静。他也觉得那个看上去无比慈祥的光明之主不可能是带走他父母的恶人。

"林雷！"见林雷和南央进入光明学院，东门燕教授径直迎了上来，她皱着眉头对林雷说道，"还记得我之前和你说过的苍天冥瞳吗？现在，万恶罗城的苍天冥瞳已经到了苏醒的边缘，它甚至已经释放出了部分邪恶的力量，这是极为糟糕的事情。光明之主韦伯斯特觉得不能再耽搁下去了，必须先发制人。"

"先发制人？要做什么呀？"从东门燕的眼神中，林雷感受到了一种极度的危险正在靠近。

"韦伯斯特和校长会具体向你们交代的。我只想对你说，林雷，"东门燕目光清冷地看着他，"不管如何，你都要给我活着回来。"

在东门燕的目光中，林雷第一次觉得她并没有表面上对自己那么冷漠。

事实上，韦伯斯特和校长召见的人不止林雷和南央两个，在他们朝校长走去的时候，肖成天和瓦尔特也从人群中走了出来，而且他们都已经将各自的武器拿在了手中。林雷直到现在才知道，肖成天的武器是一个圆形的飞轮。飞轮的边缘布满了锋利且弯曲的齿，只要被它切中，绝对会被它轻而易举地切成两段。

四人并排站成一条线，站立在韦伯斯特与校长的面前。每个人都昂首挺胸，将身子站得笔直，而四人的武器也都被他们各自紧握在了手中。

韦伯斯特和奥格斯格都是第一次见到远古四大神兽的血脉传承者，他们的目光显得沉重而严肃。

"远古四大神兽的血脉传承者，你们是光明学院绝对的王牌，从你们被确定身份的那一刻起，也就注定了你们身上肩负着不平凡的使命。"韦伯斯特用目光巡视着四人，他的声音很低沉，"所以，这次的任务，也注定是对你们的一次考验。"

"这是必须要完成的任务，哪怕以死作为代价。"奥格斯格看上去异常严肃，他补充说，"万恶罗城的苍天冥瞳已经到了苏醒的边缘，甚至已经释放出了部分邪恶的力量。而我们必须马上拉开远征万恶罗城的序幕。镇封苍天冥瞳的光明镇魔石，将由你们四位远古四大神兽的血脉传承者护送。而我也将率领军队来保护你们四人。"

"就由我们四人护送？"肖成天错愕地张大了嘴巴。在他们四人中，他最为年长。谁都知道，光明镇魔石是完成此次任务最关键的法宝。他们虽然已经是光明学院的顶尖学员，但是毕竟都没有实战经验，他们牺牲了没有关系，万一丢失了光明镇魔石，问题就严重了。

"别担心，我相信你们的实力。毕竟现在的苍天冥瞳只是在苏醒的边缘，还没有真正醒来。而且有奥格斯格大将军率军队护送你们，我相信他们是能够将光明镇魔石安全护送到万恶罗城的。"见肖成天有些担心，韦伯斯特安慰他，说着，他走到林雷身边，"你叫林雷，是远古神兽青龙的血脉传承者？听说你在一年之内就打开了青龙传承的第二级基因锁，真可谓是后起之秀。这次的光明镇魔石就由你代为保管，你有问题吗？"

"我有问题。"身边的南央在林雷还没有开口的时候，突然叫起来，"他没有丝毫的战斗经验，光明镇魔石放在他身上，这太危险了。"

光明镇魔石，乃是黑暗魔族的禁忌，南央眼睛一闭上就仿佛可以看见一幅画面——为了销毁光明镇魔石，千千万万的黑暗战士蜂拥而至。身陷这样的绝境之中，那绝对是九死一生的。

"南央，你错了。"韦伯斯特和蔼地看着她，"在这场远征中，每一个战士都将被磨砺成一个真正的战士，不管是你们当中的谁，危险程度都是一样的。这和光明镇魔石放在谁身上其实并没有太大的关系。而我只是从林雷的眼看到了一个真正的战士。这件事情就这么定下来吧，雷尔夫校长，麻烦你将光明镇魔石交给他吧。"韦伯斯特转身将光明镇魔石递给了校长。

南央知道反抗无用，只好担忧地看向林雷。林雷却回给她一个宽慰的微笑。

雷尔夫校长很快将光明镇魔石拿了过来。光明镇魔石被一个纯金打造的盒子装着，盒子的外面又被一块红色的布包裹着。雷尔夫校长将光明镇魔石交给了林雷，林雷接了过来。也是在他接过光明镇魔石的那一刻，林雷忽然感觉自己背上重若泰山。他知道，此行任重道远，他必须打起十二分的精神。

"林雷，不管怎么样，我都会保护你到万恶罗城，绝对不会让你死在半途！那些黑暗战士想杀死你，必须先从我的尸体上踩过去！"南央朝林雷挑了挑眉，虽然表情轻松，语气却异常严肃。

"我也是，我会以我手中的审判之轮，为你杀去一切敌人！"肖成天也给了林雷一个郑重的眼神。

"林雷，我说过了，我们之间的较量还没有结束！那么，就看看这一路上我们谁杀的敌人多吧。"瓦尔特朝林雷扯了扯嘴角。

林雷下意识地看向韦伯斯特，发现他看向自己的眼神似乎有些不同，但具体哪里不同，他也说不上来。就在他还在思考着的时候，一阵轰隆轰隆的声响传了过来。只见原本在光明学院外的上千名铠甲骑士骑着马缓缓地进来，长刀林立，在阳光下泛着令人窒息的森森寒光。他们骑着马，马儿迈着整齐划一的步伐，行进中，他们的铠甲发出的摩擦之声震耳欲聋。不到一分钟，上千名铠甲骑士就在广场上列成了一排排队伍，齐刷刷地立在大将军奥格斯格的面前。

这是出发的前夕，场面是肃穆的，同时又是令人热血沸腾的，每一个人的心脏都在怦怦直跳，眼中燃烧着激情的火焰。

大将军奥格斯格抽出了手中的黄金圣剑，圣剑的剑锋指向天空，他那洪亮的声音回荡在光明学院的上空："属于人类的勇士们，我们现在所面临的是被征服、被灭亡，但是，我们不会坐以待毙的，我们必须反抗，我们必须远征万恶罗城，将万恶的苍天冥瞳重新镇压回黑暗地狱之中！出发！"

他一声令下，上千名铠甲骑士骑着马站了不到两分钟，当即又齐刷刷地掉转马头，向光明学院外走去。每一个铠甲骑士的脸庞上都是一副视死如归的表情。整个光明学院一下子喧哗开来，所有的教授与学员都在呐喊着，为他们加油助威。

铠甲骑士骑着马出了光明学院，一路北上，直往遥远的万恶罗城开去。此时的万恶罗城上空魔云遮天，一个盖世魔头就要降临了。魔云之中，只见一个像眼睛的影子，看上去无比巨大，它似乎感受到了光明镇魔石已经离开了光明学院。于是，那只巨眼影子的瞳仁竟"腾"的一下燃烧起来，血红的火光一浪接一浪。这让人群中的瓦尔特吓了一跳，他忍不住咂了咂嘴："看上去，真的好邪恶的样子啊。"

"当然。"身边的大将军奥格斯格点了点头道，"苍天冥瞳，那是黑暗地狱之主苍天冥王的眼睛。它拥有无尽的邪恶力量，即便是大魔王所罗门，都不过是苍天冥王手下的一条走狗而已。"

"所罗门？"

林雷微微蹙了蹙眉头，隐隐觉得这个名字有些熟悉，似乎在课本中见到过，到底在哪篇课文里见过他一时也想不起来。那是一个拥有绝对力量的大魔王，想不到，在这个真实的世界里居然真的存在所罗门。

其实所罗门本来就存在着，那是一个西方历史人物，甚至留下了至今无解的所罗门宝藏。他虽然残暴专制，却不是拥有地狱力量的邪恶者。只有在那些西方神话中，所罗门才是邪恶力量的化身。

铠甲骑士们一路上开始还算顺利，并没有遇到什么敌人。大军一边养精蓄锐，一边继续北上，林雷身穿青色铠甲，手持拉风的"破天"战刀，在人群中分外惹眼。在这一刻，他的眼睛纯净而又冷酷，他知道从这一刻开始，他面临的将是流血与死亡。

他抬头望了望远方万恶罗城上方的那只苍天冥瞳，心中不知道为什么突然间想起了邓梦馨和赵亮等梦魇世界的一些人。现在，他们这些人仍然安逸地生活在中海市吧，毕竟没有苍天冥瞳去打扰他们的生活。但一想到父母无故被人绑走，还没有任何下落，林雷又不禁紧张起来。虽说在被认作怪物的

英雄联盟

①
苍天冥瞳

那一年开始，他们对自己的关心就几乎少之又少，但他们毕竟是他的亲生父母。何况那些绑走父母的人还留下话来，只有自己能救他们。而如今，他还没来得及查明一切，却被委以重任，远征万恶罗城。林雷觉得他这个从小到大的"怂包"好像在一夜之间被赋予了某种说不清的责任。

上天这是在玩他吧？

"你在想什么呢？"南央不知道什么时候来到了林雷身边，她紧紧地盯着林雷的双眼，好像要将他的心事全部看穿一样。

林雷挠了挠头："我总觉得遇到你以后，生活一下子变得不可思议起来。"

"不可思议？"南央愣了愣，"是觉得不真实？"

"现在的一切都是真的吗？会不会只是我做的一个梦？"林雷的表情显得有些沉重。

"其实你有这种想法也是很正常的，在我第一次被告知是朱雀的血脉传承者的时候，我也不相信。"南央望着前方，好像在看一段过往。

"你也是像我一样被人带进来的？"林雷惊奇地看着南央。

"对呀，不然你以为我天生就知道？"

"那是谁告诉你的，你的表哥肖成天吗？"林雷好奇极了。

"不是，是校长。"南央淡淡地说道。

"校长？"林雷大跌眼镜，"你是说光明学院的校长，他亲自带你来的？"

南央没有再说话，她站在原地望着天空，好像回到了校长出现在她面前的那一刻。

那一天，从学校出来以后，南央没有选择大路。那条僻静的小路，是她回家的首选。小路边开着各种野花，但南央从来没有认真欣赏过一次。每次她都走得很快。

在大家眼里，她是不合群的校花，虽然有着玲珑有致的身材和姣好的面容，但却从来不和任何一个人有过多的交流。加上她穿着名牌的衣服，大家都以为她是个有钱人家的小姐，高处不胜寒，谁都不敢轻易靠近她。

然而，谁也没想到，从僻静小路出来，在回家之前，她先拐去的地方会是菜市场。买好了当天需要的食材后，她才走出到处都是垃圾的菜市场。临走时，卖菜的大妈像往常一样对她露出了一个"这个姑娘很懂事"的微笑。

穿过到处都有小孩子在玩耍的四合院，她推开那个最背阳的小小单间的门。做饭之前，南央总是先把身上漂亮的衣服换下来。四合院里总共住了十几户人家。除了房东郑太太的老公开了一间小公司，其他的全是在附近工厂上班的工人，当然，还住着一个在所有人眼里都觉得神秘的漂亮姑娘——南央。

没有人知道这个漂亮的小姑娘是从哪里来的，父母在哪里，为什么会一个人住在这破旧的庭院里。她会和人愉快地聊天，也会送些礼物给小孩子，但关于自己的身世，她只字未提。他们只知道，从他们刚搬到这里来时，她就住在这里，自始至终都是一个人，从来没有见过她带过什么朋友到家里来，只是每天深夜的时候，她都会出去。

像往常一样，这天晚上十点左右的时候，南央锦衣夜行。在拐过几条街以后，她终于到了目的地——海阔天空网吧。在网吧的最不起眼的一个角落，有一台性能最好的电脑从来没有人用过。不是没有人用，而是每次有人到那台电脑前刚坐下的时候，就会被网吧老板请去另一台的座位上。直到深夜十点，它真正的主人才姗姗来迟。

南央很熟练地在最不起眼的角落里那台电脑前坐下，她一般穿着一身黑衣，扎着马尾。深夜来网吧玩网游的人通常不会注意那里。她打开游戏便娴熟地用着鼠标和键盘一丝不苟地开始了今天的工作。随着夜色越来越深，网吧里那些玩家不断发出被击败后的脏话，有些人甚至还摔键盘以此泄愤。他们没有注意到，角落里那台电脑上打开的页面和他们玩的游戏一样，而电脑前那个黑衣姑娘正操作着虚拟世界里的游戏人物砍杀他们。

快午夜两点的时候，黑衣姑娘才会起身离开。这天是月底，她像其他的月底时间一样，离开网吧之前先推开了网吧老板办公室的门。办公桌上那个信封早已经在安静地等着她。她打开点了一下数，便塞到口袋里，然后潇洒地推门离开。

她记不清是什么时候，有一次网吧老板看到她的黑眼圈便问她："你一个姑娘家，年纪这么小，为什么要这么拼命地赚钱啊？"

而她的回答只有两个字："生活。"

这样的生活，她过了多少年，她已经不记得了。她只是很清楚地知道，

英雄联盟①
苍天冥瞳

为了面包，为了房租，为了漂亮的衣服，她不得不坚持下去。是的，她穿的衣服从来都很讲究。她从不将就穿着，因为她知道，她只有把自己包装得很好，才没有人会向她投来怜悯的眼神。

她讨厌那种眼神。

十岁以后她就暗暗发誓，再也不要看到那种眼神。

她一直都知道她的生活不会一直就这样过下去，但是她从来没有想到打破这一切，是在那天深夜她回家，头顶突然出现了一只又大又丑的怪鸟的时候。

那只怪鸟在南央的头顶朝她龇牙咧嘴。南央不是不害怕，但她环视四周，见没有人，等怪鸟靠近她的一刻，她的手上却燃起了烈火。

凭空出现的烈火，逼得怪鸟无法靠近。让她没有想到的是，怪鸟看到她手上的烈火不但不害怕，反倒怪笑一声。只听它说道："你终于出现了，朱雀的血脉传承者。"

南央会凭空燃火，这是她自己的秘密，她从来没有告诉过别人。听到怪鸟说人话，她十分惊慌，赶紧熄了火。还没等南央再作反应，只见那只又大又丑的怪鸟迅速化成一名头戴尖帽、下巴上留着一大片邋遢白须的老头。

南央虽然被这一幕惊吓到，但从小到大一个人独自生活的经历让她暗自冷静下来，她结结巴巴地问道："你……你是谁？"

那白须老头只对她微微一笑："南央，欢迎归来。"

第七章 龙奴沙灵

林雷远远地看着四条巨大的沙龙，只觉得原本的恐惧渐渐化为一段抑制不住的热血。

这就是战斗，身在战斗之中，即便是懦夫，体内的血液也是会瞬间燃烧起来。他回头看了看南央，只见她此时也是燃烧着腾腾的战意……

一个月之后，铠甲骑士们进入了撒哈拉沙漠。茫茫无边的大沙漠展现在了众人的面前，黄沙连天，一座座雄伟的沙梁伸向远方。要进军万恶罗城，撒哈拉沙漠是必经之路。铠甲骑士们没有犹豫，直接进入沙漠，往沙漠最深处行去。

"你们知道吗？这撒哈拉沙漠的下面，其实有远古龙族的遗址。"大将军奥格斯格来到林雷他们四人面前，拍了拍林雷的肩膀说道，"你也属于远古龙族，所以这撒哈拉沙漠对你有着特别的意义。"

"这下面有远古龙族的遗址？"一旁的瓦尔特顿时兴奋地叫起来，"我说奥格斯格大将军，传说一般的远古遗址中都有着一些古老的宝藏，是吗？"

大将军奥格斯格点了点头："情况的确是这样的，若是没有一些该死的盗贼的破坏，任何一个远古遗址，它都是一个宝库，里面有大量的金银财宝，或者一些称手的武器和一些防御极好的装备。但是，撒哈拉沙漠下面的远古龙族的遗址，我敢打赌，它至今还未遭到任何盗贼的破坏。"

"啊，为什么？"

瓦尔特惊奇地看着大将军奥格斯格，就连林雷、南央和肖成天三人都疑惑地看向了大将军奥格斯格。因为这听上去有些不可思议，谁都知道，那些盗贼是无孔不入的，若这撒哈拉沙漠下面的远古龙族的遗址至今保留完整的话，那只能说是一种奇迹了。

感受到这四人投在自己身上的目光，奥格斯格大将军脸上隐隐有着一抹骄傲的神色，他挺了挺胸脯说道："因为这撒哈拉沙漠下面的远古龙族的遗址，它的入口极难找到。据说，无数岁月以来，不知道有多少考古队和盗贼都曾来到这撒哈拉沙漠。他们携带着足够的粮食和地图，长年累月地在这里转悠，想寻找下面的远古龙族的遗址，但是，他们都失败了。喏，你看那里驻扎的一队人马，应该就是想进入远古龙族的遗址的盗贼了。"

奥格斯格大将军朝左边一指，林雷他们随着他的方向望去，果然，只见极远处有一个帐篷，帐篷之外隐隐可见有三三两两的人在活动，见到这些铠甲骑士，这些人惊恐得四下逃散。

"这些人，又将要徒劳一场了，因为远古龙族的遗址其实根本就没有入口。"奥格斯格大将军无奈地摇了摇头，目光意味深长地望了望林雷背上的光明镇魔石，"因为开启龙族大门的咒语，事实上就雕刻在光明镇魔石上。没有光明镇魔石上的咒语，龙族大门永远不会浮现。"

"光明镇魔石？"

南央、肖成天和瓦尔特都不由得看向林雷背上的那块光明镇魔石。林雷自己也是愣住了，没想到自己背上的光明镇魔石，还是打开远古龙族大门的钥匙。

"林雷，取光明镇魔石下来看看。"

瓦尔特脸上顿时浮现出一片狂热之色，他兴奋地搓了搓手。而林雷自己心里也颇为好奇，远古龙族的遗址啊，这个诱惑力还真不是一般的大。问题的关键是，林雷自己就是远古龙族的血脉传承者。他看了看身边的奥格斯格大将军，想争取一下奥格斯格大将军的意见，却见奥格斯格大将军已经跑到前面去整顿队伍去了。

"林雷，就看看那些咒语到底是怎么回事，不要紧的，这里距离万恶罗城还十分遥远，不会有黑暗战士在这一带活动。"一旁的南央眨了眨眼睛，也对他劝说道。

自从之前和南央聊过天以后，林雷对南央总有一种说不出的感觉。他总觉得南央并没有表面上看上去那么勇敢坚强，甚至还有一些调皮。虽然那天南央并没有对他说什么，他却越发对她好奇起来。

"好吧。"

林雷点了点头，从背上取下包裹，打开红布，一个金光闪闪的小盒子出现在大家的面前。盒子上面雕刻着一些深奥的符文，还有一条张牙舞爪的龙。

瓦尔特眼睛发亮，一把将黄金盒子夺了过去。他望着盒子面上的符文说道："这些符文我懂，这是一种古老的文字。说的是，邪恶的力量与龙族的力量，永世不可相融。"

说着，他缓缓将黄金盒子打开，林雷、南央和肖成天三人朝里一看，只见里面居然是一只骨掌。不过因为岁月太过久远，这只骨掌已经石化了，上面有着一条条断裂的痕迹，让人很容易就联想到，骨掌的主人在生前曾经历过一场极其惨烈的大战。

瓦尔特将光明镇魔石，确切地说，是光明镇魔化石小心翼翼地取了出来。他看了看光明镇魔石，只见上面果然雕刻着像蚯蚓一样的咒语。瓦尔特一时兴起，看着上面的咒语，然后念了出来："苏醒吧，邪恶的龙奴，已经到了你们洗脱邪恶的时间了。"

"轰！"

结果瓦尔特刚一念完这句咒语，就听见撒哈拉沙漠的地底深处突然传来一声巨响，整个撒哈拉沙漠也跟着一阵抖动。那声音听上去无比沉闷，就像是一只无比巨大的脚掌，踩着地面发出的声音。

所有人都惊呆了，一时间都傻愣地站在了那里。瓦尔特疑惑极了，他不由得将光明镇魔石翻过来看了看，顿时脸色煞白。他非常后悔地拍了一下额头说道："遭了，这是禁忌咒语，真正开启龙族大门的咒语在这边。"

林雷、南央和肖成天感觉到，这撒哈拉沙漠下面，在远古龙族的遗址中有着极其邪恶的东西。随着瓦尔特念出那句咒语，那邪恶的东西苏醒了。

"发生了什么事？"

奥格斯格大将军咆哮着冲了过来，当他瞧见瓦尔特手上拿着的光明镇魔石，顿时明白发生了什么，当场生气地怒视着他："瓦尔特，你这是在做什么，你唤醒了沉睡了无尽岁月的沙灵，你知道吗？准备战斗，所有人都给我准备战斗！"

瓦尔特自知理亏，脸上写满了委屈与无辜。

"在那遥远的过去，苍天冥瞳拥有四只无比忠诚的守护者，那就是四只沙龙。这四只沙龙在这无尽岁月之前被光明龙皇所俘虏，变成龙奴。这种没有灵魂的生物异常强大，几乎是杀不死的！"奥格斯格大将军说完，黄金圣剑随手被他抽了出来，并紧紧地将剑握在了手中。他长剑一挥，眼前的铠甲骑士们便快速行动起来，眨眼之间，便一字排开，足足排了几里。

瓦尔特知道自己闯了大祸，站在那里神色有些萎靡。他满脸歉意地立在林雷的面前，而林雷伸手拍了拍他的肩膀，露出一个温和的笑容："没事，我们本来就是来战斗的，你不过是将战斗提前了而已。"

说着，他缓缓扬起了手中的"破天"战刀，璀璨的青色光芒直射九天。

人生第一次面对这样真正的战斗，在这一刻，林雷胸中逐渐燃烧起了滔天的战意，连太阳穴都在突突地猛跳。

他身边的南央和肖成天这一刻也完全进入到了战斗状态。肖成天的审判之轮被他紧抓在手中，一颗颗巨大的利齿泛着森森的寒光。而南央的烈焰长枪上，呼呼的烈焰烧得正旺，看得人头皮发麻。

"对，晚战斗是战斗，早战斗也是战斗！"瓦尔特舔了一下嘴唇，将手中的黄天大斧举起来，犀利的眸子中，闪过一抹残忍之色。

在撒哈拉沙漠下面，从远古龙族的遗址中，突然传来几声咆哮。这撒哈拉沙漠下面的远古龙族的遗址，距离地面不知道有多深，但如今在这地面上听起来，这几声咆哮却依然震耳欲聋，同时也是沉闷无比，像是从一个封闭的罐子里发出来的一样。

"取出你们的弓箭，准备用弓箭进行第一轮战斗！"奥格斯格大将军咆哮着，而胯下同样披着铠甲的战马好像要飞起来一样，他手中的黄金圣剑贴着众铠甲骑士的武器，一路横扫而去。

那些铠甲骑士当即将长刀挂回腰间，从背上齐刷刷地取出了弓箭。长长的羽箭被搭在了弓上，而弓被狠地一拉，直接拉到了"满月"。一排的长箭一律以四十五度角朝着天际，气势非凡，看得林雷这个从未上过战场的"牛犊"惊叹不已。

"沙龙就要出来了，大家准备战斗！"奥格斯格大将军大叫，猛地将手中的黄金圣剑竖起来，一身金色的铠甲在阳光下熠熠生辉，灰色的战袍被风吹得老高。

结果他话音刚落，就见前方那一座座雄伟的沙梁猛然间裂开了，不断地塌陷，四根巨大的沙柱猛地冲天而起，足足有三十米之高。

四根巨大的沙柱却又不是真正的沙柱，而是由沙子形成的四条巨龙。这四条巨大的沙龙嘴里咆哮着，舞动着由沙子组成的龙身迅运地朝铠甲骑士们飞来。

"呃……还真的是难得一见！"林雷目瞪口呆地望着那四条巨大的沙龙，整个人瞬间傻掉了，喃喃地说道，"怎么会是沙龙，说的不是沙灵吗？"

"这是光明龙皇的杰作。在那遥远的过去，光明龙皇将这四只沙灵俘获了之后，他觉得它们的样子太过丑陋，硬是将它们变成了龙的模样。"奥格斯格大将军大声回答道。他高举着黄金圣剑，眼睛紧紧地注视着前方四条急飞而来的巨大沙龙，计算着沙龙与铠甲骑们士之间的距离。

那四条巨大沙龙在腾飞之际，卷起了阵阵的狂风，弄得沙尘漫天飞扬。那沙龙的龙嘴一张，竟然铺天盖地地向下压来，龙嘴大得难以想象，足以吞下一座大山。

尤其是那沙龙的眼眸，更是漆黑一片，恐怖无比，那是一种黑到极致了的黑，仿佛直接通到了地狱，只要对上一眼就会将人的灵魂吸进去一般。

"这嘴巴也太大了点吧！"林雷惊得目瞪口呆，一时间愣在了那里。如果不是亲眼看到，绝对无法想象那将对人心理造成一种怎样的震撼。

"放箭！"

奥格斯格大将军的黄金圣剑猛然一挥，铠甲骑士们蓄势待发的长长羽箭便猛地射了出去。一排排羽箭，像蝗虫一样齐齐射出，直射向四只巨大的沙龙。在强大的羽箭攻势下，四条巨大的沙龙明显受到了重创。飞行的速度明显慢下了一些。

林雷远远地看着四条巨大的沙龙，只觉得原本的恐惧渐渐化为一股抑制不住的热血。

这就是战斗，身在战斗之中，即便是懦夫，体内的血液也是会瞬间燃烧起来的。他回头看了看南央，只见她此时也是燃烧着腾腾的战意，紧握着烈焰长枪的指骨都发白了，婀娜多姿的身段上的那套红色铠甲，将她装扮得分外迷人。

"放箭！"

奥格斯格大将军的黄金圣剑又是猛然一挥，一支支长长的羽箭又被铠甲骑士们射了出去。四只沙龙在高空中不停地翻腾着，样子看上去有些痛苦。

数轮羽箭射出去之后，四只沙龙还是冲到了铠甲骑士们的面前。距离这么近，再用弓箭攻击显然已经不适合了。四只沙龙用它们巨大的龙尾一扫，顿时，数十名铠甲骑士被直接扫上了高空。

在这样的远古庞然大物的面前，铠甲骑士们如同蝼蚁一般，不堪一击！

"杀呀，将这四只邪恶的生物赶回到黑暗中去！"奥格斯格大将军大吼一声，手中的黄金圣剑再一次奋力一挥。

"杀呀——"

顿时，上千名铠甲骑士"哗啦"一声抽出腰间的战刀，双腿用力一夹，载着他们的战马便好像流矢一样冲杀了出去了，与四只沙灵厮杀在了一起。

林雷使劲地吞了一下口水，手中的"破天"战刀唰地一扬，高声吼道："瓦尔特，我们的较量，现在可以开始了吗？"

"哈哈，好，今天我至少要干掉一只沙龙！"瓦尔特大笑着，狂态毕露，他双手持着黄天大斧猛地冲向了一只沙龙。

南央和肖成天同时回过头来看了看林雷，两人的眼中都有着一抹关切之色。只见南央嫣然一笑，道："林雷，给我小心点，你要是死了，我饶不了你。"

说着，南央的红色铠甲腾地一下燃烧起来，她婀娜的娇躯爆射而出，直冲向一只沙龙。

"林雷，不要让我失望。"肖成天拍了拍他的肩膀，朝前走去。他的铠甲上猛地浮现出一层冰，四周的空气迅速降温，他高大的身躯腾空而起，直取第三只沙龙。

前三只沙龙都被他们三人占据了，林雷只得冲向第四只沙龙。

他的冲速极快，在密密麻麻的铠甲骑士中化成一道耀眼的青色光芒，刹那间便冲到了第四只沙龙面前。巨大的沙龙在他面前张牙舞爪，身体翻腾不已。

"双重暗影！"

面对这个庞然大物，林雷心中出奇的镇静，他居然毫无惧意。他感觉全身的血液在这一刻被燃烧起来了，胸中战意滔天，身躯刹那间一分为二，出现了两个完全一模一样的林雷。他们双手紧握着"破天"战刀，一前一后，对眼前的沙龙采取了夹攻之势。

两个林雷脚掌同时蹬了一下地面，借着这股力，他们的身躯腾空而起，手中的"破天"战刀狠狠地一劈。两道巨大的青色刀芒长达十丈，璀璨夺目，好像两条巨大的青龙一样气势滔天，一前一后，竟直接将沙龙劈了个对穿。

只是，沙龙根本就是存在于生与死之间的生物，是杀不死的。两个林雷劈出的刀芒将其一分为二后，瞬间，它竟然又合二为一了。

　　沙龙仰头咆哮一声，巨大的龙嘴猛然张开，上颚直达半空中，疯狂地朝前面的那个林雷咬来。这阵势把林雷看得目瞪口呆，他脑子里一片空白，一时间什么都想不起来了，只能傻傻地愣在了那里。

　　眼看着沙龙就要将林雷吞噬进去之际，它突然无法前进了，张着巨大的龙嘴再也咬不进半分。原来后面的那个林雷突然向它打出一只巨大的龙爪印。那龙爪印青芒四射，自高空之中猛地抓下来，十分生猛地将沙龙抓起来，然后死死地拖住了它的尾巴。

　　后方的林雷嘴里发出一声咆哮，操纵着那只青色的龙爪印猛地将沙龙抓起来，悬在了半空中。

　　"快，大家一起上，将这只沙龙击散了！"

　　这当真是个极好的机会，奥格斯格大将军吼叫道，手中的黄金圣剑急急一挥，上百名铠甲骑士当即骑着战马冲了过去。只是这些铠甲骑士尚未靠近沙龙，那沙龙突然发狂，发出一声滔天的咆哮。顿时狂风大作，上百名铠甲骑士被这阵狂风直接狠狠地刮了出去，而沙龙前面的那个林雷也不例外。

　　"奥格斯格大将军，这只沙龙我能应付，不要管我，率领骑士们去助战南央他们三人吧！"从高空落下，林雷持着"破天"蹿向沙龙，真是生猛无比。

　　瞧得他生猛至此，奥格斯格大将军愣了愣神，应了一声"好"之后，便不再犹豫，率领众铠甲骑士迅速地冲向最近的瓦尔特身边。那瓦尔特见状，顿时不满地大叫起来："林雷不需要帮助，我瓦尔特也不需要帮助。奥格斯格大将军，你率领骑士们去帮助南央和肖成天就可以了。"

　　此时他已经展示出了重力空间。他这种重力空间在作战时的确占据着很大的优势。那只沙龙陷在那重力空间中，像深陷淤泥一样动作十分缓慢。瓦尔特高举着黄天大斧，围着那只沙龙不断地斩劈。那巨大的斧芒一眨眼便将沙龙斩成了好几截，也仅是一眨眼的时间，那沙龙又变得完好无损了。

　　而肖成天和南央两人展示出来的，完全是两个极端，一个是"极致冰封"，一个是"苍炎日无极"。

　　肖成天的"极致冰封"一施展出来，前面的那只沙灵立即被冻住了，直挺挺地趴在那里，身上布满了冰霜，任由肖成天的审判之轮将其切成一截一截的。而南央的"苍炎日无极"一展示出来，竟如烈火燎原一般，无尽的烈火熊熊燃烧着，将沙灵团团围住。

相比较起来，林雷的"双重暗影"倒是最不利于这样的战斗了。而他的优势就在于两个林雷是完全独立的——包括思想，这就等同于两个林雷在战斗。而且，随着林雷不断将远古青龙血脉的基因锁打开，其分身的数目也会随之增多，比如当林雷打开第三级基因锁之后，那么他的分身就会变成四个，打开第四级基因锁后，他的分身将可以达到八个。

此时，沙龙后面的林雷狂吼一声，控制着青色龙爪印去抓住沙龙的尾巴，几十米长的沙龙硬是被他猛地提起来，而后狠狠地摔向大地。

"轰"的一声巨响，整个大地都为之猛地一阵颤抖。后方的林雷动作不停，运用龙爪印抓住沙龙一口气连续摔了七八下，直将沙龙摔得七荤八素。巨大的龙躯被龙爪印抓得像挺尸一样。

"恶者当诛！"

前面的林雷乘机大喝一声，持着"破天"战刀宛若流星般激射了过去，眨眼间便冲到了沙龙的面前。整个人高高跃起，单手一把抓住沙龙的一条腿，奋力一翻，整个人一下子站在了沙龙的背脊之上。

他风一般沿着沙龙的背脊冲到沙龙的头顶上，而后抡起"破天"战刀，一刀接着一刀对着沙龙的头颅狂砍。在这一刻，他手中的"破天"战刀就好像一条真的青龙一样，竟然发出一声声龙啸。每狂砍一刀，都是直接将沙龙的头颅击碎，化成漫天的黄沙。

林雷就这样从沙龙的头颅开始一路狂砍下去。沙龙的身子不断被击碎，巨大的沙龙躯体不断地在缩短，三十米、二十米、十五米、十米、五米……

数分钟之后，沙龙彻底消失了，成了一片漫天的黄沙，飘浮在虚空之中，遮天蔽日。

林雷单膝重重地跪在地上，一手用"破天"战刀死死地撑着地面，整个人已经彻底虚脱了。而他身后的那个林雷，则是缓缓地变虚变淡，最后两个林雷融合到了一起。

"林雷这小子竟然将沙龙干掉了！"远处的瓦尔特看到林雷居然已经将沙龙彻底击散了，顿时大叫起来，"我不能输给这小子，绝对不能！"

英雄联盟①苍天冥瞳

说着，他抡起黄天大斧疯狂地砍向沙龙。

数分钟之后，瓦尔特硬是用黄天大斧将沙龙彻底击散了，而肖成天和南央也是几乎在同一时间将沙龙击散。

"林雷，你怎么样，没事吧？"南央在击散沙灵之后，第一时间冲向了林雷。少女红色的铠甲上还燃烧着腾腾的火焰，直到冲到林雷面前的时候，这些火焰才熄灭掉。

"我没事。"林雷从地上站起来，脸色逐渐变得红润，望着眼前同样安然无恙的南央咧嘴笑了笑，"这东西太强大了，不过，我终于还是将它彻底打散了。"林雷挠了挠头，有些不好意思地说，"虽然是第一次陷身于真正的战斗，但是我喜欢这种血液燃烧的感觉。"

"那是当然了，青龙本就是四大远古神兽之首。天生善战之神。"一旁的肖成天拍了拍林雷的肩膀，淡淡地笑道，"若是连战斗都畏惧，那青龙就不是青龙，而是青虫了。"

听他这么一说，林雷顿时尴尬地笑了笑，伸手抓了抓头发，不过他却只抓到一副盔甲。瓦尔特走上前来，微挺的胸膛，眼中透着一丝傲然之色："我击散沙龙的速度虽然比林雷慢了几分钟，但是却和南央、肖成天同时击散的，这说明什么？说明玄武的攻击力在四大远古神兽中，并不是排行最末的。林雷，这次我输你一局，但是你别高兴得太早，我们的较量还没有结束。"

说着，他奋力挥了挥手中的黄天大斧，顿时挥出一阵旋风。

瞧着好胜心如此之重的瓦尔特，肖成天和南央只好无奈地苦笑了一下。林雷倒是无所谓地耸了耸肩，他张了张嘴，正欲说点什么，却见奥格斯格大将军骑着战马朝他们飞奔过来。

"你们四人都没事吧？"奥格斯格大将军来到四人的面前，目光分别在四人的身上打量起来。

"我们都没事，大将军放心。"林雷他们四人齐声说道。

"没事就好。"奥格斯格大将军点了点头，"我们整顿一下，继续出发。沙龙是不死生物，我始终不认为你们四人已经将它们彻底消灭了。这撒哈拉沙漠是不祥之地，我们不宜久留。"

这次与四只沙龙的战斗，算得上是十分的惨烈，一千名铠甲骑士，直接折了三百多，他们主要是被沙龙卷带起来的狂风所击毙的。在这样的远古邪恶的生物面前，人类骑士简直就如同蝼蚁一样，基本上没什么还手之力，幸亏还有林雷他们这四大远古神兽的血脉传承者，否则，铠甲骑士肯定会全军覆灭。

铠甲骑士们本来就是轻装上阵的，基本上没有什么可以整顿的，无非就是点一下伤亡的人数，然后将死亡的铠甲骑士埋葬掉，让他们永远陪伴着撒哈拉沙漠。

在埋葬那些死亡的铠甲骑士的时候，奥格斯格大将军的脸色有些阴沉，他从腰间取出一个酒壶，往脚下倒了一些酒，这才沉声说道："亡者已矣，接下来的征途中，我们还会有人死亡。但是我相信，最后，我们这里一定有人可以到达万恶罗城，战胜苍天冥瞳。我们继续出发！"

他跳上战马，奋力一挥手中的黄金圣剑，指挥着铠甲骑士们继续朝前行去。其实，包括林雷他们四大远古血脉的传承者在内，每个人的心中都有一种不好的预感。这才是远征的第一战，就损失了三百多骑士，这后面的战斗一定还会更加艰难，怎么打？

"大家不要气馁。"见大家的情绪不高，奥格斯格大将军说道，"这一路上，还有别的军队会加入我们队伍，待到经过所罗门的和平圣城之后，我会去周边的一些国家当说客，让他们出军加入我们的远征队伍，所有的一切，我们只要坚持到和平圣城就好了。"

话虽这样说，但林雷的情绪却越发显得低迷。

"害怕了？"看到林雷的样子，南央特意向他走近了些。

"不是，只是……"林雷抿了抿嘴，"没想到牺牲了这么多人。"

虽然在电影或游戏中见过这种千军万马被摧毁的现象，但那毕竟是假的。当面对真正的死亡时，他的小心脏还是震慑了。原本他只觉得杀死那些怪物是理所应当的，可身边的同伴一个一个倒在血泊之中，这才让他骤然觉得生命的无常。

"你说我爸妈会不会也有可能已经不在了？"还没等南央安慰他些什么，林雷像是忽然想起了什么一样紧紧地皱起了眉头。

英雄联盟①
苍天冥瞳

"林雷，我知道你很担心你爸妈的安危。不过，我觉得你现在的处境要比你爸妈危险得多。"南央安慰他，"既然那些人说只有你能救他们，那就说明他们目前还不会有危险。"

"可是我只能这样干等着吗？这样下去根本不是办法。"想到父母，林雷开始着急起来。

"放心，等我们完成这次任务以后，一定能查明真相的。"南央给了林雷一个安慰的眼神。

林雷没有再回话，他怔怔地望着前方，那里，是他的目的地。

三日之后，铠甲骑士走出了撒哈拉沙漠，他们继续北上。然而，正当大家为终于走出了撒哈拉沙漠而松了一口气的时候，只见身后远处的撒哈拉沙漠的上空，那些原本被击散的沙龙，却是好像有生命一样在那里不停地蠕动着，时不时地发出一阵巨大的"沙沙"声。

铠甲骑士不由得停下了脚步，转身张望过去，顿时一个个看得目瞪口呆。奥格斯格大将军骑在战马上，脸色变了又变："糟糕，沙龙果然是不死不灭的生物，只有光明龙皇的力量才能将它们永远囚禁起来。现在，这四只沙龙又要复活了。"

"怕什么？大不了我们再将它们打散一次。"瓦尔特望着远处天际漫天的黄沙扬了扬手中黄天大斧。

"瓦尔特，你不觉得你这是莽夫行为吗？"林雷不屑地撇了撇嘴，说道，"难道我们就一直在这里与沙龙战斗？这可真不是明智的做法。"

瓦尔特被林雷的话噎住了，这两人一直以来都有些"不对路"，尽管他们已经是并肩作战的战友了。瓦尔特当即不满地朝林雷翻了个白眼，吼道："林雷，你这样说我会觉得你是个懦夫！我觉得只要能够将沙龙消灭，即便是留一两个人一直在这里战斗，也是没什么不可以的。"

"是吗？"

林雷眺望远处那漫天且不断蠕动的黄沙："可是我隐隐感觉，这四只沙龙被我们打散之后，似乎越发强大了。咦？不对，它们正在合并成一只！"

"知道他们正在合并成一只，你们还傻愣在这里干吗？快逃啊！四只沙龙合并成一只，我们根本不可能战胜！"奥格斯格大将军突然大声说道，"逃，快！"

　　他一声令下，铠甲骑士们顿时乱成了一团，像发了疯一般向前逃去。林雷、南央、肖成天和瓦尔特这四名远古四大神兽的血脉传承者，也夹杂在人群之中。形势刻不容缓，队伍一路极速北上。单独的一只沙龙已经是极难战胜的了，若是四只沙龙合并在一起，那破坏力绝对不是一加四那么简单。

　　漫天的黄沙蠕动的速度越来越快，一片一片，在那里不停地旋转着，好像被一阵旋风吹着一样。流沙之声铺天盖地，越来越大，最后竟如滔天大浪一般，整个世界都仿佛只剩下了这种声音。

　　随着这四只沙龙的合一，撒哈拉沙漠顿时天昏地暗，如同世界末日来临一般，一股股龙卷风在撒哈拉沙漠上空形成，将无尽的黄沙卷成一根根巨大的沙柱，疯狂地涌向更高的天空。

　　"这景象还真是百年难得一见！"疾奔之中，林雷回头看了看，不禁感叹道。

　　就在他愣神之际，撒哈拉沙漠上空的沙龙已经缓缓形成了。巨大的沙龙，其身躯长达千米，一双漆黑的眼睛好似两个归墟的旋涡，看得人心惊胆战。那巨大的沙龙头直接从高空中探了过来，张着血盆大口，铺天盖地卷沙而来。人类的身躯在它面前就如同蝼蚁一般的渺小。

　　沙龙的速度极快，眨眼间就来到了林雷的面前，无尽的黄沙在巨大的龙嘴里涌动着，眼看就要将林雷吞噬进去。

　　"林雷，你在干啥，你小子不要命了吗？"

　　看见林雷傻愣愣地站在那里，奥格斯格大将军骑着战马风一般地冲了过来，背上的战袍被风吹得笔直。他刹那间就冲到了林雷的面前，将黄金圣剑猛地高高举起。整柄黄金圣剑顿时爆发出万丈的光华，直射苍穹，如同太阳一般璀璨夺目，刺得人睁不开眼睛。

　　"邪恶的沙龙，我们是圣战军，现在，我代表光明龙皇，命令你滚回撒哈拉沙漠的深处！

　　"邪恶的沙龙，我们是圣战军，现在，我代表光明龙皇，命令你滚回撒哈拉沙漠的深处！"

　　奥格斯格大将军的声音震耳欲聋，一声大过一声，如同春雷一般在天

英雄联盟❶
苍天冥瞳

空中回荡。

　　奥格斯格大将军手中的黄金圣剑，似乎真的蕴含着光明龙皇的力量，璀璨的剑芒直接将那庞大的沙灵照穿了。那庞大的沙龙咆哮了几声，龙头竟然缩了回去。

　　"黄金圣剑中光明龙皇的力量已经十分微弱，迷惑不了这只沙龙多久。它很快就会清醒过来，到时候，它会疯狂地追击我们，因为它感觉到了光明镇魔石的存在，它会不顾一切地追来并将光明镇魔石毁掉。大家快跑，只要跑过通天死桥就好了，那里有一个通天走廊，沙龙的身躯太过庞大，无法通过通天走廊。"

　　奥格斯格大将军收回黄金圣剑，一马当先，直往前方飞驰而去，战袍在他身后被吹得呼呼直响，而旗帜也在风中哗哗作响。整支铠甲骑士连成一条线，从高空中俯视仿佛一条游动的长龙，正疯狂地往北边的方向游动，直冲向奥格斯格大将军口中的通天死桥。

第八章　通天死桥

　　耳边是因快速坠落而产生的呼呼的风声，肖成天的脸庞在她的身后迅速变小。那张脸因极度悲伤与愤怒而扭曲着，泪水瞬间就打湿了他的脸颊："南央，你这是在做什么？"

　　南央没有看到这一切，她的双眼直勾勾地盯着下方同样快速坠落的林雷，她身上的烈焰似刀狂舞。

　　那是她的同伴，她绝不允许他这样赴死！

每一个人都紧绷着脸，手中紧握着武器。整个队伍中没有人说话，只有马踏着大地发出的密密麻麻的马蹄声，震得大地都在不住地抖动着。

那庞大的沙龙果然如奥格斯格大将军所说的那样，仅仅沉寂了大约半个小时，便又从撒哈拉沙漠的深处猛蹿了出来，咆哮着直往北方掠去，带起漫天的黄沙。

"快，大家赶紧加快步伐！"奥格斯格大将军看见那庞大的沙龙从遥远的后方迅速地疾驰而来，急忙大声叫道。

只见那庞大的沙龙在空中使劲翻腾着，搅起漫天的黄沙，看上去无比狰狞可怖。铠甲骑士们不敢怠慢，在奥格斯格大将军的带领下，疯狂地朝一片巨大的岩石上冲去。

很快，铠甲骑士们冲到了悬崖边上。林雷定睛一看，只见这悬崖陡峭无比，如同刀削一般直上直下，而且这悬崖居然是人工凿出来的，看上去古朴而又沧桑，充满了岁月变迁的痕迹。这悬崖十分宽阔，仿佛一道天堑，站在这边竟然看不清楚对面，对面被一片云雾遮住了。前方的云雾倒是十分绚丽，晚霞冲天，好像仙境一样，如梦似幻。

在悬崖之间，有一条人工砌成的桥梁，桥身看上去古朴无比，也不知道存在了多少年月了，桥面只有一米多宽，这样的桥面一次只能容纳一个人通过。人工古桥通向前方，一直延伸到前方的那片晚霞之中。

人工桥梁之下，万丈深渊，深不见底，下面缥缥缈缈，令人觉得此刻真是生死一线。毫无疑问，这里就是奥格斯格大将军口中说的通天死桥了。

铠甲骑士们冲到这里，奥格斯格大将军没有犹豫，当即指挥他们过桥。一个个铠甲战士催动胯下的战马急速过桥，一个接着一个，像蚂蚁牵线一样冲上了通天死桥。

这个时候，身后那巨大的沙龙已经追赶过来了，它那庞大的身躯正疯狂地舞动着。而漫天的黄沙也瞬间蜂拥而至，好像波涛一样一浪接着一浪，看得人心惊胆战。

正值千钧一发之际，奥格斯格大将军果断地说道："林雷、南央、肖成天、瓦尔特，我们五人断后。等骑士们都上桥了我们再上。身为大将军，我有义务将伤亡降到最低。"

五人紧守着桥头，手中紧握着各自的武器。他们看着远处那疾速飞驰而来的庞大沙龙，神色都紧张无比，握着武器的手心上都冒出了一层层汗。因为那沙龙实在太过庞大了，远远地看去，如同一座沙岭一般朝这里移来。

"这天地间，怎么会存在这么庞大的邪恶生物？"瓦尔特紧抓着黄天大斧，说道，"我的重力空间根本不可能有这么大的范围。"

"你刚才不是说留下来与沙龙作战吗？"林雷撇了撇嘴，"你现在留下来试试看。我保证，你在沙龙的面前坚持不了十分钟，就会被它彻底撕碎。"

"林雷，你说这话是什么意思？我坚持不了十分钟，那你坚持十分钟给我看看。"瓦尔特当即不满地叫起来。看到这两个冤家，南央和肖成天都无奈地摇了摇头，而奥格斯格大将军更是无奈地叹了口气。

铠甲骑士们无疑是训练极为有素的，他们一会儿便全都上了通天死桥。奥格斯格大将军终于舒了口气，与林雷他们相继冲上通天死桥，极速向前方奔驰。

沙龙的速度极快，仅仅一会儿，便冲到了通天死桥前，而那无比庞大的身躯竟然没有丝毫的犹豫，也跟着他们迅速地冲上了通天死桥。

沙龙那庞大的身躯一冲上来，整座通天死桥便跟着一阵晃荡，根本承受不住。林雷回头看了一眼，只见沙龙那庞大的身躯不断地翻腾着，来速极快，眨眼之间就蹿出了数十米。

"林雷，快！"

南央也是看到了后面那疾速而来的沙龙，她抓起林雷的手极速地向前跑去。在这一刻，她身上的红色铠甲再次燃烧起来，红色的火焰"哧哧"作响，而她脚下的步子，刹那间快了不止一倍。

然而，正在快速行进的南央突然觉得手上一轻。

她心里大骇，急忙回过头去，却见林雷整个人被沙龙的龙须卷住了。原来林雷已经放开了她的手，整个人正被沙龙极速地往后拖去，见南央转过头来，他朝她大喊："南央，不要管我，快走！"

"没看出来这小子居然这么大义凛然。"由静饶有兴趣地看着被沙龙拖去的林雷，睨了一眼身边的东门燕，"你还不出手？他要是真挂了，Boss可不开心哦。"

但东门燕却只是一动不动地隐在暗处，丝毫没有出手的意思。

"我就说嘛，你这么冷血，Boss是不是吃错药了才派你来执行这次任务啊。还拖上我，我的命怎么这么苦哇。"由静虽然唉声叹气，却丝毫没有着急的意思。她将目光移向林雷，大有准备看好戏的意思。

其实，她也不知道Boss当初怎么会派她来执行这次任务。但是她知道，Boss的意思是，林雷不能受到任何的伤害。

但现在，她却无动于衷。

四合一的沙龙，果然强大得不可思议，人类的战士根本就不可能战胜它。至少目前只打开了第二级远古神兽青龙的血脉传承基因锁的林雷，是无法将其战胜的。

林雷背着光明镇魔石。毫无疑问，沙龙这是感受到了光明镇魔石，欲将它摧毁。这一刻林雷只感觉沙龙龙须上的力量巨大无比，像钢丝一样紧紧勒着自己的腰，几乎要将自己的腰都勒断了。这令他瞬间就感觉到了死亡的威胁。

"林雷！"南央大叫一声，脚下生风，不顾一切地冲向林雷。

她这一叫喊，奥格斯格大将军、肖成天、瓦尔特三个人也都回过神来了。他们回头才看见林雷正被沙龙极速带离，这三人瞬间便双目怒睁，咆哮着冲向林雷。肖成天手中的审判之轮迅速一甩，在空中划出一道耀眼的光芒。审判之轮呼啦啦地旋转着，它围着沙龙就是一顿猛削。只是那沙龙太过庞大了，这样的攻击根本无法对它造成多大的伤害。

"重力空间！"

"极致冰封！"

"苍炎日无极！"

南央、肖成天和瓦尔特，他们三人同时施展出了自己的法则，无尽的重力空间、冰天雪地的世界、燎原般的滔天火焰，皆同时加了在沙龙的身上。

不过，沙龙所受到的影响却依旧不大。奥格斯格大将军手中的黄金圣剑，在这一刻也一下子暴涨到十多丈长，无尽的豪光冲天而起，直射云霄，仿佛它是这天地间的唯一。

奥格斯格大将军双手握着盖世黄金圣剑，奋力一劈，势如力劈华山，那巨大的剑芒便如同排山倒海一般，直往沙灵奔涌而去。

然而，在庞大的沙龙面前，人类战士发出的一切攻击都是徒劳的。那两根钢丝一般的龙须依旧紧紧勒着林雷，不停地往后退去，仅仅是一眨眼的工夫，便退出了十多米远。

"就要这样死了吗？我还没有完成任务，还没有找到我的爸妈！"

林雷感觉自己快要死了，脑袋有些犯晕，迷迷糊糊的，腰上传来的剧痛令他几乎要晕厥过去。他想不明白，这该死的沙龙仅仅是黄沙形成的而已，竟然可以发出如此不可思议的力量。

他感觉自己的眼皮变得沉重无比，巨大的死亡已经紧紧地扼住了他的心脏，生命在他的体内快速地流逝着。他甩了甩发昏的头，努力睁开沉重的眼皮，他看见自己的同伴正在不顾一切地朝沙龙追杀过来。

南央在通天死桥上亡命地奔跑着，红色的铠甲燃烧着熊熊的烈火，手中疯狂地舞动着烈焰长枪。一道道枪的光芒交织成了一张网，朝沙龙狠狠地攻击下去。但她的眼眸却盯着林雷，始终不曾移开半分，生怕一眨眼林雷就会被沙龙直接灭杀，让她从此再也看不见这双眼睛一样。

他们就这样对望着，一人在通天死桥上狂奔，一人被沙龙带着迅速往后退去。

突然，南央止住了脚步，瞳仁迅速放大，因为她看见一个红色的包裹，突然射向了自己，那是光明镇魔石。原来是林雷将它从背上取下来，然后奋力将其抛向了南央。南央二话不说，抬手就将林雷抛来的光明镇魔石紧紧地抓在了手中。

她手里抓着光明镇魔石正在愣神之际，却见那被沙龙龙须紧紧勒住腰身的林雷，突然间又分出了一个林雷。而那个林雷霎时降落到了地面上，然后，高高举起了手中的"破天"战刀。

在这一刻，林雷手中的"破天"战刀青色光芒大放，散发出了万丈的光华。那光华在高天之上形成了一条巨大的青龙虚影，口中发出了一声滔天的龙啸，好像一条真龙一样。

林雷举起"破天"战刀，狠狠地劈在了通天死桥上，整座通天死桥顿时晃动起来，摇摇欲倒。

英雄联盟 ❶ 苍天冥瞳

"南央，带着光明镇魔石快走！"林雷抬起头来，说话间，又举起"破天"战刀，狠狠一刀斩在了通天死桥上。

到了这个时候，南央终于明白了林雷的意图，他这是想斩断通天死桥，斩断他自己和沙龙的去路，让南央带着光明镇魔石前往万恶罗城，他要在这里与沙龙决一死战。

"林雷，你在做什么？"南央惊呼一声，愤然地紧握着手的长枪。

不仅南央明白了林雷的意图，奥格斯格大将军、肖成天和瓦尔特三人也明白过来了。他们皆双目睁得眦裂，疯狂地朝林雷大叫着："林雷，你不要乱来！"

那庞大的沙龙也明白了林雷的意图，仰头发出一声滔天的龙啸，直往下方通天死桥上的林雷咬来。无尽的沙流，在那巨大的龙嘴中不断地涌动着，形成一个巨大的沙流旋涡。人一旦被其咬入，必是粉身碎骨。

感受到身后沙龙的嘴中刮出来的狂风，林雷回头一看，顿时吃了一惊。只见那阴森可怖的巨大龙嘴已经离自己不超过五米远，下一个瞬间，就会将自己直接吞噬进去。无尽的沙流，在林雷的面前不断地涌动着，哗啦啦的如同滔天大浪一般震耳欲聋。

望着眼前疯狂涌动的沙流，林雷的脑子里一片空白，一时间什么都想不起来了，他只是本能地将体内的青龙血脉催动起来。他双脚狠狠一蹬，整个人刹那间爆射而出，同时举起手中的"破天"战刀狠狠往下一劈。一道巨大的青色刀芒，直接化成了一条青龙，咆哮一声，直接没入沙龙的大嘴之中，那庞大的沙龙嘴一下子消散开来。

太惊险了！

远处那快速冲来的南央、肖成天、瓦尔特以及奥格斯格大将军都看得心惊胆战。此刻他们都停下了脚步，惊愕地站在了那里，真是命悬一线，林雷差点就被沙龙吞噬进去了。

而林雷自己也惊出了一身冷汗，只觉得背脊一凉。他抬起手，狠狠地在脸上擦了一把汗，长吐出一口气。

然而，他这口气尚未吐完，那被击散的龙嘴霎时又凝聚起来，继续冲了过来。不过这一次，它却没有再冲向林雷，而是猛冲向了前方的南央。上千丈的龙躯在通天死桥上伸得笔直，一下就探到了南央的面前。

很显然，沙龙的目标是光明镇魔石。刚才林雷将光明镇魔石交到了南央的手中，它舍弃了林雷，要不顾一切去杀死南央，摧毁光明镇魔石。

而此时的南央在那龙之威严下，整个人竟然呆住了，一时间忘记了逃跑。

"啊，南央！"后方的林雷看得肝胆俱裂，他手掌猛然一拍，陡然见一只巨大的青龙爪印脱手而出，一下子紧紧抓住了沙龙的尾巴。

林雷嘴里狂吼不止，两眼放射出野兽一般的光芒，也不知道从哪里来的力气，他一把死死将沙龙拽住了。那沙龙的龙嘴距离南央相差了一米不到，却停在原地，前行不了半分。

林雷竟然以一己之力硬是拽住了沙龙，太生猛了！

所有人都看得目瞪口呆，而林雷自己此时更是痛苦到了极点。他感觉自己的手臂都要被沙龙活生生地扯出去，胸口仿佛要被直接撕裂开来，痛得他几乎要窒息，但是他不能放手。他知道，只要他一放手，南央瞬间就会死无葬身之地，而光明镇魔石，也会跟着一起被沙龙摧毁。

眼看着南央背着的光明镇魔石就在眼前，但却无法触及，沙龙彻底被激怒了，巨大的沙龙身躯疯狂地甩动着，欲甩脱林雷的青龙巨爪印。它这一甩动，那原本紧紧勒着另一个林雷的龙须也松了开来，那个林雷被直接摔上了高天，又像断了线的风筝一样直直地掉落下来。

然而在这一刻，那直直往下坠落的林雷的脸上却突然浮出一抹淡淡的笑意，他知道，这是他绝佳的攻击机会。

快速坠落中，林雷望向那仍旧立在通天死桥上发怵的南央，南央身上的红色铠甲依旧腾腾地燃烧着火焰，将她的脸庞映照得清晰无比。

林雷双手高高举起了"破天"战刀，借着下坠之势狠狠地斩向通天死桥，大声喝道："邪恶的生物，想毁掉光明镇魔石，门都没有！"

青色光芒大放的"破天"战刀，就在南央和沙龙大嘴的中间猛地斩了下去。

这一刀林雷用尽了全力，只听得一声震天巨响，整座通天死桥就在南央的脚边一下子断裂开来，后面很长的一截，都被巨大的力量震得直接崩碎了。此刻沙龙以及两个林雷，齐齐地直接坠向了下方的黑暗深渊。

南央呆呆地立在那里，眼前闪过的最后一幕，是林雷的脸庞像流星一样在她的视线中划过，恍惚间，她看到那张脸庞上有着一丝释然的淡淡笑意。

"林雷！"南央回过神来，撕心裂肺般悲呼一声，她低头看见下方的两个林雷合而为一，直往黑暗深渊坠落而去。

在林雷的下方，庞大的沙龙不甘地嘶吼着，狂啸着。巨大的龙嘴不停地探上来，想要将林雷咬住，但是始终差了那么一点。

"林雷，你个混蛋，你疯了！是谁允许你毁桥的！"南央紧皱着眉头，胸腔内忽然涌起一阵绞痛。林雷居然坠进了黑暗深渊。而下一秒，几乎是毫不犹豫的，南央一跃而下，直朝林雷扑去。

"烈焰丛生！"她落下的同时，身上的火焰骤然怒放！

"南央！"身后传来一声惊呼。肖成天像发了疯似的冲了过来，手臂闪电般探出，欲一把将南央抓住，然而还是迟了一步，肖成天的手掌只是触到了南央铠甲上的一线火焰，那火焰烧得他的手掌剧痛不已。

南央的身躯"唰"地擦着他的手掌，同林雷一般，直往黑暗深渊坠落而去。

耳边是因快速坠落而产生的呼呼的风声，肖成天的脸庞在她的身后迅速变小。那张脸因极度悲伤与愤怒而扭曲着，泪水瞬间就打湿了他的脸颊："南央，你这是在做什么？"

南央没有看到这一切，她的双眼直勾勾地盯着下方同样快速坠落的林雷，她身上的烈焰似刀狂舞。

那是她的同伴，她绝不允许他这样赴死！

然而，眼看着他们就要坠落黑暗深渊，生死难测，一去无返的时候，他们却同时感到整个人僵硬如石，静止在了空中！下一秒，一股冰冷将他们全身包裹起来。两个人咫尺天涯，一动不动。

只见四周的空间，皆被冻成了一根巨大的冰柱！

通天死桥上的肖成天狂吼着，疯狂地催动着体内的白虎血脉，无尽的寒气从他的两条手臂猛泄而出，将通天死桥下方冻出了一根巨大的冰柱，足足有数百米长，凭空吊在那里。极致冰封这道法则，被他运用到了极致，将极速坠落的林雷和南央直接冻在了那里，让他们再也坠落不下半分。

"瓦尔特，你愣着干吗？快下去救我表妹和林雷，我坚持不了多久！"

肖成天冲着一旁发愣的瓦尔特咆哮，连嘴巴上都吼出了冰渣子。瓦尔特回过神来，嘴里大叫一声："肖成天，看来我以后要对你另眼相看了！"

说着，他便举起黄天大斧，猛地斩进那巨大的冰柱之中，而后双手紧抓着黄天大斧，整个人沿着巨大的冰柱滑了下去。

瓦尔特很快来到了林雷和南央被冻住的位置，他手持黄天大斧不停地砍向坚硬的冰柱，并喊道："林雷，南央，你们撑住！"

片刻之后，冰柱上终于沙沙作响，冰柱出现了一条条的裂痕。

通天死桥上的人都眼睛一眨不眨地看着下方，心都提到了嗓子眼上，一时间连呼吸都忘记了。这一幕实在太出乎人的预料了。肖成天为了救南央，竟然直接将空间冻结成了一根冰柱，从他的脚下一直延伸了下去。只是这根巨大的冰柱并不牢固，随着瓦尔特的猛砸而晃荡不已，摇摇欲坠，惊险至极。

而这个时候的肖成天，脸上已经出现了一条条血丝，整个人在不断地往外冒着白气，他已经撑到了极限。

任何一道法则，在施展出来的时候都要耗费巨大的精神力量，而肖成天这样直接冻结出一个如此巨大的冰柱，其耗费的精神力量是难以想象的，他支撑不了多久了。

"瓦尔特，快！"感觉到自己已经到了极限，肖成天冲着瓦尔特咆哮。

瓦尔特抬头看了一眼，见肖成天的脸庞上已经布满了血丝，知道他已经到了强弩之末，马上就要崩溃了。到了这个时候，他什么都不顾了，脚用力在冰柱上一蹬，整个人借助这股力量弹射而起，同时黄天大斧被他从冰柱上猛抽起来，而后再一次狠狠地劈向冰柱。

"轰"一声巨响，巨大的冰柱猛地炸了开来，而瓦尔特整个人因为失去了支撑点，那庞大的身躯，如同大鹰一般直往黑暗深渊坠落而下。

"林雷，看来我们的较量是没办法继续了。"瓦尔特惨然一笑，却只能心有不甘任由自己不停地下坠。

这个时候，上面却是突然探下来一只手，一把抓住他的手掌："瓦尔特，你想就这样死吗？门都没有，我们的较量还没有结束呢！"

瓦尔特定神一看，却见从冰柱中解脱出来的林雷脖子上吊着南央，一只手使劲将他抓住，对他温暖地一笑。而后，林雷另一只手猛然一拍，一只青色的龙爪印逆天而上，牢牢抓住了通天死桥的桥身，整个桥身都为之猛地一抖。他刚一抓住，整根巨大的冰柱便"轰"的一声彻底坍塌了下去，化成了漫天的碎冰稀里哗啦地掉入黑暗深渊。

通天死桥上，肖成天整个人彻底虚脱了，脚下一软，跌坐于地，大口喘气。

林雷嘴里大吼一声，操纵着青色龙爪印奋力一拉，手里抓住瓦尔特，脖子上吊着南央，整个人借着这股力量，猛地冲天而起，稳稳地落在了通天死桥上。

包括奥格斯格大将军在内，通天死桥上的所有人都长长地吐出一口气，有些难以置信地眨了眨眼睛。这本是一个必死的局面，现在他们却硬是脱离了黑暗深渊。

"林雷，你知不知道你这种自私的行为不但没有救我们，反而还差点害死了大家！"虽然几乎算是死而复生，但南央不但没有重获新生的愉悦，还厉声训斥着林雷，"拜托下次不要这么随意自杀行吗！"

但经历了刚刚那场浩劫之后的林雷却只是嘴角轻撇一笑，他知道，经历此次以后，他们俨然成了真正生死与共的伙伴！

"林雷，刚刚吓死人了啊！我还心想，我不能这么年纪轻轻的就挂了，这也太可惜了！"瓦尔特给了林雷一拳。

"大家都没事就好。"年纪最大的肖成天逐渐恢复力气以后，站起来对大家摆了摆手。

"大家不要再在这里耽搁时间了。这座通天死桥已经存在了无尽的岁月，早已经没有牢固可言。经我们这么一折腾，它已经彻底松动了，很快就会完全坍塌掉，我们快走！"奥格斯格大将军挥动着黄金圣剑说道，"快，快走！"

铠甲骑士们不再犹豫，当即踩着狭窄的通天死桥牵成一条线，脚步声震得通天死桥抖动不已。事实证明，奥格斯格大将军的话是正确的。他们刚行走没多久，通天死桥就开始龟裂了，蜘蛛网一样裂开了，接着便从林雷用"破天"战刀斩断的那里开始，一段一段地坍塌了下去。

断后的林雷、肖成天、南央、瓦尔特四人也对身后的情形感到异常不安。桥身的断裂如催命鬼一般如影随形。他们脚下就好像踩着朽木一样，每踩一脚，身后的一段桥身就会坍塌，发出巨大的坍塌之声。

跑在最后的林雷回头望了一眼，顿时吓得目瞪口呆，后面的通天死桥已经彻底消失了，无尽的沙石坠向黑暗深渊，那情景简直如同世界末日一般，难以用语言来形容。

"林雷，快走！"

前方的南央一声惊呼，令惊愕中的林雷回过神来。他拉住南央正欲往前冲，而他们前面的桥身却突然一下子坍塌了下去，大块大块的土石直往黑暗深渊坠去。前面已经冲到悬崖上的众人回头一看，顿时傻眼了，惊愕地看着他们两人。

一段孤独的桥身，直直地矗立在半空中，在他们脚下不住地摇晃着，眼看就要掉入黑暗深渊。瞧得这样的情景，对面的肖成天他们顿时心惊胆战。

"怎么会这样？"林雷咽了咽口水，死死抓住南央的手努力让身子保持平衡。这个时候，南央倒是平静了下来，望着林雷苦涩地笑了笑："林雷，难道今天我们真的要葬身在这里了吗？"

他们脚下孤独的桥身距离对岸悬崖足足有几十米远。他们不是飞来飞去的超人，这样的距离，他们根本不可能跃得过去。

林雷又不是真正的盖世豪侠，他只是一个连对喜欢的女生都不敢表白的怂包啊！原本他就是被南央忽悠来到这个所谓的真实世界的，现在被她这么沮丧的心情一带，林雷只觉得他这次玩大发了！

为了不在女生面前再怂下去，林雷虽然背脊发冷心里发慌，还是努力对南央挤出一个安慰的微笑。

林雷从来没有哪一刻像现在这样这么需要缩小版的林雷——可以肆意进入他的梦境随意读懂龙文的缩小版的林雷可以解决现在他们的困境。可是关键时刻，缩小版的林雷根本就不见踪影啊！

林雷努力让自己镇定起来，但是脚下摇摇欲坠随时都可能粉身碎骨的现实让他完全怂了下来。也是因为紧张，下一秒，当脚下的半截桥身一个剧烈晃动时，林雷和南央完全被惯性甩了出去！

"林雷！南央！"对面悬崖边上的肖成天紧张不安地惊呼。但是肖成天和瓦尔特刚刚已经因为救他们受了不小的伤，一时间根本没能力出手相救！

英雄联盟❶苍天冥瞳

看着自己的同伴身陷险境却又无能为力，他们皆是焦急万分。

林雷在被甩出去的那一刻倒是没有太大的恐慌，让他恐慌的却是突然出现在他面前的人！

因为出现在他面前的人是此时应该待在光明学院陪那只会说话的猫缨玩耍的东门燕教授！

"教……教授？！你怎么会在这里？"但是他的疑问还没有得到解答就两眼一黑，昏了过去。

"他看到你了，你是故意让他看到你的吧？"由静不可思议地看着她，"你可从来没有犯过这么低级的失误！"

"刚刚他的那一段记忆已经被消除了。"在东门燕声音冰冷地说话的同时，林雷已经醒来。如果仔细观察，你就会发现醒来的林雷不但目光呆滞，而且根本认不出来抱着他的东门燕教授。

"反正我一直觉得你这次执行任务从开始就怪怪的！"由静同样抱着恍然如梦的南央不满地对东门燕教授说，"刚刚他们身陷深渊时你不出来，这么一点小危险你又控制不住了。很诡异哦。"

"你没发现这次他的眼神和上次有所不同吗？"东门燕平静地看着面前的林雷，"上次他一往无前毫无畏惧，但是这一次……他害怕了。"

"知道自己快死了，不害怕的是你这种怪胎吧！"由静不屑地看着她。

"其实他如果在第一次遇到危险的时候就害怕了，我才不会大惊小怪。但是在他第二次遇到危险的时候害怕……"东门燕教授意味深长地看着林雷，"就很危险了。"

"总之这次真是苦差事啊！回去一定要向Boss要求加奖金！"

"你们看，他们又上来了！"

就在由静的话音刚落时，就听到原本在岸边正悲痛欲绝不知所措的人群中忽然响起一个响亮的声音。

众人闻声抬头，然后都不可思议地看着眼前的情形。他们当然感觉不可思议。因为就在刚刚，他们才刚看到林雷和南央双双被震至黑暗深渊，而现在，林雷正抱着南央，脚下生风，直冲而上。林雷的眼中流露出一股淡定从容的眼神，颇具大将之风！

只见林雷落到那块依旧摇摇欲坠的桥身上，这时奇迹出现了，晃动不止的桥身骤然静了下来。林雷紧紧拉住南央的手，试着一点一点朝前移去。

随着两人缓缓往前动，脚下的那段断桥也跟着缓缓前倾，一点一点靠向前面的悬崖。

望着那缓缓靠下来的断桥，悬崖边上的肖成天和瓦尔特大气都不敢出一下，眼睛一眨不眨，都捏着一把冷汗。

断桥上，林雷紧紧抓住南央的手，两人现在站在了断桥身的前端，随着断桥的不断前倾，他们缓缓地靠向对面的悬崖边上。悬崖边上的众人眼睛一眨也不眨地看着他们。这个场面当真是惊险到了极点，只要断桥猛然一碎裂，他们两人必将死无葬身之地。

随着"轰"的一声巨响，断桥终于缓缓地靠在了悬崖边上。肖成天急忙迎上去："恭喜你们大难不死。"

瓦尔特却什么都没有说，走上前来就是一拳，这一拳狠狠地打在了林雷的胸口上。

这一拳使林雷和南央如大梦初醒般深深地呼了一口气："吓死我们了，我们没事了！"

而此时，依旧隐在断桥身下的由静朝身边的人吐了吐舌头："希望我们保护的对象能尽快强大起来，不要再这么怂了啊！"

东门燕教授悬在半空中，不说一句话。

"这次是给他加分还是扣分呢？"由静跟个话痨似的，她似乎早已习惯东门燕的秉性，自顾自地说，"虽然他差点挂了，但从以前的情况来看，表现还是不错的。初上战场居然没有吓得尿裤子，还表现得挺英勇。"

"扣分。"东门燕冷冷地说，"虽然之前表现得不错，可是他到底还是害怕了。"

对于这个结果，由静只说了两个字："同情。"

"要是最终没达到Boss定下来的分数，他以后的路，恐怕更惨啊。"望着上面脱离危险的林雷，由静同情地说。

"奇怪，刚刚我们明明被甩了出去，是怎么上来的？"林雷疑惑地看了看断桥身，皱了皱眉，"难道是缩小版的林雷救了我？"

　　但他的疑问还没有得到解答，就听到奥格斯格大将军冲了过来："你们没事就好。大家继续赶路，前面就是通天走廊，经过通天走廊，就是所罗门的圣教殿，等过了圣教殿之后，我会与你们分开，前往周边的一些国家做说客，游说他们的国王派出军队随我们一起征战万恶罗城。"

　　结果他话音刚落，便听得一阵诵念咒语的声音从遥远的北方传来。那咒语拗口极了，十分艰涩难懂，而且给人一种极为不舒服的感觉。

　　听到这阵诵念咒语的声音，奥格斯格大将军高大的身躯猛地一震，手上一扯马缰，停了下来，开始仔细聆听。

　　那诵念咒语的声音听起来深沉而又含糊不清，却有着无与伦比的穿透力，仿佛来源于太古时期，穿越了无尽的时空，传至此处。诵念咒语的声音越来越大，最后竟如洪钟一般，弥漫了整个天际。

　　包括林雷他们四大远古神兽的传承者在内，场上所有的人心中都困惑极了。大家都狐疑地望向奥格斯格大将军，同时，他们心里又有一种不好的预感，这诵念咒语的声音出现，让人觉得太突兀、太奇怪了。

　　奥格斯格大将军聆听了一会儿，脸色渐渐变得分外阴沉，如同乌云一般。只听他沉声说道："不好，这诵念咒语的声音是来自遥远的万恶罗城！"

　　"来自遥远的万恶罗城？"众人吃了一惊，不由得朝遥远的万恶罗城方向看去。这个时候的万恶罗城上空，无尽的魔云在疯狂地涌动着，正无声地朝南方的天空奔腾而来。生机在这一刻似乎抽离了这个世界，而无尽的死气在周围的空气里不断蔓延。

　　无尽的魔云之中，那只巨大的苍天冥瞳在这一刻已经腾腾燃烧着地狱烈火，而且明显充满了一股邪恶的力量，看得久了，仿佛连人的灵魂都会被吸进去。

　　"没错。"

　　奥格斯格大将军点了点头，脸色十分不好看："沙灵坠入黑暗深渊，万恶罗城的黑暗魔族已经感应到了，他们已经感受到了人类带给他们的威胁。这是黑暗大祭司摩西在念诵古老的黑暗咒语，他在唤醒无尽岁月前苍天冥主散落在人间的邪恶力量，他要阻止我们前去万恶罗城的步伐。我们这次远征，只怕当真是极度凶险了。"

"奥格斯格大将军，那我们现在该怎么办？"林雷双目如炬。

"前进，全速前进，只要冲过了所罗门的圣教殿，我们就不怕他们了。"奥格斯格大将军手中的黄金圣剑一挥，胯下用力一夹战马，一马当先地冲了出去。

形势看起来似乎越来越严峻了，铠甲骑士们没有丝毫犹豫，当即往万恶罗城急速前进。没过多久，铠甲骑士们便进入一条古老的通道。这条通道不宽，宽度只有十米左右，刚好可以容纳八个人骑着战马并排飞驰而过。

毫无疑问，这里就是奥格斯格大将军说的通天走廊了。整条走廊用无数的砖头砌成，这些砖头看上去无比古老，但却砌得非常整齐，几乎没有一丝凹凸不平的地方。令人叹为观止的是，墙上镶嵌着一排排油灯，将整条走廊照得亮如白昼。很显然，这些灯火已经在这里亮了无尽的岁月，是传说中的长明灯。

奥格斯格大将军率领骑军冲进这条通天走廊，林雷、肖成天、南央、瓦尔特这四位远古神兽的血脉传承者断后。铠甲骑士们冲入通天走廊，然后沿着走廊一路前进。渐渐地，林雷的心中升起了一种奇怪的感觉，他隐隐觉得有些不对劲，到底是哪里不对劲，他一时间又无法说清楚。

"真是好奇怪的感觉，太奇怪了啊，到底是哪里出了问题呢？"林雷紧蹙着眉头，手中紧紧握着"破天"战刀。

"林雷，你怎么了？"身边的南央感受到了林雷的异样，忍不住问道。而肖成天和瓦尔特，也疑惑地望向了林雷。

"我不知道。"林雷茫然地摇了摇头，"我只是有种奇怪的感觉。我们已经彻底困死在这条通天走廊中了，也许永远都无法走出去了。"

"什么？"听他这么一说，南央、瓦尔特和肖成天三人顿时惊愕地张了张嘴，一时间愣在那里面面相觑。

南央眨了眨眼睛："林雷，你可不要吓唬我们。"

"我没有吓唬你们，这种感觉我也说不清，但是真真切切。"林雷肯定地说道。旋即，他朝前方大叫起来，"奥格斯格大将军，我们进入这通天走廊多久了？"

"四个小时左右。"前方的奥格斯格大将军随意地回答了一句，可他高大的身躯在战马上猛地一怔，"是啊，我们已经整整走了四个小时了，可是为什么我们还在这通天走廊中呢？我记得，通天走廊只有三十里左右，按照我们行军的速度，应该早走出去了才对的。"

奥格斯格大将军蹙起了眉头，疑惑地看了看四周，却听见两边墙壁上的长明灯时不时地发出一阵阵呜呜的声响，听得人毛骨悚然，头皮发麻。而且那火苗突然一下子冲出了一尺多高，好像鬼魅一样在那里不断地扭曲着。

"该死的。"望着两边突然变得诡异的一排排长明灯，奥格斯格大将军忍不住狠狠地骂了一句，脸色变得阴沉无比，"这些长明灯被万恶罗城的黑暗大祭司摩西附上了邪恶的力量。现在，它们不但成了苍天冥瞳的眼线，而且已经将我们困在这里了。若是这样走的话，我们将永远在这里打转，再也走不出去。"

听他这么一说，众人顿时吓得脸色煞白，都停下了脚步，愣在了那里。这种局面简直糟糕透顶，真不敢想象这将会有多恐怖。

奥格斯格大将军勒住马缰，重重地吐了一口气，说道："苍天冥瞳，是苍天冥主的眼睛，这是一双极度邪恶的眼睛。它的力量已经附在了这些长明灯上，这些力量就是眼睛的力量。而不论任何生物的眼睛，通常都会有微弱的磁场，这就是当一个人从背后注视另一个人的时候，那个人有时候可以感应到的原因。我的意思是，这些长明灯通过我们的眼睛已经感受到了我们的存在，现在，我们唯一的办法就是闭上眼睛，让这些长明灯无法感受到我们。这样，也许我们可以顺利地通过这条通天走廊。现在，大家都将眼睛闭上。战马的眼睛，也要用布条蒙上。"

铠甲骑士们没有犹豫，当即纷纷跳下战马，从自己的战袍上扯下一片布条，将战马的眼睛蒙上。结果这些战马的眼睛一被蒙上，顿时慌乱起来，它们四处乱窜。一时间，一匹匹战马嘶叫着、狂奔着，整条通天走廊乱成了一团。有不少铠甲骑士直接被战马撞翻在地。

"稳住，都给我稳住！"奥格斯格大将军大声叫道，"大家不要再上战马，就这样死死抓住马缰，摸着前一匹战马的马尾向前走。不论发生任何情况，都绝对不可以睁开眼睛。"

铠甲骑士们费了九牛二虎之力，终于将慌乱的战马制止住了。大家按照奥格斯格大将军的吩咐，又从战袍上撕下一片布条，将各自的眼睛也蒙上。然后他们一手牵住马缰，一手摸着前面一匹战马的马尾，就这样牵成一条线，摸索着朝通天走廊的出口走去。

说来也是奇怪，随着铠甲骑士将自己和战马的眼睛蒙上后，两边墙壁上的长明灯那一尺多高的火苗竟然慢慢地缩了回去，逐渐恢复了正常。

林雷、南央、肖成天和瓦尔特他们四人没有战马，四人分别互相摸着肩膀，随着铠甲骑士们一点一点向前走去。然而他们尚未走出多远，一阵微弱的"沙沙"之声便从身后传了过来。走在最后的林雷心中一阵疑惑，边摸着前面肖成天的肩膀朝前走，边凝神聆听。他聆听了一会儿后惊愕不已："沙龙，是沙龙，它从黑暗深渊中冲上来了。"

南央、肖成天和瓦尔特三人也愣住，都不由得凝神聆听起来。听到声音，三人的脸色顿时唰的就变得惨白。肖成天叫道："对，昊然是沙龙，它追过来了。奥格斯格大将军，你不是说沙龙无法通过通天走廊的吗，它怎么已经追进来了？"

他这一叫喊，刚刚安静下来的铠甲骑士们，一下子又骚动起来。奥格斯格大将军大声叫道："沙龙无法通过通天走廊，大家听到的一切声音都是幻觉，仅仅是幻觉。你们听清楚了吗？不要慌乱，给我将战马都稳住了。"

就在他说话之际，后方的"沙沙"之声却越来越大了，很快，变得铺天盖地，震耳欲聋。

铠甲骑士们虽然蒙着眼睛，牵着战马，在通天走廊里摸索着前进，但是耳朵里却听到了铺天盖地的"沙沙"之声，他们哪里还能保持冷静，一下子又乱成了一团。尤其是那些战马，哪里听得懂奥格斯格大将军的叫喊声，它们在通天走廊中疯狂地蹿起来，抓都抓不住。

"这是幻觉，大家一定要管住自己的战马！"奥格斯格大将军咆哮着，奋力勒住自己的那匹战马。那战马被他勒得鼻子都出血了，终于还是逐渐归于了安静。

然而其他的铠甲骑士却不行了，有不少人已经被战马拖翻在地，被战马拖着疯狂地朝前奔去。他们的手掌被马缰磨得一片血肉模糊，虽然手掌给他们带来了钻心的剧痛，但是他们咬紧牙关忍着，死死抓住马缰，任由战马如同发了疯一般将他们朝前拖去。

这种情景实在是太惨烈了。照此下去，即便不遇到黑暗魔族的攻击，等出了这通天走廊之后，这支人类的远征军也伤残得差不多了。

眼看着局面将无法控制，就在这时，只见一个身穿蓝色铠甲的婀娜身影，猛地一下跃上战马，将一根黑色的魔法杖高高举起来。一瞬间，那根魔法杖前端的那颗蓝色魔法石爆发出一片蓝色的光芒："我是格瑞丝，我是圣灵的使者。现在，我将以生灵的力量，安抚你们受惊的心灵。"

格瑞丝诵念咒语的声音奇大无比，一时间，竟将那铺天盖地的"沙沙"之声都压了下去。

她这咒语一念出，果然，那些发了疯的战马便真的像感受到了一股力量一样，渐渐停下了狂奔的步子，一匹匹安静了下来。铠甲骑士们这才长长地松了一口气。

奥格斯格大将军扯掉蒙着的眼睛布条，惊奇地望了过来："格瑞丝，是你？！"

格瑞丝拥有一个西方女性高挺的鼻梁，脸庞的轮廓十分俊俏。她淡淡一笑，说道："奥格斯格大将军，我是心灵魔法师，让这些畜生安静下来，很容易做到的。"

"好，很好。你是一个非常出色的心灵魔法师！有你在，现在情况就好多了。"奥格斯格大将军说道。

铠甲骑士们没有耽搁，继续牵着战马，蒙着眼睛朝前方摸索着走去。还是奥格斯格大将军打头阵，率领着铠甲骑士们在通天走廊内牵成一条线，摸索着朝通天走廊的出口行去。四名远古四大神兽的血脉传承者依旧断后。

随着铠甲骑士们不断摸索着前进，耳边那"沙沙"的流沙声却越发的大了，甚至还传来一声声龙啸。那龙啸由远而近，很快就如同跟在身后，震得整条通天走廊都晃动不已。

"这真的是幻觉吗，为什么我感到如此真切？"林雷吃惊不已。他走在最后，已能感觉到那沙龙已经离自己不足五米远，他甚至可以清晰地感受到沙龙嘴里吐出来的狂风。

"要不我们换个位置。"南央扭头对身后的林雷说。

"没事的，我相信奥格斯格大将军，他说这只是幻觉，那一定就是幻觉。"林雷朝南央努嘴一笑。

结果林雷刚说完，就感觉自己的肩膀上搭着两只手，他不由得叫起来："南央，你做什么，不是让你不用换的吗，你怎么又跑到我身后了？"

"啊？我没有换呀，我还在原来的位置——瓦尔特的前面。"南央的声音在前面响起。

"是啊，南央一直就在我前面，没有动。林雷，你怎么了？"瓦尔特也跟着说道。

"怎么回事，南央你没有在我后面吗，为什么我感觉我的肩膀已经……"

林雷的心里突然"咯噔"一下，他说不下去了，因为他一瞬间就明白了这是怎么回事了。那是沙龙的爪子，它已经按在了他的肩膀上，他试着用手朝肩膀上一挥，果然感觉到一大片的黄沙从自己的指间流过。

"这绝对不可能是幻觉，这绝对是真实存在的。那只邪恶的沙龙果然已经逃出了黑暗深渊，跟着铠甲骑士们冲进了这条通天走廊中！"林雷心里这样想的时候，背脊上瞬间出了一层冷汗，他只觉得一阵冷风从脖子上一直灌到脚跟。

然而，即使如此，他知道这个时候绝对不能告诉大家这个事实，否则整支队伍会瞬间被瓦解掉的，到时候估计没有几个人能够安然无恙地走出这条通天走廊。

林雷的心里，此时无疑是惊恐到了极点，同时又充满了疑惑。太奇怪了，这只沙龙怎么不攻击自己，就这样用爪子扶住自己的肩膀。他甚至可以清晰地感受到沙龙那庞大的身躯几乎塞满了身后的通天走廊。此时，沙龙正在那里不停地滚动着，沙躯与走廊的墙壁发出一阵阵摩擦声。

为什么原本凶残至极的沙龙，这一刻却仿佛瞎子一样对这只骑军视而不见呢？林雷苦苦思索着，这其中到底有什么玄机？

"奥格斯格大将军。"林雷叫起来，此时的他已经感觉到沙龙的爪子并不仅仅搭在他的肩膀上了，似乎已经卷住了他。因为他感觉自己整个人已经陷入一片沙海中，他的心都几乎提到了嗓子眼。

"林雷，怎么了？"前方的奥格斯格大将军大声问道。

英雄联盟 ①
苍天冥瞳

"你刚才那番关于眼睛的话，能不能再重复一遍？"

"我刚才说，苍天冥瞳是苍天冥主的眼睛，这是一双极为邪恶的眼睛。它的力量已经附在了这些长明灯上，这些力量就是眼睛的力量。而不论任何生物的眼睛，通常都会有微弱的磁场，这就是当一个人从背后注视另一个人的时候，那个人有时候可以感应到的原因。我的意思是，这些长明灯通过我们的眼睛已经感受到了我们的存在。现在，我们唯一的办法就是闭上眼睛，让这些长明灯无法感受到我们。这样，也许我们可以顺利地通过这条通天走廊。"奥格斯格大将军将之前的那番话又重复了一遍，他困惑地大声问道，"林雷，怎么了？"

"嗯，我现在有些想明白了，你这番话是对的。"林雷说道，"而且，我现在有个大胆的推测。"

林雷顿了顿，继续说道："你们之前留意到沙龙的眼睛了吗，那里是不是漆黑一片？事实上那不是眼睛，而是两个眼窝。我的意思是说，沙龙的眼睛已经没有了，在无尽岁月前已被人剜去了。而这通天走廊里的长明灯，里面装的其实并不是长明燃料，而是沙龙的眼泪。我的意思是说，这些长明灯，其实就相当于沙龙的眼睛，当我们进入这通天走廊时，眼睛是睁开的，所以沙龙通过这些长明灯感受到了我们的存在，它跟着冲进来了。"

"你在说什么？"奥格斯格大将军在队伍的前面大声说道，"你的意思是，这不是幻觉，是沙龙真的闯进来了？"

"没错，是沙龙真的闯进来了！它就在我身后，估计现在已经将我吞到口中了。现在，它只要一吸，我马上就会死无葬身之地。"

众人大吃一惊。

"什么，林雷，你现在就在沙龙的嘴里？"南央皱起了眉头，"怎么会这样？奥格斯格大将军，你不是说这是幻觉吗，怎么变成真实的存在了？"

南央非常激动，她冲着奥格斯格大将军大声嚷道，一手伸向眼睛，想将蒙在眼睛上的布条撕下来。

听到南央手臂上铠甲发出磨蹭的声音，林雷暗叫不妙，急忙说道："南央，你是在扯蒙在眼睛上的布条吗？千万不要，你只要一扯下来，马上就会死无葬身之地！"

南央刚刚触到布条的手悬在了半空中，她惊愕地愣在了那里。

"这到底是怎么回事？我也感觉到它的存在了。"肖成天也是无比吃惊。

"这个……"林雷使劲咽了咽口水，"奥格斯格大将军说得没错，任何生物的眼睛通常都会有微弱的磁场，而沙龙就是感知到了我们眼睛的磁场，才跟进来的。但是，我们现在已经将眼睛闭上了，它就感觉不到我们的存在了。所以大家千万不要撕掉蒙在眼睛上的布条，否则这邪恶的生物马上就会感觉到我们的存在，就会扑向我们，将我们一瞬间撕得粉碎。"

听林雷这么一说，众人都倒吸了几口凉气。有些像南央一样想将蒙在眼睛上的布条扯下来的人又急忙将手放下。现在的情况当真是糟糕到了极点，那庞大的邪恶生物沙龙居然就在这通天走廊中，稍一不留神就会被它撕碎。

"那么，传说沙龙是无法通过通天走廊的，可是它现在却已经进来了，而且它已经将我也吞入口中了，这到底是怎么回事？"这个时候，瓦尔特清晰地感觉到自己的身躯已经被无尽涌动着的黄沙包围了。

"很简单，我们现在其实就是在坟墓之中。这条通天走廊，其实就是沙龙的坟墓而已。而这坟墓的出口处，应该有生死禁制，禁制着沙龙通过这座坟墓走出去。我没有估计错的话，这通天走廊中应该有一条暗道一直通到撒哈拉沙漠深处的远古龙族的遗址。在那遥远的过去，光明龙皇平时就将沙龙囚禁在这坟墓之中。"林雷冷静地说。

听林雷这么一说，众人心中了然。

综合他们所经历的一切，林雷推断得应该完全正确。沙龙的眼睛，已经在那遥远的过去被光明龙皇剜去了。而沙龙的眼泪被制作成了长明灯里的油，永世照亮着这条通天走廊——沙龙之墓！但是当时光明龙皇也许没有想到，经历无尽岁月后的今天，沙龙会被瓦尔特一不留神重新召唤出来，让它通过自己的眼泪感受到远征骑军的存在，从而跟着冲进了这座坟墓。

"大家都听清楚了吗？若是不想被沙龙撕得粉碎，就乖乖地给我将眼睛蒙好。"打头阵的奥格斯格大将军在前面大声嚷道。

铠甲骑士们的心都提到了嗓子眼，蒙着眼睛、看不见一切事物的前行，更会给人造成一种莫名的恐惧心理。眼前一片漆黑，他们互相看不到彼此，看不到方向，耳边只有黄沙流动的声音。那是邪恶的沙龙，就在他们的身边。

英雄联盟 ① 苍天冥瞳

四合一的沙龙，身躯庞大到令人难以想象，几乎塞满了整条通天走廊，它的长度足有千米，这个长度足以将整支骑军都吞噬下去。沙龙从黑暗深渊跃起来，一路追着铠甲骑士们到了这里。当铠甲骑士们全体蒙上眼睛之后，它便再也感觉不到他们的存在了。于是它张着大嘴，在这通天走廊中缓缓地向前移动，缓缓地将铠甲骑士们一个一个吞了进去。但是它失去了对铠甲骑士们的感知，因此即便是将铠甲骑士们吞进了嘴里，咽到了腹中，也没有丝毫的察觉。

很快，整支远征的骑军便被沙龙全部吞了进去。一个个铠甲骑士，彻底陷进了一片黄沙之中。感受到被无尽的流动的黄沙所包围，一个个铠甲战士惊得大叫，接着黄沙灌进嘴里，呛得他们咳嗽不止。

"天哪，我们现在就在沙龙的腹中，这种情况实在太糟糕了！"

"我感觉我的心脏已经快要停止跳动了！下一刻，我就会被撕得粉碎！"

铠甲骑士们不断地惊叫着，由于双眼被蒙，眼前一片黑暗，只有一股股黄沙流过他们的脸颊、脖子、铠甲，他们的心里简直恐惧到了极点。

"大家不要慌，抓紧自己手中战马的马缰，只要不扯下蒙着眼睛的布条，我们一定可以安全通过这条通天走廊。"前面的奥格斯格大将军说道，那声音大得震耳欲聋，"自从蒙上眼睛之后，我已经可以清晰地估算出我们的行程，我觉得我们马上就要走出这条该死的通天走廊了，我已经感觉到前面出现了红光。大家一定要坚持住。"

听他这么一说，众人心里装着的一块石头总算能落地了。大家都不再说话，互相牵成一条线，在沙龙的腹中缓缓向前移动。那些战马在被那个叫格瑞丝的心灵魔法师诵念了一段咒语之后，倒是彻底安静了下来。即便周身涌动着无尽的黄沙，它们也没有出现任何骚动。

"奥格斯格大将军！"后面的林雷叫起来，"当你走出这条通天走廊之后，一定不要急于扯下蒙着眼睛的布条，要等到我走出之后，你才可以扯开。"

"这个我自然知道……咦，我感觉我已经走出来了。我的眼前出现一大片的红光，不再是像通天走廊里那样漆黑。而周身流动的黄沙也突然间消失了，我已经彻底脱离了沙龙。"奥格斯格大将军言语中带些激动，但是他的步子没有停下来，依旧摸索着向前走去。

奥格斯格大将军的一席话，令众人顿时都来了精神。他们暗自长长地吐出了一口气，这该死的通天走廊，终于要走出去了。

众人又继续往前走了一阵。林雷蒙着布条的眼睛，也突然感受到一片刺眼的红光，接着周身流动的黄沙也跟着消失了。他心中一喜，没错，这的确已经走出了通天走廊，脱离了沙龙。他之前的猜测没有错，通天走廊的确是沙龙的坟墓，坟墓的出口有某种生死禁制，让沙龙无法走出来。

"奥格斯格大将军，我想我已经出了通天走廊，你可以让大家扯下蒙在眼睛上的布条了。现在可以看看我们遇到了什么，为什么会出现一片刺眼的红光。"林雷说道。

"好，大家都将蒙在眼睛上的布条扯下来吧！奥格斯格大将军一声令下，众人早就等得不耐烦了，他们迫不及待地将蒙在眼睛上的布条扯了下来。结果他们刚刚扯下眼上的布条，身后就传来"嗷吼"一声震天的龙啸。众人回头一看，只见沙灵那巨大的头颅猛地探了出来，正疯狂地咬向队伍最后的林雷。

只是，那沙龙嘴刚刚触到林雷的身躯，就突然散开来，化成了漫天的黄沙。而那漫天的黄沙，刹那间又聚拢在了一起，再次形成一张庞大的嘴，再次奋力地朝林雷咬去。接着，又是一下子散了开来，再次化成漫天的黄沙。

如此反复了六七次，所有人都被这一幕彻底惊到了。一个个目瞪口呆地愣在那里。沙龙嘴里发出不甘的咆哮声，不断地咬向林雷，只是每一次刚刚触到林雷的身躯，便会猛地散了开来。

"好了，仅仅是虚惊一场而已。这通天走廊的出口的确存在着某种生死禁制，令沙龙永远都无法突破出来。"望着差点将自己咬进去的沙龙的巨嘴，林雷淡淡一笑，往后退了几步，"我们走吧，不用再理会这邪恶的畜生了。"

众人这才回过神来，长长地吐出一口气，转身离开，不再理会它，继续朝前走去。只留下仍在那里不断咆哮着的沙龙。

离开通天走廊还没有走出多远，他们就看清楚之前眼睛蒙着布条时感受到的那片刺眼的红光。那是一片漫天的晚霞，不，那不应该是晚霞。晚霞没有这么红的，应该是一片漫天的血光。这血光仿佛是从亘古以来，所有死去的生灵的鲜血都涂抹在了这片天空中一样，看上去邪异无比，阴森可怖，让人的心中抑制不住地涌起一股惧意。

　　漫天的血光之下，是一座气势无比恢宏的白色城堡。那城堡看上去十分古朴，布满了岁月的痕迹。整座城堡寂寥无声，在漫天的血光之下显得阴森森的，仿佛是从地狱冲出来的森罗殿。

　　古老的城堡之外是千层的石阶，石阶十分的宽敞，足足有五十米宽。从白色的城堡外开始，宽大的石阶层层叠叠，一直延伸到铠甲骑士们的脚下。石阶上散落着许多落叶，透着一种永恒的沉寂，萧瑟仿佛是这里唯一的主题。

第九章　所罗门传说

　　这七十二座大魔王石雕竟然将地狱之门打开来了。

　　这个时候，那个漆黑的大洞似乎有着无尽的吸引力，正将奥格斯格大将军以不可抗拒的力量往里面吸去。眨眼之间，奥格斯格大将军便被生生地吸进了那个黑洞。那个黑洞快速变小，瞬间就消失得无影无踪。

目光一触到这白色的古老城堡，众铠甲骑士的心中便瞬间有了一种奇特的感觉。古老的城堡似乎无形中有着一股奇妙的吸引力，只要大家目光一触到它，便很难移开，好像灵魂已经被它深深吸引住了一样。

"这真是邪恶的城堡，我感觉它真的是从地狱中冲出来的森罗殿。"好不容易将目光收回，林雷长长地吐了一口气。

众人听到他的话，也都回过神来。每个人的脸上都流露出了浓浓的震撼之色。瓦尔特狠狠地朝地上吐了一口唾沫，手中紧握着黄天大斧："该死的，这白色的城堡让我很不舒服，我感觉它是个不祥之物。"

"它何止是个不祥之物，简直就是跟地狱一样，相当于罪恶的根源。"奥格斯格大将军骑在战马上，望着那座白色的雄伟的城堡，阴沉着脸说道。

"什么相当于罪恶的根源，有这么恐怖吗？"

瓦尔特吃了一惊，他使劲地眨了眨眼睛。而一边的林雷、南央、肖成天及其他的铠甲战士，皆困惑地望向奥格斯格大将军。不错，这座白色的恢宏的城堡，的确给人一种极为不舒服的感觉，但说是罪恶的根源，倒是不至于。

奥格斯格大将军徐徐地望了众人一眼，缓声说道："这座城堡，其实就是所罗门的和平圣城，已经存在了无尽的岁月。"

"这里就是所罗门的圣教殿？"林雷、南央和肖成天这三个来自东方的青年不由得互相望了一眼。所罗门在东方的课本里也是有的，但那仅仅是个暴君而已，跟罪恶之源扯不上半点关系。

奥格斯格大将军注意到林雷、南央和肖成天三人的脸色，顿了顿说道："所罗门是一个极具智慧的国王，但却非常残暴且沉迷女色。他每年都要从各属国征收一百五十公斤以上的黄金，并将这些黄金存放在这座圣教殿中，这也就是闻名的'所罗门珍宝'。而'所罗门珍宝'相传就藏在这圣教殿中的'亚伯拉罕巨石'下面。后来，所罗门与恶魔之王苍天冥主订立契约。恶魔之王苍天冥主赋予他指挥所有地狱恶魔的力量，他用自己的魔法戒指在每个恶魔的脖子上打上印记，驱使它们为自己服务。

"作为回报，所罗门将在死后把自己的灵魂交给苍天冥主。据说在这些恶魔中，除了地狱的七大君王以外，最为有力的是七十二名地狱的王公贵族，也就是被称为所罗门七十二魔王的大恶魔们。他把自己召唤他们的咒文都写下来，称作《所罗门之钥》。

"在《所罗门之钥》中就提到了被称为'所罗门之英灵'的七十二名大恶魔。所罗门把他们封在一个瓶中，在需要的时候就将他们召唤来，驱使他们为他做事。但是，所罗门死了之后，巴比伦人入侵，占领了和平圣城。他们看到了封印恶魔的瓶子，以为是宝物，便打开瓶子。于是，这些大恶魔就被放了出来，他们跑到人世之中……"

包括林雷、南央和肖成天这三名东方青年在内，在场所有的人听了都感到惊恐万分。所谓的所罗门王，原来还有一段这样的传说。整整七十二名大恶魔，仅仅是想了下，大家就感到惊恐不安。难怪奥格斯格大将军之前会说这和平圣城是罪恶的根源了。

"要达到万恶罗城，这和平圣城乃是必经之路，只要通过这座和平圣城就好了。"奥格斯格大将军说，"通过这座和平圣城之后，我会暂时离开你们，前往周边一些国度游说，说服他们的国王派出军队加入我们的远征军。然后你们前往罗索尼河港口，那里有船只出租或者出售，你们去那里买些船只，乘着船沿着罗索尼河而下，直达圣马格丽茨贝水族。那是一个善良的民族，他们的女皇圣马格丽是个善良的女巫，她会招待你们。到时候，我会带着别国的军队去那里与你们相会。"

奥格斯格大将军对这次的远征万恶罗城显然早就有了周详的计划，他一口气将后面的行程安排完后，便挥了挥手中的黄金圣剑："我们现在就进入这座和平圣城吧。"

和平圣城虽然给人一种极其邪恶的感觉，但这是前往万恶罗城的必经之路，也就只能硬着头皮进城了。铠甲骑士们披着铠甲、骑着高大的战马，手里握着明晃晃的长刀，踏着铺满了枯黄的落叶的石阶。林霍、南央、肖成天和瓦尔特这四名远古神兽的血脉传承者依旧断后。

没过多久，铠甲骑士们便沿着石阶踏了上来，来到了和平圣城的拱形城门口。巨大的城门早已经风化，显得破败不堪。奥格斯格大将军手握着黄金圣剑，然后轻轻一顶，那巨大的城门就"轰"一声倒了下来。

奥格斯格大将军骑着战马，踏过破败不堪的城门，挥了挥手中的黄金圣剑："我们进城。"

铠甲骑士们没有犹豫，当即骑着战马，踏进了这座邪恶的和平圣城。

和平圣城中，一座座建筑高大、雄伟，但却透着无尽的孤寂。天空中连一只飞鸟都没有。马蹄踏着用鹅卵石铺成的地面，"嗒嗒嗒"的声音在空旷的城中被无限放大，给人在心理造成一种无形的压抑之感。整支军队，一时间竟然没有人说话，只有马蹄声在单调地响着，回荡在这座古城之中。

"大家看到那座建筑了吗？那就是圣教殿了。我们进去，传说压着'所罗门珍宝'的'亚伯拉罕巨石'就在里面。我们撬开'亚伯拉罕巨石'，那里会露出一个通道，一直通到珀斯。到达珀斯之后，我就和你们分开。现在必须说明一点的是，'亚伯拉罕巨石'下面的通道中若真藏着'所罗门珍宝'，所有人都不要为之所动，更不能趁机将那些珍宝收入私囊，否则格杀勿论！"奥格斯格大将军骑在战马上，脸上透出一股肃杀之色。

"是！"铠甲战士们齐齐应了一声，然后驱动胯下的战马，随着奥格斯格大将军进入圣教殿。

圣教殿的顶部是半圆形的，显得里面的空间十分宽敞、高大。这座传说是所罗门王整整花费了七年的时间建成的圣教殿，长足有两百米，宽足有一百米。虽然时间过去了几千年，但如今这里除了四周布满了灰尘之外，其他的一切依旧保存得完好无损。

而令众人叹为观止的是，这座圣教殿的四周矗立着七十二根巨大的石柱。每一根石柱之上都有一些浮雕。上面有右手持巨锤，左手发着雷球，头戴两只角的圆锥形冠冕，脚下乘着雷，面目狰狞的男人；有分别长着人头、牧牛头和小羊头的三个头的恶魔；还有骑在高大战马上的狮子，马尾为地狱之蛇的尾巴，右掌中压着两条地狱之蛇……

总之，这些浮雕都完全超出了人类的想象，看上去狰狞无比。

毫无疑问，这就是传说中所罗门王拥有的七十二名大魔王的雕像了。

站在林雷身边的南央情不自禁地拉着他的手，仰着脸认真地端详着这些石柱上的浮雕。自从经过了通天死桥一幕之后，他们之间的那一层薄薄的纸似乎已经被捅破了。这一路走来，他俩完全都是以恋人的姿态示人。

"啊！"南央突然惊呼了一声，下意识地往林雷的怀里靠了靠。

"怎么了，南央？"林雷疑惑地问道。肖成天、瓦尔特、奥格斯格大将军及其他的铠甲骑士，也都疑惑地张望了过来。

"我看到那只尾巴上带着火焰的雄鹿，他尾巴上的火焰晃动了，仿佛那不是浮雕，而是真的正在燃烧的火焰。"南央难以置信地眨了眨眼睛，吃惊地说道。

听她这一说，众人不以为然，而林雷耸了耸肩道："南央，你太紧张了，这些就是实实在在的浮雕，不可能会动的。这是你的幻觉。"

"不，林雷，不是的。"南央焦急地叫起来，"这绝对不是幻觉。我真的看到那只雄鹿尾巴上燃烧的火焰在晃动。这不是浮雕，是真实的火焰。你相信我，我感觉他要复活了。"

浮雕会复活？包括林雷在内，所有人都听得哭笑不得。肖成天捅了捅南央的肩膀，说道："南央，你的确太紧张了，必须放松一下。"

一旁的奥格斯格大将军摇了摇头，轻笑起来："南央，这的确仅仅是浮雕而已。真正的七十二名大魔王已经被所罗门王装进一个瓶子里去了，后来又被巴比伦人放到了人间，现在已经归于地狱。现在你眼前的这头雄鹿，名字叫作弗法，是所罗门王七十二柱魔神中排第三十四位的魔神。他的形象是一只尾部带着火焰的雄鹿，声音沙哑，除非被迫，否则从来不说真话。他可以控制人的思想，可以控制风雨雷电，还可以给予命令他的魔术师以真知。"

见奥格斯格大将军都这么说，南央无奈地叹了口气，又仔细地端详了那头雄鹿好一会儿，再没有看到任何动静之后，她这才心有不甘地离开了。

这个时候，奥格斯格大将军已经开始向众人一一介绍所罗门王的七十二名大魔王来。他指着其中一根石柱上的浮雕说道："这是所罗门王七十二柱魔神中排第一位的魔神，他的名字叫巴尔。他以多种外貌出现，有时是人，有时变化为其他形象。他说话声音刺耳。在传说中，他的形象为右手持巨锤，左手发着雷球，头上戴着两只角的圆锥形冠冕，脚下乘着雷。他是统治东方的君王。他拥有能使人隐身的能力。"

众人默默地聆听着。奥格斯格大将军带着众人来到了下一根神魔柱前："这名大魔王的名字叫作阿加雷斯，是所罗门王七十二柱魔神中排第二位的

英雄联盟❶
苍天冥瞳

魔神。他听命于美德天使，七大罪中代表'淫欲'。被叙述成有三个头的恶魔，分别为人、牧牛和小羊的头。他的乐趣就是引人酗酒或赌博或引发犯罪的欲望。他驱使那些静止不动的人，并将逃亡者带回。他教授世上存在的任何语言与管乐。他的力量足以摧毁任何人，无论是神圣者还是世俗者。据说他有预见未来的能力，能道破世间的所有谜题，但是说出来的话却真假半掺，不能轻易相信。

"这是所罗门王七十二柱魔神中排第三位的魔神，他的名字叫作瓦沙克，与阿加雷斯同族。这名魔神十分罕见地拥有一颗善良的心，他的职责是宣告过去与未来，寻找一切隐藏与失落的事物。瓦沙克性格温和，通晓过去、未来以及所有隐藏或失传的事物与知识。瓦沙克的脸长得如同一个倒三角形的头盖骨，延伸到下颚的两眼看不见任何物体，但是却能透过异次元看见过去和未来……"

奥格斯格大将军向众人一一介绍魔神，其渊博的知识令众人暗暗咂舌。众人一个个听得如痴如醉，同时对所罗门王的七十二柱魔神也有了一番详细的认识。

整整花去了两个小时，奥格斯格大将军好不容易将所罗门王的七十二柱魔神介绍完，众人终于从离奇而又神秘的所罗门王的七十二柱魔神中回过神来。这个时候，众人才注意到一个问题，这座圣教殿中，居然没有传说中的"亚伯拉罕巨石"！

"怎么回事，'亚伯拉罕巨石'呢？"奥格斯格大将军面露疑惑的神色，他无奈地朝众人摊了摊手。

"我倒是觉得，这所罗门王的七十二柱魔神的排列像是一个法阵，一个守护'亚伯拉罕巨石'的法阵，'亚伯拉罕巨石'的机关也许就在这所罗门王的七十二柱魔神中。当然，这仅仅是我的猜测而已。"这个时候，身穿蓝色铠甲的心灵魔法师格瑞丝，摘下盔甲甩了一下一头金色的长发，开口说道，"还有，刚才南央说的话，我感觉是对的。这所罗门王的七十二柱魔神已经拥有了灵魂，他们已经不是单纯的浮雕了。"

"所罗门王的七十二柱魔神已经拥有了灵魂，他们已经不是单纯的浮雕？"

听格瑞丝这么一说，所有人都吃了一惊。这太不可思议了！格瑞丝可是个心灵魔法师，她这么说，基本上是不会错的。

"若真是这样的话，那情况将非常糟糕。我们一刻都不能在这圣教殿停留了，必须马上找到亚伯拉罕巨石，然后打开亚伯拉罕巨石下面的通道，前往珀斯！"这一刻，奥格斯格大将军的脸色阴沉无比，他转脸对格瑞丝说道，"格瑞丝，你能看出这七十二柱魔神所排列的到底是一个怎样的法阵，然后有什么方法将其破除吗？"

"让我试试。"格瑞丝说着，嘴里不断诵念着咒语。那咒语之声越来越大，甚至震得整座圣教殿发出一阵沙沙的声响。而她手里的那根魔法杖，散发出一片蓝色的魔法光芒，照亮了整个圣教殿。魔法光芒使得整个圣教殿显得十分瑰丽。那两边的七十二柱魔神也随之变得扭曲起来，犹若鬼魅一般。

过了好一会儿，格瑞丝诵念咒语的声音逐渐平息。她手上的魔法杖透射出来的蓝色光芒也缓缓地熄灭了。格瑞丝转脸望向奥格斯格大将军："我已经知道了，这个法阵的机关就在第一根石柱、第三十六根石柱及第七十二根石柱上面，只要派出三人同时将手按在这三根石柱上，就可以破除这个法阵。"

"我去按住第一根石柱。"林雷当即大步流星地走到第一根石柱面前，抬头望了一眼上面雕刻的那个名字叫巴尔的大魔王。他伸出右掌，缓缓地按在了石柱上面。

这个时候，南央和肖成天也分别走向了第三十六根和第七十二根石柱前。两人和林雷一样，缓缓地将手掌按在了石柱的上面。

随着这三人的手掌同时按在石柱上，整个圣教殿中突然传来一阵"轰隆轰隆"的巨响。铺着一块块青石的地面，慢慢地转动起来，接着，只见大殿的中央，一块长方形的石头徐徐地升起来。这块石头宽两米，长四米左右。

"这无疑就是'亚伯拉罕巨石'了。几千年前，所罗门王会让他的手下大臣们每天早上都站在上面，据说那样可以聆听到上苍的声音。"奥格斯格大将军没有耽搁，当即吩咐林雷、南央、肖成天与瓦尔特四人上去将这块亚伯拉罕巨石搬开。

当林雷他们走上前去，双手按在亚伯拉罕巨石上面的时候，刹那间他们浑身仿佛有一股巨大的电流流过。而后，他们耳朵里悠然响起了一种奇怪的声音，他们的眼睛仿佛穿过了一片空间，看到了遥远的万恶罗城。他们看到密密麻麻的黑暗魔族的军队，看到黑暗大祭司摩西正在对他们疯狂地大笑。

"我居然看到了黑暗大祭司摩西正在疯狂地大笑！"瓦尔特吃了一惊，不可思议地大叫起来，"怎么会这样，这可不是什么好兆头！"

林雷、南央、肖成天三人也同时怔住了。林雷吞了吞口水："我也看到了，这到底是怎么回事？"

"我们上当了，黑暗大祭司摩西赋予了这块亚伯拉罕巨石魔力，然后用它召唤七十二柱魔神的魔力。他通过我们的手让七十二柱魔神复活了。"心灵魔法师格瑞丝惊呼起来。

格瑞丝的话使站在圣教殿中的人的脸色骤变。奥格斯格大将军使劲抓住黄金圣剑的剑柄："快，快将亚伯拉罕巨石搬开，打开前往珀斯的通道，一旦迟了，后果将不堪设想。"

所罗门王的七十二名大魔王一旦复活，绝对不是他们这支骑军所能够对付的，形势之严峻完全可以想象。

"已经晚了！"

就在这时，一道古老而又沉浑的声音突然从圣教殿中响起。只见一个右手持巨锤，左手发着雷球，头上戴着两只角的圆锥形冠冕，面目狰狞的石雕男子突然出现在林雷的身后。他二话不说，举起右手的巨锤狠狠地砸向了林雷。

感受到身后的空气波动，几乎是下意识的，林雷整个人霎时急蹿而起。"轰"的一声巨响，面目狰狞的男子将手中的巨锤砸在了"亚伯拉罕巨石"上，当场将其砸得粉碎。一条黝黑的通道，显露了出来。

"所罗门王七十二柱魔神中排第一位的魔神，巴尔！"林雷怒吼一声。他回头看了看第一根石柱，发现那上面的浮雕果然没有了，整根石柱光滑无比。

其余的七十一根石柱上，这个时候也传来了"咔嚓咔嚓"的声音。接着，一幅幅狰狞可怖的浮雕在石柱上浮现了出来，成为一座座石雕，一座座可以战斗的石雕。

这是一个极度诡异的过程，大殿中所有人都看得目瞪口呆。所罗门王的七十二名大魔王，竟然就这么轻而易举地复活了。

七十二座大魔王的石雕一个个面目狰狞，模样千奇百怪，异常恐怖。

七十二座大魔王的石雕排成一线，一步一步朝铠甲骑士们逼去。每一座石雕的脸上，甚至还隐隐浮现出不屑的笑容。

铠甲骑士们纷纷跳上战马，手中紧握着长刀，无比警惕地看着那缓缓逼来的七十二座大魔王的石雕。奥格斯格大将军挥动手中的黄金圣剑："大家快进入通道，前往珀斯！"

他这一下令，铠甲骑士们当即猛夹胯下的战马，风一般地朝圣教殿中央那条昏暗的通道涌去。只是他们的速度实在比不上那些复活的石雕。只听得"轰"的一声巨响，一个巨锤从天而降，直接将冲到最前面的两名铠甲骑士砸成了肉泥。

"想离开，也不看看我手上的巨锤答不答应。"所罗门王麾下的第一大神魔巴尔雕像出现在了通道入口处。一手抓着巨锤，一手抓着雷球，他将巨锤狠狠地往下一砸，又有两名退避不及的铠甲骑士被砸成了肉泥。

瞧见自己的战友连连丧命于巴尔的巨锤之下，林雷当场就暴怒了。他双目圆睁，双手紧握"破天"战刀，高高跃起，然后大吼一声朝巴尔猛砍而去："恶魔，给我滚回到你的瓶子里去吧！"

巴尔举起巨锤猛地一挡，锤、刀相撞，"轰"的一声巨响，林雷只觉得虎口好像震裂了，双臂发麻。这一刀林雷使劲了全力，巴尔直接双膝跪在了地上，那石雕的脸上明显闪过一抹惊讶之色。

"杀啊——"

到了这个时候，已经没有别的选择了，奥格斯格大将军大吼一声，率领着骑军与所罗门王的七十二座大魔王石雕战成了一团。毫无疑问，这是一场双方实力悬殊极大的战斗。人类的铠甲骑士在所罗门王的七十二座大魔王石雕的攻击下，几乎没有什么战斗力。七十二座大魔王就像收割稻草一样，将人类的铠甲骑士一个接着一个砸倒在地。

一个个铠甲骑士倒下了，被七十二座大魔王石雕打成了一团团的肉泥。七十二座大魔王石雕将铠甲骑士们包围起来，形成一个圈。他们一步步往圈中心逼去，每往前踏一步，就有数十名铠甲骑士倒下。

仅仅过了一会儿，铠甲骑士们这一方就只剩下了林雷、南央、肖成天、瓦尔特这四位远古神兽的血脉传承者，以及奥格斯格大将军和心灵魔法师格瑞丝这二人。

地面上尸骨如山，血流成河，场面简直惨烈到了极点。

这一切都超出了所有人的预料，整支铠甲骑军竟然仅仅只开到这和平圣城，就几乎已经全军覆灭了。黑暗魔族的力量，当真是可怕到了极点。

"林雷、南央、瓦尔特、肖成天、格瑞丝，你们五人快进入通道，我挡住他们！"

奥格斯格大将军浑身上下都在流淌着鲜血。他双目睁得很圆，嘴里发出如同野兽一般的咆哮，手中的黄金圣剑在这一刻长达十多丈。他双手紧握黄金圣剑奋力一扫，将包围上来的七十二座大魔王石雕生生逼退了好几步。

"走！"

虽然所有人都知道奥格斯格大将军此举凶多吉少，但是面对强大的七十二座大魔王石雕，他们知道趁机逃离是目前唯一的选择。他们的目是万恶罗城，他们必须不顾一切代价前往那里！

所以趁着这个空当，林雷一手抓住南央，一手抓住格瑞丝，奋力朝大殿中央的通道跃去。格瑞丝虽然有强大的心灵魔法保护，却只可以短暂地控制一个人的精神，让对方瞬间进入痴迷的状态。但在硬碰硬的战斗中根本毫无战斗力。

林雷这一跃使劲了全力，他眨眼间就冲到了通道的入口处。他们一进入，肖成天和瓦尔特也冲了进来，两人的铠甲上都沾满了鲜血。肖成天使劲地抹了一把脸上的鲜血："我们快走，沿着这条通道冲向珀斯！"

他话音刚落，身后就传来奥格斯格大将军一声怒喝。林雷他们回头一看，顿时彻底傻愣在了那里。只见奥格斯格大将军的头顶正上方，不知何时已经出现了一个大洞。那个大洞漆黑无比，仿佛通到了一个禁忌的时空。

"哗啦啦"的锁链拖动的声音十分尖锐刺耳，仿佛有一个邪恶的生物就要从那里冲出来。听得大家毛骨悚然，头皮发麻。

"地狱之门！"

这七十二座大魔王石雕竟然将地狱之门打开了。

这个时候，那个漆黑的大洞似乎有着无尽的吸引力，正将奥格斯格大将军以不可抗拒的力量往里面吸去。眨眼之间，奥格斯格大将军便被生生地吸进了那个黑洞。那个黑洞快速变小，瞬间就消失得无影无踪。

奥格斯格大将军竟然就这么被七十二座大魔王石雕封印了，吸进了地狱之中。

"奥格斯格大将军！"

林雷大叫一声，同时就要不顾一切地冲出去。一旁的肖成天却张开双臂一把将他紧紧抱住："林雷，奥格斯格大将军已经被封印了，被吸进地狱了，我们快走。要是现在冲不出去的话，我们都会死无葬身之地。"

他用手臂一把夹住林雷的肩膀，不由分说，夹着林雷沿着通道向前狂奔。南央、瓦尔特和格瑞丝在后面急忙跟上。

"我本来该早点冲出去的，这样我就能救下奥格斯格大将军了。这一切都是我的错。我本来该早点冲出去的……"

通道之中，林雷他们借助格瑞丝的魔法杖上散发出来的蓝光，迅速向前奔跑着。林雷嘴里不停地自责着，还使劲地敲了敲额头。南央紧紧握住他的手安慰道："林雷，这不是你的错，那个时候，地狱之门已经打开，没有人能够救得了他，就算你冲出去也是没有用的。"

"不，我主要是被那该死的地狱之门惊吓到了，迟疑了一下。我以前从不敢想象地狱之门竟然可以这样被打开，然后将人吸进去封印起来。要是我早一刻冲出去的话，我一定可以将奥格斯格大将军救下来的。"林雷说着，咬牙切齿地回头望了一眼。虽然身后是无尽的黑暗，但奥格斯格大将军被封进地狱之门的那一幕，似乎仍在他的眼前。

"我是远古神兽青龙的血脉传承者，我一定可以凭借自己的力量冲破地狱之门救下奥格斯格将军的！"林雷说道，"现在，奥格斯格大将军已经被封进地狱了，我们之间缺少了一个领头人物，这接下来的路，我们该怎么走呢？"

听他这么一说，南央、肖成天、瓦尔特以及格瑞丝都不由得沉默起来。这的确是一个严重的问题，虽然目前这五个人都是非常出色的，但是若是没有一个人领导，只怕接下来的行程，这五人会像无头苍蝇一样到处乱窜。

这一战，骑军当真是太惨烈了，整整七百名铠甲骑士全葬送在了这里，连奥格斯格大将军都被封进了地狱。

"嗯，林雷说到点子上了。"肖成天的脸庞上，是一片肃穆之色。他抬手摸了摸下巴，沉吟了一下说道："接下来的路程，我提议就让林雷做我们的领导吧。虽然他进入光明学院的时间才一年多，但是他的表现大家有目共睹。他的勇敢是超越我们当中的任何一个人的。不知道大家有没有不同的意见？"

"我没有意见。"南央当即第一个举起了手。

"我也没有意见。"瓦尔特走上前来，一拳打在林雷的胸口上，一脸的真挚，"林雷，你以后有什么事，尽管吩咐就好。"

格瑞丝目光转向林雷，端详了一会儿，才缓缓说道："我也没有意见。"

"这个……"林雷错愕地张了张嘴，无奈地看着眼前的四个人，然后摊了摊手，"我说，你们这个决定是不是太草率了，我想我根本无法承担这个重任。论资历我来光明学院是你们当中最晚的，我……"

"不，林雷，我们这五个人之中，我觉得就你最适合做领导了，"肖成天打断他，"你要相信自己，你一定可以率领我们到达万恶罗城。"

"可是……"他张了张嘴，正欲开口说点什么，却见身边紧紧握住他的手的南央目光突然一滞，随即，她铠甲上便燃烧起了红色的火焰，整个人像风一样，转身就向通道的入口亡命般奔去。

她的速度太快了，眨眼之间，就消失在了众人的视线中。

突如其来的变故令在场的其他四人都愣住了，一时间都疑惑地皱起了眉头。

"南央她怎么了？"林雷茫然地看着另外三个人。

肖成天和瓦尔特两人也是一脸的茫然，格瑞丝则是扬手摸了一下光洁的额头，说道："糟糕了，南央的心灵已经被七十二座大魔王石雕控制住了。你们还记得之前奥格斯格大将军说到的所罗门王七十二大魔柱排行第十三位的布瑞斯吗？他骑着一匹白马，各种乐器在他身前不停地演奏。他能够让召唤者得到所有人——无论是男人还是女人的爱，直到召唤者满意为止。我的意思是，南央的心灵已经被布瑞斯控制住了，如果我猜的没错的话，南央已经听从他的召唤，去找他了。"

第十章　同伴对决

鲜血，双手沾满了鲜血，林雷的鲜血！

"林雷，我居然亲手杀了你，啊……"南央心已经痛到窒息，她泪如泉涌，紧紧依偎在林雷的怀中，脸颊贴在他胸前，任那无尽的鲜血沾染了自己的发髻、脸颊。

当肖天成、瓦尔特与格瑞丝三人赶到的时候，南央静静地坐在地上，怀里紧紧地抱着林雷，脑袋低垂，不言不语，不哭不笑，全无声息。

"什么？"

听格瑞丝这么一说，林雷、肖成天和瓦尔特皆大吃一惊，内心感到无比震撼。林雷却猛地转身朝通道的入口狂奔而去。

"我要去将她救出来！南央！光明镇魔石还在南央的背上！"林雷说着，义无反顾地前狂奔起来。他狂奔的速度极快，眨眼间就消失在了地平线。

众人这才想起，在通天死桥上的时候，林雷将光明镇魔石交给南央了，一直没有向她要回来。想到这里，三人急忙跟了上去。

林雷站在通道的入口处，神色有些发呆，原来圣教殿中所罗门王的七十二座大魔王石雕居然消失不见了，南央也跟着不见了踪影。地面上，铠甲骑士们的尸体堆积如山，血流成河。空气中充斥着浓烈的血腥味。

"石雕不见了？"追上来的肖成天皱起了眉头。

"让我来看看他们去了哪里。"格瑞丝习惯性地摸了一下额头，然后嘴中开始诵念魔法咒语。渐渐地，她蓝色的眸子射出了两道蓝色的光芒，直射向前方，如同穿越了时空一般。

她猛然将眸子中蓝色的光芒收回，对他们说道："我已经看到所罗门王的七十二座大魔王石雕和南央了，南央果然与布瑞斯一起。现在，他们带着南央似乎想回万恶罗城，不过因为他们的身躯是石雕，所以前行的速度并不是很快，现在还没有离开和平圣城。"

"去截住他们！"林雷沉声说道，"现在，我们分成两组，肖成天和瓦尔特一组，我和格瑞丝一组，肖成天和瓦尔特一组主要负责吸引所罗门王七十二座大魔王石雕的注意力，我和格瑞丝负责击杀！"

林雷这样安排是有他的道理的。他自己有双重暗影，可以瞬间分出两个林雷去战斗。这样的战斗力，不论是肖成天还是瓦尔特，都是难以企及的。而格瑞丝的心灵魔法很强大，可以短时间剥夺一个生物的灵魂，令其变得如同行尸走肉。

而肖成天的"极致冰封"和瓦尔特的"重力空间"也利于他们在逃跑的过程中定住对方的身形，从而安全逃脱。

没有丝毫的犹豫，林雷等人当即冲出了圣教殿，来到古朴萧瑟的和平圣城。按照作战计划的安排，四人很快分成了两组。

　　四人出了圣教殿之后，格瑞丝再次展开灵魂搜索，很快便确定了所罗门王第七十二座大魔王石雕的具体位置。然后，林雷和格瑞丝上到了一栋顶部呈半圆形的建筑上方，肖成天和瓦尔特则是按照格瑞丝确定的位置，快速向前行去。

　　正在此时，大楼的下方突然传来一阵"轰隆隆"的巨响。林雷和格瑞丝赶紧朝下望，只见肖成天和瓦尔特在前面疯跑，后面一个骑着一匹白马的石雕正在追赶他们。各种乐器在这个石雕的身前不停地自动演奏，这个石雕，正是所罗门王第七十二大魔柱中排行第十三位的布瑞斯。

　　瞧见这个石雕，林雷胸中瞬间燃烧起了滔天的怒火，他转脸看了看格瑞丝："要是我们将布瑞斯杀死，南央会醒过来吗？"

　　"布瑞斯一死，南央的心灵自然也就恢复正常了。"格瑞丝点了点头道。

　　大楼之下，布瑞斯眼看就要追上肖成天和瓦尔特的时候，肖成天突然一个"极致冰封"，将那狰狞可怖的石雕活生生地冻结住。

　　"林雷、格瑞丝，你们在哪儿？快出来！"瓦尔特一边狂奔，一边大叫。

　　布瑞斯所骑的那匹白马不仅体型巨大，力气更是大得不可想象，只见它四只马蹄奋力一跃，被冻结住的布瑞斯身上的冰块霎时就崩碎了，化成了满天的碎冰。布瑞斯眼睛一动不动地盯着前方的肖成天和瓦尔特，嘴里发出兴奋的"吼吼"声。

　　也许是前面的猎物让这大恶魔兴奋了，他奔跑的速度一点都不像格瑞丝说的那样缓慢。那高大的白马猛然一跃就是好几米远，而他胸前挂的那些乐器，自动演奏出来的曲子，更是有着一种神奇的魔力，仿佛会迷惑人的心智，让人忍不住沉迷其中，似乎随着那优美的音乐看到了一幅幅瑰丽的画面。

　　那曲子猛然一变，变成一支无比悲伤的曲子，仿佛有无数的人在哭泣、哀鸣，听得人心中发堵，一股悲切之意油然而生。前方正在亡命奔跑的肖成天和瓦尔特听了，就像被施了定身术一样，身躯猛然一滞，呆呆地愣在了那里。从心底深处涌上来一股莫名的悲伤，令他们两人的鼻子不禁一酸，几乎要落下泪来。

　　那些有的没的悲伤往事，刹那间齐齐涌上他们的心头。

英雄联盟 ①
苍天冥瞳

　　结果，他们两人黯然落泪，嘴里在喃喃自语着什么。布瑞斯骑着白马冲到他们的前面，带着欣赏的目光看着他们的表情，那石质的脸上，有着一抹得意的笑容："人类战士，与蝼蚁有区别吗？"

　　说完，布瑞斯坐在马背上缓缓将手掌伸了出来，那手掌竟迅速变大，眨眼之间变得足有四五米宽。接着，布瑞斯残忍地笑了笑，巨大的石掌猛地朝肖成天和瓦尔特拍了下去。

　　可他那巨大的石掌刚刚拍到一半，他整个人突然一动不动了，那只巨大的石掌就那样举着，再也拍不下去半分。

　　下一个瞬间，只见持着"破天"战刀的林雷猛地冲了出来，他大喝一声，双手紧握"破天"战刀立劈而下，战刀青色光芒大放，直接化成一条青龙的影子。

　　"轰"的一声巨响，像青龙一样的刀芒没入布瑞斯的手臂之中，直接将他那只巨大的石掌斩落下来。布瑞斯如同行尸走肉一般，依旧呆呆地愣在那里，一点感觉都没有。

　　这时候，格瑞丝也是跟着从大楼里冲了出来，看到地面上那被林雷砍落下来的巨大手掌，她摸了一下饱满的额头说道："快，要速战速决，我最多能够控制他的灵魂两分钟。"

　　当格瑞丝控制住布瑞斯的灵魂的那一刻，他胸前的那排乐器也停止了演奏。肖成天和瓦尔特从极度悲伤的情绪中迅速苏醒过来，两人跪在那里眨了眨眼睛，一时间回不过神来。

　　"肖成天、瓦尔特，你们愣着做什么？如果在两分钟之内我们无法干掉这个恶魔，那我们就惨了。"林雷高声叫道。说话间，他的身躯一分为二，出现了两个林雷，分别持着"破天"战刀，其中一个林雷瞬间冲到布瑞斯的身后，一个林雷冲到布瑞斯的前面，对布瑞斯形成两面夹攻之势。

　　"杀！"

　　两个林雷同时大喝一声，高高跃起，分别举起"破天"战刀朝布瑞斯奋力劈去。"轰"的一声巨响，两把"破天"战刀一前一后同时斩在布瑞斯的身上，但是只在布瑞斯的身上留下两道深不足一寸的伤口。绿色的鲜血，瞬间便从那石体上喷涌而出。

两个林雷使尽全力同时出刀，力量十分强大，然而，却没将布瑞斯击杀，只是在他身上留下两道伤口而已。

布瑞斯竟然强大至此！

这个时候，肖成天和瓦尔特在发愣中回过了神来，两人皆愤怒不已。肖成天背后的审判之轮瞬间浮现出来，旋转着围着布瑞斯打转，眨眼之间，就在布瑞斯的身上留下了一道道伤口。顿时鲜血四溅，像洒水一样。瓦尔特也是抢起他的黄天大斧，一斧狠劈而出，那巨大的力量，直接将布瑞斯劈飞了出去。

"对他发起最猛烈的攻击吧。"一旁的格瑞丝，脸庞上已经有着一抹焦急之色，"我快要支撑不住了。"

两个林雷一前一后夹住布瑞斯，对布瑞斯发起了狂攻。前方的林雷一刀将其劈得打着滚儿翻飞了出去，后面的林雷又是一刀将其劈了回来。两个林雷就这样不停地劈着，一时之间，布瑞斯的石躯竟然不着地面，就这样在两个林雷之间滚来滚去。仅仅一会儿的工夫，布瑞斯便成了一个血人，绿色的鲜血不断喷洒。空气中，弥漫着一股浓烈的腥臭味。

一旁的格瑞丝、肖成天和瓦尔特一时间完全被林雷那凶猛的样子惊得目瞪口呆。青龙血脉的传承者，竟然能够这样"蹂躏"一个恶魔！

但这对于布瑞斯造成的伤害显然不够！只见格瑞丝的神色一怔："林雷快撤，我已经控制不住他了。"

林雷的心里非常不甘，却也无奈，两个林雷同时冲到布瑞斯面前，大喝着对他又狠狠地劈了两刀。两个林雷这才瞬间合一，然后挥了挥手，与格瑞丝、肖成天和瓦尔特一起冲进了一条小巷之中。

他们刚一进去，身后便传来一声咆哮。林雷下意识地回头望了一眼，整个人顿时愣住了。只见南央手持烈焰长枪，从远处极速冲来，整件红色铠甲都在腾腾地燃烧着。所幸的是，光明镇魔石还背在她的背上，并没有被七十二大恶魔抢去。

南央很快冲到布瑞斯面前，瞧见已经成了一个血人的奄奄一息的布瑞斯，她顿时悲愤地怒喝一声："主人，我一定会为你报仇！"

她手中的烈焰长枪奋力一刺，前面的整片空间都燃烧起来。

她是远古神兽朱雀的血脉传承者。听说朱雀的心脏就是一团火焰，一旦暴怒到极点的时候，内部都会燃烧起来。

大楼中，林雷冷静地说："还好，光明镇魔石还在南央的手上，并没有被神魔们抢去。可是，南央现在被布瑞斯控制着，我们要想个办法。"

"要重新夺回光明镇魔石，毫无疑问，只有杀死布瑞斯，或者杀死南央。"格瑞丝抬手摸了一下额头，说道，"现在，我的精神力量已经恢复了，可以重新将布瑞斯变成行尸走肉两分钟。刚才你们已经将他重创，这次要是再找到他，两分钟之内杀死他应该没有问题。"

林雷紧紧地握了拳头，他知道，为了南央，上刀山下火海，他都在所不惜。

四人再没有任何的犹豫，当即冲出大楼，准备将布瑞斯杀死。然而，他们刚一冲出大楼的大门，身穿红色铠甲的南央便缓缓朝他们踏步而来，她手持烈焰长枪，双眼也燃烧着妖异的火焰。

"你们要去寻找布瑞斯，然后将他杀死？"南央缓缓将手中的长枪举起来，遥遥指向林雷他们四人。此时，她的灵魂已经彻底被布瑞斯控制了，完全成了黑暗魔族的一员。

看着南央，林雷转脸对身后的三人说道："你们快去寻找布瑞斯，然后以最快的速度将他杀死，我在这里挡住南央。"

南央是个血脉极纯的远古神兽传承者，实力绝对不在肖成天或者瓦尔特之下。

说着，林雷缓缓举起了"破天"战刀，指向了南央，虽然他从来没有想过，有一天他会将"破天"战刀指向她。

"我都已经站在你们面前了，你们觉得，我还会容你们去杀布瑞斯吗？真是可笑！"南央兀自摇头冷笑了一声。只见她双腿用力一蹬，手中的烈焰长枪急刺而来，像流星一样。那烈焰长枪上燃烧着的火焰，将她周边的空气点燃了，如燎原一般狂燃起来。

林雷将手中的"破天"战刀一扬，猛地架住南央狠刺过来的烈焰长枪，并大声地对肖成天他们三人说道："你们还在这发什么愣，快去！是成是败，关键就看你们三人了，速战速决！"

机不可失，肖成天、瓦尔特和格瑞丝不敢有丝毫怠慢，急忙快速冲向前方，准备杀死布瑞斯。他们都知道，已被布瑞斯控制的南央和林雷之间必有一场恶战。唯一的办法就是，他们要赶在林雷和南央杀死对方之前杀死控制南央的布瑞斯，所以他们的速度极快。

"想杀布瑞斯？那么，就让我先把你们杀了吧！"

见肖成天、瓦尔特和格瑞丝三人向前方急冲而去，南央大喝一声。红色铠甲上的火焰正疯狂地燃烧着，整个人与烈焰长枪持成一条直线，人枪化作一道长虹。南央越过林雷的头顶，将手中的烈焰长枪狠狠地刺向前面的肖成天、瓦尔特和格瑞丝三人。那烈焰长枪上传来的热量，令地面上的林雷感觉自己瞬间就要被烤熟了。

"灭魔爪！"

林雷迅速转身，手掌奋力一拍，一只青色的龙爪印自他的手掌中猛脱而出，破空而去。龙爪印见风就长，刹那间，便长成了一只足有两米宽的巨大青龙爪印，一把将南央紧紧抓住。

林雷操纵着青龙灭魔爪一摔，直接将南央摔落在地。"轰"的一声巨响，南央穿着铠甲的身躯将地面都砸裂了。虽然这一动作让林雷心中一痛，但是他手上的力度却没有丝毫减弱。

他必须让肖成天、瓦尔特和格瑞丝顺利杀死布瑞斯。

南央迅速地从地上爬起来，看都不看林雷一眼，便持着烈焰长枪不顾一切地飞掠而去。瞧见她如此疯狂，他再次施展灭魔爪。一只青色的龙爪印在南央的头顶出现，然后猛地一爪盖了下来，直接将地面盖出一个巨大的龙爪印。南央躺在那龙爪印的爪心上，被盖得有些发蒙。

"南央，对不起了。我会还给你的！"

林雷毫不犹豫地操纵青龙灭魔爪一把将南央抓起来，然后狠狠地摔了下去，又是"轰"的一声巨响。力量强大到不可思议的青龙灭魔爪，又是在地上印出了一个爪型巨坑。

他的动作没有停下来，连续狠摔几次，南央的身躯上已经出现了龟裂的迹象。一道道鲜血，已经从铠甲上面铁片与铁片的连接处涌了出来。这一幕终于让林雷心下一紧，然而，就在他这一愣神间，南央突然从他的青龙灭魔爪中挣脱了出来，尽管她的身子已经被摔得伤势严重，但却依然矫健如常。她犹如蛟龙出海一般冲天而起，然后凌空一翻，双手紧抓着烈焰长枪直刺而下："我要将你碎尸万段！"

长枪从上而下，方圆一丈左右范围的地面，立即被烤焦了。若不是林雷躲闪及时，这一枪，足令他凶多吉少。

已经彻底暴怒的南央简直可怕到了极点，她见一枪没有将林雷刺中，便迅速抽枪，然后单手一挑。那烈焰长枪形似一条火蛇，如影随形般跟上林雷，眨眼间，就在林雷的四周刺出了上百枪，形成了一张枪网，直接将林雷笼罩起来。林雷行动疾速，在一片密密麻麻的枪影中不停地闪避。刺是没有被刺着，可林雷感觉自己都快要被烧焦了。

"两分钟的时间应该到了吧，肖成天、瓦尔特和格瑞丝他们三人得手了吗？"不断闪避中，林雷望了一眼之前肖成天、瓦尔特和格瑞丝他们三人消失的地方。

就这么一眼，林雷便感觉到身后突然涌来一股无比强大的杀意，他知道南央的烈焰长枪已经刺到了他的身后。他猛然转过身，缓缓张开了双臂，微笑着迎接南央向他刺来的这一枪："南央，我说过，我会还给你的……"

"哧！"长枪入肉、骨骼碎裂的声音在林雷的耳边响起。

鲜血在林雷的胸前喷涌着，仿佛一朵盛开的鲜艳玫瑰花，但他却在咧嘴笑，眼睛一眨不眨地望着南央。他感觉生命正在快速抽离他的身体，他知道自己这一次也许真的活不了了，他觉得自己连心脏都被南央这一枪刺碎了。

他尽力凝聚起最后一丝力气，无比虚弱地朝南央笑了笑："南央，我已经还给你了。布瑞斯应该已经被杀死了。嗯，你的灵魂应该马上就能脱离控制了，到时候，你一定要将你背上的光明镇魔石送到万恶罗城，绝对不能被黑暗魔族毁了。"

林雷双眼圆睁，虽步伐凌乱，但他却死死地站住了，誓死都不肯退一步。

抑制不住的鲜血自林雷的鼻腔、耳朵、眼眶、口腔滚滚而出，如喷泉般狂涌。滴滴鲜血落在他的胸前、肩膀、小腹、大腿，转眼之间就将他的青色战袍染红了，变成了血人。

胸前将他刺穿了的那杆烈焰长枪，深深插入他的胸膛，正轻轻地颤动着。林雷咬紧牙关，坚如磐石，用"破天"战刀死死支撑着身体，不让自己倒下。他缓缓向南央伸出手去："南央，我想回龙的梦魇，赵亮这小子，一定在想我……"

他的手蓦地停在了半空中，林雷再也没有任何的声息。

"林雷……"

原本怒意滔天的南央口中突然喃喃自语了一句，接着她猛地双眼一睁，再次看向那已经没有了生命气息的林雷，如梦初醒般大喊："林雷！"

她紧紧抱住林雷，泪水像决了堤的河坝，双手不知所措地去摸他的脸，摸他的胸口。

鲜血，双手沾满了鲜血，林雷的鲜血！

"林雷，我居然亲手杀了你，啊……"南央心已经痛到窒息，她泪如泉涌，紧紧依偎在林雷的怀中，脸颊贴在他胸前，任那无尽的鲜血沾染了自己的发髻、脸颊。

当肖成天、瓦尔特与格瑞丝三人赶到的时候，南央静静地坐在地上，怀里紧紧地抱着林雷，脑袋低垂，不言不语，不哭不笑，全无声息。

"林雷！"

肖成天、瓦尔特与格瑞丝三人惊呼一声，急忙冲上前来。三人看了一眼双眼已经紧闭的林雷和脸如死灰的南央，但他们都知道，一切，已经晚了……

林雷死了……

死在了南央的手上……

"你不会是个变态吧！亲眼看着他被南央杀了都不出手！"由静不可思议地看着东门燕，"你是不是忘了Boss的要求了！你是公然挑战Boss，自寻死路啊！"

"难道你从来没有死过？"东门燕平静地回答。隐在暗处的她们，就这样看着林雷的气息完全消失。

"我死是我死，可是他不是我啊。我命比纸薄没有人可怜，他可是Boss指定的对象！"由静继续大惊小怪。

"死而已，有什么大惊小怪的，我们都要经历的。"东门燕声音毫无变化。

"可是Boss的要求不是这样的！"由静想起Boss那个超级大"腹黑"——要是知道她们公然违背他的意思……由静不禁打了一个哆嗦，虽然根本没有人能看到。

"别担心，他不会有事的。"东门燕直直地盯着林雷的尸体，对抓狂的由静淡淡地说，"你看那里……"

由静顺着东门燕的目光望去，一个半尺高的小人正在林雷的脑袋旁边饶有兴致地观察着林雷的尸体，仔细看去，那个小人居然和林雷长得一模一样！

"那是什么玩意儿啊！怎么和林雷长得一模一样？灵魂出窍？"由静惊奇地看着东门燕，但后者沉默不语。

"林雷，林雷。"

林雷又听到那个声音在呼喊他，像他在梦中的那次一样。然后，他缓缓地睁开了眼。

"你？"看着缩小版的自己，林雷皱了皱眉，"你怎么在这儿？"

林雷说完揉了揉感到异常疼痛的脑袋，迷迷糊糊地看着四周："我这是在哪儿，我怎么会躺在这儿？我记得我正在和南央打斗，然后……"

"准确地说，你现在已经死了。"缩小版的林雷打断他，一本正经地盯着林雷看。

林雷这时候才发现自己胸口上全是血。

"我死了？"已经有了和缩小版的林雷之前诡异的见面，林雷对于他的话并没有大惊小怪，"那现在醒来的我是……灵魂和你对话？"

这一次，缩小版的林雷却卖起了关子，他微笑着只对林雷说了两个字："你猜。"

林雷看了看身边，却见南央他们悲痛欲绝地围着自己，丝毫没发现他和缩小版的林雷之间的异常。

这当然是无可厚非的，因为在他们眼里，林雷依旧只是躺在地上再无生命气息的一具冰冷的尸体。

"我只是问你，你想不想死而复生，重获新生？"缩小版的林雷不知道从哪掏出一个小苹果正悠闲地吃着，他似乎偏爱苹果，百吃不厌。

林雷没有立刻回答，他记得是南央的烈焰红枪刺穿了他的胸膛。他也知道南央为什么会伤害他。看着围在他身边的同伴悲痛欲绝的样子，林雷只觉得胸口越发疼痛。

他们的目的是将光明镇魔石安全护送到万恶罗城。现在林雷被南央杀死，也实属意外。但是林雷怎么能愿意让自己的同伴们身陷危险而无动于衷！虽然他觉得自己就是一个怂包，但是战斗让他渴望能蜕变成一个真正的男子汉。他需要与同伴们一起战斗，保护他在乎的那些人不受伤害，保佑在龙的梦魇中安好生活的那些人，即使他们并不怎么喜欢他。所以他渴望地看着缩小版的林雷，双眼中流露的是对生的渴求。

但是缩小版的林雷看着他的眼睛，却诡异地一笑："这一次，可不止三个苹果就能搞定的哦。"

"你想要什么？"林雷知道没那么容易，这毕竟不是读读龙文那么简单的事。

只见缩小版的林雷像探究似的绕着林雷转了几个圈，最终他站在林雷的面前邪恶一笑："虽然我要的不是苹果，但其实对你来说也很简单。"

"什么？"林雷有一种不好的预感。

"你的血。"缩小版的林雷将视线移到林雷那被血浸湿的胸口上，"你看你，已经白白浪费了这么多。真是太可惜了。"

"血？"林雷警惕地看着缩小版的自己，"你要血干吗？你……你不会是吸血鬼吧！难道你靠血维生？！"

"不要这么紧张。反正你这浪费也是浪费。"缩小版的林雷微笑地看着林雷，"我都说我就是你，你就是我。我如果是吸血鬼，那不就是在说你自己吗？反正这是你复活的唯一条件，答不答应，就看你自己喽。"

林雷咽了咽口唾沫，虽然这听起来很荒唐，但不知道为什么，林雷的内心似乎有一个声音在告诉他，缩小版的林雷说的都是真的。

这是他复活的唯一机会！

林雷低头看了看自己的胸口，血还没有停止。照这样下去，就算不给缩小版的自己，也一样会流干。何况这也并不是什么大不了的条件。林雷咬了咬嘴唇，最终朝缩小版的自己点了点头："你不会把我的血都吸干吧？"

"不会。"缩小版的林雷嘴角噙着一抹微笑，"保证你毫发无损。"

缩小版的林雷说着，径直走到林雷的胸口上，轻轻地凑到血液上嗅了嗅，然后张开嘴吸起来。

不过片刻，林雷就惊讶地瞪大了眼睛，因为吸过血的缩小版的林雷竟然变大了！

一点一点，缩小版的林雷的体形比刚刚大了三分之一！

"你……你居然饮血长大？！"

缩小版的林雷依旧微笑，他答非所问，亲切地对林雷说："恭喜你，你很快就会醒来。"

说完，还没等林雷问清楚是怎么一回事，他已然消失不见。

"他虽然死了，但是我有办法将其复活。"南央、肖成天和瓦尔特看着林雷的尸体正在悲痛欲绝时，格瑞丝忽然说。

"林雷他还能复活？"南央猛地站起来，激动得一把将格瑞丝揪住，"你说的是真的，林雷他还能复活？"

一旁的肖成天和瓦尔特，也不可思议地看了看格瑞丝，又看了看浑身是血的林雷。

格瑞丝看了他们三人一眼，掰开南央揪着自己的手，点了点头："是的。我的这根魔杖上的蓝色宝石，你们注意到它的形状了吗？"

说着，她将魔杖上的蓝色宝石展示给南央他们三人看。他们三人这才注意到，那块蓝色宝石居然是心形的，确切地说，它就是一颗心。

"你们猜得没错。"格瑞丝从三人的眼神中已经猜到他们所想的，她望着诸人点了点头，"它其实就是一颗心，一颗生命天使的心，我只要将这颗生命天使的心破开，分一半给林雷，林雷就可以复活。可是时间现在已经不够了，所罗门王剩余的七十一个大恶魔，他们很快会找到我们，所以我们现在要做的是马上离开这里，前往珀斯。等到达珀斯之后，我再将生命天使的心脏破开，将其中的一半打入到林雷的体内。"

听她这么一说，南央当即将背上的光明镇魔石交给了肖成天，然后又将自己背后的战袍全部撕下来，绑住林雷的尸体，将他背在背上。但是她却并没有听从格瑞丝的意见前往珀斯，而是冷冷地望着前方，轻轻地说："我觉得，现在我们应该冲回圣教殿，将那七十二根石柱全部毁掉。"

她的声音很轻，可是所有人都能感到她胸中的那股愤怒。

"将那七十二根石柱全部毁了，我们为什么要花费这样的力气，直接冲进通道里不就好了吗？"格瑞丝神色疑惑地望向南央。南央的话，让这位智慧超凡的心灵魔法师的大脑有些短路，"你是不是得到了什么信息？"

肖成天和瓦尔特也疑惑地望向南央。

南央点了点头，说道："虽然我之前心智不受控制，但我内心却还是自己。之前我与所罗门王的七十二大恶魔同行的时候，从他们口中得知，支撑整个和平圣城的就是那七十二根石柱。只要将那七十二根石柱毁掉，整个和平圣城就会陷入黑暗地狱。我不想剩下的七十一大恶魔也经过通道一直追杀我们到珀斯。若是那样的话，我们即便到了珀斯又怎样，只能不停地逃亡。格瑞丝你根本没有时间救林雷，我要让剩下的七十一大恶魔，随着这座和平圣城永远陷入黑暗地狱，再无见天之日。"

"这个主意好！"瓦尔特兴奋地叫起来，还挥了一下手中的黄天大斧。

格瑞丝也点了点头："好，那我们现在以最快的速度赶回圣教殿，毁掉那七十二根石柱。"

四人没有再耽搁，当即朝圣教殿急奔而去。瓦尔特似乎对搞破坏的事情特别热衷，举着黄天大斧一路上兴奋地大叫着。当他们到达圣教殿时，瓦尔特朝着一根石柱奋力一劈。"轰"的一声巨响，那根石柱一下子裂开来。一大片绿色的鲜血从那石柱中喷涌而出，直接喷了瓦尔特一身，一时间腥臭味冲天。

瓦尔特避之不及，他厌恶地看了看自己满身的绿色鲜血，继续举起黄天大斧发狠般朝那根石柱一阵狂砍："该死的，居然敢弄老子一身鲜血，看老子不将你彻底粉碎。"

他的黄天大斧十分了得，仅仅是几斧头，便将那根石柱砍得粉碎。而这个时候，南央、肖成天和格瑞丝也行动起来。就这样，一根根巨大的石柱轰然倒下。南央最为生猛，基本上一挥烈焰长枪，就有一根石柱应声倒塌。肖成天和格瑞丝也不甘落后。肖成天的审判之轮围着那石柱飞了几圈，那石柱就被切成了几截。而格瑞丝采用的是魔法式破坏，她冲着一根石柱诵念上一段咒语，那根石柱就炸开了。

然而，就在四人奋力毁杀着石柱时，整个地面却忽然间抖动起来。地面抖动得越来越剧烈，最后连整座圣教殿也猛烈地摇晃起来，好像地震一样，又仿佛有什么邪恶的庞大生物正往这里狂奔而来。四人的身体猛然一滞，一时间皆停止了动作，愣在了那里。

"不好，是剩下的七十一大恶魔正在往这里赶来，他们已经感应到了我们正在这里毁掉这些石柱。他们甚至已经猜测到了我们的意图，要赶来杀死我们。"格瑞丝抬手摸了一下额头说道。

剩余的七十一大恶魔来速极快。她话音刚落，那七十一大恶魔便出现在了他们的视线中，他们正往这圣教殿狂奔而来。那些巨大的石柱蹬踏着地面，整个大地都在剧烈地晃动着。

"我去截住他们前进的步伐！"格瑞丝大叫一声，"你们三人必须以最快的速度将这七十二根石柱毁掉，否则，我们谁别想活着出这圣教殿。"

说话间，她已经冲到了圣教殿的大门口。只见几支罕见的巨大火箭，箭尾上燃烧着呼呼的火焰，迎面朝她射来。明晃晃的三角箭头清晰可见，旋转着直取她的胸口。这样的火箭若是射在了她的胸口上，绝对轻而易举地在她的胸口上留下一个大洞。

"给我定！"

格瑞丝一声怒喝，手中的魔杖唰的一声朝前一指，魔杖前端的生命天使之心刹那间明亮起来，仿佛一枚蓝色的太阳，璀璨夺目。瞬间，那几支怒射而来的巨大火箭直接停住了，再也射不进半分。

身后，七十一名大恶魔发了疯般的朝圣教殿奔来，嘴里发出各种沉闷的嘶吼声。格瑞丝单手持着魔杖，蓝色的眸子冷冷地看着他们。她嘴里开始诵念心灵魔法咒语。那声音越来越大，一声高过一声，无尽的蓝色魔发元素从她身上散发出去，仿佛万道蓝色的光芒，直射苍穹。

前方的七十一名大恶魔的石像猛地停了下来，一个个愣在了那里，没有视觉、听觉、触觉……一切感觉都没有了，他们的灵魂被格瑞丝直接夺走了，暂时成了行尸走肉。

"快，我们必须以最快的速度毁掉这些石柱！"肖成天大吼。他和瓦尔特都很清楚，格瑞丝的心灵魔法，只能坚持两分钟。他们三人必须在两分钟内，将圣教殿中剩余的石柱全部毁掉，让整座和平圣殿陷入黑暗地狱。否则，他们这趟远征到这里就会被彻底画上句号了。

到了这个时候，圣教殿中的三人都发起狠来，扑向一根一根石柱。

　　两分钟不长，随着时间的推移，格瑞丝身上散发出来的蓝色魔法元素越来越强，她嘴里诵念咒语的声音已经浩大得如洪钟大吕。"嘭"的一声巨响，她的头盔被炸开了，满头金色的长发一下子飘散了开来，仿佛一朵盛开的夏花。

　　林雷已经到了强弩之末，他坚持不了多久了，嘴角上都溢出了一丝鲜血。幸好，这个时候，圣教殿中的南央他们三人也刚好将七十二根石柱毁了个干干净净。瞬间，整个大地开始剧烈地抖动起来，震耳欲聋的坍塌声从前方传来。

　　这座古老的城池，开始沦陷了。

　　"格瑞丝，快进入通道！"南央大叫一声，她背着林雷，与肖成天、瓦尔特急忙冲向圣教殿中央的通道。格瑞丝回头望了一眼，见他们三人已经彻底进入通道中，她急忙将魔杖收起，跟着冲向通道。身后，那七十一大恶魔的石雕一下子重新拥有了灵魂，一个个怒吼着朝通道冲来。

　　然而，他们刚刚冲进圣教殿，整座圣教殿便轰然坍塌了下来。整座和平圣城中，一座座高大雄伟的建筑坍塌而下，几千年来的建筑群就这样毁于一旦。此时地面上出现了一条条巨大的裂痕，正不断地向前延伸。整座古老的城池快速沦陷着。

　　"快跑，不要回头看！"通道内，肖成天冲到格瑞丝的面前，一把抓住她的胳膊，拉着她如同发了疯一般往前狂奔。

　　身后不断有轰隆隆的声音滚来，地面在猛烈地抖动着。这条通道似乎要崩塌了。肖成天拉着格瑞丝断后，南央背着林雷在前面，瓦尔特在中间，四人亡命般朝通道的出口跑去。

　　"身后的和平圣城应该已经沦陷了，肖成天，我们不会跟着沦陷进黑暗地狱吧？"听身后那如春雷般滚滚而来的轰隆隆的声音，格瑞丝的脸色有些煞白。

　　"不会的，绝对不会。"肖成天摇了摇头，抬眼一看，却见前面的南央和瓦尔特停了下来，傻傻地愣在了那里。一片金色的光芒映照在他们的脸上。肖成天心里一阵纳闷："怎么回事？"

　　他拉着格瑞丝冲上去一看，两人顿时也愣住了。只见前面堆满了成千上万根金条。这些金条被整整齐齐地摆放在那里，除此之外，还有不少的玉器、宝石、古书等，真是琳琅满目。

"所罗门珍宝！"

望着眼前遍地的财宝，瓦尔特使劲咽了咽口水："虽然我很想捧上几大捧，但是之前奥格斯格大将军说过，任何人都不能对'所罗门珍宝'有非分之想，否则格杀勿论。我们走！"

说着他挥了挥手，继续朝前跑去，结果他们刚刚离开"所罗门珍宝"，就听见身后"轰隆"一声巨响。四人回头一看，只见他们身后的通道彻底崩碎了。整条通道在他们与"所罗门珍宝"之间断裂开来，后面部分与"所罗门珍宝"一起正在不断地向下塌落。远处，古老的和平圣城中那一座座雄伟的建筑不见了，已经彻底成了一片废墟。身后的大地像是打开了一扇黑暗地狱的大门，正在吞噬着这里所有的一切，包括剩下的所罗门王七十一大恶魔的石雕。

山崩地陷的威力使人胆战心惊。四人急忙紧紧抓住旁边的石壁，不敢乱动，唯恐也随着身后崩塌的山体沦陷。四人目瞪口呆地看着整座和平圣城就这样以极快的速度陷入黑暗地狱。

这场面实在太壮观了，整座山脉都在不住地抖动着，格瑞丝他们四人紧紧攀在石壁上，一动都不敢动。很快，整座和平圣城再也看不见半点踪迹，已经彻底陷入黑暗地狱。只是那轰隆隆的巨响，却依旧没有消失。

他们四人这才憋足了力气，往山顶爬去。正在此刻，众人背后忽然传来一阵阵凄厉的哭泣声。这声音似有似无，在山石的崩塌声中虽十分微弱，却又直指人心。

听声音似乎是那所罗门王的七十二大恶魔的。这时南央感觉到背上背着的林雷忽然发沉，似乎有个力量将林雷的尸体抓住了，正使劲往下拉扯，企图要将他拉下黑暗深渊去。那股力量大得出奇，一下子就将绑着林雷的战袍扯断了。

"林雷！"南央大叫一声，她的反应够快，转身一只手将下沉的林雷的尸体抓住，只是这一抓，连同她自己也差点被扯了下去。

南央一手提着林雷的尸体，一手攀住石壁，她感觉自己整个人都要被生生撕裂一般。

林雷是死在她的手上的，如果他就这样被扯进黑暗地狱，那当真再无半点复活的可能，她绝不允许这样的事情发生！

"我绝对不会再失去你，绝对不会！"

她挣扎着想爬上山顶，但是脚下立足的山石已经崩塌，只能凭单手的力量死死攀住石壁，无法回头去看。

南央想要竭力抑制自己不去听那哭声，可耳边的哭泣声却越来越凄楚，一声声直刺人心。这哭声令她心中发酸，身体愈发沉重，忍不住想松手。

而此时已经爬上山顶的肖成天、瓦尔特和格瑞丝三人见此情景，顿时担心起来。他们迅速沿着山体爬下去，格瑞丝更是二话不说，当即诵念起了古老的咒语。

随着她这咒语的念出，南央犹如三伏天被泼了一桶凉水般全身一振，清醒了过来。耳边的哭声消失，身后拉扯林雷尸体的力量也随即消失了。在肖成天和瓦尔特的帮助下，她很快爬上山顶。

等爬上山顶后，四人这才发现，此刻已经是日落时分。那落日好像涂抹了鲜血一样红得刺目。一阵阵夹带着细沙的微风刮过，天地间笼罩着一层不祥的阴影。这是遥远的万恶罗城感受到了所罗门王的七十二大恶魔已经陷入黑暗地狱，所散发出来的一种无声的哀号。

四个人面露凄惨之色，沉默不语。

他们死里逃生，失去了整支骑军，包括奥格斯格大将军和林雷，虽然毁掉所罗门王的七十二大恶魔乃至整座和平圣城，可现实却用赤裸裸的残酷给他们上了刻骨铭心的一课。

英雄联盟 ①
苍天冥瞳

第十一章　重获新生

"苍天冥瞳的魔力已经覆盖了整个大地，它就像一场可怕的瘟疫一样，在疯狂地扩散、蔓延。在这种情况之下，这珀斯却还能保持如此安宁与祥和，正常吗？不，绝对不正常。这珀斯一定有些可以克制苍天冥瞳的魔力的东西，又或者，这座城池的居民，全都是……"

那一天，四人就此下山去，在山下的一户农家中住宿了一夜。第二天，天刚蒙蒙亮，他们向那户主买了四匹骏马，要了一份通往珀斯的路线图，就此乘着骏马向珀斯飞驰。

因为没有了林雷，一路上大家都不怎么说话，情绪有些低落，尤其是南央，只是低头一个劲地赶着脚下的骏马。

中午时分，他们来到了一座热闹不凡的城池，依照地图上的指示，这里就是奥格斯格大将军说的珀斯。这座城池里的居民似乎并不惧怕苍天冥瞳的苏醒，依旧如往常一般生活着。

南央他们四人带着林雷的尸体，找到一家客栈住了下来。格瑞丝这才对向南央说道："南央，来，将你怀里的林雷交给我吧。我保证等你明天早上一睁开眼睛，就可以看到一个生龙活虎的林雷。相信我，我是一名出色的心灵魔法师，我拥有生命天使的心脏，这会重新赋予他生命的。"

"嗯。"南央点了点头，将林雷的尸体交给格瑞丝。

"从现在开始到明天早上，不论发生什么情况，你们都不可以打扰我，知道吗？"格瑞丝接过林雷的尸体，向南央他们三人交代了一句后，便转身进入了自己的卧室，反手将门关上了。

"肖成天，你觉得格瑞丝能将林雷复活吗？"瓦尔特推了推身旁的肖成天。肖成天想了想，叹了口气："这是我们共同的愿望，不是吗？而且，我相信格瑞丝的魔法能力，也相信生命天使的心脏，能够重新赋予林雷生命。她……"

"你们发现没有，这个叫珀斯的城池十分古怪。"突然推开门重新出来的格瑞丝打断了肖成天，她皱着眉头看着大家。

"这珀斯古怪在哪里？"肖成天蹙着眉头问道。

结果格瑞丝尚未说话，南央却疑惑地说道："格瑞丝，你的意思是……这里太过安宁祥和了？"

"没错，这里太过安宁祥和了，这种安宁祥和，让我感到不安……"

"哎，格瑞丝，我说你是不是太过紧张了，我觉得这里很好，一切都很正常。等再过一会儿，我还准备拉上肖成天，去找一家酒楼喝上两杯，再好好睡上一觉，养足精神。等明天天一亮，我们就出发去罗索尼河港口，在那里买上船只，然后沿着罗索尼河顺流而下，直达圣马格丽茨贝水族。"

瓦尔特叽里呱啦地说个不停，唾沫横飞，结果却惹来了格瑞丝的一阵白眼："瓦尔特，我可以很负责地告诉你，像你这么鲁莽，你绝对见不到明天的太阳。经历过这些，我们必须要小心。"

瓦尔特被格瑞丝的这番话噎住，讪讪地站在那里摸了摸鼻子。

格瑞丝蓝色的眸子闪烁不安的光芒，她继续说道："苍天冥瞳的魔力已经覆盖了整个大地。它就像一场可怕的瘟疫一样，在疯狂地扩散、蔓延。在这种情况之下，这珀斯却还能保持如此安宁与祥和，正常吗？不，绝对不正常。这珀斯一定有可以克制苍天冥瞳的魔力的东西，又或者，这座城池的居民，全都是……"

格瑞丝没有说下去，只是兀自打了个冷战，顿了好一会儿才说道："若是明天早上七点以前，你们没有看到我和林雷从这个屋子里出来，那么你们马上动身前往罗索尼河港口，途中不要与任何人战斗。若是对方有强大的敌人挑战你们，你们不要还手，直接让他们杀死就可以了。唯有这样，我们才能顺利地逃出珀斯，你们明白吗？"

"什么，直接让他们杀死？"

格瑞丝的话，令肖成天、南央和瓦尔特大吃一惊。他们不可思议地看着格瑞丝，从没听过有谁在战斗的时候，故意让对方杀死的。格瑞丝缓缓地点了点头："记住我的话，唯有这样，我们才能逃出珀斯。对了，瓦尔特，今晚你可以拉上肖成天去喝酒，这个没有问题。但不要耽误明天的行程。还有，肖成天，将你背上的光明镇魔石解下来给我。"

肖成天愣了一下，然后二话不说便解下光明镇魔石，丢给格瑞丝。

格瑞丝伸手将光明镇魔石接住，转身回到了她的房间，再次将房门关上，只留下南央、肖成天和瓦尔特三人愣在那里面面相觑。瓦尔特重重地吐出一口气："让自己被对方杀死，这个格瑞丝太疯狂了，也太傻了！"

"不！"南央却摇了摇头，"她一定想到了什么。我有一种直觉，她的决定是正确的，我们必须照她的话去做。对了，她刚才说这全城的居民全都是什么？"

"她什么都没有说，只是兀自打了个冷战，纯粹就是自己吓唬自己。魔法师从来都是这么胆小的。"瓦尔特不屑地撇了撇嘴，还拍了拍肖成天的肩膀，"走，我们去喝酒。南央，你也去吧。我感觉你一直忒将林雷杀死的事情耿耿于怀，整天闷闷不乐，你应该和我们一起去喝上两杯烈酒。"

南央望着格瑞丝关上的房门，那里，林雷正躺在床上。她希望格瑞丝能救活他，这是她唯一的愿望。

格瑞丝的房间内，床上，林雷的尸体正静静地平放在那里。他的确已经死了，脸上早已经没有了任何血色，也没有了任何呼吸。可是他浑身却依旧隐隐透着一股强者的气息。

格瑞丝看了林雷的尸体一眼，手掌一翻，那根黑色魔杖便出现在了她的掌心上。魔杖顶端的那颗蓝色的生命天使之心，此时没有半点的光华。

格瑞丝小心翼翼将那颗生命天使的心脏从魔杖顶端取下来，用左手轻轻托着。她蹙着眉头略微思索了一下后，便用右掌在生命天使的心脏上一拍，天使的心脏当即裂了开来，不过不是她之前说的分成两半，而是整整分成了均匀的六份。

格瑞丝望着手中六份生命天使之心，嘴里开始小声诵念咒语。只见六份生命天使的心脏开始一点一点膨胀，最后竟然变成了六颗完整的生命天使之心。

格瑞丝先将一颗生命天使之心镶嵌到魔法杖上，再将其中四颗小心翼翼地收藏在怀中。做完了这一切之后，格瑞丝才拿起最后剩下的那颗天使之心，转身缓缓来到床边，而后将那颗天使之心轻轻放入林雷的胸前。

"你真的觉得那个小恶魔说的是真的？"由静看着庆上毫无生息的林雷，转而问身边和她一起隐在角落的东门燕教授，"我看他也没对林雷做些什么啊？"

"所以他才是小恶魔，不是凡人。"东门燕平静地回应，"林雷看上去似乎已经死了，不过小恶魔在接触他的那一刻，其实他就已经活了过来。只不过，活的表现形式可能在格瑞丝他们眼里还是死的。"

"好吧，就算他一会儿真的能活过来——我问你，这是Boss交给你的任务，你怎么能袖手旁观不管不顾呢！"由静很生气地瞪着东门燕，她可不想被连累，受到Boss无情的处罚啊！

"他能活过来就好。"东门燕说着,就见床上的林雷出现了神奇的一幕。

在天使之心放到林雷胸前时,他被南央刺穿的伤口便以肉眼看得见的速度在缓缓愈合。半个小时之后,伤口便彻底愈合完毕,完全看不出有丝毫的痕迹。林雷的脸色也开始一点点红润起来,慢慢有了呼吸,从最先的弱如游丝,逐渐变得正常。

"呼……"

林雷猛然睁开眼睛,一下子从床上坐起来,然后大口喘着气。他有些发愣地看着格瑞丝,一时间缓不过神来:"我记得我已经死了,怎么……这是怎么回事?"

"林雷,你确实已经死了,不过我用生命天使之心将你复活了,是她重新赋予了你生命。"看着眼前重新拥有了生命的林雷,格瑞丝有些激动。

"那么说,我们现在……"林雷蹙着眉头疑惑地望向格瑞丝,他下意识地摸了摸已经完好无损的胸口,重重地吐出了一口气,"这么说我们现在已经离开了和平圣城?可是,南央、肖成天、瓦尔特他们人呢?难道……"

像是想到了什么,林雷从床上一跃而起。

"当然不是了。"格瑞丝一把将他按下,"现在我们已经到了珀斯,整座和平圣城与所罗门王的七十二大恶魔甚至'所罗门珍宝'都永世陷入黑暗地狱了。南央、肖成天和瓦尔特,他们三人到目前为止还是好好的,只是瓦尔特拉着他们去喝酒了而已。"

听格瑞丝这么一说,林雷暗松了一口气,他们没事就好。

他暗自将体内的远古的青龙血脉微微一涌,瞬间,他的右臂上透出一丝青色光芒,一点青色甲片缓缓浮现,并飞快地扩散,很快将林雷的全身覆盖住。与此同时,他的右臂上方渐渐浮现出一把青色光芒四射的巨大战刀。

"嗯,不错,你没有受到丝毫的损伤,一切都和刚刚踏出光明学院的那一刻一样。"格瑞丝满意地点了点头。

林雷心念一动,覆盖在他身上的青龙战甲又缓缓隐回到了他的体内。他皱着眉头望着格瑞丝:"格瑞丝,我们是明天早上从这里出发到罗索尼河港口吗?"

"不是。"格瑞丝摇了摇头,"我们两人一会儿就动身前往罗索尼河港口。我已经注意到了，珀斯每天傍晚时分就会有一支商队前往罗索尼河港口，他们将这里的物品运到罗索尼河港口，再将他们的所需要的食物、衣物、工具等从罗索尼河港口运回珀斯。这支商队将会有两辆马车，到时候，我们两人分别躲在两辆马车的下面，就可以顺利到达罗索尼河港口了。"

"等等，我有些被你这个计划弄糊涂了。"林雷觉得自己的脑子有些短路，"为什么只有我们两人离开，那南央、肖成天和瓦尔特他们三人呢？"

"因为这件事情有些复杂，南央、瓦尔特和肖成天三人必须被杀死！否则，我们谁也别想走出珀斯。"

"什么，南央、瓦尔特和肖成天三人必须被杀死？"林雷吃了一惊，他激动地站起来，"格瑞丝，这到底是怎么回事？你必须告诉我。"

格瑞丝起身来到窗前，朝外看了看，并没有发现窗外有什么可疑人物，这才来到林雷的身边，将珀斯的情况以及自己的计划说了一遍。林雷听了，当即将脑袋摇得像拨浪鼓一样："不行不行，这种做法太冒险了。他们三人必须被杀死，这已经是极让人难以接受的事情了。万一他们三人被杀死之后，珀斯的人不按照你的推算去做怎么办，那他们不就永远死了吗？"

"我也不能确定，但是有七成的把握他们会那么做。"南央摸了一下额头道，"不然你认为我们该怎么办？"

"我觉得我们应该五个人一起离开，也许我们现在的处境并不像你现在所说的那样糟糕。"林雷点了点头，认真地说道。

"不糟糕？"格瑞丝霍地站起来，"林雷，据我的估计，这珀斯的居民正常的可能只有百分之十。这样你也敢拿我们五个人的性命去赌吗？万一这里所有的居民真的全部都是……你想一下这处境将会有多糟糕，我们五个人会全部死去。我可没有那么多的生命天使之心来复活大家了。还有，这样会死伤多少无辜？至少，这珀斯城里的孩子，他们是无辜的，难道你连他们也要一并杀光？"

林雷被格瑞丝的这一番话说得哑口无言，他也不是意气用事的人。在略微沉吟了一下之后，他知道自己刚刚的想法并不明智，便无奈地叹了口气："现在几点了，离珀斯的商队前往罗索尼河港口还有多长时间？"

"现在是下午五点半，珀斯的商队是六点准时动身前往罗索尼河港口的，明天早上便可以到达。"格瑞丝体内真气一收，覆盖在她身上的蓝色铠甲便缓缓地隐回了她的体内，露出她本来的装扮，一件上半身紧绷、下半身肥大的长裙，完全就是一身标准的西方中世纪少女打扮。

她好办，就这样走出去也不会引起别人的注意。但是林雷却不同了，他是个东方人，走在街上随意一眼也认得出来。而且他的衣服也很怪异，还是在中海市带去的东方现代青年的服装。关键是，林雷的左胸口上还破了一个大洞。为此，格瑞丝只得到外面走了一圈，然后顺手牵羊，偷了一套中世纪西方男子的服饰，甚至还弄来一顶小毡帽和一副假胡须。

"嗯，不错，这样就没有人注意到你了。"望着眼前头戴毡帽，下巴一大片凌乱胡须的林雷，格瑞丝满意地点了点头，"那么，我们马上出发，刚才我到那个驿站转了转，他们已经准备出发了。"

没有再耽搁，林雷背上光明镇魔石，两人便出了客栈，来到大街上。林雷微低着头跟在格瑞丝的身后，将头上的毡帽使劲往下拉了拉。

十分钟后，他们已经来到了格瑞丝所说的那个驿站。这个驿站极其简陋，就是用木材随意搭建起来的一个不小的亭子。不过驿站里倒是有不少人，其中有两辆马车停在驿站前的平地上，不断有人在往马车上搬东西。在驿站的外面，还有一支由二三十名骑手组成的小型骑军，正在那里静静地候着。

"快点，快点，你们还在那里磨磨蹭蹭的做什么？时间马上就要到了，去晚了就赶不及出海的船了。"其中一名站在马车上的大胡子中年男子不耐烦地叫起来，可是那搬运货物的人的脚步却并没有因为他这句话而加快多少。

"我们去仓库搬货，然后趁人不备滚入马车下面，抓住马车四个轮子的横柱，待到明天早上，我们便可以到达罗索尼河港口了。"格瑞丝拍了拍林雷的肩膀，转身往仓库走去。

她一把将货物抛上马车，然后站在那里随意地望了望四周，瞧见没有人注意到这里，身子便就地一滚，眨眼就滚进了马车底下，身手矫健得令林雷看得有些咂舌。林雷不敢相信地眨了眨眼睛，这到底是一位心灵魔法师，还是一位铠甲战士啊？

林雷不敢犹豫，背着货物急忙来到靠右边的那辆马车旁。他将货物抛上马车之后，便蹲在地上佯装休息。他用目光瞄了瞄四周，发现没有人注意到这里，便轻松地滚进了马车底下，而后扬起双手攀住马车前轮的横柱，并抬起双腿架在马车后轮的横柱上。

他转脸一看，看见格瑞丝正望着他，对他露出一个淡淡的微笑。一切都在按照格瑞丝的计划进行着，非常顺利。

时间已经不早了，林雷和格瑞丝藏入马车底下没过多久，两辆马车便并排着往前缓缓行驶起来。林雷在马车底下回头看了看后面人的脚，发现居然有不少人，除了先前在那里候着的小型骑军之外，还有一些别的护送者，和一些靠肩膀挑货物的脚夫。

珀斯的小型商队就这样出发了，前往罗索尼河港口。路面非常颠簸，林雷和格瑞丝两人藏在马车下面，只觉得五脏六腑都要被颠出来了。

夜色渐渐暗了下来，小商队马步不停蹄，一路前行。整支商队都没有什么声音，只有马蹄"嗒嗒"声在夜色中被无限放大。林雷和格瑞丝看不到地形，也不知道时间，只感觉这里是一片荒原，身下的路在无限地向前延伸。

不知道过了多久，在林雷和格瑞丝双双感到手臂发酸的时候，前方响起了一阵嘈杂声。林雷从马车底下向外一看，只见四周一片凌乱的脚步，他知道，是罗索尼河港口到了。

他心头微微一喜，抓住马车底部车轮横柱的手一松，和格瑞丝就地滚入了人群之中。他们动作利落迅速，自始至终，整支商队都没有丝毫察觉。

这个罗索尼河港口极大，许多巨大的船只停泊在那儿，不断有人在那里搬运货物。前方的罗索尼河河面平静，好像镜子一样。朝阳从海面上缓缓升起，倒也颇为绚丽。

"接下来我们要做的，就是购买船只和等待南央他们的到来，但南央他们三人明天早上才会到达这里。现在，我们去购买船只。"格瑞丝说着，朝前走去。

珀斯。

街道上有一家酒楼，这家酒楼和珀斯其他的建筑一样，是用黄土筑起来的，墙壁已经十分老旧，到处都有土坯脱落的迹象。下午的阳光照射在酒楼斑驳的墙壁上，给人一种昏昏欲睡的感觉。

而事实上，这是珀斯唯一一家酒楼。因此这酒楼的里面，绝对不会像外面那样给人昏昏欲睡的感觉，这里的生意每天都会好到爆棚。听说，这酒楼的老板是一名骑士，一名龙骑士。这名龙骑士不仅战斗力很强，还酿得一手好酒。他酿出来的酒奇香无比，只要酒坛一开，整个珀斯的人都能闻得到。

不知道从什么时候开始，珀斯的居民慢慢地喜欢上了这位龙骑士酿出来的酒香，而且一闻就上瘾，闻着闻着，就情不自禁地来到了这酒楼。从此他们一喝就上瘾，一天不喝就不自在，若是多日不喝，全身就会慢慢糜烂。

瓦尔特、肖成天和南央三人就是被这酒楼里散发出来的酒香吸引过来的，他们踏着酒楼外面那长长的黄土筑的阶梯来到了酒楼里。

看着里面乱糟糟的一片，南央站在门口厌恶地蹙了蹙眉头，身后的瓦尔特却大大咧咧地推了她一把："南央，凡是女人就天生带有三分酒量，走吧，进去喝上几杯。等我们喝完就回去，林雷绝对已经被格瑞丝救活了。格瑞丝这个心灵魔法师，本事大得很呢。"

南央点了点头，与肖成天并肩进入酒楼。三人入席，坐定。

"老板，上酒来！"瓦尔特叫了一声，他的大嗓门一下就将整个酒楼里的顾客都吸引了过来。他们三人身上披的铠甲，整个酒楼里的顾客看到以后都一下子愣住了，脸上逐渐浮现起了古怪之色。

感受到众人投在自己身上的目光，南央暗蹙了蹙眉，小声对身边的肖成天说道："表哥，这些人的神色很怪异，我总感觉格瑞丝最后没说完的那句话有问题，她有非常重要的事情没有告诉我们。"

肖成天点了点头："我也觉得这里很怪异，我们见机行事。"

"哎，我说你们两个就别在这里自己吓唬自己了，有酒就放开喝。待到明天我们就要出发去罗索尼河港口了，这么好的喝酒机会我觉得你们不应该错过。你们东方有一句话叫什么来着——过了这个村，就没有这家店了。"瓦尔特挥了挥手，咧开大嘴说道。

这时酒店老板上酒来了，他抓着三坛酒走了过来。南央他们三人回头望了一眼，心里都下意识地打了个寒战。只见这人身穿一件肥大的黑色斗篷，整个人都隐在斗篷里，让人无法看见他的容颜。这还不是重点，重点是这个人的声音无比阴沉且沙哑，仿佛不是人发出来的一样："三位先生，你们的酒，请慢用。对了，我刚才听这位先生说，你们明天要离开珀斯，前往罗索尼河港口，是吗？"

"是的。"瓦尔特点了点头，"我们是前往万恶罗城的远征军，自然必须前往罗索尼河港口搭乘船只了。"

身穿肥大黑色斗篷的酒楼老板微微愣了愣，旋即恍然大悟道："原来如此。那么，我建议你们明天下午动身吧。因为每天下午，珀斯都会派一支商队前往罗索尼河港口。到时候你们随商队一起去就好了，那商队还有军队护送，可保你们一路平安。"

"原来如此，那谢谢了，龙骑士酒楼老板！"瓦尔特朝酒楼老板拱了拱手，"作为一名龙骑士，却能酿出这么好的美酒，你真了不起。"

老板随意地挥了挥手，转身离去了。

望着酒楼老板离去的身影，肖成天和南央皆困惑地蹙起了眉头。南央抿了抿嘴，悠悠地说道："他不像是个人类，甚至……不像是一个有生命的生物，他的声音给人一种毛骨悚然的感觉。"

"是的，我也有这种感觉。"肖成天点了点头，"我觉得这个酒店太诡异了，不能久留。"

"哈哈，我说你们两人这是怎么了，有什么好疑神疑鬼的？"瓦尔特大笑起来，举起一坛酒，"好吧，我们干完这坛酒就回去，然后好好睡上一觉。干杯！"

南央和肖成天无奈地对望一眼，只得各自举起面前的杯子，与瓦尔特重重的一碰，三人扬起脖子喝起了美酒来。不得不说，这酒吧老板酿出来的酒的确非常不错，烈而不辣，喝在嘴里醇香浓郁，酒劲悠然绵长。

"好酒，果然是好酒！"瓦尔特大笑。就连一向话不多的肖成天，都赞不绝口，一个劲地点头。

一个小时之后，三人都有了些醉意，但是南央始终保持着冷静的头脑。在她的再三催促下，瓦尔特终于恋恋不舍地离开了酒楼。三人回到客栈，蒙头大睡。

第二天一大早，三人就起了床，他们朝格瑞丝那扇依旧紧闭的房门看了看，心头都不由得疑惑起来。南央转头看了看肖成天和瓦尔特，脸色有些不好看："格瑞丝昨天说什么？如果今天早上七点以前，我们没有看到她和林雷从这个屋子里出来，那么我们马上动身前往罗索尼河港口。可是，现在应该有七点钟了吧？她和林雷没有从屋子里出来……难道，林雷没有复活？"

说到这里，她的脸唰的一下就白了，嘴里大叫一声"林雷"，便不顾一切地冲了过去。她撞开格瑞丝的房门，顿时整个人呆呆地愣在了那里。

"南央，怎么了？"肖成天疑惑地蹙了蹙眉头，朝身边同样神色疑惑的瓦尔特挥了挥手，两人跟着走了过去。

"怎么，格瑞丝和林雷都消失了吗？"瓦尔特使劲眨了眨眼睛，惊愕地张着嘴巴。房间内空无一人。

"既然现在已经过了七点，但我们又没有看到格瑞丝和林雷从这里出去，那么，我们就按照格瑞丝的吩咐去做，现在马上动身前往罗索尼河港口。"虽然眼前发生的一切简直就跟做梦一样令人匪夷所思，但是肖成天还是快速让自己冷静了下来，朝南央和瓦尔特挥了挥手。

"等等，我觉得我们不能鲁莽行事。格瑞丝太疯狂了，她说的话你们还全部记得吗？若是我们遇到了强大的敌人，不要还手，就由对方将我们杀死。我觉得她是个疯子，所以我觉得我们有必要先了解清楚她的意图，至少我们必须先了解她和林雷的尸体去哪里了，之后再动身前往罗索尼河港口也不迟。"瓦尔特说道。

"不用了解了。"一直没有说话的南央，盯着床上逐渐发干的血迹，缓缓地说道，"林雷已经被她复活了。从血迹来看，应该是昨晚的事。她应该和林雷先我们一步去了罗索尼河港口，估计现在已经在那里了，应该是在我们前往酒楼喝酒的时候就已经动身了。"

听她这么一说，肖成天和瓦尔特皆吃了一惊。

肖成天奇怪地问道："她和林雷已经到达罗索尼河港口了！他们为什么要这样做？就这样丢下我们三人不管了吗？"

"她没有丢下我们不管，而是只有这样，我们五个人才能顺利到达罗索尼河港口。因为，我们的敌人，是整个珀斯的居民！"

也许是身为朱雀血脉的传承者，体内流淌着朱雀的高贵血液，南央居然能够模拟格瑞丝的思维。她这一模拟，所有的问题都被她一下子想通了，她不顾惊愕的肖成天和瓦尔特，又接着说道："现在，我们马上动身前往罗索尼河港口。不过，我必须先提醒你们，当我们走出客栈之后，我们也许会碰到酒楼老板，他会拦住我们的去路，然后他会对我们出手。但是你们千万要记住格瑞丝的话，不要还手，否则，我们不仅仅会死亡，而且还有可能被碎尸万段！现在你们什么都不要问，等到了罗索尼河港口之后，我再跟你们解释一切。"

南央说着，开始缓缓往客栈外走去。肖成天和瓦尔特两人互相看了一眼，虽然一头雾水，但是最终也只能轻叹一口气，硬着头皮跟上。

一切都和南央所说的那样，南央他们三人离开客栈尚未走出多远，酒楼老板果然骑着他的龙挡在了南央他们三人的面前。不，不仅仅是酒楼老板一名龙骑士，另外还有三名龙骑士，他们一字排开，站在那里。

加上酒楼老板在内的四名黑暗龙骑士，身上的服饰完全一样，都是穿着肥大的黑色斗篷，将自己的身子完全包裹在里面，让人无法看见他们的容颜。而他们脚下的龙，更是让人只看一眼就绝对会永生难忘，因为那不是龙，而是四具龙骨头。在这一刻，四个龙骑士的身上都散发着无尽的死亡气息，仿佛是从地狱中冲出来的邪恶骑士。

"死人，他们果然是死人！"

望着前面四名龙骑士，南央他们三人目瞪口呆，这分明就是从万恶罗城出来的生物啊！

"怎么，朋友，就准备离开珀斯，前往罗索尼河港口了吗？"中间的酒楼老板淡淡地笑道，声音依旧听上去让人极度不舒服，"我不是跟你们说过，今天下午珀斯才有商队前往罗索尼河港口的吗，为什么现在就走呢？"

"冲过去！"

南央突然冷喝一声，翻手取出烈焰长枪冲了过去。肖成天和瓦尔特互相看了一眼，心中简直困惑到了极点。南央自己不是事先说好的不准动手的吗，怎么现在她自己倒先动起手来了？

但是想归想，见南央已经持着烈焰长枪，肖成天和瓦尔特哪里还敢怠慢，纷纷取出自己的武器，跟着南央朝四名黑暗龙骑士冲杀了过去。

只是他们三人刚冲到一半，就一头栽倒在地，毫无征兆，三人的脸庞迅速发黑，双眼一翻，瞬间死亡，再也没有了任何生命气息。

　　望着地面上南央、肖成天和瓦尔特那趴在地上一动不动的尸体，酒楼老板骑在骨龙的脊背上一动不动。那掩在肥大灰袍斗篷下面的容颜，让人看不出此时他是什么样的表情。

　　过了好一会儿，他才缓缓将手中的长剑插回背上的剑鞘之中，接着，那无比沉闷而又沙哑的嗓音，从他那肥大的黑色斗篷中传了出来："喝了我的酒，还敢不听我的话，这不是找死吗？罗纳德，你下去看看他们三人死透了没有。"

　　听到命令，那名叫罗纳德的黑暗龙骑士从骨龙的脊背上跳了下来，来到南央他们三人的面前，用手中的长剑将南央他们三人的尸体一一翻了过来。只见南央他们三人的脸庞早已一片死灰，七窍流血，显然已经死了。

　　"他们喝进体内的酒有毒，刚刚已经彻底发作了，他们彻底死亡了。"那名叫罗纳德的黑暗龙骑士抬起头来说道。他的嗓音和酒楼老板的嗓音一样，深沉而又沙哑，听上去令人十分不舒服，也不像是有生命的人发出来的。

　　酒楼老板点了点头："很好。我们走，让商队下午的时候将他们三人的尸体运到罗索尼河港口，丢到罗索尼河中。那样，他们的尸体就会一直顺着罗索尼河漂流而下，最终到达万恶罗城。罗西大祭司会赋予他们的尸体强大的黑暗力量，成为我们黑暗魔族强大的傀儡。"

　　酒楼老板挥了挥手，率领其他四名黑暗龙骑士冲天而起，刹那间消失得无踪无影。

　　他们一行四名黑暗龙骑士刚离去没有多久，便有几名彪形大汉走了过来，面无表情将南央他们三人的尸体扛起来，直往驿站走去。下午六点十分，南央他们三人的尸体被装上了一辆马车，遮以稻草。

　　随着那马夫的一声吆喝，珀斯的商队又再次在一支小型骑军的护送下，前往罗索尼河港口。

　　罗索尼河港口附近，林雷和格瑞丝在客栈里宿了一夜。第二天天色尚未亮，格瑞丝便将林雷叫醒了。两人出了客栈，随意吃了点东西，便来到了罗索尼河港口。

　　此时的天色虽然尚未大亮，但是罗索尼河港口已经是热火朝天了，灯火通明，行人川流不息。林雷和格瑞丝夹杂在人流之中，神态自若，只是时不时地朝珀斯商队昨天来的路上张望了一眼。

"我说格瑞丝，你确定南央他们三人的尸体会被珀斯的商队运到这里来吗？"林雷用肩膀蹭了蹭格瑞丝，头顶上黄色的照明灯打在他的脸上，让他看起来多了一份冷静从容。

格瑞丝转过头，悠悠地叹了口气："林雷，你就真这么不相信我的判断吗？这个问题，我已经回答你十七次了，整整十七次，你明白这是一个什么概念吗？"

"这个……"林雷抓了抓头，尴尬地笑了笑，"你可以理解为我在乎南央，在乎肖成天和瓦尔特。"

格瑞丝无奈地朝林雷翻了个白眼，一副彻底被他打败的样子。她摸了一下额头说道："好吧，我跟你解释，顺着这条罗索尼河一直下去，就可以到达万恶罗城。我的意思是，若是南央他们三人的尸体抛入这罗索尼河中，会慢慢漂流到万恶罗城。他们三个可是远古神兽的血脉传承者，这么强大的体质，你觉得万恶罗城会将他们白白浪费掉吗？不会，他们会想永远控制他们。"

"你就这么确定珀斯已经被黑暗魔族控制了，整个珀斯的居民，都是行尸走肉，都是黑暗魔族的傀儡？"

"我为什么就不能确定？"格瑞丝反而奇怪地看着林雷，那长长的睫毛，不住的眨着，"难道你没看见……哦，该死的！"

格瑞丝用手击了一下额头，轻吐出一口气："是的，你的确没有看见，因为当南央将你背进珀斯的时候，你只是一具尸体。事实上，珀斯所有居民的表情都给人一种非常奇怪的感觉，就像是，就像是一具具行尸走肉。而且，整个珀斯的空气中飘荡着一丝淡淡的酒香。通常的酒是无论如何都不可能有这么香的，那么只有一种可能，就是这些酒里面含有魔力，是毒酒。所有珀斯的居民，都被这种毒酒控制住了，他们离不开这种毒酒。因为他们上瘾了，一离开酒就会全身糜烂，久而久之，他们的灵魂就会被毒酒侵蚀，成为行尸走肉。你觉得除了万恶罗城，还有什么地方能酿出这种让人慢慢变成行尸走肉的毒酒呢？

"所以我断定珀斯一定潜伏着黑暗魔族的强者。然后，我想到了酒楼老板，于是我让瓦尔特他们三人去喝酒。而我们两人则是马上离开，等瓦尔特他们三人被毒酒毒死送到这罗索尼河港口的时候，我们再去接应他们。因为整个珀斯都是黑暗魔族的傀儡，要是硬拼，我们五个人只会死无葬身之地。再说了，珀斯的居民其实是无辜的。我们只要将酒楼老板引到罗索尼河，将他杀死，珀斯的居民就能彻底脱离毒酒。慢慢地，他们就会从行尸走肉中恢复过来，成为正常人。"

林雷被格瑞丝的这番话说得哑口无言，他微张着嘴错愕地愣在那里。眼前这个心灵魔法师实在太可怕了，幸好她是人类骑军中的一员，若她是黑暗魔族一员的话，后果将不堪设想。

就在林雷愣神之际，格瑞丝却叫起来："林雷，珀斯的商队来了。咦？怎么会有四名黑暗龙骑士，不是应该只有酒楼老板一人的吗？马上放船，我们顺着罗索尼河顺流而下，在罗索尼河接应南央他们三人。"

格瑞丝非常果断。林雷回过神来，哪里还敢怠慢，迅速冲到早已经泊在那里的一条不算小的帆船旁边。这是他们昨天就准备好的船只。

林雷两三下解开了绳索，与格瑞丝一起跳入船中，而后放起船帆。顿时，在风力的冲击之下，整条帆船缓缓地离开巷口之岸，沿着罗索尼河驶去。

格瑞丝站在船头，眼睛一动不动地眺望着越来越远的罗索尼河巷口。林雷摆弄好船帆，来到她的身边。这个时候的，风力不小，帆船行驶很快，就这么一会儿工夫，帆船离罗索尼河港口已经有数千米远了。这个距离，林雷已经无法将罗索尼河巷口上的人看清楚了，他只得转头向格瑞丝问道："格瑞丝，情况怎么样？"

格瑞丝蓝色的眼眸射出两道蓝色的光芒，仿佛这里的空间在她眼中缩短了，她点了点头："珀斯的商队正在和巷口的管事交涉着什么，应该很快就会将南央他们三人的尸体抛下罗索尼河来。只是……接下来可能要委屈你了。"

"委屈我，什么意思？"林雷疑惑地蹙起了眉头。

"因为到时候你必须独战四名黑暗龙骑士。"格瑞丝吐了一口气，"我没有想到，珀斯竟然潜伏着四名黑暗龙骑士，我一直认为只有酒楼老板一人。当然，也不是要你一个人全部杀死他们，只是让你独挡一会儿，你有问题吗？"

林雷吞了吞口水，坚决地点了点头："没有问题，别说独挡，即便是要杀死他们，我也会不顾一切的。"

"很好。事实上你拥有了一颗生命天使的心之后，同时也拥有了一对天使的翅膀，这有助你在空中对抗黑暗龙骑士。"格瑞丝拍了拍林雷的肩膀，"你现在可以试试，用心念将天使的翅膀召唤出来。"

已经拥有一对天使的翅膀了？这颗生命天使的心实在是太棒了！林雷心里一阵狂喜，当即心念一动，只听见脊背上的肌肉传来撕裂的声音。接着，一对巨大的蓝色翅膀从那撕裂的脊背上探了出来。

望着林雷脊背上那双蓝色的天使的翅膀，格瑞丝满意地点了点头："这个太惹眼了，你现在将它们收起来，等战斗的时候再将它们召唤出来。"

说着，她转过头再次眺望罗索尼河巷口，注意那里珀斯商队的动静。忽然她眉尖微微向上一挑："他们已经将南央他们三人的尸体抛下河来了。林雷，收帆，让船自由漂流，等南央他们三人的尸体漂过来。"

林雷二话不说，转身冲到那桅杆之下，将绑住船帆的绳索拉了下来。庞大的船帆，徐徐降落。接下来要做的事有两件，第一件是等待南央他们三人的尸体漂来，第二件是准备好战斗。不用想就知道，为了确保万无一失，酒楼老板一定会在南央他们三人的尸体上施展千里追踪。只要他们的尸体一有动静，他们就可以感应得到。而格瑞丝要的正是这样的结果，不然怎么能将酒楼老板及四名黑暗龙骑士灭杀？

这个时候，帆船已经离罗索尼河巷口十分遥远了。林雷微微催动体内的青龙血脉，双脚生出一股强大的力量，将整只帆船定在了河中央，静静地等待南央他们三人的尸体的到来。

半个小时之后，南央他们三人的尸体果然朝着他们的方向缓缓漂过来了。林雷和格瑞丝互相对望一眼，彼此的眼中都有些喜色。所有的一切，都是依照格瑞丝的计划进行着。

林雷心念一动，蓝色的天使翅膀当即出现在他的脊背之上。他将翅膀一扇，俯冲向河面上的三具尸体，然后将手臂一探，闪电般抓住一具尸体，接着抛向格瑞丝。格瑞丝伸出双臂将尸体接住。放下尸体，格瑞丝的脊背上也出现了一对蓝色的天使翅膀，她与林雷一起分别冲向剩下的两具尸体。

英雄联盟①
苍天冥瞳

"好了，一切看上去都是如此顺利。"格瑞丝看了看船上南央他们三人的尸体，"只是他们的尸体情况有些糟糕，但是没有关系，生命天使之心会将他们体内的一切毒都净化干净的，只是需要一些时间。林雷，现在我要将他们三人复活过来。酒楼老板及黑暗龙骑士很快就会发现我们已经拦截了尸体，一定会冲杀过来，接下来就看你的了。"

说着，格瑞丝将三具尸体搬进船舱，对他们施展复活之术。

"又要战斗了！"

林雷微眯着眸子，望向天际。他的右臂上出现一点青色光芒，接着一片青色的铠甲浮现出来，并迅速在他的手臂上蔓延开来，瞬间就覆盖住了他的全身，只留了脸庞和手心在外面。而后，他那把超级拉风的战刀"破天"也在他的右臂上方缓缓地浮现，林雷抬手，将它紧紧抓在了手中。

最后，他的身子一分为二，变成两个林雷，分别持着"破天"战刀傲然立在船头。前后不足十五秒钟，他已经进入到了最佳的战斗状态，随时等待酒楼老板和他的三名黑暗龙骑士的到来。

第十二章　四大黑暗龙骑士

　　林雷只觉得所有的力量都在刹那间被抽离了身体，整个人如同中箭的大鹰一般，张着一对宽大的天使飞翼从半空中掉落下来。

　　"就要这样死了吗？看来，我还是没有将战斗坚持到最后一刻啊。"林雷感觉自己的眼皮沉重无比，他知道他要死了，被酒楼老板活活毒死。这一刻，他心里有些悲伤。

一切都和格瑞丝说的一样，不一会儿，酒楼老板就率领另外三名黑暗龙骑士从远处的天际出现了。他们迅速朝这里飞掠而来，眨眼之间就飞到了两个林雷的上空，并一字排开，停在了那里。

四名黑暗龙骑士皆乘着同样的骨龙，每个人都穿着宽大的黑色斗篷，将身子和容貌严严实实地掩在里面，而且手里都紧握着属于龙骑士的重型长剑。在这一刻，每个人的身上都散发着一股暴戾之气。

"朋友，是你们将那三人的尸体收起来了吗？"酒楼老板手持着重型长剑，淡淡地望着帆船上的两个林雷说道。那沙哑且深沉的声音，听得林雷微微地蹙起了眉头。他心中一叹，万恶罗城，都是这样的活死人吗？

其中一个林雷一声不吭，手中持着"破天"战刀傲然地立在那里，另一个林雷却淡淡地说道："是的，因为他们是我的朋友。他们死了，我自然要为他们收尸了。"

"哦，是你们的朋友？"酒楼老板一愣，"我隐隐感觉还有两名人类的远征军一同来到了珀斯，但是后来又突然莫名其妙地消失了。这么说来，应该就是你们两人了。我很好奇，你们是怎样从珀斯走出来的？"

"你不需要知道。"林雷缓缓地摇了摇头，回答得非常干脆。

林雷的话令酒楼老板身上的暴戾之气越发地重了。这表明，他在强行抑制住心中的怒火，可以看到他的胸口起起落落，十分剧烈。他扬剑指了指林雷身后的船舱："你那三位朋友的尸体，现在应该就在船舱中吧，交出来吧。"

"有种你们就下来拿。"两个林雷的脸上，看不出丝毫的表情，只是各自扬起了手中的"破天"战刀。两个林雷的身上，一股强大的气息猛泄而出。

"就凭你们两人能够抵挡住我们吗？真是天真！"酒楼老板冷笑两声。那笑声好像金属互相摩擦发出来的一样，听起来分外刺耳。

他猛地一挥手道："动手！"

酒楼老板和另外三名黑暗龙骑士没有犹豫，当即催动身下的骨龙围了过来，同时举起了手中的重型长剑。下方两个林雷的脊背上的蓝色天使的翅膀"嘭"的一声张开了，整整有四五丈宽。

宽大的蓝色天使翅膀猛然一扇，两个林雷刹那间冲天而起，立在了虚空之中，分别扬起了手中的"破天"战刀，指向那疾速而来的四名黑暗龙骑士。

双重暗影最大的好处，就是可以将自己一分为二来对付敌人。现在有四名黑暗龙骑士，林雷的双重暗影，刚好一人敌两个。

在这一刻，两个林雷的胸中，瞬间燃烧起了滔天的战意，他们同时双手紧握"破天"战刀用力劈下。巨大的青色光芒，仿佛两条真龙一样，在空中发出两声巨大的龙啸，分别朝前方的四名黑暗龙骑士破空斩杀而去。带着凌厉的破空之声，刹那间，"破天"战刀就斩到了其中两名黑暗龙骑士的面前。

感受到两道巨大光芒的恐怖，那两名黑暗龙骑士反应非常快，慌忙催动身下的骨龙往边上飞，有惊无险地躲过了致命的两刀。

现在，两个林雷的动作都是一致的，一刀劈出去之后，皆扇动着宽大的蓝色天使翅膀快速冲上，与四名黑暗龙骑士厮杀在了一起。两个林雷分别双手握着"破天"战刀大开大合，一时间与四名黑暗龙骑士战了个平手。那一道道璀璨夺目的巨大青色光芒，几乎将整个罗索尼河都照亮了。

酒楼老板和另一名黑暗龙骑士同战一个林雷，他们手中挥舞着那古朴的重型长剑，竟然劈出了一道道巨大的漆黑剑影，好像一道道从地狱中劈出来的魔光一样，看得人头皮发麻。

"哼！乳臭未干的小子，想战胜我们，门都没有，大家不要顾忌会破坏船舱里的尸体，放手去杀吧！"

酒楼老板冷哼一声，结果他话音刚落，林雷已经扇动着翅膀冲到了他的面前。只见林雷大手一扬，青龙灭魔爪刹那间打出，一只巨大的青龙爪印出现在酒楼老板的头顶，然后狠狠地朝他猛盖了下去。

林雷这一爪用尽了全力，一爪就将酒楼老板直接拍到了河中，击起一片巨大的浪花。林雷操纵着青龙灭魔爪将酒楼老板连同他身下的骨龙从河中抓起来，又狠狠地将他摔入河中。如此连续摔了好几下，嘴里咆哮道："恶者当诛！"

那青龙灭魔爪的抓力巨大无比，酒楼老板被紧紧地抓在爪中丝毫动弹不得。酒楼老板只觉得自己整个人都快要被抓碎了，而他身下的那条骨龙就更是被抓得"咯咯"作响，眼看就要散架了。

太生猛了！

一边的另一名黑暗龙骑士看得目瞪口呆，酒楼老板，那可是他们这黑暗龙骑士之首，现在居然被眼前的这名铠甲战士抓起来摔了又摔。他回过神来，嘴里怪叫一声，急忙举着重型长剑骑着骨龙冲向林雷。那骨龙的冲速快得令人无法想象，刹那间就冲到了林雷的身边，而黑暗龙骑士举起手中的重型长剑，毫不犹豫地劈向林雷的头颅。

林雷只觉得眼前一片剑芒，他下意识地将头猛地往后一扬，顿时响起一阵金属摩擦的声音，原来那名黑暗龙骑士的重型长剑贴着林雷脖子上的铠甲划了过去。

林雷顿时惊出了一身冷汗，他收回灭魔青龙爪，整个人飞上高空，定在了那里。林雷面露震撼的神色，睁大眼睛看着那名黑暗龙骑士，心里嘀咕道："这名黑暗龙骑士的速度怎么会这么快？"

终于没有了灭魔爪的束缚，酒楼老板骑着骨龙从河中冲了出来，来到空中，他气急败坏地用剑指着林雷："杀了他，速战速决！将他的灵魂封进黑暗地狱，永世不得再见天日！风、力、煞、毒四大黑暗龙骑士，都展示出自己的本源，对这两个小子轮番展开攻击。"

直到现在，酒楼老板依旧不知道那只是林雷施展出来的双重暗影而已，还以为是两个人。

随着他一声怒喝，其他三名黑暗龙骑士皆骑着骨龙冲了到酒楼老板的身边，再次一字排开。接着，四人形成一口弯刀状，快速向两个林雷包抄而去。很快，他们便将两个林雷团团包围住了。两个林雷背靠着背，手中紧紧握着"破天"战刀，目光似电，冷冷地扫过四名黑暗龙骑士。

"你们两个臭小子，你们让我彻底暴怒了！"

酒楼老板的容颜隐在宽大的黑色斗篷中，看不出他现在到底是什么表情，不过想必已经是愤怒到了极点。他扬了扬手中的重型长剑指着被围住的两个林雷："我们四大黑暗龙骑士，分别代表风、力、煞、毒四个极致。风，是速度达到了极致；力，是力量达到了极致；煞，是煞气达到了极致；我是毒，我的毒运用到了极致。现在，就看看你们两个小子在我们这四大黑暗龙骑士的面前能够坚持多久。"

林雷心中了然，难怪刚才那名黑暗龙骑士的速度会快到了极限，原来代表了风。两个林雷的心意是相通的，同时将目光望向了那名代表风的黑暗龙骑士。其实若是仔细去辨认，这四名黑暗龙骑士还是有一定差别的。风的体型比较干瘦，力的体型最为健硕，一看就给人一种非常有力量的感觉，毒的年纪显然比较大，脊背有几分佝偻，煞是中等身材。

其他的三种都好理解，但"煞"代表着什么呢？

很快，林雷就明白"煞"代表什么了，因为那名黑暗龙骑士已经骑着骨龙快速地冲了过来。一瞬间，两个林雷的灵魂都抑制不住地一阵战栗，仿佛那冲过来的不是黑暗龙骑士，而是地狱。

这就是煞气，一种至极的煞气！

两个林雷的心中都涌起了一股莫名的惧意，脊背上瞬间就冒出了一层冷汗。这股惧意令他们手中的动作一时间都慢了下来，甚至有些手忙脚乱，而且力量大减。

代表"煞"的黑暗龙骑士很快就冲到了两个林雷的身边，两个林雷顿时觉得四周阴风飕飕，仿佛整个身心在这一刻真的陷进了地狱一般。那名黑暗龙骑士二话不说，双手举起古朴的重型长剑直接朝两个林雷唰唰劈出了两剑。

望着那疾速朝自己劈来的漆黑剑芒，这一刻，两个林雷甚至都产生了一种错觉，那不是两道剑芒朝自己劈来，而是亿万亡魂在朝自己奔涌而来，咆哮着欲将自己吞噬进去。

这种错觉，一时间让两个林雷都愣住了，手中握着"破天"战刀，呆呆地愣在那里，任由两道好像魔光一样的漆黑剑芒朝自己劈来。

突然，从两个林雷的心脏上猛地流过一抹淡淡的蓝色光芒，那是生命天使之心。随着这抹蓝色光芒的流出，两个林雷只感觉如同一阵春风拂面，刹那间从迷迷糊糊的状态中清醒了。定睛一看，只见那剑芒已经劈到了眼前，两个林雷大惊失色，慌忙举起"破天"战刀一挡，那巨大的冲击力，将两个林雷都冲击得倒退了数米远。

"杀！"

两个林雷同时大喝一声，双双举起"破天"战刀奋力一劈，狠狠地劈在那名代表煞的黑暗龙骑士身上，直接将他连同身下的巨大骨龙都劈得倒飞了出去。

"煞，看来也不过如此而已！四大邪恶的生物，你们还有什么本事，尽管使出来吧！"

两个林雷傲然立在虚空之中，各自举起手中的"破天"战刀，遥遥指向四周的四大黑暗龙骑士。旋即他们低头看了看下方的帆船，那船舱中上依旧没有丝毫的动静，格瑞丝应该还在对南央他们三人展开紧张的复活之术。他们三人已经身中剧毒，甚至已经侵蚀了他们的灵魂，要将他们复活，绝对没有那么简单。

"伙伴们，我一定会在这里坚持到你们彻底被复活！"两个林雷皆微微吐出一口气，一瞬间，胸中燃烧起了滔天的战意。他们能感觉到，四周的四名黑暗龙骑士强大得不可思议，但是林雷相信自己一定可以战斗到南央他们三人复活的最后一刻。

两个林雷表现出来的强大，也让酒楼老板颇为有些震撼，他骑在骨龙上愣了愣神，叹了口气道："两个小子，你们的强大超出了我的想象，居然将煞展示出来的本源都击退了。不过，我很好奇，你们到底能够坚持多久。风，现在轮到你了！"

酒楼老板挥一挥手中的重型长剑，那名代表风的黑暗骑士骑着骨龙整个人直接化成了一团黑影，刹那间便冲到了两个林雷的身边，围着他们如同一个陀螺一般快速旋转起来。这名黑暗龙骑士的速度极快，令人无法看清楚他的模样，只看到一团黑影。

那黑影快速旋转的圈子越来越小，两个林雷互相紧靠着背，手中紧握"破天"战刀，眼睛一眨不眨地紧盯着那旋转而来的黑暗龙骑士。这名龙骑士的速度太恐怖了，刚才林雷就已经领教过了。

其中一个林雷二话不说，挥动"破天"战刀猛地一斩，无坚不摧的"破天"战刀，一刀就将那名黑暗龙骑士连同他身下的骨龙劈成了两半。

两个林雷心中皆是一喜，暗自松了口气，然而他们还没来得及轻松一下，却见那名黑暗龙骑士和他身下的骨龙慢慢地消散开来，化成了一股黑烟。

"嗯，怎么会这样？居然没有惨叫声，更没有鲜血。"林雷怔怔地望着那慢慢消散开来的黑烟，心中极为震撼，难道这个黑暗龙骑士仅仅是一团黑烟组成的？

"不要看了，我在这里。"

在林雷头顶的正上方，一声无比含糊且深沉的声音响起，下一刻，尚未等两个林雷做出任何反应，两道巨大的黑色阴影便狠狠地劈了下来，将两个林雷劈了个正着。那巨大的力量，劈得两个林雷从空中猛坠下来。两个林雷被劈得晕头转向，只觉得脑袋里一阵嗡嗡作响。大骇之下，他们忙用力扇动着蓝色的天使翅膀，定住下坠的身体。他们的头盔上面，已经留下了两道深深的剑痕。

他们抬头一望，只见那名黑暗龙骑士正静静地停在他们的上空，手中紧握着古朴的重型长剑，浑身似乎透着一股不屑的味道。

"怎么回事，他不是被劈成了两半吗？"两个林雷的神色大变，心中突然明白过来，影子，刚才劈中的仅仅是这名黑暗龙骑士的影子，这是一种怎样的速度？

"想明白是怎么回事了吗？"

黑暗龙骑士得意地扬了扬手中的重型长剑，突然间催动骨龙俯冲而下，整个人又在刹那间化成了一道黑影。这样的速度太快了，两个林雷在下方猛地分了开来，同时挥手用"破天"战刀一削。两把"破天"战刀将那长长的黑影斩成了三截，只是转眼间，那三截残影便消散了开来。

与此同时，其中一个林雷的前方，突然凭空出现一把古朴的重型长剑，闪电般刺向他的咽喉。这让林雷瞬间就感觉到了死亡的气息，他大惊失色，背脊上的蓝色天使翅膀下意识地猛然一扇，整个人急冲向一边。"咔嚓"一声响，那古朴的重型长剑又一次贴着他脖子上的铠甲划过，擦出了一片火星。

黑暗龙骑士在虚空中显出了身形，他抬手擦了擦重型长剑："小子，你还是不行的！"

而这个时候，另一个林雷却将大手一扬，一只巨大的青色巨爪印凭空在那名黑暗骑士的头顶上空出现，对着他狠狠地抓了下来。

"哼，你的灭魔青龙爪对我无效！"黑暗龙骑士不屑地冷笑一声，整个人在原地消失了。那巨大的青色巨爪印从空中猛抓下来，居然抓了个空。这时，黑暗龙骑士已经出现在了另一边，手持重型长剑，不无得意地说道：

"你们的天使翅膀是刹那间一千米,而我的速度,是刹那间一万米,所以你不可能杀得死我,只有我才有像猫玩老鼠一样将你们玩死的份。"

这个代表风的黑暗龙骑士太可怕了,林雷蹙着眉头,苦苦思索着对策。现在,他的速度是自己的整整十倍,要这样战败他简直是不可能的,那么就只能做到出其不意了。

"出其不意……出其不意……"

林雷心里默念了这个词几句,忽然嘴角浮现出一丝难以察觉的笑容。他猛地举起"破天"战刀冲向黑暗龙骑士,整个人瞬间变得杀气腾腾,势欲将黑暗龙骑士斩杀于战刀之下。

"哼,不自量力!"瞧见亡命冲杀过来的林雷,黑暗龙骑士不屑地冷笑一声。整个人化成一道黑影,直接迎上林雷。他的速度太快了,林雷刚欲举起"破天"战刀,黑暗龙骑士的古朴重型长剑已经出剑了。只见黑色光芒一闪,林雷只有本能地往左边一闪。黑暗龙骑士手持古朴重型长剑直接刺穿了林雷的青色铠甲。只听"哧"的一声,长剑刺入了林雷的右胸。

就在黑暗龙骑士将长剑刺入林雷右胸的同时,身后一道冷漠的声音也跟着响起来:"你刺剑再拉剑至少需要耗费半秒钟,而这足够让我挥刀劈你了!"

话音未落,一把"破天"战刀从背后旋转着猛劈而来,"哧"的一声直接将黑暗龙骑士的整个左肩都削飞了出去。黑暗龙骑士惨叫一声,骑着骨龙一闪,直接闪出了数百米远,既惊恐又愤怒地望着两个林雷。

这一次两个林雷当真是配合完美,一个林雷引那代表风的黑暗龙骑士向他刺剑,另一个林雷则是在黑暗龙骑士刺剑的瞬间猛地抛出手中的"破天"战刀,以林雷现在的力量,那刀抛出去的速度绝对是极快的。

"邪恶的生物,这一次,你们又准备谁上呢,轮到代表力量的黑暗龙骑士出场了吗?来吧,我们倒是想见识见识你的力量到底有多大!"两个林雷傲然立在虚空之中,他们同时举起"破天"战刀指向围着自己的四名黑暗龙骑士。其中一个林雷,模样看上去有几分惨烈,右胸上不断有鲜血涌出来,一滴一滴掉落下来。

然而出人意料的是,酒楼老板竟然摇了摇头:"你们两个小子,倒是让我很意外。不错，居然能够重创代表风的黑暗龙骑士，看来，接下来还是由我来亲自迎战你们吧。"

说着，酒楼老板催动身下的骨龙，迅速飞上前来："我所代表的是毒，我的毒不是一般的毒，而是一种黑暗力量，这种力量不仅会腐蚀你们的身体，还会腐蚀你们的灵魂。本来，我是想以我的毒来控制你们，让你们成为行尸走肉，成为我们黑暗一族的傀儡，就像珀斯的居民那样。但是，你们两个小子实在太讨厌了，所以我决定将你们的灵魂直接腐蚀掉，等你们的灵魂到了最脆弱的时候，我会将他们封入地狱之中，让你们永世不得重见天日。"

他嘴里说着话，动作却没有停下来，依旧催动身下的骨龙，飞向两个林雷。随着他的起飞，一股淡淡的酒香在空气中弥漫开来。

闻着这股淡淡的酒香，林雷开始有些疑惑，突然他想起格瑞丝提到过珀斯的酒楼，顿时暗呼一声不好。这酒香其实是毒气，一种邪恶的毒气。林雷赶紧屏住呼吸。

此刻，酒楼老板淡淡地笑起来："我的酒香好闻吗？是不是闻了之后感觉十分舒坦，舒坦得令你简直想好好躺下来睡上一觉？告诉你们吧，这酒香就是我的毒，当你闻到这股酒香的时候，我的毒气就已经被你们吸入到了体内。然后，你们将任由我操控，不得违背我的任何旨意，否则，你们就会全身糜烂而死。你们的灵魂也会被逐渐腐蚀干净。怎么样，两个小子，你们害怕了吗，颤抖了吗？"

两个林雷静立在那里，心中思绪万千。这种毒当真是太可怕了，这场战斗简直没有半点胜算。这酒楼老板的酒香一出，就已经给他致命的一击了，没有任何回旋的余地。

"两个小子，现在你们互相残杀吧。"酒楼老板坐在骨龙上狂笑起来。那肥大的黑色斗篷下，似乎有一对折射着好像猫玩老鼠一样的目光的眸子，"记住，不可违背我的旨意，否则你们将全身糜烂致死。"

望着眼前不可一世的酒楼老板，两个林雷心中顿时怒火中烧，他们二话不说，当即将脊背上宽大的天使的翅膀用力一扇，双双举着"破天"战刀杀气腾腾地冲杀向酒楼老板。

英雄联盟 ① 苍天冥瞳

　　酒楼老板没有料到林雷会不将他的话当回事，当即大惊失色，骑着骨龙猛然往后退去，避开两个林雷的凌厉攻击。他催动身下的骨龙刹那间逃离到很远的地方。因为惊吓，他的胸脯起起落落："两个人类的臭小子，身中我的毒，居然还敢如此嚣张。找死！"

　　他话音刚落，两个林雷感到脚上传来一阵剧痛，接着，这股剧痛向上蔓延。两个林雷中了酒楼老板的毒却没有听他的话，此刻身上的毒已经开始发作了，从脚上开始糜烂。

　　"该死的，这种毒果然邪恶！"两个林雷的身形皆在空中一滞，心间翻涌起滔天巨浪。那剧痛蔓延的速度极快，仅仅是眨眼的工夫，就从脚底蔓延到了小腿。

　　"怎么样，两个小子，现在是不是开始糜烂到小腿上了？再过一会儿，你们的大腿、腰部、胸部也会开始糜烂，最后会糜烂到脖子、头部。你们全身会慢慢糜烂而死。"酒楼老板远远望着两个林雷，哈哈大笑起来。

　　这种毒太可怕了，已经没剩多少时间了，其中一个林雷再次低头看了看下面的帆船，那船舱中却依旧没有丝毫的动静，也不知道格瑞丝的复活之术已经进展到什么程度了。

　　"好吧，伙伴们，我一定会拼尽一切，争取让你们复活的。"

　　林雷心中暗吐一口气，接着背脊上宽大的翅膀奋力一扇，手中持着"破天"战刀冲到了酒楼老板的面前，大吼一声："恶者当诛！"两个林雷举着"破天"战刀对着酒楼老板立劈下来，直接将酒楼老板劈得连同身下的骨龙翻飞了出去。两个林雷的动作却没有停下来，继续扇动着脊背上的天使之翼迅速跟上，又是两刀狠狠地劈了出去，将酒楼老板劈了个结结实实。酒楼老板翻飞的速度又比之前快上了几分。

　　"恶者当诛！谁也逃不出我的刀下！"林雷彻底发狂了，他扇动着天使之翼再次跟上，一刀一刀地将酒楼老板狠狠地劈飞了出去。在这一刻，林雷的心中只有一个念头，就是在他糜烂致死之前，将这酒楼老板击杀掉。

　　追着酒楼老板连续劈出了七八刀后，远处的三个黑暗龙骑士这才回过神来，急忙催动身下的骨龙，举着重型长剑纷纷冲杀了过来，他们要从林雷的"破天"战刀之下救出酒楼老板。

发了狂的林雷却连看都不看他们一眼，双重暗影直接将手一扬，两只巨大的青色巨爪印分别在"煞"与"力量"两名黑暗龙骑士的头顶出现，而后狠狠地拍了下去，直接将他们拍入河中。而那名"风"骑士虽然失去了左肩，但速度却依旧不减，身体化成一道黑影，刹那间飞到了两个林雷的面前，挡住了他们击杀酒楼老板的去路。

"去死！"

这个时候，林雷感觉毒已经蔓延到了大腿，大腿上传来一阵阵钻心的剧痛。两个林雷双双大喝一声，动作不停，手中的"破天"战刀同时朝"风"骑士奋力抛去。

两把"破天"战刀化成两道巨大的青色光芒，好像两条青龙一样发出了两声巨大的龙啸，直往"风"骑士冲了过去。"风"骑士大惊失色，不过他的速度很是了得，整个人刹那间消失在了原地。两把"破天"战刀一击落空，又迅速回到了两个林雷的手中。

"哼，同样的招数，怎么还能够伤我？""风"骑士的身影，在另一端浮现。

这个时候，酒楼老板终于缓了口气，他的模样看上去极为狼狈，浑身都在往外冒着黑气，对，是黑气而不是鲜血。他望着前方的两个林雷，气急败坏地吼叫："该死的，居然敢这样追着我砍杀，你们将死无葬身之地，灵魂将被永远封进地狱！哼哼，现在，你们是不是已经糜烂到腰部了？很不幸，你们的生命开始进入倒计时了，十分钟之后，你将彻底糜烂致死！"

"只有十分钟的生命？"林雷的心头不由得一紧，十分钟，格瑞丝能将南央他们三人复活过来吗？

这个时候，从林雷的身后传来两声"哗哗"的巨响，"煞"骑士和"力"骑士已经从河里冲了上来，嘴里哇哇大叫着，手中举着重型长剑向两个林雷冲杀过去。两个林雷随意一扬手，两只巨大的青色巨爪印又出现在他们的头顶上，再一次狠狠地将他们盖进了河里。

十分钟之后，生命就将结束，那么，就来一场亡命的厮杀吧！林雷的胸中涌起滔天的战意，运用双重暗影快速冲向酒楼老板，两把"破天"战刀隔空一劈，两道巨大的青色光芒直接将他劈个正着，酒楼老板的身躯上又滚涌出一股股黑气。

只是林雷运用双重暗影刚刚将刀劈出，其中一人的胸前却突然出现一把古朴的重型长剑，并狠狠地朝他的头颅劈来。

"风"骑士出现了，那速度太快了，林雷本能地将头颅一偏，"风"骑士的重型长剑便擦着他的头颅刺进了他的肩膀，整把长剑全部刺进去了。殷红的血刹那间顺着那长剑流了出来。林雷强忍着从肩膀上传来的剧痛，一把奋力抓住"风"骑士的长剑。"风"骑士顺手一抽，可那把长剑好像被铁钳钳住一样纹丝不动，他不由得大吃一惊。

"哧"的一声，就在"风"骑士奋力抽剑之际，另一个林雷持着"破天"战刀猛地从他身后袭来，直接砍向他的身体。那宽大的刀身，从他的腰部开始一直破到了胸口。

"风"骑士的身形猛然一滞，嘴里发出一声刺耳的惨叫。在他身后的那个林雷猛地抽出"破天"战刀，又劈了一刀，"破天"战刀从"风"骑士的右肩劈入，从他的左腰劈出。

"风"骑士的惨叫声戛然而止，接着，半个身子缓缓地从腰间斜着滑落了下去，双腿还紧紧骑在骨龙的脊背之上。

"风！"酒楼老板悲呼一声，身体在骨龙上一阵颤抖，他无比愤怒地望着两个林雷。也许他做梦都没想到，这两个人类的铠甲战士，居然就这样干净利落地将"风"骑士杀死了，而且是在他们即将全身糜烂致死之际。

"啊！啊！"

身后传来两声悲呼，原来是"力"骑士和"煞"骑士发出的。他们正从河里冲出来，刚好看见"风"骑士的上半身缓缓滑进河里。看到如此惨烈的场面，他们同时怒喝一声，不顾一切地举着重型长剑向两个林雷冲杀过来。

"你们做什么？"酒楼老板叫起来，"给我回来，难道你们忘了这两个小子已经身中了我的毒了吗？现在，他们已经糜烂到了胸口，他们的生命已经只有五分钟了。我们无须再和他交手，在这里静静地等待他们死亡就好。"

酒楼老板觉得这两个人类的铠甲战士太疯狂了，开始先追着自己猛砍不说，还瞬间就将"风"骑士斩杀在了刀下。"风"骑士都不是这两个人类铠甲战士的对手，"煞"与"力"这两大黑暗龙骑士也未必会是他们的对手。

酒楼老板已经不想再有任何的损失。

酒楼老板的推断完全正确，此时，糜烂的确已经可怕地蔓延到了林雷的胸口上。此时，两个林雷从胸口往下剧痛无比，如同被烈火焚烧一般。他们此刻的脸色都有些惨白，额头上冒着豆大的汗珠。

"两个人类的小子，你们还有四分钟的生命！"酒楼老板骑着骨龙，远远地立在虚空中，看着两个林雷淡淡地说道，那口气如同上帝一般。

"已经只有四分钟的生命了吗？"林雷愣了愣神，再次朝下方的帆船看了看，那里却依旧没有丝毫的动静，"格瑞丝，你还有四分钟的时间，四分钟内，你能将南央他们三人复活吗？"

"杀！"

两个林雷突然双双狂吼一声，在生命的最后四分钟，他们彻底发狂了，胸腔中的战意几乎要将他们炸裂开来。两个林雷同时奋力地扇动着背脊上宽大的双翼，冲向酒楼老板。

见两个林雷杀气腾腾地朝他冲杀过来，酒楼老板急忙举起手中的古朴重型长剑奋力一斩，顿时一束束黑色的剑芒，如排山倒海般向两个林雷奔涌而来。这一刻，两个林雷竟不躲不避，直接迎上了那一大片漆黑的剑芒。一阵"当当"的响声过后，两个林雷的青色铠甲上，皆被剑芒劈出了密密麻麻的剑痕，他们满脸都是鲜血，看上去狰狞可怖。

瞧见两个林雷如此生猛，酒楼老板的灵魂都忍不住地一阵战栗，一时间傻愣在了那里。而远处的"煞"与"力"这两名黑暗龙骑士也看得心惊胆战。这到底是两个怎样的人类啊，竟然如此强悍，不畏惧死亡。

"恶者当诛！"

趁着酒楼老板愣神之际，其中一个林雷大手一扬，青龙巨爪印刹那间打了出去，一把抓住酒楼老板身下骨龙的尾巴。已经临近死亡的林雷简直生猛到了极点，嘴里狂吼一声，操纵着青龙巨爪印将骨龙连同酒楼老板一起狠狠地甩向远处的"煞""力"两大黑暗龙骑士。

现在，他只想在自己死亡之前，尽可能地将这三大邪恶的黑暗龙骑士击杀掉，争取时间让格瑞丝将南央他们三人复活过来。

"嘭"的一声巨响，"煞""力"两大黑暗龙骑士闪避不及，被酒楼老板砸了个正着。三大黑暗龙骑士顿时齐齐地翻飞了出去。在这一刻，林雷简直疯狂到了极点，此时，他的毒气已经由胸口蔓延到了脖子，他真的没有时间了。两个林雷同时将宽大的天使之翼奋力一扇，身躯如炮弹般爆射而出。他们举着"破天"战刀朝正在翻飞的三大黑暗龙骑士奋力追杀了过去。

翻飞中的三大黑暗龙骑士，瞧见两个林雷在这一刻简直如发了疯的野兽一般朝他们疯狂杀来，不由得心惊胆战。酒楼老板大叫："该死的，这两个人类简直就是疯子，我们不要与他们硬拼，他们马上就要浑身糜烂而亡。"

三大黑暗龙骑士急忙稳住翻飞的身躯，催动身下的骨龙迅速朝高空冲去，躲避林雷的疯狂追杀。

"还有两分钟！"酒楼老板一边极速逃窜，一边不忘用他那沙哑而又深沉的声音说着剩下的时间。

"啊——"

两个林雷同时仰天长啸，双目圆睁，连眼眶都睁裂了。鲜血沿着他们的眼角流淌下来，看上去触目心惊。两个林雷双手高高举起"破天"战刀隔空向黑暗龙骑士们疯狂地劈去。一道道青色的光芒，仿佛一条条青色的真龙，嘴里不断咆哮着，飞向酒楼老板及另外两名黑暗龙骑士，瞬间将酒楼老板他们淹没了。

待那青色的光芒过后，酒楼老板他们浑身都在冒着一股股黑气，其中那名"力"骑士的左臂消失不见了。"力"骑士愤怒地咆哮一声，猛地将身下的骨龙掉转头来，举着重型巨剑冲向两个林雷。

"给我回来！"酒楼老板急得大叫。可是已经失去了左臂的"力"骑士哪里会听酒楼老板的，他已经彻底被激怒了，嘴里嗷嗷直叫，咆哮着不顾一切地冲杀了过去。

他举剑狂杀过来，刹那间，两个林雷直觉得整个空间充斥了一股无形的力量。这股力量将他们的身躯直接压得龟裂了开来，鲜血从他们铠甲上的铁片与铁片之间的缝隙里涌了出来。

他劈剑，那无尽的力量直接将下方的河水倒卷而上，形成一把足有数十米长的巨大水剑，猛地斩向前面的两个林雷。两个林雷只觉得那不是水剑，而是一座山岳，狠狠地撞在了自己的胸口上，把他们的五脏六腑都撞击得裂了。他们顿时觉得胸腔中血气翻腾不已，忍不住"哇"的一声，鲜血从口中猛喷而出。

也仅仅是一瞬间的工夫，那巨大的水剑消散开来，化成了漫天的雨水。雨水之中，两个林雷奋力扇动宽大的天使之翼，身躯如流矢般射向前面的"力"骑士，刹那间就冲到了"力"骑士的面前。

两个林雷同时举刀，两把宽大的"破天"战刀在这一刻青色光芒四射，直射九天，犹如两个青色的太阳一般璀璨夺目，几乎照亮了整条罗索尼河。无尽的杀机从两把"破天"战刀中弥漫而出，瞬间充满了这里的每一寸空间，让人感到如此的绝望。

远处的酒楼老板绝望地惊呼："啊，不……"

两个林雷同时劈刀！

"哧""哧"，两把利器入肉的声音是如此清晰。两把宽大的"破天"战刀狠狠地劈进了"力"骑士的体内，连同他身下的骨龙都直接被斩断了，成了三截，分别载着"力"骑士的一段身躯垂直掉入河中。

"总算又杀掉了一个！"

林雷长长地吐出一口气，这个时候，他那青色铠甲下的身体不但已经彻底糜烂，而且好像蜘蛛网一样龟裂了开来。情况简直糟糕到了极点，击杀"力"骑士，他完全就是凭着最后一点力气。

前方的酒楼老板和"煞"骑士都在那里悲愤地咆哮着，可是林雷已经听不到他们咆哮的声音了。他的听觉已经没有了，被彻底毁坏了，他感觉整个人如同被地狱烈火焚烧着一般剧痛。

他知道他已经到了死亡的边缘，殷红的鲜血已经彻底将他的容颜掩盖住了，只留下眼睛露在外面，折射出野兽般的疯狂光芒。这个时候，两个林雷终于缓缓地合二为一。然后，他低头望了一眼下方的帆船，依旧没有看到那船舱中有任何动静。

"好吧，那么，让我继续战斗吧！"

林雷想再次举起了那把宽大的"破天"战刀，可是，他的双臂却在不住地颤抖，这说明他此时非常吃力。虽然如此，他仍勉强地扇动脊背上的天使之翼向前方的酒楼老板与"煞"骑士冲杀过去，只是那速度却远不如之前了。

　　鲜血不断从林雷的头盔中流下来，顺着他的眼角流入眼中。林雷眨了眨眼睛，死死地盯着前方的酒楼老板。此刻酒楼老板坐在骨龙上在不断地咆哮着，身上还在往外冒着一股股黑气。

　　突然，林雷的灵魂深处传来一阵剧痛，酒楼老板的毒已经直攻林雷的灵魂，这不是单纯意义上的毒，而是一种极度邪恶的黑暗力量。林雷只觉得所有的力量都在刹那间被抽离了身体，整个人如同中箭的大鹰一般，张着一对宽大的天使之翼从半空中掉落下来。

　　"就要这样死了吗？看来，我还是没有将战斗坚持到最后一刻啊。"林雷感觉自己的眼皮沉重无比，他知道他快死了，被酒楼老板活活毒死。这一刻，他心里有些悲伤。

　　"他不行了，我来，你去看看船上是什么情况。"突然从阴影中显现出来的东门燕说道，同时空气中传来一道被撕裂的声音。霎时，林雷觉得自己双眼合上的速度如静止一般缓慢。酒楼老板坐下的骨龙不断咆哮着，张开的嘴巴也如停滞一般。

　　时间在那一刻被拖慢了近百倍，没有完全静止，也没有完全停滞，却慢得好像停下来一样。

　　龙文秘诀——时止。

　　"救死扶伤你更行，打斗，交给我。"由静说话的时候，她的身影如同一道闪电一般朝空中咆哮的酒楼老板和"煞"骑士冲去。

　　东门燕面无表情地望向由静，继而将视线落到地上的林雷身上。最终，她转身朝远方的船上飞去。

　　"恶者当诛！"空气中传来的是林雷的声音。由静说着，已经显现在酒楼老板的面前，以林雷的模样。

　　"你还真的很能扛呀，今天就要让你死个彻底！"看着明明已经重伤的林雷却骤然精神抖擞地出现了他的面前，酒楼老板皱了皱眉。

　　"那就来吧！""林雷"说完，手持"破天"战刀隔空疯狂地劈去。一道道青色的光芒，仿佛一条条青色的真龙，嘴里不断咆哮着，然后奔向酒楼老板他们！

　　不知道过了多久，"林雷"一次一次冲向酒楼老板和另外一名黑暗龙骑士，又一次一次被他们击了回来。但他们的力量相互牵制着，分不清谁胜谁负。他们力量均衡，恰到好处。这让酒楼老板想不通，他不知道是他们变弱了还是和他们交手的林雷变强了。总之，他们觉得眼前的这个"林雷"和刚刚的那个好像不是一个人。

直到"林雷"的耳边传来东门燕的声音："他们醒了。"由静才被愤怒的酒楼老板重重地击退。

也是在这个时候，林雷的双眼彻底合上了。虽然这个过程让他觉得像过了一个世纪那么久。但他想，也许是他心里那股内疚使然。他没能坚持到自己的同伴醒过来就倒下了，他本不愿这样，可是……

英雄联盟①
苍天冥瞳

第十三章　以同伴之名

　　"林雷！"望着怀里已经没有了半点生命气息的林雷，南央好像被抽空了一样，她亲眼看见他两次死在自己的怀里。

　　南央的手停在了半空中，浑身不住地颤抖着。

　　没有人能够想象林雷是怎么将这场战斗坚持下来的。需要一种怎样可怕的意志，才能支撑着残破不堪的身体，置身于强敌的面前，举刀狂杀，一直到最后一刻？

"林雷……"

蒙蒙胧胧中，林雷隐约听到下方传来一声呼喊，他费尽全力将眼睛微微睁开了一点，结果他看见一道火红的影子逆天而上。他努力咧了咧嘴，勉强地笑了一下。

"林雷，你怎么样？"

南央瞬间冲到林雷的身边，一把将他抱住，看着满脸都是鲜血的林雷，她的眉头皱成了一团。

听到南央的呼喊，林雷再次努力睁开眼睛，咧嘴惨笑了一下："南央，你们终于被复活了，太好了。那四大黑暗龙骑士，我一个人无法战胜他们，不过，不过，我，我还是杀死了两个……"

他双眼蓦地一瞪，再也没有发出任何声息。

"一个人究竟能死几次？"由静扫了一眼身边的东门燕，"我们真的要这样一次一次看着他挂掉而见死不救？"

"死的次数越多，他才能变得越强。"东门燕的声音一如既往的清冷，似乎林雷根本不是她要保护的对象，而是她的仇人。对于林雷再一次被杀，从她的眼神中丝毫看不出有任何的感情色彩。

"你确信这一次还会有人来救他？"由静表示心里很没底，"如果不是Boss说不能让他发现我们的存在，刚刚那个酒楼老板什么的早被我砍杀很多次了。可是现在，我再一次看着他挂掉了！东门燕教授，这次和你搭档，是我职业生涯中的耻辱啊！"

"我也不确定。"东门燕话音刚落，由静顿时急了，她再也不能冷静下来了。

"什么！你也不能确定！那我们还在这里愣着干什么！快想办法救他啊！你想被Boss惩罚也别拖累我啊！"由静说着便朝林雷走去。但是，东门燕却拉住了她："别冲动，你看……"

顺着东门燕的视线，由静慢慢地安静了下来。因为，她又看到了上次那个小人。

"哎，你有没有发现，那个小人好像长大了，比上次大了至少三分之一。"

东门燕一动不动地望着林雷，回应给由静的是沉默。

"林雷啊林雷，你真是越来越让我失望了。"那个熟悉的声音再次将林雷唤醒的时候，林雷没有像前一次那样大惊小怪。事实上，甚至他比任何时候都渴望听到这个声音。

"快！把我救活。"望着缩小版的自己，林雷露出了无比渴望的眼神，"我不能死。要多少血，随便你。"

林雷对缩小版的林雷指了指自己胸口上的鲜血。

但这一次，缩小版的林雷似乎并没有那么着急，虽然他望着林雷身上的血流露出了贪婪的眼神，但是嘴角轻撇了一下，对林雷说："你这么急切？"

"对，我不能死，至少不能现在死。黑暗龙骑士很厉害，南央他们根本不是酒楼老板及另一个黑暗龙骑士的对手。我不能眼睁睁地看着我的同伴们就这样白白去送死！"

"你倒是很够义气嘛。"缩小版的林雷邪恶地一笑，"可是你知不知道，每分给我一次血，你就要折五年的寿命。"

林雷一愣。

五年的寿命？这倒令他没有想到，他还以为只是损失一些血而已。可是他的同伴们……想到南央、肖成天、瓦尔特和格瑞丝，五年的寿命又算得了什么！

"五年就五年！快点吧！我必须和他们共同作战！"林雷毫不犹豫地朝着缩小牌的林雷大喊。

"既然是这样……"瞳孔早已因为兴奋而放大的缩小版的林雷将头伸向了林雷的伤口……

一阵剧烈的疼痛和头晕之后，林雷缓缓地睁开了眼睛。

然而，他的眉头却皱起来。因为他依旧躺在地上，而缩小版的林雷再次比原来大了三分之一，他正贪婪地站在他身边。

"怎么回事？我还没有复活？"

"放心，收了你的血，我自然会让你重获新生，我办事，你放心。"缩小版的林雷抛给他一个自信的眼神。

"那我什么时候才能醒来？"

"别急，你该醒的时候，自然会醒。"话一落音，缩小版的林雷再次消失不见。

他就像一个来无影去无踪的小恶魔。

"林雷！"望着怀里已经没有了半点生命气息的林雷，南央好像被抽空了一样，她亲眼看见他两次死在自己的怀里。

南央的手停在了半空中，浑身不住地颤抖着。

没有人能够想象林雷是怎么将这场战斗坚持下来的。需要一种怎样可怕的意志，才能支撑着残破不堪的身体，置身于强敌的面前，举刀狂杀，一直到最后一刻？

南央抱起林雷落回帆船中，然后将林雷轻轻平放在甲板上。

当她再次扇动着天使之翼冲天而起的时候，她的神色看上去出奇的平静，只是那眉宇之间，却仍旧有着一股难以掩饰的悲伤。此刻，她反手取出了烈焰长枪，单手持枪遥遥指向前方的酒楼老板和"煞"骑士。

"腾"的一声巨响，她整个人以及她手中的长枪猛地燃烧起来。

"南央，林雷怎么样了？"

南央的身边，肖成天和瓦尔特也扇动着脊背上宽大的天使之翼定在那里。肖成天的背后缓缓浮现出审判之轮，嘴里虽问着南央，眼睛却一动不动地盯着前方的酒楼老板和"煞"骑士。瓦尔特也是紧握着他的黄天大斧，看着酒楼老板和"煞"骑士，然后舔了舔嘴唇。

"他的生命即将又一次走向尽头。"南央淡淡地说道，神色平静得让人感觉到一种极致的可怕。

肖成天和瓦尔特皆浑身一震。

"你们三人居然复活了？"远远望着南央他们三人，酒楼老板和"煞"骑士都无法保持平静，不可思议地看着他们。

酒楼老板突然用手拍了一下那掩在黑色斗篷下的额头："我明白了，刚才那小子会如此拼命地与我们战斗，是在为你们争取复活的时间。该死的，你们明明已经被我毒死了，现在却又站在了我的面前，你们到底是怎样做到复活的？"

"你无需知道，现在，你只需死！"南央单手持着烈焰长枪，嘴里吐出来的话，冰冷得如同冰柱一般。

"说得一点都没错。"

格瑞丝的声音在南央的身边响起，她也已经从帆船中飞上来了，浑身透着一股决绝的味道："林雷的心脏是生命天使之心，所以他不可能彻底死亡，他只是处于休克状态。但是要将他从这种状态中恢复过来的话，唯有圣马格丽茨贝水族的女皇圣马格丽的巫术才能做到。所以我们接下来必须要在最短的时间内赶到圣马格丽茨贝水族。现在，我们用两分钟的时间将这两大黑暗骑士杀掉，你们有信心吗？"

林雷还有救？

格瑞丝的这番话不仅让南央他们三人愣住了，还让远处的酒楼老板和"煞"骑士的心中也瞬间涌起了滔天巨浪。酒楼老板浑身猛地一阵颤抖，他将手中的重型长剑扬起，遥遥指向格瑞丝："你在说什么，什么生命天使之心？"

瞬间，他全都想明白了："该死的，'煞'骑士，全力出击吧，给我将他们统统杀死！"

酒楼老板咆哮一声，整个身躯刹那间涌出了无尽的黑气，这是毒，一种极为邪恶的黑暗力量。他催动身下的骨龙，如流星般直往南央他们四人飞掠而来。那"煞"骑士也不敢怠慢，同样举着重型长剑，骑着骨龙迅速地冲杀了过来。

格瑞丝的脸上一片肃穆。她静静地立在那里望着极速杀来的酒楼老板和"煞"骑士，嘴里冷喝道："大家注意，酒楼老板身上散发出来黑气是毒，大家不要碰到。记住，两分钟内给我解决掉他们，然后我们以最快的速度赶到圣马格丽茨贝水族，让女皇圣马格丽用巫术将林雷复活过来。"

说着，她举起了手中的黑色魔杖，指着那疾速冲来的酒楼老板和"煞"骑士，开始诵念着她的心灵魔法咒语："我代表掌控心灵的神灵，夺取你们的灵魂，给我变成行尸走肉吧！我代表掌控心灵的神灵，夺取你们的灵魂，给我变成行尸走肉吧……"

她的声音越来越大，震得下方的河水哗哗作响，河水被卷起来，如同巨浪一般。前方，酒楼老板和"煞"骑士极速冲杀过来的身体突然间停住了，定在了那里，失去了一切的感知，短时成了两具行尸走肉。

"杀死这两个邪恶的生物！"

南央怒喝一声，跃起腾腾燃烧的身躯，在空中划出一道红色光芒，手中持着烈焰长枪极速地刺向酒楼老板。"哧"的一声，南央的长枪直接刺穿了酒楼老板。酒楼老板似乎有感应一般，浑身猛抖了抖。南央将烈焰长枪猛然一抽，酒楼老板的身躯当即"腾"的一声燃烧起来，散发出一股浓烈的腥臭味。

南央单手持着烈焰长枪，冷冷地看着远处腾腾燃烧的酒楼老板，那冲天的火光映照在南央那雕刻一般的脸庞上，有着一种令人窒息的美，但却看不出任何表情。

"肖成天，你不要和我争，这个黑暗龙骑士是我的！"

另一边，瓦尔特举着黄天大斧，嗷嗷大叫着，以极快的速度冲向"煞"骑士。只是他刚刚冲到"煞"骑士面前，正欲举起黄天大斧狠狠地劈向"煞"骑士的头颅时，肖成天的审判之轮便"呼"的一声旋转着飞了过来。只见白色光芒一闪，审判之轮切进了"煞"骑士的喉咙中，"煞"骑士的身躯不住地抖动着，一股股黑气，从他的喉咙中冒了出来。

"该死的，我说过这名黑暗龙骑士是我的，肖成天你什么意思，成心要我在与林雷的较量中输掉吗？他已经杀死两名黑暗龙骑士了！"

瓦尔特愤怒地咆哮着，手中的黄天大斧奋力一劈，一斧头立即从"煞"骑士头上劈入，从他身下骨龙的龙躯上劈出。而后他收起黄天大斧，连看都不看"煞"骑士一眼转身就走，嘴里嘟哝道："不管了，这个黑暗龙骑士算我杀的。"

两分钟很快就过去了，格瑞丝的心灵魔法已经失效，而酒楼老板却还没有被南央的烈火烧死。酒楼老板的灵魂突然回到了他的体内，嘴里顿时发出一声凄厉的惨叫，带着满身的大火不顾一切地冲向南央，欲将她杀死。

见此情景，肖成天、格瑞丝和瓦尔特都不由得一惊，急忙要冲上前来，南央却轻喝一声："你们不要过来，我要亲手将这个邪恶的生物解决掉！"

看得出来，南央对这个酒楼老板已经痛恨到了极点。听她这么一说，肖成天等人只得止住前飞的身体。

格瑞丝愣了愣："好，南央，我相信你的战斗力。现在，我用心灵魔法

英雄联盟①

苍天冥瞳

净化你的心灵，以防被这邪恶的生物侵入，你放手去杀吧。"

　　说着，格瑞丝嘴里再次念诵起了魔法咒语。瞬间，南央就觉得自己的心灵明净无比。她单手紧握着烈焰长枪，然后指着那疯狂奔来的酒楼老板，脊背上宽大的天使之翼猛然一扇，整个人如流矢般刺向那浑身燃烧着熊熊大火的酒楼老板。正在此时，前方的酒楼老板突然消失不见了。

　　正在南央愣神之际，从她的头顶上，突然传来一个阴森的声音："人类的小姑娘，就你也想杀死我？门都没有！现在，我会将你置于万劫不复之地！"

　　南央下意识地抬头一看，只见头顶的正上方突然出现一团熊熊燃烧的大火，那大火之中，有把古朴的重型长剑正猛地朝她的头颅狠劈下来，那架势欲将她一剑劈成两半。

　　远处的肖成天等三人看得心惊胆战，同时惊呼一声："南央！"

　　望着那头顶上狠劈而来的古朴长剑，南央自己也是惊出了一身冷汗。她下意识地将脊背上那宽大的天使之翼一扇，整个人斜射了出去。酒楼老板的长剑擦到了她的肩膀上的铠甲，红色的铠甲被擦出一片火花。

　　太惊险了！

　　这酒楼老板怎么会拥有这么快的速度？

　　南央手持着烈焰长枪立在那里，心中震惊到了极点。这酒楼老板的速度，简直太可怕了。远处的肖成天等三人同样惊魂未定。格瑞丝习惯性地抬手摸了一下额头，叫起来："我想明白了，这邪恶的生物之所以会突然拥有这么快的速度，那是因为被林雷杀死的'风'骑士的魂魄已经附在了他的身上，这是'风'骑士的速度！南央，你必须要在最短的时间内杀死他，否则等其他两大黑暗龙骑士的魂魄也附在了他的身上，那就麻烦大了。"

　　"什么？"格瑞丝的这番话令南央大吃一惊，嘴巴张得很大。这种情况实在是糟糕透顶了，她虽然不了解另外两大黑暗龙骑士的特征，但他们显然和"风"骑士一样可怕到了极点。

　　"人类的小姑娘，给我去死吧！"

　　熊熊大火中，酒楼老板那沙哑深沉的声音传过来，然后在原地消失不见了。突然，南央的左边有一阵热浪向她扑来，她想都没想，双手举起烈焰长枪狠狠地朝左边一拍。一团熊熊燃烧的大火出现了，被南央这狠狠的一枪拍散了，火苗散得漫天都是。

“就这么被我杀了吗，这……是不是太容易了一点？”望着那漫天飘飞的火苗，南央微微地蹙起了眉头。她心中隐隐觉得有些不对劲，酒楼老板应该不会这么容易就被自己灭杀的，可到底哪里不对劲，一时间她又无法说得清楚。

“南央，你拍中的仅仅是那邪恶生物的影子，别忘了他的速度已经达到了匪夷所思的地步。”格瑞丝的声音在远处响起。

南央心里一震，就在这一刻，一股热浪突然从背后涌来。接着，她感觉到一把长剑已经顶在了自己脊背的铠甲上。剑上传来一股无比强大的杀机，一下子扼住了她的心脏。

生死一线间，南央看都不看，将手中的长枪奋力往后一刺，那股热浪顿时消失了。南央回头一看，没有任何意外，眼前一片漫天的火苗，纷纷从空中飘落下来。

“又是只刺中了那邪恶生物的影子吗？”南央望着漫天飘飞的火苗有些失神。这是一种怎样的速度啊，南央明明感觉到了酒楼老板就在身后，连他的长剑都已经抵在了她的脊背上，可是当她奋力一刺时，却依然只是刺中了他的影子而已。

这个时候，南央真是心急如焚，“风”骑士的魂魄已经附在酒楼老板的身上了，用不了多长时间，另外两大黑暗龙骑士的魂魄也会附在他的身上。若是如此，她还有杀死他的机会吗？

南央愣了愣神，她扬手摸了一下额头，开始模拟格瑞丝的思维：“下一次，他会出现在哪里……又是最出其不意的头顶的上空吗？”

一念至此，南央忙将脊背上宽大的天使之翼展开，猛地极速前飞。果然，她刚一起飞，头顶的上方就滚涌起一股热浪，同时一把古朴的长剑凭空出现，狠狠地朝南央原来站的位置劈去。

“咦？”一道惊奇的声音响起，分明就是那酒楼老板的。此时，酒楼老板的速度已经快得用肉眼根本看不清了，整个燃烧着熊熊大火的身躯如同隐在虚空中一般。

终于能轻松地避开酒楼老板的这一剑了，南央心中微微一喜，她再次用手摸了一下额头，又开始模拟起格瑞丝的思维来：“最出其不意的攻击位置攻击失败了，那么，他接下来又会在哪个位置出现，应该是我最无法防范的地方……身后！"

南央没有丝毫的迟疑，她连头都不回，迅速抬枪往身后狠狠地刺去，"哧"的一道利器入肉的声音，是如此清晰，接着便听到酒楼老板那凄厉的惨叫声。南央迅速转身，果然自己的长枪正刺中一团熊熊燃烧的大火，那大火之下，还有一条巨大的骨龙。

"杀——"

终于将这个邪恶的生物刺着了，南央双手紧抓着烈焰长枪，嘴里轻啸一声，竟将酒楼老板和他身下的骨龙挑起来。只见她用力一甩，酒楼老板那燃烧着熊熊大火的身躯好像一个火球一样，被狠狠地甩了出去。

"杀死他！用最残忍的方式杀死他！"

远处的瓦尔特等三人，瞧见南央终于将那酒楼老板刺了个正着，一个个激动得握紧了拳头。瓦尔特冲着南央兴奋地吼叫着，那额头上，还有先前惊出来的冷汗。

南央扇动着宽大的天使之翼，极速地跟上倒飞中的酒楼老板。她嘴里怒喝一声，手中的烈焰长枪如雨点般向酒楼老板刺去，眨眼间就将酒楼老板刺成了一个马蜂窝。她还不解气，又将长枪当刀使，双手抓住长枪狠狠地对着酒楼老板猛劈下去。那无坚不摧的枪，一下就将酒楼老板燃烧着熊熊大火的身躯一分为二。

终于赶在另外两大黑暗龙骑士的魂魄附在酒楼老板的身上之前将他彻底杀掉了！望着那直直往河中坠落的两半火球，南央长长地呼出了一口气，整个人一下子虚脱了，只觉得疲惫无比。她身躯猛地晃了晃，接着从高空中掉落了下来。

"南央！"肖成天惊呼一声，急忙扇动着天使之翼迎了上去，一把将她接在了怀中，然后缓缓地向帆船降落下来。

第十四章　圣马格丽女皇

　　这一天，遥远的万恶罗城再次传来黑暗大祭司罗西吟诵咒语的声音。那咒语的声音就像是一声声魔音，听得人心中悠然升起一股失落之感。格瑞丝等四人在帆船上也听到了，他们的神色大变。格瑞丝只好扇动着天使之翼冲到空中，遥遥地眺望着万恶罗城。她的蓝色眸子中缓缓射出两道蓝色的光芒，不一会儿，从她的眼睛里流出了两行血泪，挂在她的脸颊上，看上去触目心惊。

终于将黑暗魔族的四大黑暗龙骑士彻底杀掉了。从珀斯开始一直到现在，其中的艰难与离奇，想想都让人感觉如同做梦一般不真实，多亏了格瑞丝这个拥有超级头脑的心灵魔法师，否则，林雷他们只怕早就成了行尸走肉，成了黑暗魔族的傀儡。

"现在，我们要做的，就是全速前往圣马格丽茨贝水族，林雷的情况非常严重，他的身躯和灵魂都已经残破不堪了。我们务必要在最短的时间内赶到圣马格丽茨贝水族，恳请圣马格丽茨贝水族的女皇圣马格丽用巫术帮林雷驱除他体内的毒。肖成天、瓦尔特，你们两人马上扬帆，全速前进。"格瑞丝站在船头，对肖成天和瓦尔特吩咐道。

肖成天和瓦尔特应了一声，纷纷蹿到桅杆处，扬起了帆。南央双手抱着膝盖坐在林雷的身边，她伸手摸了摸林雷已经彻底糜烂的脸颊："格瑞丝，圣马格丽茨贝水族的女皇圣马格丽真的会帮我们吗，要是她不肯出手帮忙，我们该怎么办？"

格瑞丝微叹了口气："事实上，我也无法肯定，但是既然之前奥格斯格大将军说她是一位善良的女巫，应该是错不了吧？我相信奥格斯格大将军。毫无疑问，在我们从光明学院出发之前，奥格斯格大将军就将整个作战计划都布置好了。他既然将圣马格丽茨贝水族也计划了进去，就说明这是一个可靠的种族。南央，你放心吧，只要我们见到女皇圣马格丽，林雷就一定会没事的。"

南央点了点头，犹豫了一下说道："格瑞丝，为什么我们现在还要用这所帆船呢？我的意思是，既然我们现在都已经拥有了天使之翼，我们不如直接飞往圣马格丽茨贝水族，这样不就行了吗？"

"哦，南央，你这个想法太天真了。我该怎么向你解释这个问题呢？"格瑞丝摸了一下额头，"事实上，我们仅仅是因为拥有了一颗生命天使的心脏，才让我们拥有了天使之翼而已。也就是说，我们并不是真正的天使，仍是铠甲战士。天使之翼在我们背上只能坚持半个小时，半个小时之后天使之翼会消失。"

南央心中了然，默默地点了点头。

从罗索尼河港口到圣马格丽茨贝水族的路途其实十分遥远。南央他们乘着帆船沿着罗索尼河顺流而下，足足花了一个星期的时间，罗索尼河依旧是一望无际的平静河面，一度令南央他们都误以为走错了路线。不过，格瑞丝坚持相信奥格斯格大将军以前说过的话，她认为只要沿着罗索尼河顺流而下，就一定可以到达圣马格丽茨贝水族。

这一天，遥远的万恶罗城再次传来黑暗大祭司罗西吟诵咒语的声音。那咒语的声音就像是一声声魔音，听得人心中悠然升起一股失落之感。格瑞丝等四人在帆船上也听到了，他们的神色大变。格瑞丝只好扇动着天使之翼冲到空中，遥遥地眺望着万恶罗城。她的蓝色眸子中缓缓射出两道蓝色的光芒，不一会儿，从她的眼睛里流出了两行血泪，挂在她的脸颊上，看上去触目心惊。

"格瑞丝，你怎么样？"肖成天在帆船上冲着格瑞丝大叫。

"我没事，你们不用担心。"格瑞丝摇了摇头，"是罗西，他开始召唤黑暗军队了。那四大黑暗龙骑士的魂魄应该已经被罗西收集起来了。四大黑暗龙骑士都死了，他已经感受到了危机。我看到了密密麻麻的黑暗军队，不过我想应该是我看花眼了，因为我同时还看到了一枚绿色的水果……"

说着，格瑞丝将天使之翼一收，整个人从空中缓缓落到帆船上。她擦掉脸颊上的两行血泪，脸色有些苍白："情况看起来有些糟糕，仅凭我们五个人，是绝对无法与一支数以万计的黑暗军队抗衡的，更别说冲进万恶罗城去了。"

"哦，格瑞丝，等一等，黑暗军队是怎么回事，黑暗魔族怎么会拥有数以万计的黑暗军队呢？"瓦尔特用他那特有的深沉的嗓门叫起来。肖成天和南央也疑惑地望向了格瑞丝。

格瑞丝点了点头，说道："在那遥远的过去，黑暗之王苍天冥皇得到了苍天冥瞳。这是极为邪恶的眼睛，它拥有彻底夺取生灵灵魂的力量，让他们永世变成行尸走肉。苍天冥皇用苍天冥瞳打造了一支数以万计的黑暗军队。后来，光明龙皇发动所有种族，终于将这支军队彻底摧毁。但是因为这支军队本来就是行尸走肉，没有灵魂，所以他们不存在真正的死亡。当时光明龙皇率领大军将这支邪恶的军队消灭在万恶罗城前方的天然屏障托雷维耶哈山脉之中，但是这并不是真正意义上的消灭。只要利用苍天冥瞳的力量召唤，

英雄联盟 ①
苍天冥瞳

这支邪恶的军队就会再次复活。而托雷维耶哈山脉，因为埋葬着一百万黑暗大军因而又被叫作黑暗山脉。"

听了格瑞丝说的这番话，南央他们三人一时间都沉默起来，他们心中涌起一阵非常不好的预感。若真只有他们五个人去闯万恶罗城的话，那无疑是自寻死路。数以万计的黑暗军队啊，还都是些行尸走肉，这将是一股何等庞大的力量？简直让人不敢想象，也不知在那遥远的过去，光明龙皇是怎样战胜这支军队的。

"嗖"的一声响，一支羽箭突然射向肖成天的背部。感受到身后轻微的空气波动，肖成天猛然转身，一把将那支羽箭紧紧抓住。而那羽箭强劲的力道，却推着肖成天生生退了一大步。

只见在帆船的前方，不知何时已经荡漾着一条小船。小船上，一男一女两名十五六岁左右的孩子正立在那里。两人的容颜皆俊秀异常，一头如水一般的白色头发从头上披下来，飘逸不凡。

那名少年手上的羽箭已经射出去了，而那名少女正一手拿弓，一手搭箭，缓缓地指向了瓦尔特，脸色非常不善："人族，你们已经闯入了我们圣马格丽茨贝水族的地盘，请你们赶快离去。否则，我们的羽箭会毫不客气地射穿你们的心脏。"

"圣马格丽茨贝水族？"

南央他们四人喜不自禁，在罗索尼河里前行了这么久，终于来到了圣马格丽茨贝水族的地盘。

格瑞丝喜出望外，她对众人说道："没错，这里的确是圣马格丽茨贝水族。圣马格丽茨贝水族的箭术闻名天下，即便是一个孩子，那都是一名射箭的高手，因为他们习惯以弓箭作为武器，在水下猎杀庞大的海洋生物来作为食物。"

"你们好，我们是前往万恶罗城的人族远征军。我们的铠甲军队本来有一千多人的，但是途中遭到了黑暗魔族的伏击。现在，只剩下了我们五个人，还有一人伤势极重，已经进入了休克状态。我们非常希望你们的圣马格丽女皇能够出手相助，帮我们将这位休克的铠甲战士恢复过来。"格瑞丝对着两位少年说道。

"放他们进入我们圣马格丽茨贝水族的地盘吧。"

格瑞丝的话音刚落，就听见一道轻柔的声音从远处传来。这道声音仿佛蕴含着某种魔力，让人的心情似乎在听到它的那一瞬间平静了下来。紧接着，前方出现一片耀眼的白光。那两名少年见了那团白光后，急忙放下手中的弓箭，摇着小船退到了一边。

耀眼的白光散去了，只见一艘豪华的篷船出现在了众人的眼前，船上立着一个身穿白裙的女人。这位身着白裙的女人身上罩着一层淡淡的光华，让人无法看清楚她的容颜，只能看到一个模糊的轮廓。不过，从那轮廓可以判断出来，这是一个美到令人窒息的女人。在这女人的两旁，还分别立着五名手握弓箭的男子，他们光着粗大的臂膀，看上去孔武有力。

毫无疑问，眼前的这个女人就是圣马格丽女皇了。格瑞丝他们四人心中一阵狂喜。

"你们就是奥格斯格说的人族骑军？"圣马格丽女皇的声音异常轻柔，她立在船头望着格瑞丝他们四人，"如今只剩下你们这几个人了，可想而知你们这一路前来是何其艰难。奥格斯格呢，难道他也死了？这不应该啊。"

格瑞丝声音低落地回答："奥格斯格大将军并没有死，只是在圣教殿中被所罗门王的七十二大恶魔永世封进了地狱之中。"

"是吗？"圣马格丽女皇身子明显轻轻颤抖了一下，愣在那里，微微有些失神，她顿了顿说道："既然是所罗门王的七十二大恶魔，那奥格斯格是在劫难逃了。你们几人能从圣教殿中逃出来，其中一定发生了不可思议的事情。你们随我来吧，那名休克的孩子已经不能再耽搁了。"

她转过身，篷船下方的河水便自动地哗哗急涌起来，载着篷船快速前行。南央他们几个人忙弃了帆船，带上休克的林雷，扇动天使之翼跟了上去。不一会儿，圣马格丽女皇的船靠岸了。她带着南央他们几个人进入一片森林。

这片森林异常干净，古木参天，阴凉幽静，偶然有几缕阳光从庞大树冠的罅隙照射下来，看上去仙气萦绕，如同一片净土。瓦尔特在后面轻轻咂了咂嘴："这个地方实在太漂亮了，要是我将来能够在这里养老，那绝对是一件十分美妙的事情。"

前面的圣马格丽女皇微微怔了怔，旋即轻叹了一口气："这次若不能将苍天冥瞳重新封印，我们圣马格丽茨贝水族的家园，只怕也是保不住了。"

说话间，她已经带着南央他们几个人进入一座用古木建造起来的大殿之中。大殿内的陈设十分华丽。大殿的中央是一块巨大的圆冰块。奇怪的是，这么大的一块冰摆在这儿，整个大殿里却并不令人感到寒冷。

"将他交给我吧，若是你相信我的话。"圣马格丽女皇转身向南央伸出了双臂，望着南央怀里的林雷说道。

南央看了看身边的格瑞丝，格瑞丝朝她点了点头："我们必须相信她。奥格斯格大将军说过了，圣马格丽女皇是一位十分善良的女巫，她会给予我们一切帮助的。"

南央犹豫了一下，这才将林雷小心翼翼地交给圣马格丽女皇。圣马格丽女皇双臂轻轻托着林雷，不再多说什么，缓缓走向了一扇石门。那石门自动打开，圣马格丽女皇抱着林雷直接走了进去。

"好了，我们现在要做的只是等待。南央，你放心吧，林雷他不会有事的。圣马格丽女皇一定可以将他恢复成一个正常人。"肖成天轻轻拍了拍南央的肩膀，露出一个安慰的笑容。

南央轻轻点了点头，不过却仍旧有些提不起精神来。这一路下来，与林雷屡次的生离死别，已经令她快要崩溃了。这时有漂亮的女侍卫端着一大盘色泽诱人的水果上来，放在一个石桌上。瓦尔特咧嘴一笑，急忙跑了过去："太好了。我还真是有点饿了，我们都坐下来吧。"

肖成天等几个人无奈地相视一笑，只得跟着他来到那石桌旁。他们坐下来，一边吃着水果，一边等待着圣马格丽女皇与林雷从那扇石门中出来。

"现在，我觉得我们应该趁机研究一下接下来的作战方案。"格瑞丝一边从一大盘水果中挑了一枚蓝色的水果咬了一小口，一边说道，"目前的形势是这样的。黑暗魔族的大祭司罗西正在召唤无尽岁月前苍天冥皇的一百万傀儡军队，这对我们非常的不利。如果圣马格丽女皇无法帮助我们，或者她选择袖手旁观的话，那么我们五个人只有独自面对罗西的百万傀儡军队了。"

"格瑞丝，你不是说过，若是这样的话，我们五个人必将死无葬身之地吗，为什么我们还要去面对？"瓦尔特将一串葡萄塞进嘴里，满嘴都是果汁。

格瑞丝摸了一下额头，说道："那你还想怎样？背着光明镇魔石逃回光明学院？若是那样，黑暗魔族最终会将各种族都变成他们的傀儡。在死和成为傀儡之间，你选择哪个？"

瓦尔特愣了愣神，嘴里一口葡萄，他脑子里想了一下自己变成行尸走肉的模样，急忙将脑袋摇得像拨浪鼓一样："开玩笑，我是四大远古神兽的血脉传承者之一，怎么可能会选择变成傀儡，我坚决选择死亡！"

"那不就得了。"格瑞丝蓝色的眸子一动不动地看着瓦尔特，"再说了，我所说的死无葬身之地，那只是在正常的情况下。也许在中途我们可以想出办法巧妙地避开罗西的那一百万傀儡大军，从而冲进万恶罗城，并用光明镇魔石将苍天冥瞳封印。还有，我说的仅仅是，假设圣马格丽女皇无法帮助我们，我们才会独自面对罗西的那一百万傀儡大军。"

一旁的肖成天开口说道："就我们刚才来的时候，所看到的圣马格丽女皇的神色，她采取袖手旁观的可能性是极小的。看得出来，她绝对不允许圣马格丽茨贝水族美丽的家园被黑暗魔族毁掉。"

格瑞丝点了点头："没错，圣马格丽女皇是不可能袖手旁观的。她或许会调集军队，或许会游说周边国家的国王一起出军去对抗罗西的一百万傀儡大军。但是这样做，我们的胜算依然是极小的。罗西的一百万傀儡大军太可怕了。到时候，我们只怕依旧无法逃脱变成行尸走肉的命运。我的作战方案是，到时候我们兵分两路，一路是你们随着大军与罗西的傀儡大军正面交战，一路是由我单独一个人背着光明镇魔石，绕开这两支大军前往万恶罗城……"

"格瑞丝，你只是一个心灵魔法师，怎么可以让你单枪匹马前往万恶罗城呢，这途中万一有什么极为邪恶的东西蹿出来伤害到你，那可怎么办？还有，等到了万恶罗城之后，我不相信那里会是一座空城，你将会面对你无法想象的黑暗魔族的强者。所以，背着光明镇魔石前往万恶罗城，必须由我去。"

身后的石门突然打开，林雷站在石门口，脸带微笑，看着格瑞丝他们几人。

"林雷，你终于重新站起来了！"肖成天他们几人激动地看着死而复生的林雷。这种生死与共、一起出生入死所建立起来的感情，是无法用语言来形容的。格瑞丝的脸上也浮现出了由衷的笑意，她朝林雷点了点头："恢复得不错，可以继续战斗了。"

"林雷，告诉我，你没有打算再死一次吧？"南央虽然也很激动，却忐忑地站在远处看着他。

"如果有这个必要的话，我也不介意。"林雷看着她，自我调侃。

格瑞丝显然对林雷的再次复生并不感到惊怪，她想起刚刚林雷说的话，皱了皱眉头："林雷，你刚才说什么？你是说我一个人无法将光明镇魔石送到万恶罗城吗？"

林雷愣了一下，苦笑着解释道："其实，我不是这个意思。我想说的是，以你的智慧，待在大军中更加适合。罗西的傀儡大军，不是那么好对付的。我觉得有你这样一位智者做军师，会对大军非常有利，而我只是一介匹夫，在大军中可有可无。"

"林雷，你知道你带着光明镇魔石前往万恶罗城，可能会有多大的凶险吗？"格瑞丝皱着眉，"苍天冥瞳会感受到光明镇魔石正在接近万恶罗城，罗西也会感受到，这样的结果，你应该可以想象得到吧？"

"正因为我能想象带着光明镇魔石前往万恶罗城将会是一番怎样的情景，所以我才不让你去。"林雷淡淡地说道，"现在，我是咱们这五个人的领导，这事由我说了算。"

格瑞丝蓝色的眼眸定定地看着他，突然叹了口气："我真后悔当初同意让你做领导。"

"其实，我觉得这件事我们暂时可以放一放。目前最主要的，是说服圣路易帝国的国王查尔斯与我们结盟，共同对抗黑暗魔族。"

圣马格丽女皇那轻柔的声音在大殿中响起，听起来十分缥缈。接着，她的身影出现在大殿中央的那块大圆冰块旁，身上依旧散发着一层薄薄的光华，看上去圣洁无比。她向林雷他们五个人招了招手："这是一块万年玄冰，你们都过来看看，看看你们会看到什么。"

他们五个人非常好奇，纷纷离开石桌来到大圆冰块的旁边。只见圣马格丽女皇在大圆冰块的上空轻轻一摸，大圆冰块的上面当即显出了一幅幅画面。每一幅画面中，都是圣马格丽女皇在与人交谈着。林雷他们五个人疑惑不已。

"这是一块拥有记忆的玄冰。"

圣马格丽女皇缓声说道："其实在你们出发之前，我就和奥格斯格认真地研究了一番这次的作战方案。这是我游说玉兰帝国、拜月帝国以及圣路易帝国这三大帝国国王出兵的画面。若是这三大帝国都愿意出兵的话，那么再加上我圣马格丽茨贝水族的军队，勉强可以抵挡罗西的傀儡大军两天时间。可是，你们注意到了吗？玉兰帝国和拜月帝国的国王在经过我的一番游说之后，都爽快地答应了。唯独圣路易帝国的国王查尔斯，他始终神色冷漠，非要我拿出光明镇魔石给他看看，他才愿意出兵。因为他觉得若是我们没有光明镇魔石封印苍天冥瞳，即便这几大帝国与我们联手，也最终不是罗西的傀儡大军的对手。"

听她这么一说，林雷他们几个人果然发现，圣马格丽女皇在游说圣路易帝国的国王查尔斯的时候，查尔斯的神色甚为冷漠，甚至有些怪异。但是到底怪异在哪里，众人一时间又说不上来。

"这很不正常，苍天冥瞳就在万恶罗城上空，难道查尔斯国王看不见吗？为了他的子民，竭尽全力才是他该做的。"格瑞丝苦苦地沉思起来。见她做出这副表情，林雷他们都不出声了，生怕打断她的思维。

"难道圣路易帝国和珀斯的情况一样，已经被黑暗魔族控制住了吗？这似乎不大可能，要是黑暗魔族能够控制整个帝国，这未免太不现实了。"格瑞丝摇了摇头，"那么，只剩下一种可能了，那就是他不是查尔斯！"

"他不是查尔斯，这话是什么意思？"林雷他们五个人不解地望向格瑞丝。圣马格丽女皇缓缓转过脸来，也不可思议地看着格瑞丝。

格瑞丝平静地望着玄冰："现在的圣路易帝国国王查尔斯，不过是黑暗大祭司罗西而已！"

"他是黑暗大祭司罗西？"林雷他们五人听了格瑞丝的话，都十分震惊，就连圣马格丽女皇那散发着淡淡圣辉的身躯都微微地颤了颤。

"是的，"格瑞丝肯定地点了点头，"他要圣马格丽女皇将光明镇魔石交出来给他看，只不过是想趁机将它毁掉而已。除了罗西之外，我相信没有第二个人能够从圣马格丽女皇手中夺走光明镇魔石。"

整个大殿里的人都沉默了，只有重重的呼吸声回荡在大殿中。

圣马格丽女皇缓缓地吐出一口气，看着格瑞丝叹道："人族的铠甲战士，你的智慧真了不起。那么，等到了明天，我们就前往圣路易帝国，将罗西打出原形来吧。"

"好。"林雷点了点头，"那么，明天就由圣马格丽女皇带领我和格瑞丝前往圣路易帝国，将罗西的原形打出来。"

"同时我们还必须带上光明镇魔石。"圣马格丽女皇说道，"罗西太过强大，我们只有在他看到光明镇魔石愣神的瞬间，才有机会对他下手。"

"那么，就这么决定了吧。"格瑞丝说道，"刚才我在万年玄冰浮现的画面中留意到，当时圣马格丽女皇游说他的时候，距离罗西大约十米开外，这说明罗西的警觉心极强。我想等我们进入圣路易帝国的时候，同样会被挡在离罗西大约十米开外。只有等圣马格丽女皇将光明镇魔石呈上去给他看的时候，圣马格丽女皇才有机会接近罗西。林雷，到时候我会控制你脊背上的天使之翼，当你的天使之翼突然长出来的时候，你就和圣马格丽女皇一起对罗西发起致命的一击吧。"

第十五章　斩罗西

看着瓦尔特那一脸爽朗的笑容，不知道为什么，林雷的鼻子却有些发酸。这场大战，能够活下来的希望极度渺茫，而瓦尔特却为自己将可以与罗西的百万傀儡大军面对面地交战而感到兴奋，这才是真正的勇士啊！

"还没有到最后，谁输谁赢还真不好说，你现在就断定我会输，是不是为时过早了一点？"林雷将目光望向瓦尔特身边的肖天成和南央，只见他们两人都一声不吭地站在那里。此刻，肖天成热泪盈眶地望着林雷，而南央的目光却很平静。她就那样静静地看着林雷，只是那平静之中，却蕴含着一种惊心动魄的深刻，似乎要将林雷的一颦一笑、身上的每一寸，都深深地铭记在心里。

事情就这么定下来了。第二天一大早，圣马格丽女皇就令人准备了三匹快马，然后带着林雷和格瑞丝前往圣路易帝国。数日之后，他们进入圣路易帝国的地盘。刚刚踏入圣路易帝国的地盘，他们三人的头顶的上空，突然出现了一只巨大的老鹰。这只老鹰在那里盘旋了一会儿，然后往远处飞去。

"这是圣路易帝国的王子查尔斯·托雷斯的宠物，也是他军中的探子。现在，既然他的探子看见了我们，那他很快就会到来。"圣马格丽女皇仰头望着远去的大鹰，缓声说道。

果然没过多久，前方就滚起了漫天的尘土，一阵马蹄踏着地面的声音隆隆地响起来。圣马格丽女皇回头朝林雷和格瑞丝招了招手，示意他们停下。不一会儿，一位模样英俊的青年男子率领着一支银色的铠甲军队冲了过来，将林雷他们三人团团围住。

"圣马格丽女皇，怎么又是你？"托雷斯微微有些吃惊，"前段时间你不是来过了，难道你忘了吗？我父王的态度很明确，你必须交出光明镇魔石让他看看，他才会答应与你们结盟，一起对抗黑暗大祭司罗西的一百万傀儡大军。"

"我怎么可能会忘记。"圣马格丽女皇转身将手伸向林雷。林雷从背上解下光明镇魔石，丢给圣马格丽女皇。圣马格丽女皇一把将它接住，然后在托雷斯的面前晃了晃："你看见了吗？这就是光明镇魔石。"

"好，圣马格丽女皇，看来你们非常有诚意。我现在就带你们去见我的父王。"托雷斯掉转马头，在前面带路。

林雷微蹙着眉头想了想，乘马追上托雷斯，与他并肩而行。他转脸对托雷斯露出了一个灿烂的笑容："托雷斯，我知道你其实是非常希望你父王让圣路易帝国加入征战黑暗魔族的大军之中的。"

托雷斯在马背上微微愣了一下，最终还是点了点头："当然，可是我不能违背我的父王。"

"很好，那么，以后当你看到真相的时候，希望你不会惊讶。"林雷笑着说道。

托雷斯困惑地望着林雷，骑在马背上沉思了半晌，他依然没有想明白林雷所说的真相到底是什么，只能无所谓地耸了耸肩。

圣路易帝国是一个十分富有的帝国。帝都普拉圣堡建造得十分庞大，一大片恢宏的建筑群层层叠叠。外面高高的城墙，将这一片建筑群包围起来，起到了保护的作用。普拉圣堡的前方是一望无际的草原。草原上，此时正有数不清的身穿银色铠甲的圣路易帝国的士兵在那里操练。

远远见托雷斯率领一支军队冲了过来，这些操练的士兵急忙让开一条道，以供托雷斯他们通过。

来到城门前，托雷斯没有让他的军队进入城中。他只是单独骑着战马率领林雷他们三个人进入了圣路易帝国国王的宫殿。托雷斯停在宫殿门口，转身对林雷他们三个人说道："好了，我父王不喜欢被人打扰，平时都是一个人坐在宫殿中思考问题。我就不进去了，你们进去吧。我相信当我父王见到光明镇魔石之后，是会答应让圣路易帝国加盟到征战黑暗魔族的大军之中的。"

林雷轻叹了口气，心道，他已经不是你的父王了，而是黑暗大祭司罗西，他不喜欢被人打扰，那是因为他不想被人看出破绽而已。

宫殿之中，圣路易帝国的国王"查尔斯"整个人深深地陷在豹皮椅子中，偌大的宫殿就他一个人，看上去分外孤独。瞧见圣马格丽女皇领着林雷和格瑞丝缓缓走来，国王"查尔斯"慵懒地抬了抬眼皮："停在十米开外，若是进入距离我十米之内的范围，格杀勿论！"

圣马格丽女皇转身朝林雷和格瑞丝摆了摆手，示意他们停下。国王"查尔斯"淡淡地望了一眼圣马格丽女皇，说道："圣马格丽女皇，上次我的态度已经很明确了，你到现在都还没有死心吗？好吧，我再明确地告诉你一次，我们圣路易帝国是不可能加盟到征战黑暗魔族的大军之中的。罗西的一百万傀儡大军不可战胜，你们这么做，纯粹就是找死。"

圣马格丽女皇说道："查尔斯国王，你怎么就这么肯定对抗罗西的一百万傀儡大军就一定是在找死呢？"

"很简单，因为罗西的一百万傀儡大军是无尽岁月前，苍天冥皇打造出来的。它们十分可怕，绝对不是我们联手就能够对抗得了的。即便是我们联手，最多也就只能够抵挡住两天，最后我们面对的将会是全军覆没。圣马格丽女皇，你觉得我会愚蠢到答应与你结盟，然后眼睁睁地看着我的军队全军覆没吗？”

　　"查尔斯国王，你现在亲口跟我说，如果我们联手的话，能勉强抵挡罗西的傀儡大军两天，对吧？"圣马格丽女皇缓缓地转过身，分别看了林雷和格瑞丝一眼，缓声说道。

　　"是的！"国王"查尔斯"点了点头。

　　"很好！"圣马格丽女皇微笑起来，然后她取下背上的光明镇魔石，远远地朝国王"查尔斯"晃了晃，"要是我们在两天之内用光明镇魔石将苍天冥瞳封印住，你猜结果会怎么样呢，我们还会全军覆没吗？"

　　"光明镇魔石？"国王"查尔斯"深陷在豹皮椅子里的身躯猛地弹起来，原本慵懒而冷漠的神色一扫而光，脸上的肌肉因为激动，猛地抽了抽，"圣马格丽女皇，你真的将光明镇魔石带来了吗？我之前说过，只要你能拿出光明镇魔石来给我看看，证明我们最终有希望消灭罗西的一百万傀儡大军，我圣路易帝国的军队就会加盟到征战黑暗魔族的大军之中。"国王"查尔斯"的激动不是装出来的，他是发自内心的激动，他连忙朝圣马格丽女皇挥了挥手，"快，拿上来给我看看。"

　　圣马格丽女皇微微一笑，拿着光明镇魔石缓缓地走向国王"查尔斯"。国王"查尔斯"眼睛瞪得大大的，一动不动地看着圣马格丽女皇手中的光明镇魔石。他远远地向圣马格丽女皇的光明镇魔石伸出了双手，那双手在抑制不住地颤抖着。

　　圣马格丽女皇的步子迈得很缓慢，与国王"查尔斯"之间的距离在一点点缩短，八米、五米、三米……

　　"嘭"的一声巨响，林雷脊背上的一对天使之翼猛地张了开来。与此同时，格瑞丝大喝一声："此时不杀罗西，更待何时？"

　　她反手取出魔杖，遥遥指向国王"查尔斯"，嘴里迅速诵念着魔法咒语："我代表掌控心灵的神灵，夺取你的灵魂，邪恶的生物，给我变成行尸走肉吧！"

　　一瞬间，国王"查尔斯"被定住了，他愣愣地伸着双手，一动不动地立在那里，脸上还保持着无比激动的笑容。格瑞丝大喝一声："我只能定住他五秒的时间，你们只有两秒的时间可以月来杀死他！快，杀死他！"

黑暗大祭司罗西太强大了，以格瑞丝目前的心灵魔法，只能让他在五秒钟内成为行尸走肉！

圣马格丽女皇的手中突然多了一把银色的长剑，狠狠地劈向罗西。与此同时，林雷持着"破天"战刀刹那间飞到罗西的面前，他双手握刀力劈而下。两人同时奋力地发出一击，直接将罗西那庞大的身躯劈飞了出去，然后撞在身后的墙壁上。罗西整个人被镶嵌进了墙壁之中，但他却没有死，只见他脸部的肌肉又猛地抽了抽。

圣马格丽女皇和林雷互相看了一眼，二话不说，双双冲向镶嵌在墙壁上的罗西。然而此时，格瑞丝的心灵魔法已经失效，罗西原本空洞的眼神突然变得愤怒无比，他迅速从墙壁上冲了下来，咆哮一声："圣马格丽女皇，该死的，你们原来是想谋杀我，给我去死吧！"

罗西大手一探，猛地抓向圣马格丽女皇。那手臂突然伸长，一下子就卡住了圣马格丽女皇的喉咙，直接将她抓起来，然后奋力将她甩了出去。一声巨响过后，圣马格丽女皇被罗西甩到了墙上，深深地镶嵌在了墙壁之中。

"圣马格丽女皇，你居然敢谋杀我，你真是找死！"罗西大叫道，满头的黑发根根竖起，好像一个绝世大魔头，他一步一步走向被镶嵌在墙壁中的圣马格丽女皇。

一旁的林雷和格瑞丝看得目瞪口呆，一时间傻愣在那里回不过神来，这个黑暗大祭司太强大了！

圣马格丽女皇虽然被镶嵌在墙壁之中，但她身上依旧散发着淡淡的圣辉。只是隐隐可以看到，她的嘴角上已经溢出了一条血迹，她冷冷地看着罗西，嘴里开始诵念咒语。她掉落在地面上的银色长剑随着她的咒语飞起来，剑身瞬间暴长到了数丈长，然后唰的一声刺向罗西，与罗西大战在了一起。银色的巨剑上下翻飞，一道道银光如同一条条闪电一般，冷整个大殿映照得银白一片。

王子托雷斯听到动静冲了进来，看见这里的情景，他立刻抓住林雷的肩膀愤怒地大叫道："你们这是在做什么，为什么要杀我的父王！"

"他不是你的父王！"林雷摇了摇头，"他是黑暗大祭司罗西，你的父王已经被他杀死了！"

英雄联盟①
苍天冥瞳

"你胡说，他怎么可能会是黑暗大祭司罗西？"托雷斯死死地抓住林雷的肩膀，冲着林雷咆哮道。

一旁的格瑞丝急忙拦住他："托雷斯，请你冷静一点。林雷说得没错，眼前的这个人，真的不是你父王，他是黑暗大祭司罗西！你仔细想一想，他为什么会一直不肯答应让圣路易帝国的军队加盟到征战黑暗魔族的大军之中？他为什么非要见到光明镇魔石才会答应？因为他要趁机毁掉光明镇魔石，这样我们就永无战胜黑暗魔族的可能了，你明白吗？"

"小丫头，你找死！"托雷斯还没开口，罗西已经怒喝一声，庞大的身躯如大鹰一般猛地掠了过来，直往格瑞丝扑去。

"给我滚！"

林雷挣开托雷斯的双手，一把将格瑞丝扯到身后。他右手猛然一扬，一只青色的巨大龙爪印在罗西头顶的上空出现，一把将罗西那庞大的身躯抓起来，并奋力地甩了出去，又一次将他镶嵌在了墙壁上。

大殿中银光一闪，却见圣马格丽女皇用巫术操控着巨大的银色长剑唰的一声向罗西刺了过去。罗西大惊，从墙壁中探出一只手，竟生生将那巨大的银色长剑抓住了。

"我是天地间最圣洁的女巫，我的剑是日月审判之剑。日月审判之剑，杀死这个邪恶的生物吧！"圣马格丽女皇念的咒语在大殿中回荡，如同滔天大浪一般连绵不绝。巨大的银色长剑竟如同有生命一般发出一阵嗡嗡自颤的声音。此时，银光大放，银色长剑硬是一寸一寸地缓缓向罗西刺去，一点点刺向罗西的咽喉。

"住手，你们都给我住手！"看着圣马格丽女皇的日月审判之剑一点点向罗西刺了过去，眼看就要刺入罗西的咽喉时，托雷斯双目圆睁，双手举着剑不顾一切地冲向仍深深镶嵌在墙中的圣马格丽女皇，欲将她斩杀于剑下。

"托雷斯，你不要乱来！"

林雷冷喝一声，青龙灭魔爪再次打出，一爪朝托雷斯拍去，将他拍得整个人趴倒在地上，连身躯都龟裂了开来。

丝丝鲜血从他银色铠甲的铁片与铁片中渗了出来，看上去十分惨烈。托雷斯挣扎着要爬起来，结果他做了很大的努力也没能爬起来。恨得他趴在那里用拳头使劲地捶着地面："林雷，我绝对不会放过你！"

林雷没有理会托雷斯的叫喊，他已经持着"破天"战刀快速冲向了罗西。他必须趁圣马格丽女皇的日月审判之剑将罗西逼得绝无还手之力之际将他斩杀。

"咔嚓！"

结果林雷刚刚冲到罗西面前，圣马格丽女皇的日月审判之剑却在罗西的手上猛然断成了三截。日月审判之剑似乎是系着圣马格丽女皇的灵魂的，现在日月审判之剑一断，圣马格丽女皇顿时一口鲜血猛地从口中喷出，整个人从墙壁上轰然掉落在地上。

林雷也没有想到罗西竟在刹那间将圣马格丽女皇的日月审判之剑弄断了，他双手紧握着"破天"战刀愣了愣神，却保持着战刀砍向罗西的脖子的动作。就在他愣神之际，罗西抓住那截断剑猛地刺进了林雷的腹部。

剧烈的疼痛，令林雷的身躯猛然间颤了颤，随即整个人缓缓倒了下去。

"林雷……"格瑞丝和圣马格丽女皇同时惊呼一声。

"想砍我的头，门都没有……"罗西看着缓缓倒下的林雷不屑地冷笑道。

此时，格瑞丝、圣马格丽和罗西这三个人的眼睛皆都睁得大大的，眼中放射着不可思议的光芒。令他们感到惊讶的是，在一个林雷缓缓倒下了的同时，却出现了另一个林雷，只见这个林雷站在那里，双手举着"破天"战刀。

林雷的双重暗影！

"咔"的一声响，那个林雷没有丝毫犹豫，双手举着"破天"战刀一刀斩向了罗西的脖子。好大一颗头颅被他劈飞起来，掉在地上，如同皮球一般滚出了老远。

这一刀之后，这个林雷和倒在地上的林雷好像鬼魅一样将身子扭曲了几下，然后缓缓地重叠在了一起，变成了一个人。重合后的林雷并不是倒在地上的，而是立在那里用"破天"战刀死死地支撑着身子，从腹部的伤口中流出了鲜红的血。

"林雷！"格瑞丝大叫一声音，急忙奔过去一把将林雷抱住。她低头看了看林雷的伤势，这才长长地吐出一口气。罗西的这一剑仅仅刺穿了林雷的腹部，并不足以致命。

"啊，该死的，你们居然斩了我父王的头！"

托雷斯双目怒睁，气得要与林雷他们拼命。然而他话音刚落，整个人又猛地傻愣在了那里。只见他"父王"的无头尸体上突然飘起一个巨大的影子，接着消散了开来。正在他愣神之际，一道沙哑而又无比阴沉的声音在大殿中响起："哈哈，你们想杀死我，门都没有，你们就好好等着我的一百万傀儡大军将你们杀个干净吧！"

地面上的无头尸身不见了，那颗头颅也不见了，取而代之的，是一具干尸静静地躺在那里。显然躺在地上的这个国王已经死了多时，根本不是刚才被林雷一刀斩掉脑袋的罗西。

"托雷斯，你看见了吗？那才是你的父王。"圣马格丽女皇来到托雷斯的身边，弯腰轻轻拍了拍托雷斯的肩膀，缓声说道。

托雷斯看着那具干尸有些发呆，他努力地爬起来，不顾一切地奔了过去，一把将那具干尸抱在怀中，接着仰天一声悲吼："啊，万恶的罗西！"

面对这一幕，圣马格丽女皇、林雷和格瑞丝三人都只能默默无语。他们站在那里互相看了看，然后缓缓走向抱着国王查尔斯的干尸失声痛哭的托雷斯。

"托雷斯，你是圣路易帝国的王子，你父王已经死了。现在，我们可以谈谈圣路易帝国的军队加盟征战黑暗魔族大军的事情了吗？"圣马格丽女皇站在托雷斯的身后，缓声说道。

托雷斯没有回头，浑身猛烈地颤抖着，他将拳头握得"啪啪"作响，道："加盟！为什么不加盟？我要率领圣路易帝国的大军将万恶罗城踏平，将罗西碎尸万段！你们等等我，等我处理完我父王的事情，就与你们谈谈我们圣路易帝国的军队加盟征战黑暗魔族大军的事情。"

圣马格丽女皇、林雷和格瑞丝三人互相交换了一下眼神，皆暗自呼出了一口气。托雷斯终究是个坚强的男人，他很快从悲愤的情绪中冷静了下来。他吩咐人抬来一口晶莹剔透的冰棺材，将国王查尔斯的干尸暂时冰封在里面，准备等黑暗魔族的战争结束之后，再举行隆重的葬礼。

做完了这些之后，托雷斯的神色已经恢复如常，他来到宫殿中与圣马格丽女皇、林雷和格瑞丝坐下来："现在，我们可以谈一谈征战罗西的一百万傀儡大军的事情了。"

格瑞丝看了看圣马格丽女皇，圣马格丽女皇朝她点了点头，示意她可以大胆地将自己的作战方案说出来。于是，格瑞丝说道："托雷斯，三天之后，你带着圣路易帝国的军队前往圣马格丽茨贝水族。而你现在要做的事情，就是马上派人骑着快马分别前往玉兰帝国和拜月帝国，通知他们的军队也前往圣马格丽茨贝水族。等我们的四大军队在圣马格丽茨贝水族会合之后，就进军万恶罗城。嗯，我想罗西的一百万傀儡大军，会在万恶罗城的天然屏障黑暗山脉迎战我们……

"事实上，我们与罗西的傀儡军队大战只是一个幌子，我们玩的是'明修栈道，暗度陈仓'。到时候，我会带着光明镇魔石从另一条路线避开两军的交战，暗暗进入万恶罗城。我们的大军应该可以勉强抵挡罗西的傀儡大军两天时间，我会在这两天的时间内，想尽一切办法用光明镇魔石将苍天冥瞳重新封印。基本情况就是这样了，托雷斯，你有什么问题吗？"

"我想托雷斯应该没什么问题，但是我有问题。"林雷叫起来，"格瑞丝，我之前不是说过了嘛，我是我们五个人中的首领，我们五个人的事情，由我说了算。这一趟，将由我带着光明镇魔石前往万恶罗城。你留在大军中，充当大军的军师，我觉得没有比你更适合的人选了。"

"你觉得面对罗西的一百万傀儡大军，军师有用吗？在绝对实力的面前，任何谋略都是可笑的，你懂吗？"格瑞丝有些气恼地看了林雷一眼，"林雷，虽然你是我们五个人的首领，但是我觉得你不能这么专制。我是心灵魔法师，可以短暂夺取任何人的灵魂，所以我觉得我更适合前往万恶罗城。"

"都不要争执了。"

圣马格丽女皇摇了摇头，缓声说道："现在不是个人逞英雄的时候。事实上，我们的这条暗线，远比待在大军中还要凶险得多。那么，我想事情就这样定下来吧，你们两个一同前去，林雷的爆发力加上格瑞丝的心灵魔法，这是完美的组合。我相信你们可以顺利进入万恶罗城，用光明镇魔石将苍天冥瞳封印。"

"圣马格丽女皇说得对，我赞成她的安排，就由格瑞丝和林雷一同前往万恶罗城。"托雷斯点了点头说道。林雷和格瑞丝对视一眼，只能无奈地笑了笑。

　　圣马格丽女皇接着说道："但是有一点，你们两人千万要记住。我们的大军只能勉强抵挡罗西的一百万傀儡大军两天时间。从两支大军交战开始计算，两天之内，你们两人无论如何都必须给我杀进万恶罗城去封印苍天冥瞳。否则，我们将会全军覆没，明白吗？"

　　这场与黑暗魔族最后的大战就这么定下来了。圣马格丽女皇、林雷、格瑞丝没有再耽搁，当即动身返回了圣马格丽茨贝水族。而托雷斯在圣路易帝国也开始忙碌起来。他一边整顿军队，准备前往圣马格丽茨贝水族，一边派人骑着两匹快马分别前往玉兰帝国与拜月帝国，通知他们的军队前往圣马格丽茨贝水族，与他们会合。

　　数日之后，圣路易帝国、玉兰帝国、拜月帝国和圣马格丽茨贝水族四大军队全部在圣马格丽茨贝水族会合。不过，这四大军队加起来也只有六十万人，与罗西的一百万傀儡大军相比起来，还相差了整整四十万。撇开罗西的傀儡大军的恐怖不说，仅仅在人数上，双方就已存在着巨大的悬殊。

　　可想而知，接下来的这场大战，将会是何等的艰难，能坚持两天那都是最大限度的估算了。因此每一名士兵的脸上都写满了悲壮与决绝。他们这些人当中，绝大部分人可能无法活着回家。若林雷和格瑞丝在两军交战之后两天内无法将苍天冥瞳封印，他们还将会全军覆没。

　　"林雷、格瑞丝，"圣马格丽女皇走向林雷和格瑞丝，浑身散发着圣辉，看上去圣洁无比，如同从上天降落下来的神灵一般。她缓声说道，"我希望你们能意识到，这一次你们的任务将无比艰巨。我们能不能生存下来而不成为黑暗魔族的傀儡，就全看你们两人的了。虽然这一路将充满了凶险，尤其是进入万恶罗城之后，你们将很有可能面对罗西，但是，我希望你们能够不惜一切代价将苍天冥瞳封印。"

　　林雷和格瑞丝互相看了一眼，两人同时说道："圣马格丽女皇，你放心吧，你就等着我们的好消息吧。"

　　"很好。"圣马格丽女皇点了点头，旋即取出两片树叶分别交给林雷和格瑞丝，"这是两片树叶，它们的名字叫作'复活'。你们将它贴在胸口上，这样你们就会有一次瞬间复活的机会。记住，只有一次，你们复活之后，复活之叶就会消失。"

"谢谢圣马格丽女皇！"林雷和格瑞丝的脸上都浮现出喜色，忙接过圣马格丽女皇手中的树叶。

"哈哈，林雷！"大军之中，一道豪爽的笑声传来。林雷朝大军望了一眼，只见瓦尔特在大军中朝他兴奋地挥了挥手中的黄天大斧："看来我们的较量，你是要输啦，我将面对罗西的百万傀儡大军，我可以尽情地去狂杀他们，而你却没有这个机会了！"

看着瓦尔特那一脸爽朗的笑容，不知道为什么，林雷的鼻子却有些发酸。这场大战，能够活下来的希望极度渺茫，而瓦尔特却为自己将可以与罗西的百万傀儡大军面对面地交战而感到兴奋，这才是真正的勇士啊！

"还没有到最后，谁输谁赢还真不好说，你现在就断定我会输，是不是为时过早了一点？"林雷将目光望向瓦尔特身边的肖成天和南央，只见他们两人都一声不吭地站在那里。此刻，肖成天热泪盈眶地望着林雷，而南央的目光却很平静。她就那样静静地看着林雷，只是那平静之中，却隐含着一种惊心动魄的深刻，似乎要将林雷的一颦一笑、身上的每一寸，都深深地铭记在心里。

英雄联盟❶苍天冥瞳

第十六章　魂魄之墓

　　现在，他唯一想到的可能是，格瑞丝也许真的死了，可悲的是他连对手都没有看到，连格瑞丝的尸体都没有留下来。

　　林雷的心中涌起一股浓浓的悲意，同时一股有力气却没地方使的感觉憋在心里，令他特别难受。他死命地忍住流泪的冲动，手中紧握着"破天"战刀，小心翼翼地往前走去，目光警觉地看着四周。现在已经只剩下他自己一个人了，要是他也莫名其妙地死亡，那么后果将不堪设想。无论如何，他都不能死，他必须杀进万恶罗城，用光明镇魔石将苍天冥瞳封印。

"林雷，其实我觉得你不应该和我一起走这一趟的，你应该和南央一起待在大军之中。这样，你们就不会分开了。"格瑞丝走在前方头也不回地说道。朝阳从山林间照射过来，将她的影子拖得很长很长，映在地上如同鬼魅一般。

林雷追上格瑞丝，与她并肩而行："现在我们讨论这个问题已经没有意义了，再说了，在这个问题上我还是赞成圣马格丽女皇的说法。我的爆发力加上你的心灵魔法，将会是完美的配合。我觉得当务之急，是我们该停下来好好研究一下接下来的路线。现在，我浑身感觉到一种莫名的阴冷，非常邪异。"

"你会有这样的感觉，那是因为我们已经进入了黑暗魔族的地盘。这里到处充斥着苍天冥瞳的邪异力量。苍天冥瞳本身就是属于黑暗地狱的东西，你当然会感觉到一股阴冷了。"

格瑞丝停下来蹙着眉头想了想，接着说道："从这里到万恶罗城的天然屏障黑暗山脉，还有两天的路程。而我们的大军因为人数多，行军速度稍微慢一点，应该只要三天就可以到达黑暗山脉。只要他们一到达黑暗山脉，大战马上就会展开，不会有任何的耽搁。所以我们必须加快速度……

"记住，从两军交战开始计算，两天时间内，我们必须杀入万恶罗城，用光明镇魔石将苍天冥瞳封印。至于路线，怎么走都一样。之前我想错了，事实上我们不可能绕过黑暗山脉，因为黑暗山脉太过广阔。若是我们绕过它，时间上绝对来不及，等我们绕过的时候，也许我们的大军早就已经全军覆没了。我的意思是，我们必须直接穿过黑暗山脉进入万恶罗城。"

"直接穿过黑暗山脉？"林雷吃了一惊，他不解地站在那里眨了眨眼睛。黑暗山脉，那可是无尽岁月前光明龙皇消灭苍天冥皇一百万大军的地方。那方土地下，可是埋葬着一百万大军的。从这种地方穿过，基本上跟穿过地狱没什么区别啊。一不留神，他们就会万劫不复。

这一趟旅程，果然凶险万分！

"林雷，我刚刚说错了，这里会有一股阴冷的感觉，并不是因为已经靠近了万恶罗城的原因。要是我死了，圣马格丽女皇的复活之叶应该是可以将我复活的，对吧？"格瑞丝突然说道在格瑞丝的话语中，隐隐带着一丝悲伤。她叹了一口气："可惜，圣马格丽女皇的复活之叶只能够让人复活一次。要是我现在就死了的话，那我以后不就不可以再死亡一次了吗？"

林雷正在思考着如何穿过黑暗山脉的问题，听她这么一说，便低着头随口应道："是的，圣马格丽女皇的复活之叶只能够让人复活一次，可是你在这里怎么会死呢？这片森林虽然邪恶了一些，但也不至于让你死亡啊。"

格瑞丝不知道在思考着什么，没有回答林雷的话。

突然，林雷隐隐感觉到了一丝不对劲。这片森林似乎太安静了一点，安静得连自己的呼吸声都能清晰可闻。他猛地回过神来，急忙往身旁看，顿时整个人彻底傻愣在那里，手脚也迅速地变得冰凉。

因为格瑞丝竟然不见了！

一个大活人，刚刚还在与自己并肩同行说着话的，此刻居然说不见就不见了，而且自己居然还一点都没有察觉到，难道遇见鬼了？

"格瑞丝！格瑞丝！"

林雷心里有些慌乱，他将手拢在嘴边大叫了两声。整个树林静悄悄的，一点声音都没有。那股莫名的阴冷，紧紧地将这里笼罩，令林雷瞬间觉得这里一片阴气森森，好像一座坟墓一样。

他又叫了几声，依旧没有任何的回应。格瑞丝真的好像人间蒸发了一样，什么都没有留下来。格瑞丝可是一位智慧超凡的心灵魔法师，居然就这样一下子在他的身边消失不见了。

林雷终归是经历过死亡的人，他很快让自己冷静了下来。此刻，他正努力地思索着刚才发生的不可思议的情景："从格瑞丝刚才说的那番话中，完全可以看得出来，她已经突然意识到了将会发生什么。"

"她说她要是死了……那么，现在的她已经死亡了吗？"林雷紧紧蹙着眉头，"但是她为什么连尸体都没有留下，而杀死她的人又是谁？罗西吗？不，罗西根本没有这么强大，不可能在瞬间杀死格瑞丝。"

"那么，杀死格瑞丝的人到底是谁呢？这片森林中，到底有什么邪恶的东西？"林雷没有格瑞丝那样超强的思维，一时间想得他头都疼了，却依然理不出丝毫的头绪。

现在，他唯一想到的可能是，格瑞丝也许真的死了，可悲的是他连对手都没有看到，连格瑞丝的尸体都没有留下来。

林雷的心中涌起一股浓浓的悲意，同时一股有力气却没地方使的感觉憋在心里，令他特别难受。他死命地忍住想流泪的冲动，手中紧握着"破天"战刀，小心翼翼地往前走去，目光警觉地看着四周。现在已经只剩下他自己一个人了，要是他也莫名其妙地死亡，那么后果将不堪设想。无论如何，他都不能死，他必须杀进万恶罗城，用光明镇魔石将苍天冥瞳封印。

格瑞丝已经消失了，林雷紧握着"破天"战刀，在森杯中小心翼翼地前行着。蓦地，他浑身一僵，整个人愣在了那里。只见前方，格瑞丝的魔杖正静静地躺在地上。

林雷的心中刹那间涌起了悲痛之情，他急忙奔了过去，弯腰将格瑞丝的魔杖捡起来。看着手中的魔杖，林雷只觉得头都大了。他四下里望了望，却没有看到格瑞丝的影子。

"格瑞丝的魔杖怎么会被遗弃在这里，这代表着什么？"

"嘭"的一声巨响，林雷手中的魔杖猛地爆发出一片蓝色的光芒。接着，蓝色的光芒缓缓聚拢，形成一道格瑞丝的影子。那影子只有一尺高左右，小巧玲珑，立在魔杖的顶端。

"林雷，我是格瑞丝……"格瑞丝的影子居然开口对林雷说话。

"格瑞丝，你怎么变成了这副样子，你到底遭遇到了什么？"林雷吃了一惊。他心里非常激动，格瑞丝果然还没有死，只是为什么她竟然变成了一道没有实质的影子，还从魔法杖中冒了出来？

格瑞丝的影子就像她的真人一样，她对林雷说道："我不是变成了这副样子，这只是我的心灵魔法，我自己分出来的一道灵魂。"

"那你人呢，你的人又在哪里，为什么会突然在我面前消失了？"林雷急忙问道。

"这也是我施展出来的心灵魔法。一般情况下，是人的灵魂依附在肉身上。可我是一名出色的心灵魔法师，我有能力将这种现象颠倒过来，将肉身依附在灵魂上五分钟。在这五分钟内，你是无法看到我的。"

"你为什么要这样做，这到底发生了什么事？好吧，我先不问这个，你告诉我，你现在在哪里，有没有危险？我马上过来救你！"林雷现在只觉得自己的脑子里是一团糨糊，他非常担心格瑞丝现在的安危。

格瑞丝顿了顿，脸色变得忧郁起来，她苦笑道："林雷，我们现在正在杀向万恶罗城，对吧？那么，死亡是难免的。现在，你不要管我，带上光明镇魔石，用你最快的速度冲出这片森林，然后穿过黑暗山脉。你已经没有多少时间可以浪费了，你必须在罗西将那一百万傀儡大军召唤出来之前穿过黑暗山脉，否则，你将不会再有丝毫的机会。"

林雷隐隐地意识到现在格瑞丝的处境非常糟糕，他心急如焚，冲着格瑞丝的影子大声吼叫："格瑞丝，你听好了，我们是生死战友，我绝对不会丢下你不管的。你必须告诉我，现在你在哪里，我马上过来救你，我是我们五个人的首领，现在，我命令你告诉我，你到底在哪儿？这到底发生了什么事情？否则，我是不会一个人独自前往万恶罗城的。"

看着暴跳如雷的林雷，格瑞丝苦恼地笑了笑："好吧，我告诉你发生了什么。这里不是一片普通的森林，它是一座墓，苍天冥皇的墓。无尽岁月前，光明龙皇将苍天冥皇斩杀之后，将他的身体分成了三部分，将头颅、心脏以及身躯分别封印在三个地方。而这里，就是苍天冥皇的头颅之墓。只要你展开你的天使之翼飞上高空，然后往下看，你就会发现，这片森林的形状，就像是一颗头颅。也就是说，现在，我们正处在苍天冥皇的墓中。"

听完格瑞丝的这番话，林雷内心感到十分震撼，简直不敢相信这一切都是真的。他急忙张开脊背上的天使之翼，冲上高空朝下看，只见这片森林的形状果然像是一颗头颅，连嘴巴、鼻子、眼窝都能清晰可辨。整个坟墓看上去狰狞可怖，令人感到毛骨悚然。

"难怪这里会给人一种邪异的感觉，原来这里真的是苍天冥皇的头颅之墓。"林雷道。

林雷重新落到地面上，对魔杖上格瑞丝的影子再次问道："那么，你现在在哪里？你必须告诉我。"

格瑞丝继续说道："我现在正用我的生命去毁掉苍天冥瞳的这座头颅之墓。这是我们大军的必经之路，若是我不将这座该死的墓毁掉，我们的大军将永远困死在这座墓中，无法到达黑暗山脉。你不用担心，我们不是有圣马格丽女皇的复活之叶嘛，我死不了的。现在，苍天冥皇的残魂已经被我缠住了，你马上趁机带着光明镇魔石冲出这座墓，前往黑暗山脉。苍天冥皇的残魂很强大，我支撑不了多久，所以你必须马上行动。"

说完，格瑞丝的影子开始扭曲起来，接着迅速变得虚淡，直至消失不见。

"格瑞丝！该死的，你还没有告诉我，你到底在哪里！"林雷咆哮一声，急忙向前狂奔而去。

此时的格瑞丝正在缓缓地往前走去，她看见前面有一个小男孩正在朝她招着胖乎乎的小手。小男孩胸前挂着一枚小小的头颅坠子，脸上带着天真烂漫的笑容："姐姐，你来啊，陪我一起来捉蝴蝶，这里好多漂亮的蝴蝶哦。"

果然小男孩说完这句话，他的身边突然间出现了十多只蝴蝶，并围绕着他翩然起舞。花花绿绿，煞是好看。

格瑞丝的脸上荡起一抹从未有过的纯真笑意，她朝小男孩缓缓地走去："小弟弟，你怎么一个人在这荒山野林中，你知道回家的路怎么走吗？"

"知道呀，顺着这里一直走下去，就到我家啦。"小男孩天真地笑道。他伸出一根手指，一只蝴蝶轻轻地停在了上面。蝴蝶停在上面扑闪着一对漂亮的翅膀。小男孩将手指缓缓伸向格瑞丝，"姐姐，这只蝴蝶漂亮吗？送给你吧。"

"谢谢小弟弟！"格瑞丝心里一喜，她朝小男孩走去，探出手，想去抓小男孩手指上的那只蝴蝶。

格瑞丝无意间瞥了小男孩胸前的那枚头颅坠子一眼，脑袋里猛然一阵剧痛。她手掌一翻，掌中瞬间多了一把蓝色的小剑，然后她毫不犹豫地将蓝色小剑刺进了小男孩的心脏。

"姐姐，你为什么突然要杀我？"小男孩吃惊地看着格瑞丝，脸上的肌肉因为痛苦而扭曲成一团。突然，他的整个身躯"嘭"的一声猛然炸开了，围绕在他周身的蝴蝶迅速聚拢成一颗头颅，冲着格瑞丝发出一串阴森的笑声，"哈哈哈哈……"

格瑞丝猛然睁开眼睛，看了看自己的脚下，只见她正站在悬崖的边上，只要再往前迈一步，她就会摔落悬崖，死无葬身之地。

她缓缓往后退去，远离了悬崖，手中举着蓝色小剑，然后指向四周，嘴里冷笑了一声："这是心灵迷惑吗？我是心灵魔法师，苍天冥皇，你在我身上施展心灵迷惑不觉得很可笑吗？"

"姐姐，你为什么杀我……"

一道稚嫩的声音在格瑞丝的耳边响起。格瑞丝迅速转过头，却发现什么都没有。她不由得蹙起了眉头，目光变得疑惑起来。

"哈哈哈哈……"一串阴森的笑声又在格瑞丝的身后响起。格瑞丝转过身，依旧没有丝毫的发现。

"还在对我使用心灵迷惑吗？我说过，这对我无效！"格瑞丝的神色异常沉着，但她的目光却逐渐锐利起来。她默默地听着那不停发出的阴森笑声，再次将手中的蓝色小剑举起来。蓝色小剑上，散发着淡淡的寒光，一看就知道是一把削铁如泥的利剑。

"邪恶的苍天冥皇，看看我对你的藏身之地猜测得有没有错吧……"

格瑞丝将手中的蓝色小剑奋力一抛，蓝色小剑立刻化成一道蓝色光芒射了出去，刺入了远处的一棵大树。阴森的大笑声戛然而止，接着，从那棵大树上缓缓地涌出了一股殷红的鲜血。那鲜血也不知道有多少，竟然不停地从树干中涌出来。而那把蓝色小剑则自动从树干上抽了出来，飞回到了格瑞丝的手中。

"姐姐，你为什么要杀我？"小男孩稚嫩的声音再次在格瑞丝的耳边响起。他的声音一落，那阴森的大笑声跟着响起来。

"是杀不死的吗？这个世界上，难道真的有鬼魂的存在？"

格瑞丝单手平举着蓝色小剑，蹙着眉头，努力让自己冷静下来："又或者是，我现在的心智依旧被迷惑着，我依旧身陷幻觉之中？若真是如此，我为什么又会拥有如此清晰的思维，我会知道我现在正在苍天冥皇的头颅之墓中，会知道我必须毁掉这座墓，大军才能通过？那么，这应该不是幻觉了……"

她猛然转过身，再次将手中的蓝色小剑奋力一抛。蓝色小剑再次飞射出去，射入一棵大数之中。没有丝毫的意外，那棵大树的树干上再次涌出了无尽的鲜血。

"姐姐，你为什么要杀我？"小男孩稚嫩的声音，又一次在格瑞丝的耳边响起。那小男孩的声音异常清晰，格瑞丝甚至看见了他的身影在眼前晃动，正痛苦不堪地望着她。不过，这个时候的格瑞丝是冷酷无情的，即便是那小男孩真的再次出现，她也会毫不犹豫地一剑刺过去。

"哈哈哈哈……"

小男孩的声音一落，那阴森的大笑声又跟着响起来。

"那么，这说明这个世界上的确有鬼魂存在了。这是苍天冥皇的鬼魂。"格瑞丝没有再犹豫，手中不断地抛出蓝色小剑。她抛剑的速度极快，仅仅一会儿的工夫，她周身的大树就被她刺了个遍。每一棵大树的树干上，都有鲜血涌出来，看上去无比邪异。

那鲜血太多了，很快就将地面染红了。格瑞丝双脚踏在鲜血之中，单手平举着蓝色小剑，脸色十分平静。而此刻，小男孩的声音终于消失了，没有再响起。

"就这样被我杀了吗？可是这片森林中的阴冷还没有被消除，这足以证明这还是一座坟墓，而不是一片普通的森林。他这是要准备下一轮的攻击了吗？"格瑞丝低头沉思着。

突然，她听到一阵脚步声，她赶紧抬起头来，她看到那个小男孩正踏着地上的鲜血朝她走来。他边走边张开双臂，粉嫩的脸颊上挂着泪水，看上去委屈极了。

"姐姐，你为什么要杀我，你不喜欢我的蝴蝶吗？姐姐，我的蝴蝶被你吓飞了。你抱着我去找蝴蝶，然后带我回家好吗？我已经很久很久没有回家了。"小男孩的小鼻翼微微吸动着，模样看上去非常可怜。

格瑞丝心里顿时涌现出一股从未有过的危机感，不过表面上，她依旧平静地望着小男孩张着两条小手臂，一步一步朝自己走来。格瑞丝一动不动地举着蓝色小剑，心里想道："又看到他了，这难道证明我又一次陷入幻觉之中了吗？没有，这种感觉太清晰了，他是真实存在的……"

想到此，格瑞丝没有再犹豫，她举起蓝色小剑朝小男孩一剑劈了出去。蓝色的剑芒破空而出，一下就将小男孩的一条手臂斩了下来。顿时，鲜血从小男孩的断臂上喷涌出来，他无比吃惊地望着格瑞丝："姐姐，你为什么非要杀我不可，我们一起去抓蝴蝶，这样不是很好吗？"

英雄联盟①
苍天冥瞳

格瑞丝立即望了地上一眼，却发现地上并没有被自己斩落的断臂。它已经消失了，或者说，它根本就不存在。

"这是一种什么现象，我真的还身陷在幻觉之中吗，这里的一切都是幻觉？"格瑞丝抬手摸了一下额头，蹙眉沉思，就在这时，她体内却突然一沉，从肚子里传来一阵奇特的胀感。

"被我斩下的断臂，会莫名其妙地进入到我的肚子里。这是为什么？这个小男孩真的是苍天冥瞳的鬼魂吗？这样推算下来，要是我将他杀死，他就会全部进入我的肚子里，然后，将我活活胀死？"

凭借格瑞丝超凡的思维能力，她很快就做出了这样的判断。只见她淡淡一笑，举剑劈向小男孩的另一条手臂，一剑将那条手臂也劈了下来。

小男孩痛苦得惨叫一声，没有双臂的身躯立在满地的鲜血中好像一根木桩一样，他泪流满面地说道："姐姐，你为什么要这么残忍？你把我杀死了，我父母会找不到我的……"

格瑞丝没有看小男孩那满脸令人揪心的泪水，只是马上又看了看地面，果然，地面上没有被自己斩落的小男孩的另一条手臂。在格瑞丝将它斩落的瞬间，它已经以一种不可思议的方式进到了她的肚子里。格瑞丝感到肚子胀得更加难受了，肚子一下子又增大了不少。

格瑞丝忍不住伸手摸了摸肚子。她看着眼前这个已经彻底失去了双臂的小男孩，立在那里浑身不住地痉挛着，一副非常痛苦的样子。他睁着一对纯净的眼睛，无比惊恐地看着格瑞丝，那目光，足以将任何一个人看得心碎。

忽然，小男孩换了另一副表情，露出一脸天真的笑容："差不多了吧，两只手，已经足够将姐姐你杀死了！姐姐，你不要怪我。"

他话音刚落，格瑞丝就感觉她的肚子猛然一阵剧痛。她感觉肚子里有两只手在拉扯着她的内脏。她的鼻子开始喷出血来，接着她吐出一大口黑血，黑血中还带着无数的内脏碎片。

眼前的小男孩饶有兴趣地看着脸露痛苦之色的格瑞丝，仿佛是在欣赏一件艺术品一样，笑嘻嘻地说道："姐姐，我太过幼小了，没有多大的力气，杀死你的过程可能会有点漫长，你要忍一忍哦。"

格瑞丝的鼻子里不断地往外喷着鲜血，她的嘴里也一大口一大口地往外吐着黑血。那些内脏的碎片，就这样与黑血一起被她一口口地吐了出来，她甚至能够清晰地感受到体内的两只手在使劲地拉扯着她的肠子、肝脏、肺……

巨大的痛苦令格瑞丝浑身都在不断地战栗着，脸色无比惨白……

"姐姐，再忍一忍哦，我已经撕碎了你的肺，现在你已经无法呼吸了，是吗？再忍一忍，我马上就要撕碎你的心脏啦。只要我将你的心脏一撕碎，你就不用再承受这种痛苦的折磨了。"小男孩笑嘻嘻地说着，眼睛一眨不眨地看着格瑞丝，脸上的笑容是那样天真烂漫，似乎看着格瑞丝死亡是件极度美妙的事情。

"哈哈哈哈……"

阴森可怖的笑声再次响起来，这一次格瑞丝看清了，这笑声是从小男孩胸前的那枚头颅坠子发出来的，这一刻他居然张开了嘴巴，看着格瑞丝露出狰狞的笑容。

格瑞丝已经感受到体内的双手正在拉扯着她的心脏，她知道她马上就要死了。她缓缓地闭上了眼睛，脸上却露出了一丝轻松的微笑，安宁而又祥和……

"格瑞丝！"

就在这时，远处突然传来一阵撕心裂肺般的吼声。格瑞丝努力睁开眼睛望了一眼，只见林雷张开宽大的天使之翼，手持"破天"战刀猛掠而来，刹那间就冲到了格瑞丝的身边。望着已经奄奄一息的格瑞丝，林雷双目睁得快要眦裂了，他一把将她抱在怀里："格瑞丝，格瑞丝，你怎么了？"

"鬼魂，苍天冥皇的鬼魂，太可怕了！"格瑞丝艰难地说道。

"苍天冥皇的鬼魂？"林雷心里一惊，这时他注意到了眼前这个没有双臂的小男孩。这个小男孩就立在那里，脸上露出天真烂漫的笑容，他歪着脑袋对林雷说道："哥哥，你也来参加这个游戏吗？那太好了，好热闹啊！"

林雷看了看小男孩，感觉他的存在简直邪异到了极点，他对格瑞丝问道："他就是苍天冥皇的鬼魂吧？让我一刀结果了他。"

他放开格瑞丝，朝小男孩举起了"破天"战刀。然而，格瑞丝却比他先出手，她使劲全力将手中的蓝色小剑狠狠地劈向小男孩，一下子就将小男孩劈成了两半。

"格瑞丝，你这是……"

　　林雷举着"破天"战刀愣在那里，他不解地看向格瑞丝。格瑞丝缓缓地摇了摇头："你不能杀他，否则……呃，该死的！"

　　格瑞丝的身躯猛然一僵，她感觉自己的肚子快被撑得炸裂开来了。那种极限的痛苦，让她的脸上瞬间布满了豆大的汗珠，脸色惨白无比。林雷大惊失色："格瑞丝，你怎么了？"

　　"那个小男孩已经进入我的体内，我就要死了，不过没关系……"

　　格瑞丝笑了笑，双眼一瞪，便没有了丝毫的气息。林雷看了一眼那个小男孩刚才站的地方，发现那里果然没有了他已一分为二的身躯，瞬间他感到极为震撼："他消失了，真的进到格瑞丝的肚子里去了吗？"

　　这个时候，格瑞丝的肚子突然炸开了。紧接着，一个浑身血淋淋的小男孩从里面缓缓地爬了出来，他回头看了看地上格瑞丝那惨不忍睹的尸体，顿时开心地笑了："姐姐，你终于不用再承受痛苦的折磨了。这个游戏真好玩。哥哥，我们也来玩吧。"

　　格瑞丝竟然就这样死了，林雷一动不动地看着眼前这具浑身是血的小男孩，死死压制着自己想一刀将他劈成两半的冲动。他知道他不能劈下去，一旦劈下去，自己也会像格瑞丝一样，小男孩会以一种不可思议的方式进入自己的身体，然后将自己杀死。

　　小男孩将血淋淋的双臂伸向了林雷，还笑嘻嘻地说道："这个游戏是这样玩的。你带我去捉蝴蝶，然后带我回家就好啦……"

　　突然，小男孩的声音戛然而止，他不可思议地转过头来，原来躺在地上的格瑞丝已经复活了，她静静地站在那里，身上一点儿伤痕都没有。圣马格丽女皇的复活之叶，已经将她彻底复活了。

　　"格瑞丝，现在我们该怎么办？"林雷紧握着手中的"破天"战刀，朝小男孩看了一眼，强忍着一刀劈下去的冲动，"该死的，就没有杀死他的方法吗？"

　　格瑞丝冷静地说道："要杀死他，其实并不难。你看到他胸前的那枚头颅坠子没有？我们只要将那枚头颅坠子击碎，这个小男孩自然就消失了。但是有一点你必须注意，就是不能伤害到这个小男孩。否则，他被伤害的部位，将会进入你的肚子，去拉扯你的内脏。"

说着，她举起手中的蓝色小剑，直刺向小男孩胸前的那枚头颅坠子。

"哈哈哈哈……"

小男孩胸前的那枚头颅坠子突然咧开大嘴发出一串阴森可怖的笑声，然后张开嘴，竟然一口将格瑞丝的蓝色小剑咬住。格瑞丝拉了拉，竟然无法拉动蓝色小剑。

"姐姐，你为什么要杀我，我们一起去捉蝴蝶不好吗？"小男孩装作惊恐的样子。格瑞丝丝丝毫不为所动，她抓住蓝色小剑用力一推，那颗头颅发出一声惨叫，一股黑烟顿时从那里冒了出来。小男孩身子猛然一僵，随后缓缓往后倒了下去。

这一次，小男孩的身躯并没有消失不见，而是慢慢显露出了原形，竟然是一只兔子。当然它现在已经死了，一动不动地躺在地上。

"兔子？"望着地上已经死去的兔子，林雷有些难以置信。

格瑞丝抬头看了看天空，然后蹙了蹙眉头，沉思了一会儿，说道："阴冷的感觉还没有消失，也就是说，苍天冥皇的头颅之墓依旧存在。它并没有被我们消除，这可不是一种好现象。我们走吧。"

她接过林雷手中的魔杖，将蓝色小剑从魔杖的底部往上一插。林雷这才发现，格瑞丝的这根魔杖下面还有一个藏剑的地方，若不是亲眼看见她将小剑插进去，他还真不敢相信。

"格瑞丝，真有你说的那么糟糕吗，若是无法将这座坟墓破除，我们的大军就将永远困死在这里而无法到达黑暗山脉？"林雷问道。

格瑞丝摸了一下额头："若是我没有猜错的话，我们现在就已经困在这座坟墓中了。若不将这座坟墓毁掉，我们基本上没有突破出去的希望。现在，我们必须要找到……"

格瑞丝的话还未说完，她那蓝色的眸子已经凝视起来，放缓了脚步停住了。正在仔细聆听她说话的林雷不由得一阵困惑，随着格瑞丝的目光看过去，却倒吸了口凉气。

只见不远处，有几十个小男孩朝他们走来。这些小男孩的长相完全一样，显然不是一般的小男孩，而是苍天冥皇的鬼魂。每一个小男孩的脖子上，都挂着一枚头颅坠子。

"这还真是难得一见，这么多长相完全一样的小男孩。刚才那个小男孩是兔子，那么现在这些小男孩又是什么变的？"林雷疑惑地问道。

"我想你现在更应该考虑的，是如何将这些小男孩胸前的头颅坠子刺穿。"格瑞丝说道，"只有这样，我们才能破坏这座坟墓。"

"就这么简单？"林雷吃惊地看着格瑞丝。

"你觉得简单吗？"格瑞丝同样吃惊地看着林雷，她指了指四周，"你再看看。"

林雷定睛一看，脸上的肌肉顿时猛抽了抽。只见在他们的四周，不断有小男孩从树林里走出来，这些小男孩的长相都是一模一样的，动作也都是一样的。此时，他们正张开着双臂，慢慢走向林雷和格瑞丝："哥哥，姐姐，我们去抓蝴蝶好吗？"

很显然，这些小男孩都是一些动物变的，都被附上苍天冥皇的鬼魂了，所以才变成这副模样。

在不知不觉中，林雷和格瑞丝已经被数不清的小男孩包围住了，而且包围的圈子越缩越小。一个个小男孩都张开着双臂，缓缓朝他们走来。林雷抓着"破天"战刀，使劲地眨了眨眼睛："格瑞丝，这怎么杀，这也太多了。"

"首先，你不能让这些小男孩触碰到你的身体。因为他们是鬼魂，要是让他们触碰到了，虽然我不知道会出现怎样的情况，但是我想肯定不会是好事。"格瑞丝说道，"其次，你的速度要够快。准备好了吗？要是准备好了，我们就开始吧。"

"好。"林雷点了点头，随后身子一分为二，变成了两个林雷。两个林雷的手中，都紧握着"破天"战刀。

见林雷已经准备好了，格瑞丝不再耽搁，她将魔杖举起来，嘴里开始诵念着魔法咒语："我是掌管灵魂的神灵。现在，我将夺取你们这些邪恶生灵的灵魂！我是掌管灵魂的神灵。现在，我将夺取你们这些邪恶生灵的灵魂……"

她的魔杖上突然射出蓝色的光芒，如同一个蓝色的太阳一般，将格瑞丝映照得圣洁无比。与此同时，四周那些张着双臂朝他们走来的小男孩突然停住了，彻底变成了行尸走肉，眼神也变得很空洞。

两个林雷同时行动了，持着"破天"战刀迅速冲到那些小男孩的面前，然后举刀朝他们胸口上的头颅坠子猛地砍去。两个林雷的动作犹如闪电一般，不一会儿就将四周的这些小男孩全都砍了个遍。而这些小男孩胸前的头颅坠子被砍碎之后，也都现出了原形来，果然都是一些小动物。

格瑞丝再次抬头望了望高空，那高空中的阳光依旧给人一种阴冷的感觉，似乎没有一点温度。格瑞缓缓地吐出了一口气："苍天冥皇的头颅坟墓还没有被破坏，我们依旧在坟墓之中。"

"那我们现在怎么办？"林雷无奈地耸了耸肩。这座该死的坟墓，已经快要耗尽他所有的耐心了。

"哈哈哈哈……"

结果他话音刚落，一串阴森可怖的笑声又响了起来。声音距离他非常近，仿佛就在耳边，几乎要将人的耳膜刺破。林雷和格瑞丝皆吓了一大跳，回头一看，却没有看见什么，两人一时间困惑到了极点。

过了好一会儿，两人这才回过神来。格瑞丝神情怔了怔，然后说道："接下来，我也没有办法推算出还会出现什么，就这样边走边等待他下一轮的出现吧。总之，苍天冥皇的这座头颅之墓，必须要毁掉。"

林雷想说点什么，结果嘴巴一张，就说出了一个"姐"字，吓得他赶紧将嘴巴捂住，心中震惊到了极点。格瑞丝转过身疑惑地看了看林雷："林雷，你怎么了？"

"哦，没什么。"林雷忙摇了摇头，朝格瑞丝苦涩地笑了笑，"我突然有一种很奇怪的感觉，也许我们将无法活着走出这座坟墓。"

"是吗，你为什么会突然有这样的感觉？"格瑞丝平静地望着林雷。

"没什么，只是突然有这种感觉而已，继续走吧。"

林雷耸了耸肩，一时间他只觉得一股疲惫袭上心头。这一趟，果然比待在大军中还要凶险得多，凶险到不可思议的程度。他暗自摊开一只手掌看了看，他发现自己的手掌正在一点点变小、变嫩……

"哦。"格瑞丝疑惑地点了点头，她转过身继续往前走去。突然她又猛地转过身来，蓝色的小剑一下就抵在了林雷的胸口上："说吧，头颅坠子是不是在这个位置？"

　　林雷的青色铠甲中，那张原本俊秀的脸庞已经不存在了，取而代之的是一张稚气的小男孩的脸庞。毫无疑问，这个已经不是林雷了，而是苍天冥皇的鬼魂。

　　"姐姐，你为什么要杀我？"林雷无辜地看着格瑞丝，那双纯净的眸子看得格瑞丝甚至有些心疼。她轻轻地摇了摇头："林雷，你只需告诉我，那枚头颅坠子，到底是不是在这个位置。"

　　"你不敢下手了吗？你的复活之叶已经用完了，你若再次死亡的话，就无法再复活过来了。"林雷突然说道，嘴里发出一串"哈哈哈哈"的阴森笑声。他猛然一扇脊背上的天使之翼，整个人飞离了格瑞丝的蓝色小剑。

　　"哈哈哈哈……格瑞丝，你想毁掉这座坟墓吗？门都没有！"林雷哈哈大笑。

　　格瑞丝站在原地愣了愣神，旋即也跟着张开天使之翼，然后猛然一扇追了过去："林雷，你给我站住！"

　　"站住？我站住你又能怎么样？"林雷倒是十分干脆，直接将天使之翼一收，缓缓地飘落下来。他举起"破天"战刀指向格瑞丝，阴笑道，"你必须一剑刺穿我胸前的头颅坠子，才有杀死我的机会，否则，你自己就会死亡。"

　　面对这样的局面，即便是拥有超凡智慧的格瑞丝，也彻底头痛了。她万万没有想到，苍天冥皇的鬼魂会选择她的同伴。她一手举着魔杖，一手举着蓝色小剑，一脸平静地望着林雷。她知道，要杀死林雷其实很简单，只要在将手中的小剑刺向他，瞬间夺走他的灵魂。以蓝色小剑的锋利程度，绝对一剑就可以将林雷劈成两半。可是若自己这样做，实际上等于自杀。因为一旦杀死林雷，林雷整个人在就会以一种不可思议的方式进入她的肚子，将她的五脏六腑撕个稀巴烂。

　　"林雷，我希望你能明白，我们真的没有时间在这里消耗了，你自杀吧。"格瑞丝望着林雷，平静地说道。

　　"哈哈，让我自杀，你不觉得这非常可笑吗？"林雷大笑起来。他青色铠甲下的容颜十分稚嫩，完全就是一个小男孩，但是发出来的声音却那么阴森可怖，听得人毛骨悚然。

林雷双手握着宽大的"破天"战刀猛地朝格瑞丝劈来。只听见"轰"的一声巨响，巨大的刀芒直接斩在了格瑞丝的胸口上。巨大的冲击力直接将格瑞丝劈飞了出去。

格瑞丝好不容易稳住了倒飞的身体，她嘴角已经溢出了一丝鲜血。她依旧平静地望着林雷，然后举起魔杖，开始吟诵心灵魔法咒语："我是掌管灵魂的神灵，万恶的苍天冥皇，马上滚出林雷的身体吧！我是掌管灵魂的神灵，万恶的苍天冥皇，马上滚出林雷的身体吧……"

林雷的身躯猛然一僵，然后像发了疯一样冲向格瑞丝，双手握着"破天"战刀。接着，又是"轰"的一声巨响，只见格瑞丝再一次被劈飞了出去。格瑞丝的胸前已经出现了一大片血迹，但她嘴上的魔法咒语却没有停下来，一句高过一句，最后弥漫了整片虚空。

林雷嘴里疯狂地咆哮着，一刀接着一刀劈向格瑞丝。格瑞丝却不能还手，因为她一还手就同等于在自杀。在她的脸上，看不出一丝的情绪，平静得可怕。格瑞丝承受着林雷一刀接一刀的狂劈，很快，她胸前便一片血肉模糊。

"格瑞丝，给我去死！"林雷大吼一声，脊背上宽大的飞翼猛然一扇，整个人与"破天"战刀持成一条直线，化成一道闪电，直往格瑞丝的胸口射去。

格瑞丝抬起手中的魔杖一点，顶着林雷的"破天"战刀，只可惜她的力量却远没有林雷的大，整个人被林雷推着不断倒退。格瑞丝的身体撞倒了树木。而这些树木被撞倒的时候，摧枯拉朽崩断开来。

这个时候，格瑞丝整个人已经变得惨不忍睹，胸前一大片血肉模糊，嘴角在不断地往外溢着鲜血，不过她的眼神却依然平静。她咆哮一声："伟大的神灵与我同在！林雷，你此时不死，还待何时？！"

她的魔杖顶端的天使之心突然爆亮，射出万道蓝色的光芒，璀璨夺目，刺得林雷睁不开眼睛。突然，林雷觉得胸腔内猛然一阵剧痛，他那颗蓝色的生命天使的心脏蹦了出来。林雷的身体在空中突然一僵，而后"轰然"一声直接摔落在地，胸前出现了一个如碗口般大小的洞。

接着，林雷的整个身躯缓缓裂开了，一个血淋淋头颅从他的体内滚了出来。格瑞丝没有丝毫的犹豫，她猛然跃起，一剑刺在了那颗头颅上。那颗头颅当即"嘭"的一声炸开来，化成一股巨大的黑烟冲天而起。

英雄联盟①
苍天冥瞳

"啊……"那股巨大的黑烟发出一声惨叫，最后在高空中形成一颗巨大的头颅模样。

过了好一会儿，天空中方才烟消云散，温暖的阳光随之照了下来。格瑞丝长长地吐出了一口气，脸上露出了一丝难得的笑意。她看了一眼此时仍躺在地上的林雷，无奈地耸了耸肩："这下好了，两个人的复活之叶都用完了。"

是的，这个时候林雷的复活之叶已经消失了。他之所以没有站起来，那是因为他的心脏已经被格瑞丝收走了。一个人连心脏都没有了，再怎么运用复活之术，也是不可能活得过来的。

格瑞丝将魔法杖轻轻一挑，一颗蓝色的心脏便没入了林雷胸前的那个大洞之中。林雷瞬间便从地上一跃而起。当他看到格瑞丝身上的伤口时，顿时大吃一惊："格瑞丝，是谁将你伤成这样的，该死的，我去杀了他！"

见林雷一脸愤怒的表情，格瑞丝又好气又好笑："如果，我说就是你将我伤成这样的呢？你会杀死你自己吗？"

"什么？"林雷神色一僵，旋即无奈地笑了笑，"格瑞丝，你这个玩笑一点都不好笑。我林雷无论如何都不会对自己的同伴出手。对了，刚才发生了什么，我隐隐感觉到你似乎又将我的生命天使之心夺了回去，这是为什么？"

格瑞丝淡淡地看了他一眼："因为刚才你被苍天冥皇的鬼魂附体了，我若不夺走你的心脏，你会一直对我砍杀，直到将我砍死。"

林雷彻底愣住了，格瑞丝是从来不会对自己的伙伴说谎的。这样说来，刚才他真的是被苍天冥皇的鬼魂附体了，还一直追着格瑞丝砍杀，这太可怕了。

想到此，林雷的脊背上出了一层冷汗，他只觉得后背凉飕飕的。

这个时候，因为生命天使之心的关系，格瑞丝身上的伤势已经渐渐愈合，她拍了拍林雷的肩膀说道："好了，这里的一切都已经结束了。事情再次证明，这一切都不过是虚惊一场。我们继续前进吧，务必在罗西召唤那一百万傀儡大军之前穿过黑暗山脉，杀进万恶罗城。"

"等一等，那这座苍天冥皇的头颅之墓……咦，那种阴冷的感觉消失了？"林雷神情呆了呆，他仰头看向高空，突然无比激动地大叫起来，"这真是太不可思议了！格瑞丝，你真的做到了，太棒了！快说说看，你到底是怎么做到的？"

　　"作为我们五个人的首领，我觉得你现在表现出来的激动的情绪有些不合适。"格瑞丝轻轻地摸了一下额头，有些无奈地看了林雷一眼，"你应该更冷静一些。要是你真的无法冷静，那你就想一想我们的代价是什么。这样，我想你很快就会冷静下来的。"

　　"不！"林雷却摇了摇头："作为一名首领，他未必就要有多冷静的头脑，也未必要有多强大的实力。他能将大家凝聚起来，得到大家的认可，这才是成为一名首领的重要因素。至于代价，不就是我们两个人的生命嘛，这又算得了什么。反正我们现在不是又活过来了，还好好的站在这里吗？走吧，现在我们就直穿黑暗山脉，嘿嘿，格瑞丝，有你这么一位智慧超凡的心灵魔法师，我突然信心倍增。"

　　"难道你一点都不担心我们已经没有复活的机会了吗？只要我们一死，就代表着永恒的死亡，生命天使之心会在我们身上消失。只要我们一死，各大种族就没有了任何希望。"格瑞丝微眯着眼睛，淡淡地说道，她希望用自己的话让林雷过度乐观的心态冷静下来。

　　"格瑞丝，我是无论如何都不会让你死的。"林雷笑了笑，他转过身缓缓往前走去，"当傀儡大军的长刀狠狠劈向你的时候，我会冲到你的面前，将你前面的傀儡大军杀个一干二净。他们想杀你，必须先从我的尸体上踩过去！"

　　格瑞丝站在原地，愣愣地看着林雷的背影，心中涌起一丝莫名的情绪："有一种人，天生就是要成为首领的。没错，他不一定有最强的实力，不一定有最会谋划的头脑，但他必定会拥有一点，那就是有着强烈的保护欲望，他会将他身边的人好好保护起来，然后自己去战斗……"

　　"林雷，现在不是讨论这个问题的时候。"格瑞丝甩了甩头，几步追上林雷，与他并肩而行，"我们很快就进入黑暗山脉了。光明镇魔石就在我的身上，我不相信苍天冥瞳会感应不到。所以我觉得，我们现在应该好好研究一下接下来的行程，这才是重点。以我们现在的位置计算，估计再前行半天的时间就可以进入黑暗山脉了。而我们的军队行程要慢一点，加上之前的一天时间差，那么他们大约在一天半后就可以达到黑暗山脉，然后就要进入战斗了……

　　"我们要想穿过黑暗山脉，以我们现在的步行加上天使之翼助我们飞行计算来看，则要两天的时间。也就是说，我们两人尚未冲出黑暗山脉，我们的大军先快我们半天与罗西的一百万傀儡大军交战了。"

　　"这是个非常严重的问题。"林雷冷静下来了，神色变得有些凝重起来，"两支大军从交战那一刻开始计算，我们的大军最多最多只能坚持两天，现在我们已经耗去了半天时间了。万一我们在途中遇到什么危险呢，还有接下来前往万恶罗城的路程呢？这个问题太严重了！我们用快马吧，我们要节省前往万恶罗城的时间。"

　　"我也是这么想的。"格瑞丝点了点头。

第十七章　黑暗山脉

"若真是如此的话，这真的就是一个不可破解的死局。我们的一切努力，到头来都会是白忙一场，我们最终无法改变我们的命运，这听起来还真有些伤感。但是，这是我们的选择，对吗？"

"这是我们的选择……"林雷似乎从格瑞丝平静的眼神中看到了什么。而后两人对视了一眼，策马朝那无尽的黑暗冲了过去。

如果一切都是命运的安排，那么，即使是死亡，又有何惧！

　　两人不再犹豫，当即前往附近的小镇购买快马。这个小镇距离万恶罗城已经很近了，因最近出现了苍天冥瞳，所以当地的一些居民对外来的人非常警觉。林雷和格瑞丝在这个小镇上转了好久，才勉强购买到两匹快马。两人不再耽搁，骑上快马往黑暗山脉的方向飞奔而去。

　　单从地貌上来说，黑暗山脉其实根本算不上是只天然屏障。它只是一个小山丘，完全没有真正意义上的天然屏障的雄峻与险要。

　　黑暗山脉是万恶罗城的天然屏障，这个天然屏障其实指的是黑暗山脉下埋葬的一百万傀儡大军。这一百万傀儡大军虽然已经被埋葬了无尽的岁月，但直到现在，这里都是灰蒙蒙的一片，看上去有些吓人。而且空气中弥漫着一种毒，这是一种尸毒，虽然并不十分可怕，但是一般人若是想从这里穿过，却十分困难。只有让一百万傀儡大军复活，这种尸毒才会消失。

　　久而久之，黑暗山脉就成了万恶罗城的一道真正的天然屏障。

　　几个小时后，林雷和格瑞丝已经来到了一片灰蒙蒙的阴霾前面。格瑞丝拉住马缰，用手中的魔杖指了指眼前的阴霾，说道："林雷，这阴霾覆盖的地方，就是黑暗山脉了。这些阴霾，就是那十万傀儡大军的鬼魂。同时，这空气中还弥漫着淡淡的尸毒。当然这些都不可怕，因为我是心灵魔法师，我可以很轻易地做到让这些阴霾和尸毒无法侵蚀我们。加上我们本身也拥有生命天使之心，这将有助于净化我们的心身。"

　　"那我们还等什么，马上冲过去吧，我们真的已经没有时间了。你知道的，等我们冲出这黑暗山脉的时候，我们的大军先于我们半天的时间，已经与罗西的一百万傀儡大军交战了。"林雷用马缰一拍马屁股，身下的马当即冲了出去。

　　"林雷，等一等，你不能这么鲁莽行事。"格瑞丝赶紧将他叫住。林雷只得停下来，他坐在马背上对格瑞丝耸了耸肩："格瑞丝，你又怎么了？"

　　"有一件事情，一直被我们忽略了。"格瑞丝说，"林雷，不知你想起来了没有。当日我们在罗索尼河的时候，我们其实曾经听到过罗西召唤那一百万傀儡大军的声音，而且当时我通过魔法还看到了一支庞大的傀儡大军。可是现在，我们就站在这黑暗山脉的面前，反而没有看到罗西的百万傀傀大军。这里十分平静，这是为什么？"

当日停在罗索尼河时，格瑞丝曾腾空遥望过。当时林雷还处于休克状态，根本不知道发生过这件事情，所以他蹙了蹙眉头说道："你是说罗西早已经将一百万傀儡大军召唤出来了，现在正聚集在万恶罗城中，就等我们两个人闯进去？"

"不错，你的思维能力提高了不少！"格瑞丝欣赏地看了看林雷，"现在，这对我们来说就是一盘死局。单凭我们两个人，是不可能在一百万傀儡大军之中活下来的。若真是如此，这真的就是一个不可破解的死局。我们的一切努力，到头来都会是白忙一场，我们最终无法改变我们的命运，这听起来还真有些伤感。但是，这是我们的选择，对吗？"

"这是我们的选择……"林雷似乎从格瑞丝平静的眼神中看到了什么。而后两人对视了一眼，策马朝那无尽的黑暗冲了过去。

如果一切都是命运的安排，那么，即使是死亡，又有何惧！

在他们刚刚进入黑暗山脉时，黑暗大祭司罗西吟诵咒语的声音忽然响起来。那念咒语的声音就像是一声声魔音，听得人心中悠然升起一股失落之感。尤其是林雷和格瑞丝现在就身处在黑暗山脉之中，那吟诵咒语的声音就仿佛突然从他们的心间冒出来的一样，令他们分了神，差点从马背上摔了下来。

"罗西就在这黑暗山脉中？"林雷的眉头向上猛挑了挑，"该死的，我去杀了他！"

"不要浪费时间了，你是不可能找到他的。"格瑞丝叫道，他伸手用魔法杖对着林雷那匹马的屁股猛敲了一下。那马吃痛之下，驮着林雷风一般地蹿了出去，惊得林雷在马背上一阵大叫。

黑暗大祭司罗西吟诵咒语的声音一声大过一声，仿佛无处不在。这种邪恶的魔法咒语在近处听起来十分艰涩而又诡异，会让人有股莫名的心悸，就像一只魔鬼在冲着你吼叫一样，让人绝望，就连林雷身下的马都变得烦躁不安起来。

为了不被这种邪恶的魔法咒语影响到心智，林雷和格瑞丝分别从马脖子上割下几缕鬃毛，堵住自己以及马的耳朵。这样一来，他们心里果真好受了不少，身下的骏马也不那么烦躁了。只是它们似乎也意识到了这里的不祥，不用人赶便已经狂奔起来。

随着黑暗大祭司罗西不断吟诵着咒语，地表突然裂开一道道缝隙，接着从缝隙里往外冒黑烟。林雷和格瑞丝没有听到地表裂开的声音，因为他们的耳朵里塞着马的鬃毛。但是他们两人的感觉都是敏锐的，他们的心脏同时仿佛被什么东西轻轻触碰了一下，两人都愣了愣神，然后回头看了看。

他们看到了身后很远的地方，那接近地平线的地表已经裂开了，如同蜘蛛网一般破败不堪，并且正在迅速地往他们这里延伸。一股股黑烟从地下冒出来，眨眼间就形成了一个个看上去不像干尸、不像骷髅的丑陋生物，这无疑就是在地下沉睡了无尽岁月的苍天冥皇的黑暗傀儡大军了。

这些黑暗大军什么形状的都有，人、虎、豹、蛇、鹰、狼、半人半兽……它们的身躯都十分庞大，比原形要足足大上两倍，但一个个神情呆滞，一看就知道是介于生与死之间的行尸走肉。

林雷和格瑞丝坐在马背上，就这么眼睁睁地看着一排排的黑暗大军从地下冒了出来。两人都看得目瞪口呆，愣在那里回不过神来。

"无尽岁月前的那支邪恶军队，就这样在我们眼皮底下复活了吗？这可真是个伟大的时刻！"林雷骑在马背上叹道。他右手往空中一抓，抓出"破天"战刀然后紧紧地握在手中，而目光却死死地盯着前方不断从地下冒出来的黑暗军队。

"林雷，你的任务是用光明镇魔石封印苍天冥瞳，而不是杀黑暗大军。你要是不想死在这里，从现在开始，就给我不顾一切地向前狂奔吧！"格瑞丝高喝一声，手中魔杖在马屁股上一拍，那骏马驮着她如同箭一般射了出去。

"该死的！"林雷嘴里发出一声不甘的怒喝，他用"破天"战刀猛一拍马屁股，也开始跟着格瑞丝亡命地向前飞奔而去。

他们的速度非常之快，但是，地表龟裂的速度却丝毫不比他们逊色，甚至还大有超出他们的速度的趋势。不一会儿，已经距离他们不足千米远了，又过了一会儿，已经距离他们不足百米远了。

"格瑞丝，不行啊，我们马上就要深陷傀儡大军之中了！"林雷大叫，这个时候他已经顾不得那么多了，再次将"破天"战刀取了出来，紧紧抓在手中。

"不要理会它们，你只管全力向前冲就好！"格瑞丝高喝道。结果她话音刚落，就见她旁边的地表猛地裂开了一条缝，接着冒出一股黑烟。瞬间，那黑烟就形成了一头高大的傀儡恶狼。

格瑞丝眼疾手快，那傀儡恶狼刚一形成，她便闪电般将藏在魔杖中的蓝色小剑抽了出来。只见蓝色光芒一闪，狼头落地，高大的狼躯当即消散了开来。

"格瑞丝，看来我们陷入傀儡大军中，是不可避免的了。"林雷在一旁说道。此刻，他的胸中燃烧起了滔天的战意，声音在这一刻也变得冰冷如铁。

"是的，不可避免。但是，我们无论如何都必须活着出去。"格瑞丝一手持着蓝色小剑，一手持着魔法杖，整个人平静得看不到一丝的情绪波动。

"那好，无论如何，我们都必须活着出去！"林雷将榕瑞丝的话又重复了一遍，然后他双腿用力一夹身下的快马，那快马一溜烟向前猛蹿了出去。

林雷和格瑞丝没有半点犹豫，选择亡命前进，他们真的没有时间了，若是按照格瑞丝之前的估算，此时他们这一方的大军应该到达这黑暗山脉了。

而在他们身后的地表，此时还在不断地龟裂，并不断地冒出一股股黑烟。一股股黑烟快速形成一具具丑陋的行尸走肉，向林雷和格瑞丝两人追来。他们的反应十分了得，手拉着马缰，指挥着胯下骏马巧妙地避开这些行尸走肉。他们在行尸走肉之间穿梭着，极速前去。他们的任务不是与这些行尸走肉战斗，而是要在最短的时间内杀进万恶罗城去。

就在这时，整个大地猛地一阵颤抖，紧接着，身后响起一阵地动山摇的喊杀声！

林雷和格瑞丝两人的身躯同时一僵，他们快速回头张望了一眼，只见那天际处战火冲天，而四周被召唤也来的行尸走肉则是疯狂地向前蹿来。

林雷的脑子里快速闪过南央、肖成天、瓦尔特、圣马格丽女皇以及托雷斯等人的脸庞，他急切地说道："格瑞丝，两支大军已经交战了，那么，从现在开始计算，我们最多只有两天的时间了，是这样吗？"

"是这样。"格瑞丝点了点头，"现在，我们只能亡命向前冲了。林雷，我们必须用藤蔓将我们的骏马绑在我们的胯下，你明白我的意思吗？就是在必要的时候，我们就用天使之翼带着马一起飞。这样我们不仅可以灵活地操控骏马，也能充分利用天使之翼，在速度上就可以快一点，毕竟马的速度是无法与天使之翼比的，只是天使之翼飞行的时间太短了。"

这是个好主意，两人当即迅速冲到一片树林中，砍了藤蔓将自己紧紧绑在了马背上。

林雷刚将骏马绑好，便觉得眼前的光线忽然一黑，他迅速抬头看了一眼，只见一个庞然大物正急速朝自己冲来。那东西速度太快了，估计是受到召唤要赶到前面去战斗的，并没有注意到林雷这个小小的人类。

林雷只隐约看到一个巨大的鼻子，那庞大的家伙就已经冲到了他的面前。林雷下意识地猛然一扇脊背上那对宽大的天使飞翼，整个人冲天而起，也不管对方到底是个什么鬼东西，他双手握着"破天"战刀使劲全力就势一刀狠劈了下去。

林雷双手握着"破天"战刀直接从那头庞然大物的前面劈入，从它的后面劈出，力气大到了怎样的程度，简直令人难以想象。

一声巨响，那头庞然大物瞬间消散了开来。林雷双手握刀坐在马背上，神色还有些发愣："这到底是个什么鬼东西，就这样被我一刀斩杀掉了吗？"

一旁的格瑞丝看得目瞪口呆，不过她又迅速回过神来，急忙冲过去一把抓住林雷的胳膊："快，快走，再不走我们就会有大麻烦！"

"我刚才杀的是什么？"林雷的神色困惑极了，都已经杀了，竟然连对方是什么都还没有看清楚。

"是一头大象。"

"为什么杀一头大象我们就会有大麻烦？"

"因为大象是群居动物，这里绝对不会只有一头，我们很快会遭到围攻。"格瑞丝突然惊呼一声，"该死的，我们已经被大象群围住了。这可真不是乐观的现象，它们会让我们彻底陷入这些傀儡军中而难以脱身。"

她话音刚落，大地果然轰隆轰隆地颤动起来。紧接着，四面八方出现数十头无比庞大的大象。那些大象同样是骷髅不像骷髅、干尸不像干尸的，显然都是行尸走肉，而它们战斗，是出于某种本能。

由于大象的身材十分庞大，迈出的步伐也极大，因此来速极快，仅仅一会儿的工夫，数十头大象就从远处来到了林雷和格瑞丝跟前，然后将他们团团围住。

"没事，格瑞丝，你施展你的心灵魔法吧，将它们的战斗本能夺走。我很快就可以将它们全部解决掉。"林雷笑了笑，然后他运用双重暗影，从自己的身上分出来另一个林雷。

两个林雷完全一样，只是一个骑在马背上，一个立在地上。格瑞丝点了点头，而后她唰的一声将魔杖举起来。魔杖上生命天使的心脏瞬间爆发出一片璀璨的蓝色光芒，而格瑞丝也吟诵出了她的魔法咒语。

在格瑞丝吟诵魔法咒语的时候，两个林雷同时冲了出去。在格瑞丝一句魔法咒语吟诵完之后，他们已经各自冲到了一头傀儡大象的面前，然后迅速举刀狠劈下来。顿时，两头大象同时消散了开来。

果然在非常短的时间内，两个林雷就将四周的数十头傀儡大象解决掉了。两个林雷重新合二为一，将天使之翼一扇，快速跟上了已经扇动天使之翼朝前飞去的格瑞丝，与她并肩而行。

"林雷，在罗西的傀儡大军中，最难对付的是傀儡人马半兽人。"格瑞丝对林雷说，"人马半兽人极擅长射箭，而现在的傀儡人马半兽人就相当于一台机器，它们没有任何的思想与情绪波动，不会受到任何人的干扰。因此，它们射出来的箭奇准无比，只要箭能射及的范围，不论多远，都可以做到射中目标分毫不差。"

林雷听得暗惊不已，不论多远，射中目标都分毫不差，这的确很可怕。林雷开始有些了解傀儡大军的作战能力了，而且他相信，除了格瑞丝口中的傀儡人马半兽人之外，一定还有别的厉害的傀儡种族，自己这方的大军能够坚持两天都是个奇迹。想到这里，林雷心中又暗暗焦急起来。

而这个时候，与他并肩飞驰的格瑞丝突然浑身一僵，她冲着林雷大叫道："林雷，快，将光明镇魔石给我。该死的，沙灵来了。它正迅速地朝我们冲来，它感受到了光明镇魔石的存在。"

"沙龙？"林雷吃了一惊，当即连想都没想就将光明镇魔石迅速从背上取下来，丢向了格瑞丝。格瑞丝抬手一把将其接住，迅速打出一束蓝光。那束蓝光一把将光明镇魔石包裹住，而后迅速变小，转眼间便消失不见了。

英雄联盟①
苍天冥瞳

"怎么消失不见了呢？"林雷看得目瞪口呆。

格瑞丝淡淡一笑，随手在空中一抓，手心上出现了一点蓝光。她又猛地向空中一抛，那点蓝光又消失不见了。格瑞丝说道："这和你的武器的消失与出现是同样道理，它们其实都是存在于一个隐暗空间中，这个空间会随着你游动。"

听格瑞丝这么一说，林雷这才彻底放下心来。而这个时候，高空中突然出现一股像柱子一直笔直的奇怪狂风。林雷和格瑞丝抬头一看，只见沙龙果然来了。沙龙那张大嘴朝林雷和格瑞丝猛探下来，在这样的庞然大物面前，林雷和格瑞丝简直就如同两只蝼蚁一般渺小。

这只沙龙只有靠感受别人的眼睛来追踪，这点林雷和格瑞丝早就了解到了，他们赶紧将眼睛一闭。果然，那沙龙的嘴突然停住了，那双巨大的漆黑的眼窝中似乎充满了困惑，显然它不明白光明镇魔石和眼睛的气息怎么一下子全都消失不见了。

愣了好一会儿，沙龙这才将那铺天盖地的嘴巴收了回去。林雷和格瑞丝睁开眼睛，长长地出了一口气，两人的脊背上皆冒出了一层冷汗。在这样的远古邪恶生物前面，以人类铠甲战士的实力，简直就是蚍蜉撼大树——不自量力。

"沙龙这样的远古邪恶生物，也去与我们的军队进行战斗吗？如果是这样，我们的军队到底能够坚持多久？"林雷突然变得异常烦躁起来，他真的有些焦急了，沙龙这样的远古邪恶生物，谁能抵挡得住？

格瑞丝没有说什么，因为这个问题根本无须明说，出现在这黑暗山脉中的生物，不参加战争，还能干吗？至于大军到底能够坚持多久，这个问题没有人能够给出具体的回答，只是情况将变得极为糟糕。

"不行，我们得马上杀到万恶罗城去！"林雷咆哮一声，奋力将脊背上的宽大天使之翼一扇，整个人连同胯下的快马如流星般射了出去。

只是林雷他们两人刚刚起飞没有多久，一道巨大的黑影便朝他们极速而来，眨眼间就来到了他们的面前，挡住了他们的去路："人类的小家伙，我们又见面了，真是没有想到啊，怎么，就你们两人也想杀到万恶罗城去吗？"

这人正是之前在罗索尼河被南央击杀掉的酒楼老板。此时，他依旧骑在一头庞大的骨龙上，身上穿着宽大的黑色斗篷，手中持着重型长剑，还是那把沙哑而沉浑的嗓音，正从那黑色的斗篷中传了出来。

看到这名酒楼老板，格瑞丝愣了愣神，旋即便明白了过来："那么说来，你果然是杀不死的怪物了。就算我们再一次将你杀死，黑暗大祭司罗西还是会将你的灵魂收回去，然后又用法术让你重新获得生命。"

"人类的小姑娘，你果然聪明得令人不可想象。"酒楼老板轻轻地点了点头。

"可我现在却只看到你一个人……也就是说为了让你变得更加强大，另外三名黑暗龙骑士在他们刚一复活的时候，就被你杀死了。你现在同时拥有'风'骑士的速度、'力'骑士的力量、'煞'骑士的煞气……"

"不是。"酒馆老板打断她。

"不是？可是你明显比上次强大了很多！"

"我是说，他们是自杀的。"

"不可能。事实上，在这个世界上，是没有人心甘情愿去自杀的，尤其是你们黑暗魔族，因为你们根本不存在道德常伦，又何来的牺牲精神？"格瑞丝不屑地耸了耸肩。格瑞丝的身上猛地射出璀璨耀眼的蓝光，她那一头金色的长发根根倒竖而起，冲着酒楼老板咆哮道："该死的黑暗骑士，从光明世界滚回黑暗地狱中去吧！"

她将手中的魔杖一挥，一道巨大的蓝色光芒猛地将酒楼老板笼罩住了，随后，只见三道淡淡的影子从酒楼老板的身上飘了出来，随着蓝色的光芒一下子收进了魔杖上的生命天使心脏中。

站在旁边的林雷看得目瞪口呆，愣在那里使劲地眨了眨眼睛。他不敢相信，格瑞丝居然将附在酒楼老板身上的另三条灵魂生生地抽离了出来，还吸进了魔杖上的生命天使心脏中。也就是说，她一下子将"风"骑士的速度、"力"骑士的力量、"煞"骑士的煞气，从酒楼老板的体内夺走了。

酒楼老板自己也呆住了，他没有想到，眼前这个心灵魔法师竟然能够如此随意地操控灵魂。

还没有等酒楼老板回过神来，林雷已经扇动了背上的天使之翼刹那间冲到了他的面前。林雷脸上没有半点表情，他双手举刀力劈下去，直接将酒楼老板劈成了两半。

仅仅是一眨眼的工夫，四名刚刚复活的黑暗龙骑士又这样消失了。可喜的是，这一次，格瑞丝竟然将"风"骑士、"力"骑士以及"煞"骑士的灵魂直接吸走了。

林雷连看都没有看酒楼老板的两半尸体一眼，便冲着格瑞丝挥了挥手中的"破天"战刀："格瑞丝，杀向万恶罗城吧，没有谁可以阻挡我们前进的步伐！"

见到连沙龙这样的远古不死生物都出现在这战场中了，林雷当真是心急如焚，他恨不得一步就能杀到万恶罗城，将苍天冥瞳封印。格瑞丝摸了一下额头，默默地点了点头，然后展开疾速与林雷不顾一切地冲向万恶罗城。

这个时候，两个人的脑子里都只有一个念头，就是冲进万恶罗城，神挡杀神，佛挡杀佛！

当他们两人终于冲出黑暗山脉，来到万恶罗城的时候，他们胯下的快马已经被活活地累死了。两人只得劈断绑在双腿上的藤蔓，将死马卸了下来，然后躲到一块岩石背后，对眼前的形势仔细观察起来。

前面，一座无比庞大且恢宏的黑色古城，建在一个大峡谷之间，那城墙的厚度足足有三米，厚得令人咋舌，就算林雷用"破天"战刀，使尽全力朝它劈去，也不可能将其破坏掉。那城门此时敞开着，一队队巡逻兵交替着进进出出。

通过敞开的城门，他们隐隐看到古城的中央有一个巨大的古老的祭坛。那祭坛的造型十分奇特，好像一座铁塔一样冲天而起，直插云霄。祭坛的上空，苍天冥瞳如同一个随时都要吞噬掉这个世界的归墟旋涡一般悬在那里，血色的魔云正在疯狂涌动着。

这里终日不见阳光，一切生机都仿佛被苍天冥瞳抽离了，如同世界末日一般。浓烈的魔气在城中蔓延，无尽的死气在全城弥漫着，充斥着这里的每一寸空间。

林雷躲在岩石的背后，望着这座传说中的邪恶古城有些回不过神来："事实上，直到现在我都还有些难以置信，我竟然来到了万恶罗城的面前。"

"我也有这种感觉。"格瑞丝点了点头，认同了林雷的感觉。她顿了顿，接着说道，"基本情况就是这样了，城外的巡逻兵相互交替是没有间隙的，我们不可能偷偷摸进城去，只有光明正大地杀进城去，或者展开天使之翼飞进去。"

"那还等什么？展开天使之翼直接飞进去吧，我们已经没有时间了。"

林雷脊背上的天使之翼当即张开了，就要往万恶罗城的城中飞去。格瑞丝一把将他抓住，劝道："作为我们五个人的首领，又是光明镇魔石最主要的护送者，你不觉得你不应该这么鲁莽吗？"

看了格瑞丝那双冷静的蓝色眸子一眼，林雷的脸颊微微有些发热，他讪讪地说道："我是太心急了。那么现在，我们该怎样进城呢？"

"事实上，我们怎样进城都没有关系，结果都是一样的。只要我们往里一闯，就会被他们发现。不，确切地说，罗西早就感应到了光明镇魔石的气息，早就发现了我们，他只是等我们去自投罗网而已。不然，你以为他开着城门做什么？"格瑞丝冷静地说，"现在，这万恶罗城里面一定杀机重重，我们若是贸然闯入的话必定死路一条。因此，目前我们当务之急先好好计划一下。首先，我必须告诉你，罗西的肉体和灵魂是可以分开作战的。他有这个能力，就像你的双重暗影一样，而且他的肉身和灵魂甚至可以永远分开，而不会死去。现在，我相信罗西的肉体还留在这万恶罗城中，而灵魂则已经去了黑暗山脉指挥傀儡大军作战了。"

"这太不可思议了。"林雷叹道，"这么说来，当日圣马格丽女皇说的话是真的了，我们在万恶罗城果然要面对罗西。"

"不仅仅要面对罗西这么简单。林雷，你注意到我说的'肉身'这个词吗？他的灵魂不在这里，也就是说，我的心灵魔法对他无效。"格瑞丝说，"我们必须用强力战胜他，当然，这主要是你的任务。"

林雷听得倒吸了一口凉气，他要独自一人去战罗西，这个任务，还真不是一般的艰巨！

格瑞丝继续说道："接下来面临的，就是黑暗法老王与两大玄机使了。我想黑暗法老王会守在那个祭坛下面，两大玄机使也会陪在他的左右。这三个人都有着绝对恐怖的实力，到时候，我会用肉身附灵魂之法杀掉其中一个人，然后再用魔杖上的生命天使之心吸收掉另一个人的灵魂。当我吸收那个人的灵魂时，第三个人会将我打成重伤，但他无法将我杀掉，因为我是心灵魔法师，拥有无与伦比的灵魂。最后，我会以我的蓝色小剑将他杀死……"

"接着，城中的其他人就会蜂拥而上，将你杀成一摊肉泥？"林雷转脸淡淡地问道，"事实上，从圣马格丽茨贝水族出发的时候，你心里就已经计划好了万恶罗城这最后一战的一切细节了；从圣马格丽茨贝水族出发的那一刻，你就已经将自己的性命计算进了这场战斗之中了。"

"被你看出来了。"格瑞丝点了点头，俊俏的脸庞上，平静得让人感到害怕，"你不要对我说'我不允许你这么做'之类的蠢话，这不是感情用事的时候。我们面对的是一场残酷到令人窒息的战斗，你在面对罗西之前，要尽可能地保存一切实力，这样你才会有一丝机会，趁他不备的时候，用光明镇魔石将苍天冥瞳封印。"

林雷静静地望着格瑞丝那平静的眼神，许久之后，他才重重地点了点头："既然在我们一出发的时候你就已经计划好了一切，那就按你计划的执行吧。"

格瑞丝淡淡一笑，暗自松了口气："到时候后还和以前在圣路易帝国击杀国王'查尔斯'的时候一样，我会控制你脊背上的天使之翼。只要你脊背上的天使之翼突然张开，你就马上往祭坛顶端飞去，我相信罗西一定守在上面。同时，我会瞬间消失，在消失的这一刹那，我会冲向其中一名玄机使，将他杀掉。这场战斗就此才真正拉开序幕，这是我们唯一有希望将苍天冥瞳封印的作战方案。林雷，你给我记住，是唯一！唯一，你懂我的意思吗？"

"当然懂了。"林雷笑了笑，"就是不能有意外的情况发生，否则我们将'一招不慎，满盘皆输'。"

"你懂就好了。"格瑞丝拍了拍林雷的肩膀，满意地点了点头。

林雷从岩石背后探出头去看了看不远处的万恶罗城，目光顺着那直插云霄的祭坛看上去，望着上面那个巨大的眼瞳状旋涡吞了吞口水："格瑞丝，将光明镇魔石交给我吧。我们都已经到这里了，也没有必要再隐藏它的气息了。"

格瑞丝轻应了一声，手随意在空中一抓，掌心当即出现一点蓝色的光芒，接着那光芒越来越大。待那蓝色的光芒消失之后，格瑞丝的手上已经提着一个红色的包裹，她随手将红色包裹交给林雷。林雷将其背在背上，将两段红布在胸前打了个死结。

"好了，让我们杀进去吧，格瑞丝！"林雷朝格瑞丝微微一笑，站起身来，握着"破天"战刀朝万恶罗城的大门狂冲了过去。格瑞丝不敢怠慢，紧紧地跟在林雷的身后。

他们这一冲，顿时惊动了那些巡逻的队伍。一个个士兵慌忙举着长刀迎了上来。林雷双手紧握拉风的"破天"战刀奋力向前一劈，一道巨大的青色刀芒好像一条真龙一样咆哮着破空而出，一下就将十多名巡逻的士兵劈得消散开来。

"格瑞丝，快！"林雷一把抓住格瑞丝的手，几个跳跃就冲进了万恶罗城。

万恶罗城其占地面积特别大，成一个圆形，周边的建筑层层而上，看上去分外气派、恢宏，有点像林雷以前了解的古罗马角斗场。

这里的空气阴森极了，比苍天冥瞳的头颅之墓有过之而无不及，只要人往这里一站，背脊上瞬间就会有一股凉飕飕的感觉，心头不可抑制地腾升起一股惧意。不仅如此，一股无比强烈的杀气在无形中弥漫开来，仿佛魔鬼的大手准确无误地扼住了人的心脏。

"格瑞丝，看起来这里似乎是一个陷阱，我们中了别人的陷阱。"林雷站在城中，有些无奈地苦笑了一下。格瑞丝点了点头。她的脸上却没有丝毫的情绪波动，尚未进入这万恶罗城中时，她就已经预料到了会是这样。

在他们四周，在那层层而上的走廊上，围着一圈又一圈的人马半兽人，每一个半兽人的手中都紧紧握着弓箭。它们一声不吭地指着林雷和格瑞丝两人，只要一声令下，他们瞬间就会被射成两个刺猬。

"咦？居然只有你们两个小家伙，圣马格丽女皇呢，她没有和你们一起来吗？"一道无比阴冷且沙哑的声音突然从高空中响起，"也是，她是圣马格丽茨贝水族的领袖，自然要带着她的军队在黑暗山脉做那些无谓的抵抗了。"

"罗西！"他们同时惊呼道。

林雷和格瑞丝迅速抬头望向那直插云霄的古老祭坛。林雷轻笑起来，手中扬起"破天"战刀，然后往上一指："罗西，你只不过是一个被我斩掉头的手下败将而已！"

"小子，你的确有些出人预料。但是现在，我只要随意一挥手，你和那个心灵魔法师就会瞬间被万箭穿心。"高高的祭坛上，罗西的声音从上面传下来。

林雷摇了摇头："不可能的，要是这么容易会被万箭穿心的话，你觉得现在我们还能够站在这里吗？你要是不相信的话，尽可随意挥手试试看。"

"嗯，看来我是得随意挥手试试看，看看你们到底有什么样的能耐。"罗西说道，"放箭，万箭齐发！"

罗西没有任何的犹豫，他一声令下，四周顿时爆发出一阵松弦的声音，而后四面八方的羽箭如同密密麻麻的蝗虫一般，直往林雷和格瑞丝射来，连光线都在一瞬间暗淡了下去。

只是在那瞬间，这些羽箭竟然停在了半空中，再也无法前进分毫。一支一支的羽箭停在林雷和格瑞丝的四周，形成一朵巨大的箭花，瑰丽而又壮观。而格瑞丝手中的魔杖上，此刻却爆发出一片璀璨的蓝色光芒。

"咦，果然没有被万箭穿心。"罗西那阴冷而又沙哑的声音，这个时候再次在祭坛的顶端响起，"孩子们，你们为什么不杀掉那个魔法师呢？难道你们没有发现，是她让我们的箭射不到他们身上去的吗？"

果然，他的话音刚落，只见远处的一道门中突然冲出来一小队人形傀儡，足有四人。这些人形傀儡的身高高于常人的两倍，手中均握着明晃晃的长刀，正冲向林雷和格瑞丝。他们的眼神很空洞，一看就知道是一群行尸走肉。可他们的速度极快，眨眼间就冲到了林雷和格瑞丝的面前，也不理会林雷，二话不说便举起手中的长刀直往格瑞丝砍来。

"混蛋！"林雷一把将格瑞丝拉到了身后。四个人形傀儡手中的长刀顿时砍了个空，刀砍在用青石铺成的地上，溅起一片火星。

"恶者当诛！"林雷怒喝一声，双手握着"破天"战刀奋力横削了出去。巨大的青色刀芒一闪，四个人形傀儡顿时齐刷刷地被削成了两截，顿时消散了开来。

"咦，孩子们，你们看见了吗？若是我们要杀掉那名心灵魔法师的话，她身边的那个铠甲战士就会出来保护他，"罗西那阴冷且沙哑的声音，再次从那直插云霄的祭坛上端传下来，"那么，就让我们先杀掉那个铠甲战士吧。杀掉那铠甲战士之后，再杀那心灵魔法师，就没有人保护她了。来啊，快将那铠甲战士杀了！"

罗西的话音刚落，只见周围一下子蹿出了两队傀儡猛虎，足足有十只，个个高大健壮，模样凶残无比，它们咆哮着朝林雷狂奔而来。

"该死的，这罗西还真拿我们当角斗士来取乐了。"望着那些朝自己疯蹿而来的傀儡猛虎，林雷心头不由得一阵恼火。

"错了，他不是在拿我们当角斗士来取乐的，而是故意想拖住我们，浪费我们的时间。"格瑞丝冷静地说道，"林雷，你用最快的速度击杀掉这十只傀儡猛虎。我会将定住的这些羽箭全部反射回去，再以最快的速度冲向城中心的古老祭坛，展开我们计划好的战斗。"

"用最快的速度杀掉十只傀儡猛虎？"林雷眨了眨眼睛，"你觉得杀掉十只身躯比正常猛虎整整大上两倍的傀儡猛虎，最快的速度应该是多少时间？"

"最多十秒钟。"格瑞丝平静地说道。

"最多十秒钟？"林雷吃了一惊，讪讪地说道，"格瑞丝，你这是在开玩笑吧。杀掉两只傀儡猛虎十秒钟勉强够用，可现在是整整十只……"

"去吧，你行的。"格瑞丝朝林雷点了点头。

见她神色如此平静，林雷不再说什么，当即持着"破天"战刀主动迎向了十只傀儡猛虎。他的速度极快，瞬间就冲到了十只猛虎的前面。冲在最前面的那只傀儡猛虎也凶猛异常，它后腿一蹬就朝林雷奋力扑了过来。林雷急忙往一边一闪，躲过猛虎的这一猛扑，他手上的动作不停，迅速举刀朝一头傀儡猛虎的腰上就是一刀。

林雷出手太快了，那头傀儡猛虎的四肢都还没有来得及着地，便被林雷一刀劈成了两段，然后消散了开来。

另外的九头傀儡猛虎并没有因为这头傀儡猛虎的消散而望而却步，相反它们愈发的凶猛。只见九只傀儡猛虎像商量好了一样，它们那高大的身躯同时跃起，齐齐朝林雷咬了上来。九头老虎已经将林雷的所有退路都封死了，他只能脚下用力往后一蹬，整个人借着蹬力猛地冲天而起，快速躲过九只猛虎的同时攻击。结果却只听见一声巨响，九头老虎的头狠狠地撞在了一起。

傀儡猛虎的力气大得不可想象，九个虎头一下子全撞没了。

"这是……"林雷看得有点目瞪口呆，他这才知道格瑞丝为什么说最多十秒就可以杀掉它们了，原来她早就预料到了会有这样的情况发生。

就在林雷发呆之际，格瑞丝魔杖顶端的生命天使之心却蓝色光芒四射，刺得人睁不开眼睛。与此同时，格瑞丝轻啸一声："恶者当诛！邪恶的生物，都去死吧！"

随着她这一声轻啸，那原本停在空中密密麻麻的羽箭，突然间像遭遇到一股强大的力量一样猛地一阵抖动，然后齐齐反射了回去。于是，铺天盖地的羽箭如同乌云一般，猛地射向万恶罗城内部的四周，仿佛一朵正在怒放的黑玫瑰。有不少黑暗魔族来不及反应，不幸中箭倒地。一时间，整个万恶罗城内部惨叫连连。

"这一刻，实在太伟大了……"林雷错愕地张着嘴，看着那些四散开来的羽箭，然后使劲地眨了眨眼，突然愉快地大笑起来，"格瑞丝，你实在太了不起了。"

而这个时候的格瑞丝却面容严肃，她脊背上的天使之翼忽然张开了，趁着整个万恶罗城内部一片混乱之际，她冲着林雷高声叫道："林雷，快，冲向这座城中心那座古老的祭坛！"

林雷回过神来，跟着猛地张开背上的天使之翼，然后奋力一扇，与格瑞丝双双极速前往这座古城的中心。片刻之后，四周的那些傀儡人也回过了神来，慌忙极速冲向林雷和格瑞丝。那些人马半兽人则举着弓箭，边跑边向林雷和格瑞丝射出箭来。

不得不说，这种人马半兽人的箭术十分了得，即便是边跑边射，那准确度依旧很高。只可惜，人马半兽人的箭术再强大都没有用，林雷和格瑞丝的脊背上长着天使之翼，只要他们用力一扇天使之翼，那扇出来的狂风就将那些射来的箭统统扇没了，不知道飞到了哪里。

身后传来震耳欲聋的喊杀声，而林雷和格瑞丝却毫不理会，只是扇动天使之翼继续极速往前飞行。

不久，他们便来到了古老祭坛的面前。

一切都如格瑞丝先前预料的那样，雄伟而又古老的祭坛旁边，果然静静打坐着三个人，一个着黑袍，两个着灰袍。毫无疑问，他们就是格瑞丝口中的法老王与两大玄机使了。这三人倒是和正常的人类并没有多大的区别，只是脸色看上去惨白，没有一丝血色。

"嗯，很好，一切都和传说中的一样，黑暗法老王杜鲁门和两大玄机使为了表示忠心，守在祭坛旁，他们自动将自己的灵魂封印在祭坛中。如此一来，他们只能在离祭坛千米的范围内活动，超出范围就会魂飞魄散。"格瑞丝的声音在空中响起。

听得这话，黑暗法老王杜鲁门与两名玄机使原本闭着的眼睛，都缓缓地睁开了。三人定睛一看，只见林雷和格瑞丝已经扇着天使之翼落到了祭坛的前面。

"渺小的人类，居然杀进了我们的万恶罗城，倒是让我等意外了。"黑暗法老王杜鲁门睁着一对似乎永远都睡不醒的眼睛，尖锐的嗓音从他的喉咙里发出来，仿佛炼狱。

林雷和格瑞丝一听到这声音，如中魔咒一般，竟觉得莫名地暴怒起来。

"林雷，不要去理会他的声音。他的声音很邪异，听久了你会莫名的暴跳如雷，最后彻底发疯。"格瑞丝拍了拍林雷的肩膀，"这是一种藏在声音里的邪术。现在，你只要记住我们之前计划好的战斗，这是唯一有可能取胜的战斗方式。"

林雷点了点头，心中却涌上来一丝悲意：一定要将你牺牲掉，才是唯一有可能取胜的方式吗？可是，要我眼睁睁看着你去死，我真的很难做到啊……

"人类的小姑娘，你倒是出乎我的意料了，居然能看出我的音波杀人术，看来你非常聪明啊。可是这么聪明的一个人，怎么还会认为单凭你们两个有可能取胜呢？"黑暗法老王杜鲁门摇了摇头，突然他将头一探，嘴巴一张，那嘴巴迅速变大，直接朝格瑞丝吞了过来，速度快得令人咂舌。

只是，有人速度比他更快！

林雷身上的青色光芒一闪而过，黑暗法老王杜鲁门的头颅随着那道青色光芒像皮球一样滚落在地。而林雷只是静静地立在那里保持着原来的姿势，仿佛都不曾动过，根本没有人看清他是怎样出刀将黑暗法老王杜鲁门的头颅砍下来的。

而令人吃惊的是，黑暗法老王杜鲁门的头颅被砍落之后，在他的脖子上迅速长出了另一颗头颅，而后，又猛地朝格瑞丝吞了过来，似乎非要将格瑞丝吞掉不可。

林雷的身上再次青色光芒一闪，黑暗法老王杜鲁门的头颅再一次随着那青色光芒像皮球一样滚落在地，可他的脖子上刹那间又冒出来一颗头颅，不死心地又猛地朝格瑞丝吞了过去……

一切都是那么诡异，黑暗法老王杜鲁门的头颅仿佛无穷无尽，不论林雷怎么砍都砍不完。不一会儿，地面上黑暗法老王杜鲁门的头颅已经堆积了几十个。而此时，林雷的心中却越斩越感到奇怪，因为这黑暗法老王的头颅越斩越容易，现在，他的"破天"战刀甚至都不用挨到这黑暗法老王的脖子，他的头颅就自动掉了下来。

"这个黑暗法老王到底在施展什么邪术，为什么会这么怪异，一切如同做梦一般不真实！？"林雷的心中暗惊不已。

这个时候，一直在旁边冷眼察看的格瑞丝却叫起来："林雷，不要理会他的头颅。他其实真正想杀的人是你，因为你背上有光明镇魔石。头颅是缔造梦境的地方，你要是再去砍他的头颅，你将会被他带到他的梦境之中。然后你在那里会被他杀掉或者永远封印在那里。"

她话音一落，整个人已消失不见了。与此同时，林雷脊背上的天使之翼猛然张开了。一切都按照两人在进入万恶罗城之前的计划进行着……

只是可惜，这仅仅是个开端而已……

林雷没有按照计划的那样极速朝祭坛的顶端飞去，而是站在原地，痛苦地摇了摇头。他绝对无法做到就这样将格瑞丝丢在这里，然后让她战死在这里。他不是一个冷酷无情的人。

"哧"的一声，其中一名玄机使的脖子上猛地喷出一圈绿色的鲜血，紧接着，他的整个头颅都滚落下来。与此同时，格瑞丝显出形来，只见她手中紧握着一把蓝色小剑，那蓝色小剑上还在往下滴着绿色的鲜血。

眨眼间，格瑞丝就杀掉了一名玄机使。黑暗法老王和另一名玄机使无比震怒地看着突然显出形来的格瑞丝。另一名玄机使二话不说，身躯向前一蹿，骷髅般的大手猛地抓向格瑞丝的头颅。

正在此时，格瑞丝的手上突然出现一根魔杖。魔杖顶端的天使之心蓝芒色光四射，刺得人睁不开眼睛。那名玄机使大叫一声，惨白的脸上露出一抹痛苦之色，紧接着，一个淡淡的影子从他的身上脱离了出来，并被一点一点地吸进了魔杖顶端的天使之心中。

"该死的，她在吸收阿普顿的灵魂！"瞧得这情景，黑暗法老王杜鲁门顿时暴跳如雷。他咆哮着冲向格瑞丝，手上瞬间多了一把巨大的钢叉，他狠狠地将钢叉刺向格瑞丝的胸口。

他还没来得及冲到格瑞丝的面前，就见一只青色的巨大龙爪印出现在了他的头顶上空，然后朝他狠狠地盖了下去。一声巨响，地面被盖出了一只巨大的龙爪印，而黑暗法老王杜鲁门则躺在那龙爪印的中央，早已经被盖得七荤八素。

"林雷，你没有到祭坛上去？"格瑞丝转过脸来，惊讶地望着林雷。就在她这一愣神之际，玄机使阿普顿的灵魂一下子挣脱了天使之心的吸力，回到了他的体内。玄机使阿普顿急忙后退，惊恐无比看着格瑞丝。

"没有，我是不可能丢下你一个人在这里被他们杀掉。我说过了，谁要想杀死你，就必须踩着我的尸体过去。"林雷回答道，但是他没有回头看格瑞丝，而是操纵着青龙灭魔爪将黑暗法老王杜鲁门抓起来，然后狠狠地摔落在地。

格瑞丝的脸上露出一抹痛苦之色，但是她什么都没有说，将手中的魔杖再次指向阿普顿，嘴里开始诵念着魔法咒语："我是掌管灵魂的神灵，阿普顿，你不配拥有灵魂，让你的灵魂滚回黑暗地狱中去吧！"

随着她念出的魔法咒语，阿普顿瞬间立在那里无法动弹了，彻底成了一具行尸走肉。只见青色的刀芒一闪，林雷的"破天"战刀已旋转着飞向了阿普顿。

几乎是刹那间，"破天"战刀将阿普顿的整个上半身剖了开来！

林雷一刀杀掉了阿普顿，而他与黑暗法老王杜鲁门的战斗也没有停下来。他操控着青龙灭魔爪将法老王杜鲁门又抓起来，举在空中，龙爪越抓越

英雄联盟 ❶ 苍天冥瞳

紧，抓得法老王杜鲁门体内的骨骼发出一阵"咯咯"的响声，黑暗法老王杜鲁门的脸色更加惨白，看着十分吓人。

"恶者当诛，罪者当灭！"林雷脸上杀气腾腾，嘴里说出来的话，如同冰封了万载一般。他操纵着青龙灭魔爪将黑暗法老王杜鲁门高高举起，龙爪在一点一点地往紧了收拢。

这个画面，令整个万恶罗城一时间都安静了下来。黑暗魔族的族人举着长刀、长枪或者弓弩，在林雷、格瑞丝和黑暗法老王杜鲁门四周围成一个大大的圆圈，但却又不敢贸然出手，生怕会伤害到黑暗法老王杜鲁门。

格瑞丝一手紧握着蓝色小剑，一手紧握着魔杖，将林雷挡在身后，目光冷冷地扫视着四周。

"黑暗法老王杜鲁门，给我去死吧！"林雷怒吼一声，手中的"破天"战刀唰的一声脱手而出，在空中划出一道青色光芒，直往黑暗法老王杜鲁门的头颅斩去。

望着那朝自己头颅劈斩而来的"破天"战刀，黑暗法老王杜鲁门却突然诡异地一笑："小子，我的头颅你是砍不完的，刚才你已经试过了，怎么这么不长记性？"

林雷心头一惊，想收手已经来不及了，刀已经抛出去了。格瑞丝微微地蹙了蹙眉头。没有任何挽救的余地，他们两人只能眼睁睁地看着"破天"战刀飞向黑暗法老王杜鲁门的头颅。

"哧"的一声响，黑暗法老王杜鲁门的头颅被"破天"战刀劈飞起来，瞬间，黑暗法老王杜鲁门的脖子上又长出了一颗新头颅。

格瑞丝迅速转头望向林雷，没有任何意外，林雷果然在原地消失了，连同他的"破天"战刀也消失了，而那只紧紧抓住黑暗法老王杜鲁门的青色龙爪印，同样消失得干干净净。黑暗法老王杜鲁门瞬间又恢复了自由。

"这么说来，林雷是被你封进你的梦境中去了。"格瑞丝举起魔法杖指向黑暗法老王杜鲁门，一脸平静地说道。

"没错。"黑暗法老王杜鲁门点了点头，一脸的嘚瑟，"在那里，我会给他制造一个万分凶险的梦境。那里有极度凶残的凶手，还有极度邪恶的魔王，他在里面应该会过得极度艰难。不过你看起来十分平静，似乎一点都不担心他的安危。这又是为什么？"

"因为我早知道你会将他封进你的梦境之中。其实，我本来可以阻止他斩下你的头颅的，"格瑞丝淡淡地说道，"我可以瞬间将他的战刀定住。这样，他就无法斩下你的头颅，而你也无法将他封进你的梦境之中了。"

"他这是第二十一次斩下我的头颅，这个数字刚好可以让他跌进我的梦境之中。"黑暗法老王杜鲁门说道，"令我很奇怪的是，你明明是可以阻止悲剧在他身上发生的，但你却没有阻止，难道你们不是一起出生入死的同伴？"

"当然是了。"

格瑞丝坚决地点了点头，然后她平静地说道："我不阻止他斩下你的头颅，那是因为你没有露出破绽。你的头颅是进入你梦境的入口，而你的心脏和你的灵魂都被封印在了这座古老的祭坛之中，我从你身上找不到能将杀死你的破绽。所以，我只能由着林雷跌进你的梦境中，让他在你的梦境中试试看，看能不能杀死你。"

听完格瑞丝的这番话，黑暗法老王杜鲁门浑身一僵，也有些不可思议地看着格瑞丝："人类的小姑娘，你知道我现在最想做的一件事情是什么吗？就是想一刀切开你的头颅，看看里面装的到底是什么。"

在这一刻，黑暗法老王杜鲁门的脸色已经变得十分凝重，他左臂猛然一抖，只听见一阵"当当当"的响声，那手臂上已经多出了六个铜环，一片铜光闪闪。

格瑞丝蹙着眉头，疑惑地望着他，目光依旧平静得让人连灵魂都忍不住悸动。

黑暗法老王杜鲁门快速从手臂上取下一个铜环，直接往空中一敲，那空中似乎有什么硬物一样，铜环当即发出"当"的一声脆响，黑暗法老王杜鲁门跟着一声大喝："断听觉！"

天地众生都拥有"六觉"，听觉、视觉、触觉、味觉、嗅觉以及意觉，这"六觉"系着灵魂。当一个人的"六觉"被夺走，也就意味着这个人失去了灵魂，成了一具没有一切感知的行尸走肉。黑暗法老王杜鲁门左臂上的那六个铜环，就是藏有断掉众生这"六觉"的魔力。

英雄联盟①
苍天冥瞳

"当当当……"

黑暗法老王杜鲁门手中的铜环在不停地颤动着，隐藏着不可思议力量的铜环声，全涌向了格瑞丝。那铜环声听上去极其诡异，在别人听来那声音并不大，但在格瑞丝听来却如同洪钟一般，震得她那纤细的娇躯都飞了起来。瞬间，她的两只耳朵向外流出了两股鲜血。

"果然是这样，有些可怕。"格瑞丝什么都听不到了，她的听觉被生生断掉。

她手上的蓝色小剑隔空一斩，一道数丈长的蓝色剑芒，一下子便将黑暗法老王杜鲁门劈出了数丈远，当场血洒一地。他狼狈不堪地冲回来，嘴里嘿嘿笑了两声："小姑娘，你明知道我是没有破绽的，还用得着这样耗费力气吗？"

格瑞丝已经听不到了，但她自己也突然想到了这个问题。望着前方那个冲回来的黑暗法老王杜鲁门，她几次举起了手中的蓝色小剑，但最终还是放了下来，徒劳，她知道对他发出的一切攻击都是徒劳的！

"那么，我只能这样眼睁睁地看着自己被他夺去灵魂？不可能的，我可是一名优秀的心灵魔法师！"格瑞丝努力让自己平静下来。

这个时候，黑暗法老王杜鲁门已经从他的左臂上取下了第二个铜环，远远地朝格瑞丝晃了晃："这个铜环是断视觉的。当这个铜环一响，你的世界就会变成一片漆黑……哎哟，对了，你不是已经被我夺去听觉了吗，我还跟你说这些做什么？"

看着格瑞丝茫然的眼神，黑暗法老王杜鲁门恍然一拍额头，然后他不再废话，举着铜环在空中一敲，同时嘴里大喝："断视觉！"

"当当当……"

和第一个铜环完全一样，那铜环在黑暗法老王杜鲁门的手里一阵颤动，发出一阵长长的颤音。那颤音在别人听来并不大，但在格瑞丝这个被选中的人听来，却震耳欲聋。令人奇怪的是，格瑞丝的听觉本已经被夺去了的，但是听这铜环声却异常清晰，仿佛是在她的灵魂深处响起来的。

随着那震天的巨响冲向格瑞丝，格瑞丝那对纯净的蓝色眼眸上，两行血泪猛然流了下来。刹那间，格瑞丝看不到了，她的视觉被剥夺了，眼前一片漆黑。

　　格瑞丝静立在那里，满头金黄色的发丝在风中不停地飞舞着，一双蓝宝石似的眸子缓缓地闭上了……林雷，这一次真的只能全靠你了啊，黑暗法老王杜鲁门每夺去我的一觉，他自己也会耗去一定的精神力量。当他夺去我的"六觉"之后，他的精神在瞬间，也处在最虚弱的时候，你能抓住这个瞬间将他杀死吗？

　　看着眼前这个人类女孩在自己面前一点一点地失去感知，黑暗法老王杜鲁门变得有些兴奋起来。他没有犹豫，迅速从左臂上取下第三个无情铜环，在虚空中随手一敲："断触觉！"

　　"当当当……"

　　随着铜环在黑暗法老王杜鲁门的手中不停地颤动着，滔天的铜环声，宛若浪涛一般奔涌向格瑞丝。刹那间，格瑞丝的触觉也被剥夺了，她已经感觉不到地面的存在，而她手中的蓝色小剑与魔法杖，也如同消失了一般。

　　接着，黑暗法老王杜鲁门从左臂上依次取出了其他的铜环。

　　"断味觉！"

　　"当当当……"

　　"断嗅觉！"

　　"当当当……"

　　"断意觉！"

　　"当当当……"

　　瞬间，格瑞丝的"六觉"被黑暗法老王杜鲁门全部剥夺去。她彻底成了一具行尸走肉，没有了思想，没有了感知，茫然地立在这片天地之间，三千青丝在风中飞扬，浑身却依旧散发出一股让人忍不住战栗的可怕气息。

　　一代智慧超凡的魔法奇女，就这样被黑暗法老王杜鲁门打成了一具行尸走肉。黑暗法老王杜鲁门虽然感觉身上有些疲惫，但却颇有几分得意。因为林雷被封进了他的梦境之中，而格瑞丝又成了一具没有一切感知的行尸走肉。

　　黑暗法老王杜鲁门愉快地笑起来："哈哈，跟我斗，你们终究太嫩了些……"

　　只是黑暗法老王杜鲁门的笑声却突然间戛然而止，嘴巴错愕地张着，整个人突然一点一点矮了下去。绿色的鲜血从他的身体里奔涌而出，而他的身体迅速地干瘪下去，就好像有一个人在他的体内疯狂地将他的身体劈成一块块。

黑暗法老王杜鲁门眼睛圆瞪，惊恐地看着自己的身体一点一点地矮下去，嘴里发出一阵"嘎嘎"的声音。接着，从他的双袖中猛然掉出一大片碎肉，而后整个人"轰"一声，彻底倒在了地上。眨眼间，整个人已经只剩下了一套衣服，而那衣服之下，全都是碎肉。

"格瑞丝！"

林雷从黑暗法老王杜鲁门破碎的梦境中冲了出来，他几乎成了一个血人。显然他刚在黑暗法老王杜鲁门的梦境中经历了一场惨烈的大战。不过还好，他总算活下来了，而且趁黑暗法老王杜鲁门在最虚弱的那一刻直接在梦境中将他杀死了。

林雷冲到格瑞丝身边一把将她抱住，又悲又怒地咆哮："格瑞丝，我知道你是故意引黑暗法老王杜鲁门去夺你的'六觉'的。因为只有这样我才有机会在梦境中杀死他。可是你这样将自己弄成了一具行尸走肉，以后该怎么办？该死的，你为什么不事先和我打声招呼呢？"

"事先和你打招呼，难道又让你像破坏上一个计划一样破坏掉这个计划吗？"格瑞丝的眼睛突然缓缓地睁开来了，她朝林雷淡淡地笑了笑。

"什么，原来你并没有变成一具行尸走肉？"林雷使劲眨了眨眼睛，他突然兴奋地哈哈大笑起来，"太好了，格瑞丝，你这是怎么做到的？"

"我本来就是心灵魔法师，拥有无与伦比的灵魂，你觉得我需要怎么做吗？"格瑞丝平静地说道。

黑暗法老王杜鲁门一死，整个万恶罗城一下子沸腾了。从四面八方赶来的黑暗魔族的人如潮水一般疯狂地涌向林雷和格瑞丝。无数的羽箭如同流星一般，带着呼呼的破空之声，直射向他们两人。

"基本上，我们到了与罗西决斗的时候了。"格瑞丝那对蓝色的眸子中竟然难得地燃烧着一丝狂热，而林雷的眸子中同样燃烧着狂热。他们两人从进入万恶罗城到现在，时间已经不算短了，黑暗山脉两支大军交战的情况他们看不到，但想必形势已经非常严峻了。

"那么，格瑞丝，就让我们与罗西展开一场疯狂的决斗吧，我想他在上面已经等不及了。"林雷抬头看了看直插云霄的古老祭坛，而后将背上的天使之翼奋力一扇，整个人笔直地冲向了古老祭坛的顶端。格瑞丝也扇动天使之翼极速跟了上去。

片刻之后，林雷和格瑞丝已经站在了古老祭坛的顶端。这上面看上去和一个偌大的广场一样空旷，不过四周的空气确实如黑暗地狱一般阴冷，让人的灵魂都抑制不住地战栗起来。

地面上到处都是黑色的血迹，这显然是黑暗魔族平时在祭拜时所留下来的。除了血迹之外，甚至还可以看到一些骷髅，不过这些骷髅已经风化得十分厉害，上面充满了岁月的痕迹。

这里似乎有一种亘古的永恒，而神秘、阴森、邪恶、古老，则是这座祭坛的永恒主题。这里似乎是从黑暗地狱中冲出来的一座祭坛一样，让人时刻感觉自己与地狱同在。

终于站到这座代表一切邪恶力量的古老祭坛上了，林雷和格瑞丝互相望了一眼，两人的脸上都有着一丝淡淡的笑意。他们抬头看了看空中的苍天冥瞳。站在这里，他们观看着苍天冥瞳，这只邪恶之眼看上去越发惊心动魄。只见那巨大的魔瞳如同一张魔嘴一般，血色的魔气仿佛是燃烧起来的邪恶之火，在那里疯狂地翻腾着，似乎要冲下来直接将林雷和格瑞丝吞噬进去。

"啊……"

苍天冥瞳突然发出凄厉的叫声，如同地狱中的厉鬼一般。林雷和格瑞丝被这突然传来的凄厉叫声吓了一大跳，他们慌忙后退了几步。林雷一脸惊疑："什么意思，这该死的邪恶之眼难道有生命吗？"

"它当然有生命了，天地万物主宰者的眼睛，你说它能没有生命吗？"一道阴沉的声音从身后传来。

英雄联盟①
苍天冥瞳

第十八章　祭坛之战

　　"林雷！"格瑞丝却一把将他拽住，她摇了摇头，"没用的，我们无法杀死他。正如罗西自己所说的那样，一切都是徒劳，我们根本不可能阻止得了他！"

　　说着，她仰起脸，一滴滴泪水从她的脸颊上无声地滑落下来。这一路上历经了多少的艰辛与努力，做出了多大的牺牲，可到头来却是徒劳，这样的结果让她难以接受。

林雷和格瑞丝同时转过身去，他们终于看清楚了罗西的真容了。罗西的身材异常高大，一袭白袍将他的身躯罩得严严实实，一头白色的长发，脸色苍白，全身上下除了眼珠子是黑色的，其余的地方全是白色的。

这只是罗西的一具肉体，没有灵魂，他的灵魂正在黑暗山脉指挥傀儡大军作战。

"天地万物的主宰者？"林雷笑起来，"你觉得这个邪恶的东西是天地万物的主宰者，天底下还有比这更好笑的笑话吗？"

"你觉得这句话很可笑吗？"罗西不以为然地耸了耸肩，"你们觉得你们的反抗有用吗？告诉你们，徒劳，一切都是徒劳。事实上，你们的反抗才是天底下最可笑的笑话，想要看看现在黑暗山脉中两军交战的情况吗？"

说着，他伸出一只手掌，在面前缓缓一抹，只见前面的空气顿时变成了液态，在那里形成了一个圆形的水面，那水面中浮现出在黑暗山脉中两军交战的画面。

林雷和格瑞丝一动不动地盯着水面中黑暗山脉中两军交战的画面，他们越看心里越沉，罗西的灵魂率领的傀儡大军处于绝对的优势，而林雷他们这一方的大军则是节节败退，死伤十分惨重。

突然，林雷心中猛地一跳，因为他居然看到了南央。水面中的南央此刻彻底杀红了眼，整个人都燃烧起了熊熊的烈火，而她将手中的烈焰长枪奋力一扫，直接将周身的一大片傀儡士兵扫散了。可是罗西的傀儡大军是杀不完的，杀了一片，又有更多的傀儡士兵涌了上来，一下就将南央彻底淹没了。

"南央！"

林雷惊呼一声，整个身躯一阵颤抖，看着水面上的交战画面，他的脸色煞白，一下子冲过来那么多的傀儡士兵，南央能抵挡得住吗？

整个战争场面简直惨烈到了极点。在罗西的指挥下，傀儡大军对圣马格丽女皇他们的大军发起一波接一波的狂攻。每一波的攻击，圣马格丽女皇他们的大军就会有大批铠甲战士死于傀儡大军的刀下。

林雷和格瑞丝又看到了肖成天和瓦尔特与傀儡大军交战的画面。这个画面出现的时间极短，仅仅是一闪而过，但肖成天和瓦尔特疯狂的脸庞却深深地印进了他们的脑海中。他们经历过无数次的生死大战，深知若是没有处在绝境之中，人是不可能出现那样疯狂的表情的。

"必须在最短的时间内杀死罗西的肉身，封印苍天冥瞳！"林雷暗自咬了咬牙，然后迅速将"破天"战刀取了出来，单手持刀指向了罗西。而格瑞丝也是反手取出了蓝色的小剑，平举着指向罗西。这个罗西仅仅是一具肉身，格瑞丝的心灵魔法对他没有半点作用。

"邪恶种族的首领，来吧，不要再耽搁时间了，让我的战刀再次将你的头颅斩下来，然后用光明镇魔石封印住苍天冥瞳。"林雷冷吼一声，胸中刹那间燃烧起滔天的战意。他知道圣马格丽女皇他们的大军已经到了生死存亡的时刻，真的不能再等了，必须在最短的时间内将罗西杀死。

"怎么，两个人类的铠甲战士，你们已经等不及了吗？现在就想杀死我了吗？你们想用光明镇魔石封印苍天冥瞳吗？"罗西无奈地摇了摇头，"可是就凭你们两个人，估计杀不死我。"

"是吗？那你就试试看！"林雷淡淡地说道，接着猛然一扬左手，出手就是青龙灭魔爪。顿时，一只巨大的青色巨龙爪印刹那间在罗西的头顶正上方形成了，只听"嘭"的一声，便将罗西狠狠地印在了祭坛上，将整座祭坛震得一阵猛抖。

"该死的，居然又给我来这招！"

罗西被林雷的一记青龙灭魔爪印得狼狈不堪，同时也令他勃然大怒。灰头土脸的他迅速地从地上爬起来，冷不丁两只大手猛然一探，同时抓向林雷和格瑞丝。他的两条手臂刹那间横穿虚空，两只大手一把扼住了林雷和格瑞丝的脖子。

瞬息，林雷和格瑞丝便感受到了死亡的威胁。罗西冲着他们冷冷一笑："就凭你们，也想杀我？还敢冲入万恶罗城来杀我，真是可笑。我要捏死你们，就跟捏死两只蚂蚁一样！"

只是他话音刚落，眼睛却难以置信地猛地一瞪，他不可思议地看着自己的左手，因为格瑞丝凭空消失了。他脸上的神色十分复杂："什么意思，这个心灵魔法师难道是鬼魂吗？"

听到罗西的这句话，林雷忍不住笑了起来，他当然知道在格瑞丝的身上发生了什么。这个黑暗大祭司接下来估计要倒大霉了，他突然感觉格瑞丝这个心灵魔法师简直恐怖到了极点，比他们四大远古神兽的血脉传承者还要恐怖万分。

果然，只听"哧"的一声轻响，一把蓝色的小剑一下子刺在了罗西的心口上，直接将他的心脏刺了个对穿。而后格瑞丝也跟着显出了形来，她单手持着蓝色小剑，脸上没有丝毫的情绪波动。

罗西脸上的肌肉痛苦地抽了抽，他低头看着格瑞丝深深刺在他心口的蓝色小剑，惊愕地说道："你这是怎么做到的？可这只是我一具没有灵魂的肉体而已，你这样是杀不死我的！"

罗西的脸色阴沉到了极点，他虽然只是一具没有灵魂的肉体，但格瑞丝的蓝色小剑死死地插在他的心脏上。令他吃惊的是，他觉察到自己的体温正在一点点地冷却下去。

"格瑞丝，你让我动了真怒，在此之前，还从来没有人用剑刺中过我的心脏。给我滚！"罗西猛然大吼一声，浑身散发出一股恐怖的力量，直接将格瑞丝狠狠地轰了出去。

罗西胸前的绿色鲜血不断地往外涌，无穷无尽，竟然汇聚成了一条血河！这实在是太邪异了！要知道罗西虽然身材高大，却不到两米高而已，竟然流出了这么多的鲜血。

无尽的鲜血染绿了天空，变成了一片血海，滚涌起了滔滔血浪，浓烈的血腥味弥漫在空气中。林雷看得目瞪口呆，就连一向冷静的格瑞丝也微微有些色变："这是一种极度强大的邪术，林雷，我们只怕有麻烦了！"

她话音刚落，便见绿色的血浪猛地向他们拍打了过来，一下子将她和林雷淹没了了血浪之中。不过他们却并不惊慌，各自持着武器在血海中乘风破浪，生生劈开一条血道。他们不断地冲向罗西，一次又一次地轰杀着。片刻之后，罗西便满身的伤痕，可是他却毫不在乎。

突然，林雷和格瑞丝吃惊地发现，血海在快速地收缩，而他们的身躯也在快速地缩小。他们想挣脱出血海，却根本挣脱不出来。最后，他们只好眼睁睁地看着自己随着血海浓缩成一滴血液，融入到了那滴血液中。他们真的小得被直接融入到了一滴血液中，被罗西轻轻托在手掌中。

英雄联盟
①
苍天冥瞳

　　"嘿嘿，受死吧！"

　　罗西森然冷笑，猛地用力握紧拳头。顿时，林雷和格瑞丝感到了那恐怖的压迫感，差点被直接压成了肉泥。

　　格瑞丝手中的魔杖此刻蓝色光芒大放，想要用魔法的力量将罗西的手轰碎，而林雷也是双手握着"破天"战刀狠狠地插向罗西的掌心。

　　远古青龙的武器最终不是吃素的，一下就将罗西的手刺穿了，林雷跟着"破天"战刀猛地冲了出来，而后在空中恢复了身高。接着，格瑞丝也跟着冲了出来，她的身上流淌着鲜血，显然受伤不轻。

　　林雷一恢复身高之后，二话不说就举着"破天"战刀快速冲向罗西，一刀将他直接劈出了数十丈远。他还不解气，又快速冲上去复劈了一刀。顿时，罗西的身体瞬间涌出了大股大股的绿色鲜血。不过却他依旧不以为然："我不是说过了么，我只是一具没有灵魂的肉身，你们是杀不死我的！"

　　"林雷，你快将光明镇魔石取下来去封印苍天冥瞳，由我来对付他！"格瑞丝突然叫起来，她迅速举起她的魔法杖，那魔法杖上的生命天使之心，蓝色的光芒随即亮起来。

　　林雷惊愕地看着格瑞丝，他使劲地眨了眨眼睛，由她去对付罗西？开玩笑吧，在罗西这具没有灵魂的肉身面前，她一个心灵魔法师的战斗力，几乎可以忽略不计。

　　罗西更是吃惊地看着格瑞丝，在他看来这件事实在是太有趣了，他不可思议地说道："心灵魔法师，你高举你的魔杖做什么，要知道你根本就没有资格和我动手！我要说多少次你才会相信，我仅仅是一具肉身，你的心灵魔法对我是无效的。"

　　只是紧接着，他的双眼蓦地一瞪，愣住了，林雷也是惊呆了。因为格瑞丝并不是要用魔法去攻击罗西的，她那魔杖的顶端，突然飘出了三条魂魄，刹那间就冲进了她的体内。

　　那三条魂魄林雷是知道的，就是尚在黑暗山脉时，格瑞丝收的"风"、"力"、"煞"三大黑暗龙骑士的魂魄，想不到现在格瑞丝居然运用上他们。

　　"现在的我，够不够资格和你动手？"格瑞丝单手平举着蓝色小剑，脸色依旧十分平静，身上的战斗气息却刹那间不知道提高了多少倍。

罗西脸上的肌肉猛地抽了抽，脸色阴沉，十分可怕，他突然咆哮一声：
"该死的，那是我们黑暗魔族强者的魂魄，你现在居然借助我们黑暗魔族的
力量来对付我？这真是一个天大的笑话，还给我！"

他大手一探，猛地抓向格瑞丝。格瑞丝却化成一道蓝色的身影，眨眼间
就闪到了一边，罗西的大手抓了个空。

林雷看了看这里的战斗情况，估摸了一下格瑞丝让三大黑暗龙骑士的魂
魄融入到了自己的体内，暂时拥有了他们三人的力量，抵抗罗西一会儿应该
问题不大。他不再犹豫，当即迅速取下背上的光明镇魔石，展开天使之翼冲
天而起，直往高空中的苍天冥瞳飞去。

"找死！"

下方的罗西见状大吼一声，满头的白发往后一甩。那白发瞬间长到百丈
长，直接将林雷束缚住，一把将他从空中扯了下来。罗西双目放射着疯狂的
光芒，三千白发越束越紧，连林雷身上的青色铠甲都被深深地勒了进去。林
雷只觉得自己的腰都似乎要被勒断了，他举起战刀斩断了一大片白发，却有
更多的白发向他捆缚过来，他简直要绝望了。

"啊！"林雷咆哮着，他感觉自己的腰马上就快要被缠断了，脸上露出
极为痛苦的神色。

一片蓝色的光芒一闪，格瑞丝瞬间杀到了罗西的面前，手中蓝色的小剑
再次狠狠地刺进了罗西的心脏。罗西脸上的肌肉再一次痛苦地猛抽了抽，下
一刻他大手一扇，竟然将格瑞丝直接扇了出去。

"任何想封印苍天冥瞳的人，都应该被碎尸万段！想救这小子吗？根
本不可能！"罗西暴怒起来，咆哮连连。他那三千白发上有着无穷无尽的力
气，疯狂地将林雷捆缚住。

林雷瞬间跌入了死境之中，他双眼通红，眼中露出绝望的神色。这个黑
暗大祭司简直可怕到了极点，即便是在圣教殿中面对所罗门王的七十二大恶
魔，他都没有如此绝望过。

短暂的沉寂之后，林雷仰天咆哮一声，浑身上下散发出无尽的古老气
息。两团青色的火焰，在他的双眼中腾的一下燃烧起来。一道青龙的影子在
这一刻居然浮现在他的身旁。那青龙影子的龙眸，与林雷燃烧着两团青色火

焰的眸子重叠在了一起。

"啊……"林雷狂吼，无数根白发在他身上直接被崩断了。他高高跃起，双手握着"破天"战刀一刀狠狠地朝罗西劈去。巨大的刀芒直接将罗西的身躯劈出一道深可见骨的长长伤口，那冲击力更是将罗西冲出了祭坛。只是瞬间，罗西又飞了回来。

"格瑞丝，给我挡住他，我马上将那该死的苍天冥瞳封印了！"林雷看都不看罗西一眼，展开天使之翼再次冲天而起，极速射向高空中的苍天冥瞳。

苍天冥瞳看上去阴森可怖到了极点，无尽的血色魔云在那冥瞳之中翻腾不已，形成一个巨大的归墟旋涡。林雷只看了一眼，便觉得一阵头昏眼花，整个人瞬间出了一身冷汗，灵魂似乎在承受着一种极限的煎熬。

他冲到一定的高度后，便展开天使之翼停在了空中，然后深吸了口气，取下背上的光明镇魔石。然而就在这个时候，下方突然涌起一股磅礴的力量，一下子将林雷掀出了数百丈远。

"该死的！"林雷忍不住怒骂一句。

他朝下看了一眼，只见罗西一头雪白的头发根根倒竖，几乎布满了整片虚空，如同一片白色的海洋。他的每一根发丝上都贯穿着无与伦比的力量，只见他将白发一扫，直接将格瑞丝扫向了高空。林雷见状忙扇动着天使之翼冲了过去，一把将格瑞丝接在了怀里。

看了一眼格瑞丝，见她一切如常，林雷这才暗暗松了口气。格瑞丝没有丝毫耽搁，单手握着蓝色小剑一剑劈向罗西。由于现在她拥有了"力"骑士的力量，这一剑劈出之后，直接将四周的空气卷动起来，形成一口巨大的"风刃"。

"嘭"的一声巨响，那巨大的"风刃"斩在罗西的身上，直接将罗西从中间剖了开来，无尽的绿色鲜血喷洒如雨。林雷看得目瞪口呆，现在的这个格瑞丝，简直生猛到了令人难以置信的地步，就算是他全力砍一刀，也不可能将罗西直接劈成两半啊。

一剑将罗西劈成了两半，格瑞丝却没有半点的喜悦，她单手平举着蓝色小剑静静地立在那里，眉头微微蹙着："危险的感觉没有消除，反而越发强烈了。这么说来，罗西虽然已经被劈成了两半，但却没有死亡，反而让他挣脱掉了什么……"

"人族小姑娘，你真的很聪明。是的，谢谢你一剑将我的枷锁劈掉了，让我可以将真正的自己展示出来。"罗西阴冷的声音传了过来。

林雷和格瑞丝定睛一看，只见祭坛上不知何时已经出现了三具肉身，第一具肉身没有头颅，只有一个身躯，第二具肉身则就是刚才的罗西，第三具肉身竟是一个白板人面。

这三具肉身显然都是罗西，但却截然不同，林雷使劲地眨了眨眼睛："什么意思？"

"这三具肉身分别代表着罗西的过去、现在和未来。林雷，不要让这三具肉身融合在一起，不然罗西就真正成为不死的生物了，因为没有人能够破除一个人的过去、现在和未来。"

格瑞丝的脸上出现了从未有过的凝重之色。事情明摆着，他们若不将罗西杀死，就不可能有机会将苍天冥瞳封印住。格瑞丝冷喝一声，整个人在原地消失不见了。瞬间，她出现在了罗西未来的那具肉身前面，手中的蓝色短剑向前一劈，一片蓝色的剑芒如同排山倒海一般，直接朝白板人面的罗西射了过去。

然而，罗西未来的人面白板肉身却似乎强大到不可想象。他随意一拍，拍出一只巨大的手掌印，一下就把格瑞丝劈出的那片剑芒震碎了。格瑞丝持着蓝色小剑展开天使之翼猛然后退，脸上充满了困惑："这样说来，这真的是你的未来之躯了。也就是说，这一次你并没有被我们杀死，你有未来，是这样的吗？"

"明知道这样，你们却还在这里做无谓的挣扎，你们不觉得很可笑吗？"罗西未来的人面白板肉身淡淡地说道。

"不，不可能的，"格瑞丝摸了一下额头，"这其中一定出了什么差错。那么，现在我们决一死战吧，我不相信你不会死。"

格瑞丝轻喝一声，展开背上的天使之翼极速冲向罗西未来的人面白板肉身。从她的身躯上瞬间爆发出一股无比恐惧的气息，确切地说，这是一种无与伦比的煞气。这种煞气一出，罗西未来的人面白板肉身瞬间就冒出了一层冷汗，心中涌起一股难以抑制的惧意。

英雄联盟①
苍天冥瞳

这个时候格瑞丝已经悄无声息地冲到了他的面前，她双手握着小剑狠劈而出。其实，她的动作并不快，罗西未来的人面白板肉身却无法躲避。整个人都似乎被一股"煞气"镇住了，他眼睁睁地看着格瑞丝的蓝色小剑劈在自己的胸口上，绿色的鲜血瞬间众胸口喷洒而出。

另一边，林雷此时也和罗西的过去与现在两大肉身战上了，不过他暂时没有施展出双重暗影，而是一人独战罗西的两大肉身。他双手紧握着"破天"战刀，胸中燃烧着滔天的战意。

"嘭！"

林雷冷不丁打出一只巨大的青色龙爪印，一把将代表过去的罗西的肉身狠狠地盖在地上。而后他又展开天使之翼瞬间冲到代表现在的罗西的肉身面前，双手握着"破天"战刀立劈而下，一刀就狠狠地将代表现在的罗西肉身劈飞了出去。

"哼哼，小子，有胆量啊，居然想同时对付现在的我和过去的我。"

代表现在的罗西的肉身瞬间飞了回来，他大手一探，快如闪电，一把便扼住了林雷的咽喉。他手上一用力，林雷顿时感觉脖子都要被他生生地扼断了。更要命的是，这个时候代表过去的罗西的肉身趁机冲了过来，一下子与代表现在的罗西的肉身融合在了一起。

两个罗西的肉身一融合，身上的气息瞬间比以前强大了不少。他满意地轻转了转脖子，然后看着林雷森然一笑："嘿嘿，去死吧！"

他手上一用力，林雷脸上顿时露出了痛苦之色。林雷的脸庞被憋得通红，简直绝望到了极点。只是，从林雷的身上突然间冲出一个林雷，他背着光明镇魔石直往高空中的苍天冥瞳冲去。

"该死！"看到那个林雷，罗西只得放掉手中的林雷。他那高大的身躯急冲而上，在空中留下一道白影，那速度比拥有天使之翼的林雷还要快上几分。

眼看他就要将上面的那个林雷抓到，下方一只巨大的青色龙爪印却猛然逆天而起，一把将他死死抓住，然后猛地扯了下来。

"混蛋，想破坏我的好事，门都没有！"林雷咆哮道。他操纵着青龙灭魔爪抓住罗西，然后将他狠狠地摔了下去。"嘭"的一声巨响，整个祭坛被摔得一阵颤动，足见林雷的力量有多大。

"你以为你身为黑暗魔族的大祭司，拥有过去、现在和未来三世身，我就会怕你了吗？你只会死得更惨！"林雷嘴里怒道，接着他又操纵着青龙灭魔爪将罗西狠狠地摔了下去。

高空之中的那个林雷，用天使之翼将自己的身形定在了空中。他抬头望了一眼头顶上空的苍天冥瞳一眼，暗自长吐出一口气，而后取下背上的那个红色包裹，将里面包裹着的那个金色箱子取了出来。

这一刻，林雷的脸上终于有了一丝淡淡的笑意，从光明学院一路杀到这里，其中的艰险难以言语，但是一切都挺过来了，现在，终于要将邪恶的苍天冥瞳封印了。

林雷的双手有些发抖，他缓缓地将金色的小箱子打开。瞬间，金色小箱子内的那个手掌骷髅化石猛地爆发出一片耀眼的光芒，直射高空，同时在金箱子里不停地颤动，似乎要飞起来一般。

而这个时候，高天上的那只苍天冥瞳却越发阴森可怖了，血色的魔云遮天蔽日，如同世界末日一般。这里所有的生机都已经被抽离了，死气充斥着每一寸空间，魔气缠绕着每一寸土地。

林雷笑了笑，从金色的小箱子里将光明镇魔石取了出来，然后举起来，指向高空中的苍天冥瞳。

然而就在这个时候，在他的面前突然出现一片圆形的水面，那水面上立即浮现出在黑暗山脉中两军交战的画面。在惨烈的交战之中，南央的容颜浮现了出来，只见此时的她满脸都沾满了鲜血，只能看到一双眼睛。

"林雷，你到底怎么样了？我们的大军马上就坚持不住了，你看到了吗？"南央双眸中噙着一些泪痕，嘴里小声地念着，发疯般冲向那铺天盖地而来的傀儡大军，手中的烈焰长枪一阵狂扫，大片的傀儡士兵化成了烟雾。

一只长长的羽箭从背后射而来，一下就射中了南央，溅起一片血水，南央的身子猛然一僵……

"南央！"

林雷的胸口似乎被一双有力的手瞬间撕裂了，巨大的疼痛令他只觉得一阵天旋地转，从高空中一头栽了下来，直接栽到下方那个正在与罗西大战的林雷身上，两个林雷瞬间合一。

这股悲痛让林雷的胸腔填满了愤怒，瞬间，他整个人直接从代表未来罗西的肉体冲了过去。代表未来的罗西那庞大的身躯上，瞬间留下了一个巨大的窟窿。只是代表未来的罗西的肉体却浑然不觉，他似乎真的只是一具肉身，不存在生与死的概念。

"她死了，她死了！林雷嘴里重复着这句话，手中的长刀越发用力。

"是的，她真的死了！"一道阴森的声音在耳边响起，却是代表过去与现在的罗西的合体。此时，他已经冲到了林雷身边，望着满眼怒火的林雷森然一笑，然后猛地一掌击林雷的背上："小子，你也给我去死吧！"

罗西的这一掌几乎用尽了全力。林雷的青色铠甲都被他打出了一个清晰的掌印，而林雷的身子顿时翻飞了出去，鲜血从口中猛地喷而出。

林雷擦了擦残留在嘴角的鲜血，转脸望了望罗西，那双愤怒的眼睛渐渐变得疯狂起来："就是你这个混蛋杀死了南央的，那么，现在你就给南央陪葬吧！"林雷仰天咆哮一声，他双眼一片赤红，睁得几乎要裂开来，身上一股强大的暴戾之气猛泄而出。

在这一刻，林雷真的发狂了，他双手握着宽大的"破天"战刀，一刀接--刀劈向了罗西。那无坚不摧的青色刀芒连绵不断，一道一道没入罗西的体内。瞬息而已，罗西的胸前便被劈得血肉模糊。绿色的鲜血将他的白袍染尽，成了一个活脱脱的绿色血人。林雷劈出去的每一刀都有极强的冲击力，因为反作用力，他更是被冲击得不停地倒飞。不过，林雷却始终没有半点停下来的意思，他扇动着背上的天使之翼追着倒飞中的罗西一路狂砍，势要将他直接砍成一摊肉泥。

这样疯狂的林雷，就连远处的格瑞丝都看得目瞪口呆。

"去死吧，该死的！"

林雷嘴里咆哮着，这一刻他杀心正浓，脸上露出疯狂的表情。他一口气朝罗西劈出了十多刀，而后又将手一扬，将青龙灭魔爪猛地打了出去，一把将罗西抓起来，然后狠狠地往地上摔去。这样连续反复摔了十多下，直摔得他自己觉得有些乏力了，他这才停了下来，大口喘着气。

此时的罗西已经彻底被摔得没了人形，浑身上下已经没有了一处好肉，到处都在滴滴答答地往下掉着鲜血。不过，他却仍旧没有死去，依旧睁着眼睛朝林雷露出森然的笑容，似乎是在嘲笑林雷所做的这一切都是徒劳。

在水幕上看到南央被一箭穿心，林雷既悲又怒，此时他看见罗西嘴角的那抹嘲笑，简直暴怒到了极点。只见他一个箭步冲过去，双手直接将罗西抓起来，他又腾出右手抓住罗西的一条大腿，嘴里狂吼一声："我就不信会杀不死你这个邪恶的生物。"

他左手猛地一挥长刀，砍向罗西，嘴中如同野兽一般发出一声吼叫。

接着，林雷没有犹豫，双重暗影被再次施展出来。一个林雷背着光明镇魔石再次展开天使之翼迅速冲上高空，另一个林雷则直接冲向格瑞丝，与她一起站在罗西的未来之身前。罗西的这个未来之身比过去与现在之身要强大得多。格瑞丝现在虽然拥有"风"、"力"、"煞"三大黑暗骑士的力量，却依然不是这个罗西未来之身的对手。

"格瑞丝，现在怎么样？"林雷持着"破天"战刀冲到格瑞丝的身边，望着前方的人面白板的罗西说道。

"他太强大了，几乎是不可战胜的。"格瑞丝摸了一下额头道，"他仅仅是一具肉身，没有灵魂，我的心灵魔法无法对他造成任何的伤害，这打起来有种无从下手的感觉。"

"没关系的。我们不用非得战死他不可，只要在这里将他拖住就可以了，我们就等着另一个我将苍天冥瞳封印就好。"林雷对格瑞丝说道。

只是，前面的白板人面的罗西却笑起来："林雷，你以为另一个你能随意将苍天冥瞳封印住吗？你太天真了……哈哈哈哈！"

林雷眉尖微微一挑，回头望了一眼，只见原来被自己连续砍杀的合体罗西此时竟然已经完好无损，正急速冲向高空中的林雷。高空中的林雷扇动脊背上的天使之翼，双手握着"破天"战刀，正使劲地朝过去、现在的合体罗西劈了下来。下方急于要冲上来阻止林雷的罗西闪避不及，被林雷一刀劈个正着，巨大的青色刀芒一闪，就将罗西劈下了数十米远。

林雷乘机将宽大的天使之翼用力一扇，整个人极速往上蹿云，而后，他迅速取出光明镇魔石，直直地迎向苍天冥瞳。在这一刻，林雷手上的光明镇魔石光芒万丈，照亮了一方的虚空。林雷的心中充满了激动，现在，他终于要将这邪恶的眼睛封印了。

英雄联盟 ① 苍天冥瞳

"该死的！"

瞧见林雷抓着镇魔石快速冲向苍天冥瞳，下方过去与现在合体的罗西咆哮一声，身躯极速冲天而起。同时，他将大手往上一探，那手臂无限伸长，一下就抓住了林雷的双腿，然后用力将林雷扯落在地。而林雷上半身极速一个倒挂，手中的"破天"战刀狠狠地斩向罗西的双臂，一刀就将其斩断了。

林雷一刻也不停留，抓着光明镇魔石继续快速冲向苍天魔瞳。

"想封印住苍天冥瞳吗？没那么容易！"

瞧见高空中的林雷抓住光明镇魔石不顾一切地冲上苍天冥瞳，罗西的未来之身心中一惊。只见他突然咆哮一声，隔空朝高空中的林雷就是一拳。一个巨大的拳头的影子破空而出，直往高空中的林雷打去。那巨大的威压还未来到林雷面前，就差点将林雷的身躯玉得快要龟裂开来。此时，林雷并不惊慌，只见他左手一扬，使出青龙灭魔爪刹那间打了出。

"轰"的一声巨响，爪印与拳影相撞，在空中炸了开来，所震荡出来的能量波动将林雷狠狠地冲击了出去。不过，他很快又飞了回来，没有丝毫的耽搁，举着光明镇魔石，扇动天使之翼极速冲向苍天冥瞳。

"找死！"

下方罗西的未来之身暴怒，他那高大的身躯刹那间化成一道黑影射向林雷。他想将林雷抓住，只可惜有人比他更快，只见格瑞丝在原地消失不见了，瞬间出现在罗西的未来之身的上方。她举剑向下一劈，一片巨大的蓝色剑芒照亮了一方的虚空，如排山倒海般直往罗西的未来之身劈去。

蓝色的剑芒消失之后，罗西的未来之身已经成了一个血身，全身上下，剑伤不下一百处，看上去惨烈到了极点。罗西的未来之身也是有些被劈蒙了，一时间竟傻愣地站在那里回不过神来。

林雷和格瑞丝双双扇动着天使之翼挡在他的前面，不让他冲上去阻止另外一个林雷去封印苍天冥瞳。罗西的这个未来之身太强大了，若是单打独斗，林雷根本不是他的对手。

"好了，我们只要阻止他就可以了，至于过去与现在合体的罗西，我相信另一个我应该勉强可以应付。"林雷双手紧握着宽大的"破天"战刀扬刀站立，眼睛一眨不眨地望着下方的罗西未来之身，淡淡地说道。

"是的，只要我们将他截住，我们基本上就成功了。"格瑞丝点了点头，旋即又用手摸了一下她那饱满的额头，"只是，我总有一种不祥的预感，苍天冥瞳的邪异，似乎远远超过了我们的想象。"

"是吗?可能是你太紧张了吧，相信我吧，不会有任何的意外发生，我们一定可以顺利地将苍天冥瞳封印住。"

林雷微微一笑，只是若是仔细去看的话，你会发现他的笑容其实有些勉强，因为他感觉自己的四肢开始变得冰凉起来。这种现象出现的十分突兀，但他知道为什么会这样，他的心中，甚至还莫名地浮现出一股惧意，他感觉他正面对一扇地狱的大门。

"嗯。"望着林雷脸上那抹暖和而又自信的笑意，格瑞丝点了点头，心中对林雷悠然产生了信任的感觉。

但她很快就会知道，这一次，她错了，这是她此生唯一不该信任林雷的一次。林雷那招牌式的暖和笑意，只是在安慰她而已。

"你们真以为这样就可以奈何得了我罗西了吗，你们以为我罗西真就只有这点实力了吗? 无知，天真！"下方，罗西的未来之身，突然笑起来。他本是一张白板人面，没有嘴巴，声音不知从何处传来，听上去沉闷而又邪异。

"什么意思？"听到他的话语，林雷和格瑞丝心中都不由得一阵困惑，他们对望了一眼。林雷蹙了蹙眉头道："你不是已经被我们死死压制住了吗? 你还有什么能耐，尽管施展出来吧。"

"不，"一旁的格瑞丝却突然摇了摇头，"我们似乎忽略了什么，太安静了啊……"

突然她大叫一声："截住罗西的过去与现在之身！"

她这一叫，林雷也瞬间反应过来了，心中大惊，与格瑞丝急忙转过头去。可是一切都晚了，身后罗西的过去与现在的合体已经出现在了他们的头顶正上方，刹那间就越过了他们，冲向了罗西的未来之身。

林雷迅速转身，手中的"破天"战刀狠狠地一劈，一道巨大的青色刀芒破空而去，只可惜已经来不及了，两具罗西的身体一闪，轻易就躲开了林雷劈出的刀芒，然后便好像久别重逢的恋人一样不顾一切地冲向了彼此。

瞬间，两具罗西的身体融合在了一起，至此，罗西的过去、现在和未来之身已经彻底相融了。远处的林雷和格瑞丝相视一眼，彼此的脸上露出一些苦涩的笑意。一个疏忽，最终还是让罗西的过去、现在和未来三大肉身彻底合一了。

"感觉真不错！"罗西淡淡地笑起来，笑容中充满了自信，他转了转脖子说道，"过去、现在和未来，这是一个完美的整体，包含了一切因果，没有任何破绽，你们还有什么实力来战胜我？我刚才都说了，你们是不可能封印得住苍天冥瞳的。"

"就算没有丝毫的破绽，我还是一样会杀死你！"林雷突然大吼一声，双手握刀力劈而下。巨大的青色刀芒如同一条翻腾的真龙一般，吼叫着冲向罗西，一下就将罗西劈成了两半。只是那两半了的罗西消失了，一个新的罗西迅速出现。

"我说过了，过去、现在和未来是一个完美的整体，包含了一切因果，有因必有果，有果必有因。也就是说，你杀掉了'因'，可是因为有'果'的存在，'因'还是会瞬间重现，同样道理，你杀掉了'果'，可是因为有'因'的存在，'果'也会瞬间重现。我可以杀死你们，而你们却永远都杀不死我。现在，你们两个害怕了吗？"

在这一刻，罗西当真如同神灵一般，傲然地立在那里，满头的白发随风缓缓飘动，还隐隐透出一股无比强大的气息。他有一具不死不灭的身躯，真不知道他到底是用怎样的邪术，将自己的过去、现在和未来凝聚在一起的。总之，这样的罗西是无法战胜的，着实让人的灵魂都忍不住一阵战栗。

"去死！"

林雷咆哮一声，双手握着"破天"战刀疯狂般一刀一刀劈向罗西。罗西不躲不避，任由林雷那无坚不摧的刀芒将自己劈成两半，只是每次都会在眨眼间出现一个全新的罗西，如此不停地循环着。

"看到了吗，我是不会被杀死的。"罗西得意地笑起来，突然朝林雷直冲过去。

林雷的身体猛地一晃，整个人差点从空中栽了下去。格瑞丝眼疾手快，一把将林雷抓住，却如同抓住一块冰块一般没有丝毫的温度。格瑞丝大吃一惊："林雷，你这是怎么了？"

"没什么，不用担心，我不会有事的。快阻止罗西吧！"林雷摇了摇头，挣脱掉格瑞丝的手，继续持着"破天"战刀如发疯一般劈向罗西。

格瑞丝蹙着眉头，心中涌现一种极其不好的感觉，这样的林雷，太不正常了。忽然她那超凡的思维好像想到了点什么，她迅速转身看向高空中的另一个林雷。然而那个林雷已经看不见了，他被光明镇魔石散发出来的光芒彻底遮蔽住了。

"是他，一定是他的身体反应，他遭遇到了什么？"格瑞丝喃喃自语。

罗西前进的动作没有停下来，身体在不断被劈成两半又不断重恢复完整间冲向林雷，眨眼间他就超越了林雷，极速朝高空中的另一个林雷冲去。

林雷愣在原处错愕地张了张嘴，脑子里一片空白。这个罗西强大到令人难以想象，他竟然就这样从自己连绵不断的刀芒中冲过去了！他猛地回过神来，反身极速冲向罗西，边追边疯狂地挥动着战刀："该死的邪恶生物，去死吧！"

"林雷！"格瑞丝却一把将他拽住，她摇了摇头，"没用的，我们无法杀死他。正如罗西自己所说的那样，一切都是徒劳，我们根本不可能阻止得了他！"

说着，她仰起脸，一滴滴泪水从她的脸颊上无声地滑落下来。这一路上历经了多少的艰辛与努力，做出了多大的牺牲，可到头来却是徒劳，这样的结果让她难以接受。

忽然，她蓝色的眸子一动不动地盯着林雷："林雷，你说过不会有任何的意外发生，我们一定是可以顺利地将苍天冥瞳封印住的，是吗，那你的意思是？你必须知道，一直以来我都非常信任你的。"

这个时候，林雷全身已经冰冷无比，只有那颗生命天使的心脏还是热的。他感觉自己的灵魂正面对着一扇地狱魔门，他的灵魂正在不可逆转地被吸了进去。

"格瑞丝，相信我，我们真的不会发生任何的意外。"林雷笑了笑，朝格瑞丝坚定地点了点头。

就在他们两人放弃对罗西的截杀，立在那里交谈之际，三合一的罗西已经冲到了另一个林雷的身后大概一百米的位置，但是就在这个时候，他仿佛一下子掉进了冰窟窿里，浑身冰凉。与此同时，一股前所未有的强大惧意瞬间占据了他的整个心脏，令他的身躯忍不住地一阵战栗，他不由得停了下来。

林雷感觉到了身后的罗西，他回头淡淡地看了一眼便不再理会，因为这个时候，他离苍天冥瞳已经极近了。苍天冥瞳看上去简直邪异到了极点，无尽的血浪在那眼里不断翻腾着。到了这样近的距离，林雷已经看得真真切切了，那真的是血浪而不是血色的魔气，好像天地间所有死去的生灵的血液都被汇聚到了这里一样。

林雷举着光明镇魔石，仰头定定地看着头顶正上方的苍天冥瞳，感觉那里就是一扇地狱的大门，是一切邪恶的源头，他甚至感觉自己的灵魂正在被一股力量一点一点以不可逆转的速度朝那冥瞳中吸去。

"要想用光明镇魔石封印住这只该死的眼睛，我就必须得与它零距离接触？"林雷使劲地吞了一下口水，他完全知道自己和苍天冥瞳零距离接触的结果会怎么样。现在还有这么远的距离，他就感觉到自己已经虚弱无比了，全身也就只有生命天使的心脏还有一点热度，其他地方都已经没有任何温度了。

"该死的，林雷你给我站住，你知道你冲过去的后果是什么吗？"身后的罗西叫起来，他已经感觉到了自己的四肢变成了死肉。他胆怯了，再也不敢向前迈出半分。

林雷回头望了罗西一眼，什么都没有说，只是不屑地笑了笑。

第十九章　烟消云散

林雷却摇了摇头，对她露出一个满足的微笑："怎么可能不会出意外？苍天冥瞳是万恶之源，我怎么可能抵挡得住它的力量？格瑞丝，我突然感觉到了南央并没有死，现在，她仍在杀敌……"

他的手远远地朝黑暗山脉一指，便彻底定格在了那里。他的手在空中缓缓地消散了，然后全身迅速消散，最后只剩下一颗蓝色的天使的心脏。那蓝色的天使的心脏没有停留，直接冲天而起，刹那间就消失在了天际之中。

黑暗山脉。

遍地都是尸首，血流成河，空气中充斥着一股浓烈的血腥味，四周弥漫着一种极其凄厉的氛围。

圣马格丽女皇他们的大军已经在这里坚持了整整一天半的时间了，而他们大军的数量，也由原来的六十万变成了五万。现在，这五万大军就停留在一处平地上，站在那里排成一条直线，战士们手中的长刀、长枪一律向前。按照圣马格丽女皇的意思，呈一字排开阵式，这样战斗起来覆盖面是最大的，如此一来就可以尽量多杀一些敌人。

这已经是在这一天半的时间之中，大军与罗西的傀儡大军进行的第七波交战了。现在只剩这区区的五万大军，毫无疑问，也将是最后一次进行交战了。这样数量的铠甲战士，在罗西的傀儡大军面前绝对坚持不了三个小时，就会全军覆没。

这个时候，每一个铠甲战士的脸上都写满了悲壮与决绝，他们的生命，最多还有三个小时。

队伍之中，南央、肖成天和瓦尔特他们站在一起。南央没有死，之前在战斗中从背后飞来的那一支长长的羽箭并没有穿到她的心脏，仅仅是从她的右胸穿过去了而已。

大战打到这种程度，不论是南央、肖成天还是瓦尔特，模样看上去无疑都是极为惨烈的，三人的战甲早就被染成了同一种颜色——红色！

"林雷和格瑞丝是死了吗？"

在这一刻，他们三人都不约而同地望了望远方万恶罗城上空的苍天冥瞳。万恶罗城上空的苍天冥瞳还是那样的妖艳与邪恶，没有一点减弱的迹象。

三人的心中皆浮现起了一股浓浓的悲意。肖成天朝南央勉强地笑了笑："南央，你不用担心。林雷是远古神兽青龙的血脉传承者，他怎么可能那么轻易就会死掉。"

另一边的瓦尔特也咧开大嘴，朝南央嘿嘿笑了两声："是啊，林雷不可能那么弱的，更何况还有格瑞丝这个'变态'心灵魔法师在他的身边，估计他想死都难。"

听他们两人这么一说，南央的心里才微微好受了一点，她轻轻点了点头，不过眼中却仍旧噙着一丝泪水。

"林雷和格瑞丝搭档，那将是最完美的配合，最强大的思维能力加上最强大的爆发力，应该可以在万恶罗城中所向披靡了啊。"

圣马格丽女皇仰头看向万恶罗城上空的苍天冥瞳，忽地她脸上的神色一凛，唰的一声跳上一匹雪白的战马，举起手中的无色冰剑，骑着战马风一般地从队伍的前面冲了过去。无色的冰剑"乒乒乓乓"的敲在战士们的武器上，这是一种宣誓，誓要与罗西的傀儡大军血战到底。

"勇士们，我不知道林雷和格瑞丝在万恶罗城中到底发生了什么事，为什么他们无法将苍天冥瞳封印住，但是，我们的战斗还没有结束！"圣马格丽女皇唰的一声将无色冰剑举起来，"我知道，若是林雷和格瑞丝还无法将苍天冥瞳封印住的话，我们将会全军覆没。即便是这样，我们也绝对不能后退！"

"绝对不后退！"

五万铠甲战士跟着咆哮，气势震天。

"那么，杀吧！让我们对罗西的傀儡大军发起第七波攻击吧！"圣马格丽女皇唰地将无色冰剑一挥。

"杀啊——"

五万铠甲战士骑在战马上，如潮水一般向前狂奔，他们跃过一个个小山丘。场面是震撼人心的，明知道这是去送死，可是这些铠甲战士依旧不顾一切地冲杀向前方的傀儡大军。他们什么都不去想，只想在死前尽量多杀一个敌人。

"哈哈，杀吧，真过瘾！"如同潮水一般的大军之中，瓦尔特双手举着他的黄天大斧，朝着前方的傀儡大军疯狂地大笑着，'林雷，到现在为止，我已经杀敌八百多啦。这一次我还特地向圣马格丽女皇要了一匹快马，这样就能一下子冲到傀儡大军的之中，在那里尽情地狂杀啦。你输定了，哈哈哈！"

通常两军交战，那些厉害的将领都会选择一些速度极快的战马，这样不仅利于冲刺更利于杀敌，还有一点，那就是可以一下子就冲到敌人之中冲散敌人。

而南央和肖成天则始终冰冷着脸，只有那眸子中放射出来的疯狂的光芒才能表明他们此时的心情，他们的胸腔充满了滔天的杀敌欲望。

"杀啊——"

在他们的不远处，无尽的傀儡大军突然冒了出来，密密麻麻的。整个山脉一时间都黑了，像一朵巨大的乌云朝南央他们的大军快速移来。眨眼间，两支大军便撞在了一起，顿时人仰马翻。

一时间，双方的人马交战在了一起。不一会儿，只见士兵们稀里哗啦地倒了一地，尸首到处飞射。浓烈的血腥味再次迅速弥漫而来。

这场大战其疯狂与激烈的程度是可以想象的，而结局也是可以预料的。圣马格丽女皇率领仅剩的五万大军根本不是对方的对手，战场上很快形成了这样的局面，圣马格丽女皇率领的大军倒下一个就少一个，而罗西的傀儡大军却仍无穷无尽。一眨眼，罗西的傀儡大军形成了一道弧形，仿佛一道锋利的半月形刀刃，快速朝着圣马格丽女皇庇领的大军"切"来。同时，傀儡大军的两翼还在不断地扩张，不一会儿，便彻底将圣马格丽女皇率领的大军淹没了。

"吼！""吼！""吼！"……

傀儡大军非常兴奋，一个个嘴里发出沉闷的怪叫。

这个时候，圣马格丽女皇率领的大军已经只剩下不到三万人了。这三万人背靠着背，紧紧围在圣马格丽女皇的周围，手中紧握着战刀或弓弩。

战斗到了这个时候，每一个铠甲战士都已经疲惫不堪，他们的身上布满了密密麻麻的伤口，从他们的脸上都看不到任何的表情，只有眼中跳跃着的疯狂与悲壮并存的火焰。

"真的就这么全军覆没了吗？"圣马格丽女皇一剑劈掉一个急冲上来的傀儡士兵。她看了看身边那些眼中写满了悲壮的战士，又抬头看了看远方万恶罗城上空的苍天冥瞳，眼中充满了不甘。她咬了咬牙，猛地大喝一声："杀啊！"

"杀啊——"所有的铠甲战士一齐咆哮着，然后拖着疲倦的身子冲向前方的傀儡大军……

万恶罗城。

古老的祭坛上方，高空中。

林雷紧握着光明镇魔石，望着头顶正上方的苍天冥瞳轻轻地吐了出一口气，他知道要想用光明镇魔石将苍天冥瞳封印住，自己就必须死亡。苍天冥瞳简直就是地狱的大门，自己跟它零距离的接触绝对不会有生还的可能。

"若真没有别的选择了，那么，我选择死亡！"

林雷淡淡一笑，他抓住光明镇魔石猛地冲向苍天冥瞳。在这一刻，光明镇魔石光芒四射，璀璨夺目，同时那古老的五根骷髅手指竟然在快速变大，朝着苍天冥瞳急速抓去。

苍天魔瞳这个时候居然发出了一声声凄厉的惨叫，空中无尽的血浪在不断地翻腾着，澎湃着。林雷感觉自己仿佛闯进了一片禁地，身体在迅速地龟裂着。

"嘭！"光明镇魔石的那每一根骷髅手指变得长达数百丈，一下子抓住了苍天魔瞳！随即，无尽的血气猛地炸了开来。与此同时，林雷的身体缓缓地消散了开来，苍天魔瞳散发出来的黑暗力量，根本不是他可以抵挡得住的。

"该死的！"罗西咆哮一声，不过，他也只来得及咆哮一声，接着整个人便一下子炸开了。

"林雷，这是为什么？你说过我们是不会出任何意外的！"下方，格瑞丝看着一点一点消散开来的另一个林雷，不可思议地大叫，"林雷，你骗我，我是那么信任你的！"

林雷却摇了摇头，对她露出一个满足的笑容："怎么可能不会出意外？苍天冥瞳是万恶之源，我怎么可能抵挡得住它的力量？格瑞丝，我突然感觉到了南央并没有死，现在，她仍在杀敌……"

他的手远远地朝着黑暗山脉一指，便彻底定格在了那里。他的手在空中缓缓地消散了，然后全身迅速消散，最后只剩下一颗蓝色的天使的心脏。那蓝色的天使的心脏没有停留，直接冲天而起，刹那间就消失在了天际之中。

"林雷……"格瑞丝喃喃自语，两行泪水瞬间从她的脸颊上流了下来，猛然她回过神来，"生命天使之心！"

可是，哪里还有生命天使之心呢？

　　"他又挂了？"由静似乎对于林雷的死已习以为常了，对于东门燕袖手旁观的态度也一样见怪不怪了，她知道这次的任务她只是个帮衬，所以她现在已经丝毫不再替老大操心了。说完以后，她只是静静地望着林雷消失的地方，等待那个像前两次一样会出现的小人。

　　但是这一次，他们等了好久，那个缩小版的林雷都没有再出现。

　　"怎么回事？那小恶魔不来了？"由静终于开始着急起来了。

　　"谁说他一定会来？"东门燕倒是丝毫不感到意外。

　　"不来了？那林雷这次不是彻底挂了！！"由静加重了从未有过的语气，"你到底是不是吃错药了！知道小恶魔这次不来，为什么不在林雷死之前出手救他！你是不是疯了！"

　　"你我都不是罗西的对手，即使我们拼尽全力帮了他。他一样会死。"东门燕望着林雷灰飞烟灭的地方平静地说，"这是他的命劫。"

　　"你现在别找这些借口啊！Boss知道了会把我们都剥了的！"由静极度不服气，"不是罗西的对手？你也太高看他了吧！虽然他确实挺强的，但是，但是我什么时候怕过谁啊！"

　　"你也不用着急，"东门燕淡淡地说，"我猜Boss并不是让我们不让他受到一点伤害，而是锻炼他，让他变成真正的强者。你没发现，这一路走来，他已经不再是那个刚来真实世界里的怂包了吗？"

　　"你的意思是……他虽然死了，但并没有真正死亡，还会再醒来？"由静终于松了口气，"那……你给他这一路的表现打几分啊？"

　　"60分。"东门燕思考了片刻，缓缓地说出了一个数字。

　　"什么，才及格！"由静再次跳起来，"东门燕，你也太抠门了吧！他一路这么拼，你都说他不再是个怂包了，怎么才及格！依我看，至少99分！"

　　"如果没有我们帮忙的话，也许值这个分数。"

　　"对哦，也是呀。哈哈，"听东门燕这么说，由静又开心地笑了，"我们的功劳也不算小。不过，不知道他要是知道了他这么好命，是被Boss看上的人，会不会开心死？"

　　"他永远都不会知道。"东门燕冷冷地打断了由静的幻想。

　　"不过，我还是很好奇Boss为什么会选择他，他和以往我们选的对象相差也太远了，简直不是一个档次的啊！"

"这一点，Boss自有定论，我们无须揣测。"

"你就一点也不好奇吗？"

"你没听过一句话吗？好奇害死猫。"东门燕说着，走到林雷消失的地方，她们自始至终隐在他的周围，直到他死的那一刻也从未曾现身。

"你确定，他真的会再一次复活过来吗？"由静还是不放心地看向东门燕。

"我不确定。"东门燕平静地说，"我只知道，他要么死，要么复活。如果他能复活过来，他就是真正的王者。"

黑暗山脉。

"杀啊——"

所有的铠甲战士一齐咆哮着，拖着疲倦的身子冲向前方的傀儡大军。南央冲在队伍之中，她心脏猛地一阵剧痛，她下意识地望向万恶罗城的高空："林雷……"

就在这时，前方那密密麻麻的傀儡大军突然间全部消矢不见了。这个画面令这些早已疲惫不堪的铠甲战士难以置信，他们先是一愣，接着便狂喜不已："哈哈，林雷和格瑞丝成功了，他们终于将苍天冥瞳封印住了！"

此时的万恶罗城，正在以一种惊心动魄的方式被摧毁着，大片大片的建筑顷刻间轰然坍塌了。圣马格丽女皇、肖成天和瓦尔特等人望着那不断坍塌的万恶罗城，长长地吐出了一口气。瓦尔特一下子想到了什么，他顿时哇哇大叫起来："该死的林雷，你一下子就灭杀了这么多的傀儡士兵，那我不是又输了吗？"

"林雷，这次你不会真的彻底死了吧！"南央失魂落魄地望着遥远的万恶罗城，突然她如同发疯了一般朝前奔去。奔跑了好久，她才停下脚步，怔怔地看着远方，而远方，仍是一片黑暗。

"林雷，林雷。你还想重获新生吗？"

"林雷？

"林雷？不理我？你就这么舍不得你五年的寿命啊？

"再不理我，我可要生气走了哦。真的不理我吗？林雷……"

（本册完）

学霸终极

张君宝 著

你有没有幻想过自己
糟糕的人生不再平凡?

一个乏味的高校宅男,毁灭性地突破自我,
重新一步步赢得人生亲睐!

起点顶尖大神张君宝

继首部热血校园剧
《STB 超级教师》后

再书颠覆性的校园传奇之旅

我家有个猫仆大人③

卷陶陶 著

WOJIAYOUGE MAODU DAREN

看惯了 **1** 的欢乐
2 的萌动
我家有个猫仆大人 **3**
给你最特别的惊险之旅!

**百万读者翘首以盼,
猫仆大人心跳之旅最终章!**

坏脾气少女 + 腹黑猫仆

看史上最不靠谱组合如何挣开命运枷锁;
解开真相、抗争到底,他们如何拯救支离破碎的世界?

**纵横热书榜强力推荐,
人气作者卷陶陶灵气之作:**

- 空间之门开启,
- 回忆破冰而出,
- 身边的一切全是阴谋,
- 勇气与命运的碰撞,
- 是抗争到底还是转身离开?

别走开,神秘年会的大门已向你敞开……